Ulrich Hefner: Die Wiege des Windes

Ulrich Hefner
Die Wiege des Windes
Ost-Frieslandkrimi

1. Auflage 2006
ISBN 3-934927-69-6
Ab 1.1.2007: 978-3-934927-69-8

© Leda-Verlag. Alle Rechte vorbehalten
Leda-Verlag, Kolonistenweg 24, D-26789 Leer
info@leda-verlag.de
www.leda-verlag.de

Titelillustration: Andreas Herrmann
Printed in the EU

# ULRICH HEFNER
# DIE WIEGE DES WINDES

## OSTFRIESLANDKRIMI

An der Wiege des Windes,
dort wo die Sonne das Wasser berührt,
glutrot und in vibrierender Luft,
strömen die Kraft und die Energie
mitten hinein in die durstige
Seele

*Für Heidi, die Kinder*
*und die Drachen im Wind*

1998/Tr-2

*Ostfriesland im November 1997:*

Horst Winterberg stand vor dem Spiegel im Badezimmer und betrachtete sein vom Leben zerfurchtes Gesicht. Die grauen Bartstoppeln wirkten wie ein abgeerntetes Kornfeld im Herbst. Seine grauen, feuchten Augen, umgeben von bläulichen Schatten, wirkten starr und leblos.

Die letzten Tage hatten den Rest an Energie aufgebraucht, die noch in ihm gesteckt hatte. Er fühlte sich alt, abgenutzt und ausgelaugt wie eine leere Batterie, nutzlos und überflüssig. Die Augenblicke vergingen, bis sein Spiegelbild in der feuchtwarmen Luft langsam verblasste. Er öffnete seinen Bademantel, zog ihn aus und legte ihn sauber zusammengefaltet auf den kleinen Hocker neben der Badewanne.

Mit seiner Hand prüfte er das Wasser. Es war heiß, doch er hatte gehört, je heißer das Wasser, umso weniger Schmerzen würde er empfinden. Bevor er in die Wanne stieg, nahm er noch einen kräftigen Schluck aus der schwarzen Flasche. Er hatte schon immer einen Faible für trockenen Sherry gehabt. Die Hausbar in diesem Hotel war gut bestückt, ausgezeichneter Cognac, hochprozentiger Gin, Martini, Magenbitter und sogar Champagner hatte er in dem kleinen Kühlfach vorgefunden. Dennoch hatte er auf das Bewährte zurückgegriffen, und der Sherry war wirklich gut. Ob er auch dafür taugte, die Rezeptoren im Gehirn abzuschalten und ihn vor allzu heftigen Schmerzen zu bewahren, würde sich noch herausstellen.

Er hatte sich entschieden. Er hatte in den letzten Tagen überlegt, welche Auswege ihm noch offen standen, und war zu dem Schluss gekommen, dass es nur noch diesen einen für ihn gab, um seinen Ruf und seine Familie zu schützen. Seine Frau, die in verschiedenen sozialen Organisationen tätig war, seine älteste Tochter Annika, die erst vor kurzem die neue Praxis in der Altstadt eingerichtet hatte, und Hannes, seinen Sohn, der gerade vor dem Aufstieg in der Firma stand.

Nur wenn er, Horst Winterberg, nicht mehr wäre, dann würde über alles der Mantel des Schweigens fallen. Depressionen und Angstzustände waren häufige Gründe, freiwillig aus dem Leben zu scheiden. Und dass es hinterher nach einem solchen Lebensdrama aussehen würde, dafür hatte er gesorgt. Die Polizei würde kommen, würde Fragen stellen und die richtigen Antworten finden. Als junger Mann war er wegen Depressionen in Behandlung gewesen. Das Bild war schlüssig. Also würden die Ermittlungen schnell zu dem gewünschten Ergebnis führen. Er wusste, wovon er sprach, schließlich war er lange genug Beamter. Er wusste, wie diese Sorte Menschen dachte, wie sie agierten und welche Schlüsse sie zogen.

Für ihn gab es keine Zweifel mehr, und kein Zurück. Er hatte sich zu tief in den Dschungel verstrickt, er war zu weit gegangen. Dabei hätte er es sich nie vorstellen können, dass ausgerechnet er in solch eine Situation kommen konnte. Er hatte immer ehrlich und redlich gehandelt, hatte sich nie auf irgendwelche dunklen Geschäfte eingelassen. Bis auf dieses eine Mal.

Der Schweiß rann ihm über die Stirn. Die Hitze machte ihn müde und der Sherry zeigte langsam Wirkung. Der Zeitpunkt war gekommen – wenn er jetzt nicht handelte, dann würde er langsam dahindämmern.

Der Brief lag auf der kleinen Kommode neben dem Waschbecken. *„Für Ines"*, stand darauf in großen Buchstaben. Er griff noch einmal zur Flasche. Die Flüssigkeit brannte in seiner Kehle und hinterließ ihre Schärfe auf seiner Zungenspitze.

Er nahm das Tapetenmesser, das er in einem Baumarkt gekauft hatte. Längs, nicht quer, sagte er sich. Das ist der Fehler, den die meisten begehen, die hinterher in einem weißen Zimmer auf ein Bett geschnallt aufwachen und mit ihrem Makel zum Weiterleben gezwungen werden. Längs also!

Er setzte das Messer an und schnitt in das Fleisch. Es war, als ob man eine Spritze bekam, ein kurzer, beißender Schmerz zu Beginn der Prozedur, doch als die Klinge durch die Haut in die Fasern eindrang, war es ganz einfach und fast schmerzlos.

Er beobachtete, wie sich das Wasser färbte. Es war der letzte

Eindruck, den er wahrnahm, bevor sich das rote Leben im weißen Schaum verlor.

*Drei Wochen später ...*
Seit vierundzwanzig Stunden hatte er nicht mehr geschlafen. Seine Hände zitterten vor Kälte, dennoch presste er das Fernglas fest an seine brennenden Augen. Der kleine Kreuzer mit dem rostroten Anstrich ankerte nun schon seit einer Stunde westlich der Nordergründe.

Sie hatten dort drüben etwas an einer Winsch heruntergelassen. Das straff gespannte Seil dehnte sich im Wellengang. Die Männer drüben auf dem Schiff schienen im unruhigen Wasser nach etwas zu suchen. Doch was war so interessant hier draußen?

Was am Ende des Seiles schwamm, konnte Larsen nicht erkennen, dazu waren sie zu weit entfernt. Dennoch vermied er es, Corde anzuweisen, näher heranzufahren.

NH-C 210 war die Kennung des Kreuzers. Eine schwedische Fahne wehte am Mast. Schon als das Schiff vor zehn Stunden Wilhelmshaven verlassen hatte, war er sicher gewesen, dass etwas nicht stimmte. Er hatte Erkundigungen über Schiff und Besatzung eingeholt: eine russische Forschungsgesellschaft, die ein Projekt zur Erforschung des Wattenmeers und seine Auswirkungen auf die klimatischen Verhältnisse durchführte. Aber da musste etwas anderes dahinterstecken.

„Wie lange willst du noch Löcher in die Luft starren, mein Junge", riss ihn Corde aus seinen Gedanken. „Es kommt Sturm auf, wir sollten nicht zu lange warten, der Himmel gefällt mir heute nicht."

Larsen warf Corde einen geringschätzigen Blick zu. „Du machst dir zu viele Sorgen. Wir bleiben so lange wie die da drüben. Ich muss wissen, was hier vorgeht."

Der Alte wandte sich um und ging mit langsamen Schritten auf das Ruderhaus zu. Larsen nahm das Fernglas wieder vor die Augen. Auf dem Kreuzer herrschte noch immer hektische Betriebsamkeit. Männer in gelbem Ölzeug beugten sich über die

Reling und starrten ins Wasser. Larsens Fernglas streifte ihre Gesichter. Plötzlich erstarrte er mitten in der Bewegung und sein Blick verharrte auf einer Gestalt, die abgesetzt von den anderen am Vormast stand. Der große und stämmige Mann mit dem dichten, schwarzen Vollbart trug eine dunkelblaue Daunenjacke mit Fellbesatz und hatte eine schwarze Wollmütze tief in das Gesicht gezogen. Vor seinen Augen lag ebenfalls ein Fernglas, das genau auf Larsen gerichtet war. Larsen zuckte zusammen. Es schien fast, als ob der Riese ihn hämisch anlächelte. Dann formte der Mann mit seiner rechten Hand eine imaginäre Pistole, indem er mit dem Zeigefinger auf Larsen zeigte und den Daumen wie einen Abzugshahn aufrichtete. Larsen blickte gespannt zu. Plötzlich ließ der Riese seinen Daumen nach vorne schnellen. Larsen hastete zum Ruderhaus und öffnete die Tür. „Wir müssen hier weg!"

Warme Luft strömte ihm entgegen. Corde saß hinter dem Ruder und blätterte in einem alten, zerschlissenen Anglermagazin. Er blickte auf. „Was ist denn mit dir los? Du siehst aus, als hättest du einen Geist gesehen."

Larsen schloss die Tür. „Sie haben uns bemerkt. Es ist besser, wenn wir verschwinden."

Mit einem Seufzer richtete sich der alte Corde auf. Behäbig startete er den Motor des alten Kutters. Als der Motor nach einem gurgelnden Grollen ansprang, atmete Larsen tief ein. Der riesige Mann auf dem fremden Schiff machte ihm Angst. Auf dem rostroten Kreuzer stimmte etwas nicht, und er würde herausfinden, was die Kerle dort draußen im Roten Sand im Schilde führten. Noch heute Nacht.

„Holt dich Rike am Hafen ab, mein Junge?", durchbrach Corde nach einer Weile das dröhnende Schweigen im Ruderhaus.

„Rike? Nein, ich fahre nicht mit in den Hafen. Bring mich nach Langeoog und wenn dich jemand nach mir fragt, dann hast du mich nicht gesehen, verstanden!"

Corde musterte ihn skeptisch. Larsen sah fast noch aus wie ein sommersprossiger Teenager, obwohl er Mitte dreißig war.

Die strohgelben Haare hingen wirr in das bleiche Gesicht und die Pupillen der wässrig blauen Augen flatterten nervös hin und her.

„Ihr habt doch nicht wieder etwas angestellt?"

Larsen schüttelte den Kopf. „Nicht viel, nur ein paar Reifen platt gemacht und zwei, drei Briefe geschrieben. Jemand muss es diesen korrupten Schweinen doch mal zeigen. Sie sollen wissen, dass ihnen jemand auf die Finger sieht und sich wehrt."

Der Alte verzog das Gesicht. „Du hast dich erwischen lassen? Sie suchen dich?"

Larsen druckste herum. „Sind wohl ein paar Fingerabdrücke auf dem Kuvert. Aber es steht nichts Schlimmes drin."

„An wen hast du die Briefe geschrieben?"

„Einen nach Hannover und die anderen nach Oldenburg", antwortete Larsen. „Sie sollen die Hände vom Wattenmeer lassen, sonst ..."

„... sonst?"

Larsen seufzte. „... sonst sollen sie schon mal eine Seebestattung buchen."

Corde schüttelte den Kopf. „Ich habe deiner Mutter am Sterbebett versprochen, auf dich Acht zu geben, aber du reitest dich immer wieder selbst in die Scheiße. Ein Jahr hinter Gittern war wohl nicht genug?"

Betreten blickte Larsen zu Boden. „Sie haben schon wieder die Fahrrinne am Borkumgrund vertieft. Schau dir die Küste an. Das Watt ist mittlerweile löchrig wie ein Käse. Bald fahren sie mit den großen Fähren zu den Inseln. Zweimal so groß wie die von Frisia. Im Sommer tummeln sich die Bootsausflügler an den Sandbänken und das Robbensterben hält noch immer an."

„Trotzdem hast du nicht das Recht, sie zu bedrohen", sagte Corde. „Du musst sie überzeugen, aber in der Sache und nicht mit Gewalt."

„Es geht nur um Profit, das ist ihre einzige Religion", erwiderte Larsen. „Hast du nicht selbst gesagt, man muss für seine Überzeugungen einstehen, auch wenn's manchmal weh tut?"

Corde lächelte. „Ja, genau das habe ich gesagt, mein Junge, aber das ist doch etwas ganz anderes."

„Was ist daran anders? Diese Welt geht langsam aber sicher vor die Hunde. Da kann ich nicht einfach zuschauen. Das ist meine Überzeugung, verstehst du?"

Der Alte nickte. „Du bist wie dein Vater", sagte er sanft.

Den Rest des Weges schwiegen beide. Als der Kutter in den Hafen von Langeoog einfuhr, peitschte der starke Wind die Wellen auf. Noch bevor Corde mit Larsens Hilfe sein Schiff vertäut hatte, lief der rostrote Kreuzer durch das Hafentor in das ruhigere Hafenwasser ein.

Corde richtete sich überrascht auf. „Hast du davon gewusst?", fragte er Larsen, der gerade das starke Schiffstau um den Poller legte.

Ein Lächeln huschte über Larsens Lippen. „Sie haben sich gestern ein paar Zimmer im *Hotel Flörke* bestellt", antwortete er, bevor er die Kapuze seines Parkas tief ins Gesicht zog.

*

Nachdem der rostrote Kreuzer im Hafen von Langeoog vertäut war, stiegen die Männer von Bord und gingen zum kleinen Bahnhof hinüber, wo ein Zug der Langeoogbahn auf die Versorgungsfähre der Frisia-Fährgesellschaft wartete. Auch der Riese war unter ihnen. Es dauerte beinahe eine Stunde, bis die kleine rote Bahn mit der Besatzung des Kreuzers hinüber in das Dorf fuhr.

Larsen atmete auf, als die Männer in den Zug gestiegen waren. Corde brühte einen Tee auf, während Larsen ungeduldig wartete, bis der Zug hinter der nächsten Biegung verschwand. Als die Nacht über die Insel hereinbrach, ging er von Bord des Kutters und verschwand im Dämmerlicht.

Corde hatte es sich im Ruderhaus bequem gemacht und schreckte kurz vor Mitternacht auf, als jemand ans Fenster pochte. „Verdammt, was soll das denn?" Im schwachen Licht erkannte er Larsen. „Du spinnst wohl, Junge, wo kommst du her?"

Larsen reichte ihm einen Brief in einem braunen Umschlag.

„Versteck ihn gut. Gib ihn Rike, wenn sie wieder zurück ist. Aber sei vorsichtig. Es ist am besten, wenn du gleich aufbrichst."

Der Alte schaute den Brief ungläubig an. „Junge, ich will mit deinen Machenschaften nichts zu tun haben."

„Dafür ist es zu spät. Du steckst schon mitten drin. Es ist wichtig, dass du gleich ausläufst", sagte Larsen eindringlich. „Und du weißt nicht, wo ich bin und du hast mich schon lange nicht mehr gesehen."

Ehe Corde noch etwas erwidern konnte, verschwand Larsen in der Dunkelheit. Eine halbe Stunde später legte Corde ab.

\*

Corde vertäute den Kutter im Hafen von Greetsiel und fuhr in seinem alten, klapprigen Wagen nach Hause. Drei Tage waren inzwischen vergangen. Weder Rike noch Larsen hatten sich bei ihm gemeldet. Es war auch besser so. Der Junge zog das Unheil an wie an heißen Sommertagen der Süßmost die Wespen. Dabei war er überhaupt nicht schlecht, er war nicht kriminell. Er war nur rebellisch, ein wenig halsstarrig und rebellisch. Corde schaltete das Licht am Wagen ein. Die Dämmerung war hereingebrochen und die dicken Wolken verhießen nichts Gutes. Hoffentlich würde er es noch vor dem Regen nach Hause schaffen. Mit seinen knapp siebzig Jahren war er froh, wenn er seinen Wagen noch bei Tageslicht in seinem kleinen Hof hinter dem Deich abstellen konnte. Den Kutter über die See zu steuern, war etwas ganz anderes. Das machte er seit frühester Kindheit.

Einen Kilometer hinter der Abzweigung nach Hauen lenkte er den alten VW in den schmalen Feldweg zu seinem Haus, das einsam etwas außerhalb des Ortes lag. Nach wenigen hundert Metern tauchte das von zwei hohen Birken flankierte Häuschen hinter den braunen Hecken auf. Corde steuerte seinen Wagen auf den geschotterten Hof.

Schon als er auf die Haustür zuging, fiel ihm auf, dass etwas nicht stimmte. Sie stand einen Spalt breit offen und in dem kleinen Rechteck oberhalb der Klinke, wo sich normalerweise eine in einem Holzrahmen eingefasste Glasscheibe befand, gähnte ein schwarzes Loch. Er blieb stehen und schaute sich um. Die Stille wirkte beängstigend, nur der aufkommende Wind raschelte in den wenigen welken Blättern der Birken.

Corde überlegte. Er war alleine und die nächste Ansiedlung über einen Kilometer entfernt. Was, wenn der Einbrecher noch im Haus war – oder hier irgendwo auf ihn lauerte?

Er hatte das Haus noch nicht erreicht, als plötzlich ein Schatten auf ihn zu flog. Corde erschrak und wich aus. Er strauchelte, der Schotter knirschte unter seinen festen Schuhen, dann verlor er den Halt und stürzte rücklings zu Boden. Er schloss die Augen und erwartete den Schmerz.

Der Schmerz kam, doch nicht so, wie er erwartet hatte. Nur ein Stechen im Arm, auf den er gefallen war. Er öffnete die Augen und sah gerade noch, wie der Schatten mit einem heiseren Krächzen in den Ästen einer Birke verschwand.

# 1

Der Raum war zu warm. Die trockene Heizungsluft und der Zigarrenrauch reizten ihre Augen und Schleimhäute, dennoch blieben die Fenster verschlossen. Niemand durfte von dieser Unterredung wissen. Zu viel stand auf dem Spiel.

„Die Zeit rinnt uns durch die Finger", sagte der dunkel gekleidete, untersetzte und kahlköpfige Mann an der Stirnseite des Tisches. Er rollte das „r" in seinen Worten, als ob der Nachklang nie enden sollte. Die drei anderen Männer, in teuren Anzügen, gepflegt und distinguiert, nickten, ehe sie reumütig ihre Häupter senkten.

Der schwarzhaarige, drahtige Aufpasser, der abseits des Tisches neben der Tür saß, betrachtete ungerührt seine Fingernägel.

„Und wenn wir die Sache einfach stoppen?", fragte einer am Tisch.

Der Kahlköpfige blickte ihn ungläubig an. Sogar der Mann an der Tür hob kurz seinen Kopf. Eine Weile herrschte düsteres Schweigen.

Plötzlich brach der Kahlköpfige in herzhaftes Lachen aus. Sein Bauch hüpfte auf und ab wie eine Jolle in schwerer See. „Natürlich. Wir packen einfach zusammen und gehen alle nach Hause. Das Geld spielt keine Rolle. Es ist ja nur bunt bedrucktes Papier." Das Lachen erfror in eisiger Kälte. „Wir haben einen Kontrakt, meine Herren, und wir haben einen Weg gemeinsam zu gehen. Und wir werden ihn gehen, bis zum Ende."

Ein dumpfes Hämmern an der Tür. Der Drahtige schnellte in die Höhe. Mit der rechten Hand fasste er unter seine Jacke. „Da?", fragte er.

Unterdrücktes Gemurmel drang in den Raum. Der Wächter entspannte sich und drehte den Schlüssel herum. Durch den

Türspalt schob sich ein stämmiger Mann in einem Nadelstrei-
fenanzug aus den frühen Siebzigern in das Zimmer. Er verbeug-
te sich vor dem Kahlen, als wäre er zu nichts anderem als zum
Dienen geboren.

„Es … es … gibt … Probleme!", stammelte er unterwürfig.

Gemurmel erfüllte den Raum. Der Kahlköpfige schlug mit
der flachen Hand auf den Tisch. Die Gespräche verstummten.

„Probleme?" Die Stimme des Kahlköpfigen klang noch eine
Spur gefährlicher als zuvor.

*

Larsen ließ sich mit einem Seufzer auf dem zerschlissenen Sofa
nieder und starrte an die Decke. Der Raum war schmuddelig
und düster. Die beiden kleinen Fenster ließen nur wenig Licht
herein. Zudem türmten sich dunkle Wolken am Himmel.

„Es wird bald schneien." Töngen saß in einem fleckigen, rosa-
farbenen Ohrensessel. Er hielt Larsen seinen Tabaksbeutel hin.
„Willst du auch eine? Der Stoff ist direkt aus Delfzijl."

Larsen schüttelte den Kopf. „Ich brauche klare Gedanken. Sie
sind wieder draußen, aber ich weiß nicht, was sie suchen."

„Es muss wichtig sein, wenn sie bei diesem Schietwetter hinausfahren." Töngen fuhr mit der Zunge über den Klebestreifen
des Zigarettenpapiers. „Was ist mit Rike?"

„Rike spinnt", erwiderte Larsen. „Sie ist wieder im Camp und
bereitet sich auf eine Aktion vor. Wir hatten Zoff. Sie meint
noch immer, es reicht, ein paar Plakate in die Höhe zu halten.
Wir müssen die Kerle da treffen, wo es wirklich weh tut. Nur
dann können wir etwas bewirken."

„Darüber hast du früher auch anders gedacht."

Larsen seufzte und schaute dem Rauch nach, den Töngen in
die Luft blies. Schließlich griff er nach dem Tabaksbeutel auf
dem Tisch. „Und wohin hat uns das gebracht?" Der Beutel fiel
ihm aus der Hand und klatschte auf den staubigen Boden. Ein
Teil des Inhalts krümelte über die wurmstichigen Holzbohlen.

„Mensch, pass doch auf, das Zeug ist teuer!", fauchte Töngen.

„Schon gut. Hast du nichts Stärkeres?" Larsen kniete sich auf den Boden und klaubte den Inhalt des Beutels wieder zusammen.

„Wie soll ich das bezahlen? Außerdem brauchst du doch einen klaren Kopf, dachte ich, oder?"

Larsen betrachtete seine schmutzigen Hände. „Du könntest ruhig mal sauber machen."

Töngen lächelte. „Ist doch egal, ob wir ein bisschen Dreck mitrauchen. Ist sowieso nur Verschnitt. Der Markt ist wie leergefegt."

Larsen setzte sich wieder auf das Sofa und drehte sich eine Zigarette.

„Die Holländer haben Lieferprobleme", sagte Töngen. „Immer mehr Bullen tummeln sich auf Booten und in den Häfen, seit sie an den Grenzen nichts mehr zu tun haben. Drei Lieferungen haben sie letzten Monat abgefangen. Es wird langsam eng."

Larsen zündete seine Zigarette an. Er legte den Kopf zurück und entspannte sich. Sie schwiegen eine Weile und rauchten.

„Du hast gesagt, es sind Russen?" Töngen schnippte die Asche auf den Boden.

„Russen, Schweden, Chinesen, wo ist der Unterschied?"

„Na, die Russen sind mittlerweile für alles gut, Gift oder Uran, Plutonium …" Töngen blies den blauen Rauch stoßweise in die Luft. „Vielleicht liegen da draußen ein paar Container voller bunter Träume im Wasser und die suchen danach."

„Du spinnst."

„Wieso, was würdest du tun, wenn ein Zollboot auf dich zuhält, um dir dein schönes Pulver abzujagen?"

„Es sind Forscher", antwortete Larsen. „Sie haben ein Boot mit allem technischen Schnickschnack und sie lassen etwas ins Wasser …"

„… und sie haben eine Genehmigung von ganz oben. Die fahren doch winkend an jeder Streife vorbei."

„Aber die Computer an Bord und die Sonargeräte?", wandte Larsen ein.

„Mit was würdest du rausfahren, wenn du offiziell Studien machen willst? Mit 'ner Jolle? Mensch, denk doch nach, Junge", entgegnete Töngen. „Wie viel bezahlen wir heutzutage für die Unze? Zwanzig, fünfundzwanzig Mark. Die schicken das Zeug tonnenweise, da fallen doch die Miete für so ein Boot und die paar Kröten für das Schmieren einiger Beamter gar nicht ins Gewicht."

Larsen zerdrückte seine Zigarette im Aschenbecher. Er ging zum Fenster und warf einen Blick nach draußen. Noch hielten die dunklen Wolken ihre kalte Fracht zurück.

Er nahm seine graue Daunenjacke vom Haken. „Wo steht dein Fahrrad?"

„Was hast du vor?"

„Ich fahre ins Dorf. Ich muss etwas überprüfen", antwortete Larsen.

„Bring ein paar Flaschen Bier mit. Ich sitze schon seit gestern auf dem Trockenen und mir ist es zu kalt, um ins Dorf zu fahren."

„Hast du Geld?"

„Keinen Pfennig", entgegnete Töngen grinsend.

Larsen öffnete die Tür. Ein Schwall eiskalter Luft ergoss sich in das Zimmer.

„Pass auf dich auf! Mit Russen ist nicht zu spaßen."

Larsen nickte und trat hinaus in die Kälte.

*

„Das ist der Preis dafür, dass man hier draußen in aller Ruhe wohnt", sagte der Polizist und nahm die Kamera vors Gesicht.

Das Blitzlicht schmerzte in Cordes Augen. Mit einem Kopfschütteln besah er sich das Zimmer. Die Schubladen der beiden Schränke waren herausgerissen und mit dem Inhalt auf dem Boden verteilt. Die alte Stehlampe lag in der Ecke, der Tiffanyschirm war zerbrochen. Corde atmete tief ein. Die Stehlampe bedeutete ihm viel. Es war die einzige Hinterlassenschaft eines verstorbenen Freundes.

Die Einbrecher hatten ganze Arbeit geleistet und sogar den Stoffbezug des Sofas mit einem Messer aufgeschnitten. Die wenigen Bücher aus dem Regal lagen zerfleddert daneben. Corde fuhr sich mit der linken Hand durch die Haare. Die rechte Hand steckte in einem dicken Gipsverband.

„Oben sieht es genauso aus", sagte er. „Ich frage mich, wer so etwas macht? Haben die etwas Bestimmtes gesucht?"

„Da gibt es genug, die dafür in Frage kommen", antwortete der Polizist und fotografierte erneut. „Und die suchen immer nach etwas Bestimmten. Geld und Wertsachen. Da gibt es die tollsten Verstecke. Und Ihnen fehlt wirklich nichts, sagen Sie?"

Hilko Corde schüttelte den Kopf. „Ich besitze nichts und ich vermisse auch nichts. Schauen Sie sich das Haus an. Sieht es aus, als ob hier drinnen Reichtümer verborgen wären?"

Der Polizist nickte verlegen. „Das kann man nie wissen. Und Junkies geben sich auch mit wenig zufrieden. Hauptsache, das Geld für den nächsten Schuss springt heraus."

Cordes Handy klingelte. „Entschuldigung", murmelte er und ging in den Flur. Er drückte umständlich den grünen Knopf mit dem Telefonsymbol und meldete sich.

„Hallo, Hilko, ich bin es", drang Larsens Stimme aus dem Lautsprecher. „Ich habe nur wenig Geld. War Rike schon bei dir? Hast du ihr den Brief gegeben?"

„Rike? Mensch, Junge, ich habe andere Sorgen. Bei mir ist gerade eingebrochen worden. Alles durchwühlt. Sogar das Sofa haben die Kerle aufgeschnitten."

„Hast du überhaupt schon mit ihr gesprochen?"

„Junge, ich sagte doch, ich habe gerade andere Sorgen."

Ein greller Signalton unterbrach Corde. Er schaute ratlos auf das Display. Das Gespräch war abgebrochen. Corde ging kopfschüttelnd zurück in das Zimmer.

Der Polizist packte den Fotoapparat wieder ein. „Sie gehen mit der Zeit und haben ein Handy", stellte er überrascht fest.

Corde lächelte. „Ich mache im Sommer Kutterausflüge ins Watt und wenn der Herbst kommt, fahre ich Gesellschaften oder

17

einzelne Fahrgäste, manchmal auch Waren hinaus auf die Inseln. Ein Handy ist da Gold wert. Ich bin nicht oft hier zu Hause."

Der Polizist deutete mit dem Kopf an die Decke. „Dann werde ich mich jetzt mal um das Chaos dort oben kümmern. Aber ich will Ihnen keine Hoffnungen machen. Spuren habe ich nicht gefunden. Wahrscheinlich trugen sie Handschuhe."

Corde nickte und griff sich an den rechten Arm. Die Schmerzen kehrten langsam zurück.

\*

Larsen legte nachdenklich den Hörer zurück auf die Gabel. Hatte er richtig gehört? Hatte Onkel Hilko wirklich gesagt, dass bei ihm eingebrochen worden war? Larsen suchte nach Kleingeld, doch außer einem Zehnmarkschein in der Hosentasche hatte er nichts bei sich. Er musste unbedingt zurück aufs Festland, aber die Frachtfähre würde erst morgen früh wieder anlegen. Und das auch nur, wenn sich das Wetter nicht wieder verschlechterte.

Er rieb mit den Fingern über den Zehnmarkschein. Hing der Einbruch bei Corde mit dem angeblichen Forschungsschiff zusammen?

Er überlegte, ob er das Geld wechseln sollte. Er wollte mit Rike telefonieren. Larsen ging zu dem kleinen Laden an der Ecke. Im Sommer tummelten sich in dieser Straße die Touristen, da gab es nicht einmal Sitzplätze in den Straßencafés. Jetzt wirkte das Dorf wie ausgestorben.

Hatte Töngen Recht? Suchten die Kerle im Boot tatsächlich nach ein paar versenkten Containern mit Rauschgift oder sogar nach radioaktivem Material? Wenn die Russenmafia dahintersteckte, hätten die längst herausgefunden, wem der Kutter gehörte, von dem sie dort draußen abseits des Mellumer Fahrwassers im Roten Sand beobachtet worden waren. Schließlich stand der Name *Molly* in großen Lettern am Bug. Wenn sie in Hilkos Haus eingebrochen waren, dann hatten sie sich bestimmt auch schon den Kutter vorgenommen. Ob sie das Versteck gefunden hatten? Er schüttelte den Kopf. Nein, das Versteck auf dem Kutter war einfach zu gut, nicht einmal Hilko selbst würde es entdecken. Die Beute seines nächtlichen Besuches auf dem Kreuzer musste ja sehr wichtig für die Kerle sein, wenn sie danach suchten. Welches Geheimnis verbarg sich dahinter? Wenn ihm jemand helfen konnte, dann war es Rike. Doch die trieb sich in dem Greenpeace-Camp rum und spielte Umweltaktivistin.

Manchmal fand er sie naiv. Sie glaubte noch immer, dass man mit Sprüchen und Protestaktionen die Welt verändern konnte. Doch auf der anderen Seite war sie intelligent. Und stark. Er erinnerte sich noch daran, wie sie einem aufdringlichen Verehrer mit ihren fernöstlichen Kampfkünsten fast den Arm gebrochen hatte. Du frigide Zicke, hatte der Kerl sie angebrüllt, als er in der schlammigen Pfütze lag, nachdem sie ihn mit einem eleganten Fußfeger zu Boden gebracht hatte. Rike war weder frigide noch war sie ein Mannweib, wie die anderen Kerle aus der Gruppe damals behauptet hatten. Sie wusste, was sie wollte. Vielleicht fehlte sie ihm auch deshalb so sehr. Er musste unbedingt mit ihr reden.

Die Ladenglocke bimmelte zweimal, der Verkaufsraum war leer. Bier und etwas zu essen brauchte er jetzt. Dafür genügte sein Zehnmarkschein, aber wenn er danach noch mit Rikes Handyanschluss telefonieren wollte, würde es kaum für ein „Hallo, wie geht's dir" reichen. Sinnlos.

Morgen würde er diese Insel verlassen. Er musste in Erfahrung bringen, was es mit diesem ominösen Einbruch auf sich hatte. Vielleicht war alles nur ein dummer Zufall.

# 2

Sie kamen im Schutz der Dunkelheit. Seit Stunden hatten sie das schäbige Haus in der Ahrstraße belauert, wo der ehemals weiße Putz graue Ränder trug und von der Wand bröckelte.

Die hölzerne Eingangstür war unverschlossen. So wie an jedem Tag. Sie waren gestern schon einmal hier gewesen. Ihn hatten sie nicht angetroffen. Er blieb verschwunden, als wüsste er, dass sie nach ihm suchten.

Die Treppen knarrten, als sie ungesehen die vier Stockwerke nach oben gingen. Er hatte unter dem Dach ein kleines Zimmer mit einer Dusche und einer Kochnische. Zu mehr hatte er es nicht gebracht. Ein Versager, ein Niemand. Er hatte noch nichts in diesem Leben geleistet. Er hatte die Zeit, die ihm gegeben war, damit zugebracht, Farbbeutel gegen Wände zu werfen und Leuten auf die Nerven zu fallen. Das alles wussten sie, denn sie hatten sich über ihn erkundigt. Sie hatten ihre Quellen, und es gab keinen Zweifel: Niemand würde ihn vermissen.

Die altersschwache, gelb gefleckte Holztür war kein Hindernis. Sie brauchten knapp dreißig Sekunden, bis das Schloss aufsprang. Abgestandene und modrige Luft empfing sie. Das Zimmer lag im Dunkeln. Direkt neben dem Eingang war das Bad, gegenüber die Garderobe, an der zwei schäbige Jacken hingen. Der Strahl ihrer Taschenlampen huschte kurz darüber. Einer von ihnen durchwühlte die Taschen, die anderen machten sich über das Zimmer her. Bedächtig öffneten sie die Schubladen, vorsichtig durchsuchten sie die Schränke und den Schreibtisch. Niemand sollte bemerken, dass sie hier gewesen waren.

In der rechten Ecke stand ein alter Mahagonischreibtisch. Viel zu wuchtig für den kleinen Raum, in dem sich noch die Kochnische, das Bett und eine Couch befanden.

„Schau dir das an!" Der Größere deutete auf eine Weltkarte

über dem Schreibtisch. Mit einem roten Stift waren Markierungen und Daten eingezeichnet. In der Arktis und Antarktis, in Südamerika, im Persischen Golf, in Russland und an der Nordseeküste befanden sich solche roten Punkte, die bei genauer Betrachtung einem Totenkopf ähnelten.

Der Kräftige zog einen Packen Papiere mit aufgeklebten Zeitungsartikeln aus einem Regal und überflog die Überschriften. Es waren Artikel über Abholzungen im Regenwald und Ölbohrungen in der Arktis. *Mörder* hatte jemand mit krakeliger Handschrift unter die einzelnen Artikel geschrieben. „Ein Spinner."

Der Großgewachsene lächelte verächtlich und fuhr damit fort, die Schubladen des Schreibtisches zu durchsuchen.

Unerwartet pfiff der Kräftige leise durch die Zähne. „Schau mal, das ist ein ganz schönes Früchtchen." Er hielt dem Großen mit seinen von Latexhandschuhen überzogenen Fingern ein Blatt Papier unter die Nase.

„Was soll das, du weißt, was wir suchen." Der Große widmete sich dem Computer auf dem Schreibtisch.

„Es ist nicht hier, ich habe alles auf den Kopf gestellt", sagte der Kräftige nach einer Weile.

„Sonst etwas Brauchbares?"

„Ein paar nicht ganz jugendfreie Briefe von seiner Freundin."

„Mit Absender?"

„Ja."

Der Hüne griff in seine Jackentasche und zog ein Handy hervor. „Sie ist also seine Freundin, so etwas", flüsterte er, als er die Ziffern wählte.

\*

Larsen schlief schlecht. Alpträume plagten ihn. Immer wieder erschien der dunkle Riese und krümmte den Zeigefinger. Plötzlich war die Hand des Hünen nicht mehr leer. Eine großkalibrige Pistole lag darin. Kurz bevor der Riese abdrücken konnte, erwachte Larsen schweißgebadet.

Er schaute auf seine Armbanduhr. Kurz nach fünf. Er ging ins

Bad und wusch sich das Gesicht. Dann setzte er sich auf die Couch und lauschte Töngens Schnarchen. Er verwarf den Gedanken, ihn zu wecken, zog seinen dicken Parka über und verließ das Haus.

Die Fähre lief gegen sieben Uhr in den menschenleeren Hafen ein. Larsen hatte den Weg zu Fuß zurückgelegt und im Schutz des Bahnhofsgebäudes beim spärlichen Licht der wenigen Hafenlaternen gewartet. Der erwartete Schnee war zum Glück ausgeblieben. Es war nicht mehr so kalt wie am Tag zuvor und der Wind hatte nachgelassen.

Er kannte den Kapitän. Gut eine Stunde später lief die Fähre in Richtung Norden wieder aus. Larsen stand an Bord und blickte über die Reling. Er war der einzige Passagier. Kein Wunder im November.

Es war gut so. Larsen fühlte sich so sicherer. Cordes Anruf hatte ihn aufgewühlt. Larsen hatte Angst. Ein lähmendes Gefühl kroch auf seine Mitte zu. Er musste unbedingt mit Corde reden. Er griff in die Hosentasche. Noch ganze drei Mark und fünfundzwanzig Pfennig hatte er bei sich. Von der Bank hatte er ebenfalls nichts mehr zu erwarten. Er war pleite.

Rike hatte ihm oft Geld gegeben. Jetzt war sie weg. Sie waren im Streit auseinander gegangen. Nach vier Jahren war sie einfach fort und er hatte das Gefühl, dass sie es diesmal ernst mit der Trennung meinte.

Nachdem die Fähre im Hafen von Norddeich festgemacht hatte, suchte er drüben am Kutterhafen nach Holm, einem Kapitän, dem er schon ein paar Mal geholfen hatte und der ihn bestimmt nach Greetsiel fahren würde. Doch der Kutter war nicht an seinem Liegeplatz. Fluchend ging er über die weite Wiese. Im Reif der kalten Nacht hinterließ er seine Spuren. Bis in die Stadt hinein konnte er laufen, aber wie kam er nach Greetsiel?

Ein Polizeiwagen bog um die Ecke. Larsen zog den Kragen hoch. Die Bullen konnte er jetzt am wenigsten gebrauchen. Bestimmt stand er schon wieder auf der Fahndungsliste. Die Briefe, die er vor kurzem an die Ämter abgeschickt hatte, wurden ihm garantiert übel genommen, da verstanden sie keinen Spaß, diese ignoranten Nichtstuer in den Verwaltungsbüros. Beamte nannten sie sich, aber Ahnung hatten sie keine. Da waren alle gleich. Auch die Gelbbäuche in den grünweißen Autos gehörten zu dieser Sorte. Er bog in einen Hinterhof ein und wartete, bis der Streifenwagen vorbeigefahren war.

\*

„Wir haben ihn nicht gefunden", drang die kehlige Stimme aus dem Telefon.

„Hinweise?"

„Eine Freundin, mehr nicht."

„Das ist doch schon was", erwiderte der Kahle. „Ihr müsst ihn finden, um jeden Preis."

„Da ist noch etwas. Er hat Probleme mit den Behörden. Er gehört zu diesen linken Chaoten und ist so was wie ein Umweltschützer. So ein Spinner, der sich an Bahngleise kettet."

Der Kahle erhob sich. In seinem Kopf arbeitete es fieberhaft. Ein Umweltschützer, auch das noch. Diese Typen meinten immer, sie müssten hinter jedem herschnüffeln. Stets auf einem Kreuzzug, wie diese borntierten Beamten in den Ämtern. Dabei war es gerade in dieser Phase wichtig, dass es keine Auffälligkeiten gab. Zwischenfälle konnten sie sich nicht leisten.

„Findet ihn!", sagte der Kahle, und beendete das Gespräch.

\*

Der dritte Wagen, den Larsen auf der Landstraße von Norddeich in die Westermarsch anzuhalten versuchte, war der Milchlaster. Der Fahrer nahm ihn mit nach Greetsiel. An der Straße nach Pewsum ließ er Larsen aussteigen. Es war kurz nach acht und die Dämmerung erhellte langsam den Himmel, als Larsen den Weg in das malerische Dorf einschlug.

Hier draußen war der Wind stärker als in Norden. Larsen zog den Reißverschluss seiner Jacke höher. Ob Corde schon auf dem Kutter war?

Als er über den leeren Parkplatz ging, auf dem sich im Sommer Wagen an Wagen reihte, fielen die ersten Schneeflocken aus den grauen Wolken. Sein Freund Töngen hatte also doch Recht behalten. Obwohl dessen Gehirn vom vielen Bier, den Kurzen und den Joints bestimmt schon zerfressen war, hatte er noch immer ein Gespür für das Wetter. Damals, als sie in dem kleinen, altersschwachen Boot zwischen den Sandbänken herumgefahren waren und die pelzigen grauen Körper gezählt hatten, die leblos im feuchten Sand lagen, hatte er immer vorausgesagt, wenn das Wetter umschlug. Nur einmal waren sie in einen Sturm geraten. Das war im Nordland gewesen und Töngen vollgekifft wie ein Bus jamaikanischer Reggae-Musiker. Doch sie hatten überlebt. Überlebt, um die Zahl der toten Körper dieses Tages ins Forschungszentrum zu melden. Und wofür?

Er hatte gedacht, dass es besser werde, wenn Esser den Chefposten der Naturschutzbehörde übernehmen würde. Doch es blieb alles beim Alten. Die Schutzzonenverordnung war ein stumpfes Schwert. Noch immer warfen die Kapitäne ihren Unrat über Bord oder spülten ihre Tanks mit Nordseewasser aus, um es voller Öl und Schmiere wieder zurück ins Meer zu pumpen. Worte, nichts als Worte. Und er hatte für diese Farce sein Leben und seine Gesundheit riskiert. Nie wieder würde er so blauäugig sein.

Larsen ging über die Brücke und bog in den Weg zum Hafen ein. Der Schneefall wurde stärker. Die weißen Flocken tanzten wild im Wind. Hinter der Mauer tauchten die Masten der Kutter auf, die an der Mole vertäut lagen. Die *Molly* schaukelte friedlich im seichten Auf und Ab des Hafenbeckens. Corde war nicht hinausgefahren. Larsen atmete auf.

Töngens Worte kamen ihm noch einmal in den Sinn. *Container mit bunten Träumen.* Vielleicht lag da draußen wirklich irgendetwas auf dem Grund des Meeres. Wertvoll musste es sein, sonst würde sich der Aufwand nicht lohnen. Zumindest musste es etwas sein, das man nicht gerne dem Zoll offenbarte. Drogen, Diamanten für Rotterdam, Gold, Falschgeld, radioaktives

Material für irgendwelche arabische Extremisten. Vielleicht war die Ladung gar nicht für Deutschland bestimmt. Zwar lag die Stelle, an der er das rote Schiff ausgemacht hatte, im Roten Sand, aber immer noch außerhalb der Drei-Meilen-Zone und abseits der viel befahrenen Schifffahrtsrouten.

Larsen blieb an der Mauer stehen. Von Corde keine Spur. Aber der würde bestimmt noch kommen. Er war jeden Tag auf seinem Kutter, selbst wenn er nicht hinausfuhr. Es gab immer jemanden hier, mit dem er reden konnte. Anders als in der Abgeschiedenheit seines Gehöftes.

Larsen ging auf die Treppe zum Anleger zu.

„Da bist du ja endlich!", ertönte eine Stimme hinter ihm.

Die Worte trafen ihn wie ein Peitschenhieb. Langsam drehte sich Larsen um. Sein Gesicht war starr vor Schrecken.

„Eine schöne Überraschung", sagte der blasse junge Mann, der sich wie ein Schatten von der roten Hauswand gelöst hatte. „Du dachtest wohl, ich finde dich nicht?"

Larsen schluckte seine Angst herunter, trotzdem klang seine Stimme belegt. „Du! Ich habe nicht …"

„Dienstag war Zahltag", fiel ihm der andere ins Wort. „Und jetzt steht schon das Wochenende vor der Tür. Ich will mein Geld."

„Ich hatte Probleme. Ich brauch noch etwas Zeit."

Der Blasse baute sich breitbeinig vor ihm auf. „Zeit? Noch einmal eine Woche?"

Larsen nickte.

Die Faust traf ihn nur Millimeter unterhalb der Nase auf der Oberlippe. Trotz des lauten Klatschens hörte Larsen ein Knirschen aus seinem Mund. Ein stechender Schmerz durchfuhr ihn. Das Wasser schoss ihm in die Augen und fast gleichzeitig schmeckte er das Blut, das ihm über die Zunge rann. Dann schlug er die Hände vors Gesicht.

„Heute bezahlst du, Larsen!", sagte der andere.

Larsen spuckte den abgebrochenen Teil seines Schneidezahnes in die Wiese. Vom Schmerz war er immer noch benommen.

\*

Der frostige November ging und ein nasskalter und trüber Dezember hielt Einzug. Dennoch wurden die Schaufenster der Läden von einem hellen Glanz erfasst, Nikoläuse und Weihnachtsmänner lösten die herbstlichen Drachendekorationen ab und das Jahr trieb unaufhaltsam auf das Weihnachtsfest zu.

# 3

Der Postbote trug wie jeden Werktag eine große, gelbe Kiste durch die Drehtür des gläsernen Bürohauses am Theodor-Tantzen-Platz. Heute etwas schneller als sonst, denn es goss in Strömen. Über das Wochenende hatte eine milde Brise die Temperaturen auf zwei Grad Plus ansteigen lassen. Glatteis und eine Serie von Verkehrsunfällen in der vergangenen Nacht waren die Folge gewesen. Nun spülte der Regen die grauen Schneehaufen durch die Straßen. Die Kanalisation wurde von den Wassermassen überfordert und überall verteilten sich riesige Lachen in den Asphalttälern der Stadt.

„Moin!", rief ihm der Pförtner hinter seinem Tresen zu. „Sauwetter, was?"

Der Postbote nickte, eilte den dunklen Gang entlang und verschwand hinter einer Glastür mit der Aufschrift *Poststelle*.

„Guten Morgen", grüßte die blonde junge Frau ihn freundlich. Ihre dunkelhaarige Kollegin saß hinter ihrem Schreibtisch und leerte einen feuchten Karton auf die Tischplatte.

„Weiß nicht, was an dem Morgen gut sein soll", knurrte der Postbote. „Draußen ist die Hölle los. Überall kracht es. Auf der Hindenburgstraße ist ein Stau bis raus nach Wechloy. Ein Laster ist gegen drei geparkte Autos gerutscht. Ich musste fast eine Stunde warten."

Die ältere Kollegin schaute auf die Wanduhr über der Tür. Es war kurz nach neun. „Stimmt, du bist spät dran."

„Spät ist gar kein Ausdruck. Heute wird's mindestens drei, bis ich überall durch bin. Dabei habe ich zu Hause noch so viel zu tun." Der Postbote lächelte verschwörerisch. „Das Kinderzimmer ist immer noch nicht fertig."

„Wann ist es denn so weit?", fragte die Blonde.

„Ich hoffe, dass die beiden bis Mittwoch nach Hause dürfen."

Der Postbeamte nahm seine gelbe Kiste vom Tresen. „Ich freu mich so auf meinen Sohn, ich kann's kaum erwarten."

„Mal sehen, was du sagst, wenn dich der Kleine mitten in der Nacht aus dem Tiefschlaf schreit", unkte sie.

„Na hör mal, der schreit nicht. Der geht nach mir und weiß, was sich gehört."

„Ähhh ... – was ist denn das für eine Schweinerei!" Die schwarzhaarige Kollegin sprang auf. Sie rieb sich die Hände und blickte voller Ekel auf den großen, grauen Umschlag, den sie auf den Schreibtisch geworfen hatte. Die grüne Schreibunterlage war von einem hellen Pulverfilm überzogen. Aus einem kleinen Spalt des Kuverts rieselten noch immer kleine Kristalle.

Der Postbote fuhr vorsichtig mit dem Finger über die Tischplatte. Dann hob er ihn unter die Nase. „Das riecht irgendwie ... chemisch." Er schaute auf das Kuvert. Neben einem maschinengeschriebenen Adressatenaufkleber prangten drei Briefmarken. Ein Absenderfeld fehlte. Vorsichtig schob er den grauen Briefumschlag zu sich heran. Drei kleine blaue Delfine waren links oben neben der Falz zu erkennen. „Woher stammt das?"

Die Dunkelhaarige schaute ihn entgeistert an. „Ich habe das Kuvert heute Morgen aus unserem Hausbriefkasten geholt."

„Das ist komisch", sagte der Mann nachdenklich. „Es sind Briefmarken drauf, aber kein Poststempel. Also, von uns ist es nicht." Der Brief war an den stellvertretenden Direktor der Bezirksregierung Doktor Thomas Esser gerichtet. *Persönlich* war unter dem Namen zu lesen.

„Sollen wir Esser anrufen?", fragte die Blonde.

„Ich denke, ihr solltet besser die Polizei anrufen", entgegnete der Postbote.

Betroffen schaute die dunkelhaarige Frau auf. „Du meinst, das könnte eine Bombe sein?"

Der Postbote zuckte mit den Schultern.

\*

Rike hielt sich mit aller Kraft an den Seilen fest, während ihr

Schlauchboot in halsbrecherischer Fahrt über die Wellen schoss. Der große Walfänger blieb unbeeindruckt von der rauen See. Bald würden die grauschwarzen Körper wieder durch den tiefblauen Vorhang aus Wasser an die Oberfläche stoßen. Der Walfänger befand sich in Schussweite. Das zweite Schlauchboot hatte Position vor seinem Bug bezogen und versuchte den Steuermann zu ständigen Kursänderungen zu nötigen, damit der Kanonier an der Bugharpune keinen gezielten Schuss anbringen konnte.

Gestern hatten sie das japanische Walfangschiff südlich der Kerguelen-Inseln ausgemacht und die Verfolgung aufgenommen. Die *Arctic Sunrise* war ein ehemaliger Robbenfänger und eigens für den Zweck umgebaut, Walfänger südlich des 40. Breitengrades ausfindig und ihnen ihren Fang so schwer wie möglich zu machen. Die Japaner waren gestern Abend auf eine Gruppe Minkwale gestoßen, die westwärts auf die Südatlantische Schwelle zuhielten. Den ersten Abschussversuch heute Morgen hatten die Männer und Frauen an Bord der Schlauchboote noch verhindern können, aber der Walfänger hatte die gemächlich nach Westen schwimmende Gruppe Wale bald wieder eingeholt. Nun setzte er erneut zum Abschuss an und wieder riskierten die Umweltschützer in den wendigen Schlauchbooten ihr Leben.

Rike hatte beinahe zwei Wochen im Camp bei Bremen für diesen Einsatz geübt, bevor sie vor einer Woche in Perth an Bord der *Arctic Sunrise* gegangen war, doch dass es so hart werden würde, hatte sie nicht gedacht.

„Come on, closer!", rief Bob, der aus Wellington stammte und schon zum achten Mal mit von der Partie war. Bob führte das Boot, das sich zwischen den Walfänger und die Tiere schieben sollte, falls die anderen den Japaner nicht zur Kursänderung zwingen konnten.

Jean, ein Belgier aus Gent, hielt mit beiden Händen das Ruder des 240 PS starken Außenbordmotors umklammert. Harry aus dem amerikanischen Newport und Rike stabilisierten das Boot. Sie hatten sich angeleint und versuchten, nicht über Bord zu fallen. Das alleine war schon schwierig genug. Plötzlich durch-

29

stießen direkt neben ihnen die grauen Körper der Minks die Oberfläche.

„Slow down … slow down!"

Eiskaltes Wasser spritzte in Rikes Gesicht. Jetzt war der Walfänger direkt hinter ihnen. Die aufgewirbelte Gischt nahm ihr zeitweise die Sicht. Dann ertönte ein Donnern. Ein Rauschen überlagerte den gedrosselten Motorenlärm, doch es war nicht das Rauschen der Wellen. Es steigerte sich zu einem immer höher werdenden Sirren, dann schoss der Pfeil an ihnen vorbei und bohrte sich mit einem lauten Klatschen in den Leib eines Tiers. Der Luftzug des Seiles klang wie ein hilfloser Aufschrei.

Rike schlug die Hände vors Gesicht. Die Schaumkronen der Wellen verfärbten sich rot.

„This crazy guy!", fluchte Bob.

Im Todeskampf peitschte die mächtige Schwanzflosse des zehn Meter langen Tieres durch die Luft. Jean riss das Ruder herum und Bob fiel nach vorne. Rike erwischte ein Stück seiner Jacke. Bobs Oberkörper hing im eiskalten Wasser, doch Rike verhinderte, dass er über den glatten Wulst in die Fluten stürzte.

Jean drosselte den Motor und Harry hechtete zum Bug, um Rike und Bob zu helfen. Gemeinsam zogen sie den Neuseeländer zurück ins Boot. Er fluchte und schüttelte seine Faust, als der Walfänger nur wenige Meter entfernt an ihnen vorüberfuhr. Die Wale waren wieder abgetaucht. Alle, bis auf einen.

„Manchmal glaube ich, Larsen hat Recht", murmelte Rike, während sie in einiger Entfernung zusahen, wie der Walfänger seinen mittlerweile leblosen Fang längsseits zog. „Es reicht nicht, sie abzudrängen. Versenkt müssten sie werden."

„Was meinst du?", fragte Jean mit französischem Akzent.

„Ach, nichts … Ich dachte gerade nur an einen Freund von mir", antwortete Rike.

„Okay, there's nothing more to do, let's go back", sagte Bob.

Mit feuchten Augen wandte sich Rike ab. Die *Arctic Sunrise* wartete auf sie.

*

Dr. Thomas Esser, stellvertretender Direktor der Bezirksregierung Weser-Ems, war Landtagsabgeordneter der Grünen gewesen, bis er bei der letzten Wahl seinen Sitz verlor und an seinen Schreibtisch nach Oldenburg zurückkehren musste. Er hatte noch immer sein Parteibuch und war von den Programmen seiner Partei überzeugt. Vor allem lag ihm der Schutz der Küste und des Wattenmeers am Herzen. Nun stand er der Nationalparkverwaltung Wattenmeer in Wilhelmshaven vor. Vielleicht, so dachte er oft, war es ein Wink des Schicksals, dass er seinen Platz im Landtag hatte aufgeben müssen. Als verantwortlicher Leiter der Nationalparkverwaltung konnte er viel mehr für die Umwelt und seine Überzeugungen tun.

Obwohl es seit dem gestrigen Abend in Oldenburg regnete, war er wie jeden Tag mit seinem Fahrrad von Bürgerfelde zur Arbeit gefahren. Wenn es auch kalt und ungemütlich war, diesen aktiven Beitrag zum Schutz der Umwelt ließ er sich nicht nehmen. Den Bus benutzte er nur, wenn die geschlossene Schneedecke das Radfahren nicht mehr zuließ.

Vor vielen Jahren, als er noch jung und ungebunden gewesen war, mit langen Haaren und mit grünem Parka, hatte er Stunden im Wind und im Regen zugebracht. In Camps, in wilden Lagern und Zelten. Vor Gorleben, an der Startbahn West bei Frankfurt oder im Hamburger Freihafen, er hatte keine Gelegenheit ausgelassen, den Regierenden sein klares „Nein" zu ihren Entscheidungen entgegenzuschreien.

Vielleicht war er reifer geworden – oder vielleicht resultierte die Verlagerung seiner Aktivitäten aus einem längeren Gespräch mit seinem Vater, der ihm unmissverständlich klar gemacht hatte, dass er kein Geld mehr erhalten werde, wenn er sich nicht endlich selbst um seine Zukunft kümmerte. Natürlich hatte zunächst der Rebell in ihm gesiegt, schließlich gehörte sein Vater als erfolgreicher Zahnarzt dem Establishment an, das er damals zutiefst verachtete. Letztlich siegten die Einsicht, der Hunger und die Vernunft.

Er hatte Jura studiert – denn „Biologie hat keine Zukunft!", hatte sein Vater getönt – und gelernt, seine Ideologien in demokratischer und konstruktiver Form zu vertreten. Er heiratete, tauschte den grünen Parka mit einem dunklen Anzug. Machte sein Praktikum am Amtsgericht in Oldenburg, knüpfte Kontakte und begann seine Karriere bei der Bezirksregierung. Und nach dem kurzen Ausflug in die Landespolitik hatte ihm nun der Bezirksdirektor die Aufsicht über die *Nationalparkverwaltung Niedersächsisches Wattenmeer* in Wilhelmshaven übertragen. Eine Aufgabe, die er mit Freude übernahm.

Sein Dienstsitz blieb in Oldenburg, doch jetzt hatte er endlich das Gefühl, in seine Vergangenheit zurückgekehrt zu sein. Er war seinen Überzeugungen und seinen Prinzipien wieder ganz nahe.

Doktor Thomas Esser fuhr mit seinem Rad über den freien Platz, vorbei am schmucklosen Tannenbaum mit den hellen Glühbirnen, der in aller Eile aufgestellt worden war, und wunderte sich, dass vor dem Haupteingang zwei Streifenwagen und ein grauer Audi standen. Was war hier passiert?

*

„Da ist er ja endlich!" Horst Liebler zeigte auf den hageren Hünen, der die Halle durch die Glastür betrat und auf die Aufzüge zuging.

Kriminaloberrat Kirner wandte sich um. „Das ist Doktor Esser?", fragte er den Verwaltungsbeamten.

Liebler nickte und hielt Esser auf. „Stell dir vor, was passiert ist! Sie haben eine Briefbombe in der Post gefunden. Wir mussten alle unseren Arbeitsplatz räumen, bis das Kuvert abtransportiert war. Alles war in heller Aufregung."

„Guten Morgen, Herr Doktor Esser." Kirner streckte dem Leiter der Nationalparkverwaltung seinen Dienstausweis entgegen. „Mein Name ist Kirner, ich bin vom Landeskriminalamt. Ist es möglich, dass wir uns irgendwo ungestört unterhalten?"

Mit dem Aufzug fuhren sie in den zweiten Stock, dort befand sich Essers Büro.

„Kann ich erfahren, was genau passiert ist?", fragte Esser.

„Eine Mitarbeiterin Ihrer Poststelle hat in der Tagespost ein Kuvert entdeckt, aus dem ein helles, kristallines Pulver gerieselt ist", erklärte Kirner, nachdem beide Platz genommen hatten. „Ihr kam das verdächtig vor, deshalb hat sie die Polizei verständigt. Tatsächlich handelt es sich bei dem Pulver um Kaliumchlorat, einen leicht entzündlichen Stoff, der schon bei geringsten Verunreinigungen oder Berührungen reagieren kann. Da es sich hier um eine staatliche Organisation handelt, wurden wir hinzugezogen. Unsere Spezialisten haben bestätigt, dass es sich um eine Briefbombe handelt. In einem innen liegenden zweiten Kuvert befindet sich offenbar eine weitere Substanz. Über eine kleine Knopfzelle, ein Blitzlicht ohne Abdeckung und eine elektrische Schaltung sollte das Päckchen gezündet werden. Ich hoffe, dass wir das Paket entschärfen können und nicht sprengen müssen. Dann gibt es vielleicht einige Spuren, die uns weiterhelfen."

Esser sank sichtlich erschüttert in seinem Stuhl zurück. „Wer sollte die Bombe öffnen?"

„Der Brief war ausdrücklich an Sie persönlich adressiert."

Aus Essers Gesicht wich allmählich die Farbe und machte einem Grauton Platz. „Ich ... wieso ich ...?"

„Können Sie sich irgendeinen Grund vorstellen?"

Esser schüttelte den Kopf. „Was wäre passiert, wenn ..."

„... wenn Sie den Umschlag geöffnet hätten?", fiel ihm Kirner ins Wort. „Ersten Schätzungen nach dürften sich etwa fünfzig Gramm Sprengstoff im Inneren des zweiten Kuverts befunden haben. Das hätte eine ordentliche Explosion gegeben."

Esser schluckte. „Ich glaube, mir wird schlecht." Er erhob sich und ging an einen Aktenschrank, öffnete die untere Schranktür und holte eine Flasche Cognac hervor. Er schenkte ein Glas voll und leerte es in einem Zug.

„Haben Sie Feinde?"

„Natürlich macht man sich Feinde, wenn man einen solchen Posten ausfüllt", erklärte Esser. „Fischer, die gerne in manchen

Schutzzonen fischen würden, Umweltfanatiker, denen unsere Verordnungen nicht weit genug gehen. Es gibt da eine große Zahl von Leuten, denen man hier und da auf die Füße treten muss. Aber deswegen eine Briefbombe?"

„Gab es in letzter Zeit etwas Ungewöhnliches, wurden Sie bedroht?"

Esser öffnete eine Schreibtischschublade, nahm ein Bündel Briefe heraus und warf sie auf den Tisch. „Wer etwas tut, schafft sich automatisch Gegner. Nur wenn Sie still sind und sich aus allem heraushalten, dann passiert so was nicht."

Kirner starrte wie gebannt auf ein großes, graues Kuvert mit drei kleinen, blauen Delfinen in der linken oberen Ecke. „Woher haben Sie das?"

„Der kam vor drei Wochen mit der Post." Esser wollte nach dem Umschlag greifen, doch Kirner sprang auf und packte ihn an der Hand.

„Von wem?"

„So eine Umweltschützerin. Darin befand sich eine lange Studie, über die negativen Auswirkungen des zunehmenden Tourismus auf die Flora und Fauna des Wattenmeers. Wieso ist das so wichtig?"

Kirner griff in seine Jackentasche und holte ein Polaroidfoto heraus, das die Briefbombe mit den gleichen kleinen Delfinen auf dem Kuvert zeigte. Kommentarlos reichte er es Esser.

# 4

Das Haus schwieg. Im Flur, im Wohnzimmer, in den Zimmern im Obergeschoss und vor allem im Kinderzimmer, überall nur lastende Stille. Trevisan saß in seinem Ohrensessel und hielt die Augen geschlossen. Sie waren feucht. Alles um ihn herum erschien sinnlos, dem Tod näher als dem Leben. Grit hatte sich von ihm getrennt. Sie hatte Paula mitgenommen. Paula, die ihm alles bedeutete. Vor einem Monat war sie elf Jahre alt geworden. Er hatte sie angerufen und danach hatte er sich sinnlos betrunken. Sie fehlte ihm. Er fühlte sich einsam und verlassen.

Der Heilige Abend war angebrochen, doch in diesem Jahr zog kein Bratenduft durch den Flur, kein Weihnachtsbaum schmückte das Wohnzimmer, kein Kinderlachen erfüllte die Stille. Niemand fragte ungeduldig, wann es denn endlich die Geschenke gäbe.

Trevisan öffnete die Augen und schaute auf die Uhr. Es war kurz nach acht. Draußen fielen dicke, weiße Flocken und bedeckten die noch unvollendete Terrasse. Er griff zu seinem Weinglas und leerte es in einem Zug. Seine Gedanken schweiften in die Vergangenheit und wollten sie festhalten, das Lächeln seiner Tochter, die liebevollen Umarmungen, doch nur die Kälte eines leeren Hauses blieb. Grit hatte die Koffer gepackt und war einfach weggefahren. Weg aus Sande, zurück nach Kiel. Sie hatte sich bei einer Freundin eingenistet. Vorerst, so lange, bis sie etwas Passendes gefunden hatte. Die Endgültigkeit sprach aus diesen Worten. Hart und unnachgiebig. Dabei hatte er sich bemüht, hatte ihre Launen über sich ergehen lassen, hatte still gehalten, wo er am liebsten widersprochen hätte.

An diesen verfluchten Feiertagen, wenn er sich nicht mit Arbeit ablenken konnte, war seine Sehnsucht unerträglich. Er schaute auf den Tisch. Dort lag das Telefon, in greifbarer Nähe, damit er keine Sekunde versäumte, falls Paula doch noch anrufen würde. Doch der Apparat schwieg ihn eisern an.

Das Schicksal war in den letzten Wochen hart mit Martin Trevisan ins Gericht gegangen. Kurz nach Grits Auszug hatte er seinen Vater beerdigen müssen. Ein Schlaganfall. Grit war noch nicht einmal zur Beerdigung gekommen. Als er sie am Telefon gebeten hatte, wenigstens Paula zu schicken, hatte sie geantwortet: „Du kannst sie ja abholen und am Abend wieder vorbeibringen." Das hatte ihn schwer getroffen. Wie hätte er das bewerkstelligen sollen? Schließlich lagen alle Vorbereitungen zur Bestattung seines Vaters bei ihm. Niemand aus der Familie konnte ihm dabei helfen. Doch er hatte nichts gesagt. Er hatte einfach aufgelegt.

Trevisan goss sein Glas voll. Der Wein machte ihn müde und würde helfen, auch diesen Tag zu überstehen. Er hob seinen schweren Kopf. Es war mittlerweile zehn Uhr. Jetzt würde ihn Paula bestimmt nicht mehr anrufen. Er dachte daran, was sie wohl gerade tat, und ob sie sich über das Barbie-Puppenhaus, das er ihr geschickt hatte, auch wirklich freute. Falls Grit es überhaupt unter den Weihnachtsbaum gestellt hatte.

Seine Gedanken zerflossen in einer dumpfen und trägen Dunkelheit. Er leerte das Glas, erhob sich und schwankte nach oben. Das schnurlose Telefon hielt er fest umklammert in seiner Hand.

\*

Kriminaloberrat Kirner vom Staatsschutzdezernat saß in der Schützenstraße in seinem Büro im dritten Stock und schaute hinaus in den Innenhof. Dort waren drei Mechaniker damit beschäftigt, einen zerbeulten Streifenwagen von einem Abschleppwagen zu hieven. Sie hatten alle Hände voll zu tun, denn die Räder an dem zerknautschten Opel Omega waren nicht mehr rollfähig und der Kran am Abschleppwagen konnte die Last offenbar nicht heben.

„Ich glaube nicht, dass Esser die Explosion überlebt hätte", sagte Köster, ein Mitarbeiter der Kriminaltechnikabteilung.

„Und die Technik?"

Köster grinste. „Banal, eine Negativschaltung. Sobald die Alufolie keinen Kontakt mehr hat, ist der Widerstand abgeschaltet und der Strom kann fließen. Lernt man in den ersten beiden Wochen Elektrotechnik am Berufskolleg."

„Das heißt also, es waren keine Profis?"

„Es gehört viel Konzentration und Feingefühl dazu, mit Kaliumchlorat und Thermit zu hantieren. Aber die technischen Kenntnisse, die man braucht, sind eher bescheiden. Die Bediensteten hatten Glück, dass es draußen kalt und feucht war und der Brief wohl schon einige Zeit im Briefkasten heruntergekühlt worden war. Als wir das Zeug im Labor hatten, war es schon äußerst aggressiv."

„Was habt ihr über den Briefumschlag herausgefunden?"

Köster griff nach seiner Akte und blätterte in den Seiten. „Die Umschläge sind aus Umweltpapier. Sie werden in Dänemark hergestellt und in Dritte-Welt-Läden vertrieben. Nicht gerade Massenware, aber weit verbreitet. Die Briefmarken waren interessanter. Sie reichen nicht für die Umschlaggröße und das Gewicht und waren nicht abgestempelt. Wir gehen davon aus, dass der Brief nicht mit der Post geliefert wurde. Wir haben sie abgelöst und hoffen, darauf DNA-Spuren zu finden. Außerdem wird der Innenumschlag, in dem sich das Thermit befand, gerade im Labor bedampft. Offenbar sind Fingerabdrücke darauf."

Mittlerweile hatten die Mechaniker den Wagen frei baumelnd am Kran aufgehängt. Das Auto schwankte bedrohlich.

„Wann ist mit ersten Ergebnissen zu rechnen?"

„Gemach, gemach", antwortete Köster. „Die Hälfte der Abteilung hat zwischen den Jahren Urlaub und das Erkältungswetter hat die übrige Hälfte stark dezimiert. Frühestens in drei Wochen haben wir eine DNA-Analyse auf dem Tisch. Vorher geht nicht viel. Wir haben auch noch den Mordanschlag auf die Kollegen in Osnabrück."

Kirner lächelte verächtlich. „Ich richte dem Mörder aus, dass wir wegen Neujahr geschlossen haben."

„Gibt es denn sonst keine Hinweise?"

„Eine ganze Menge", antwortete Kirner. „Das ist es ja gerade, was mich stutzig macht."

*

Das Flugzeug landete mit zwei Stunden Verspätung. Rike war froh, endlich wieder festen Boden unter den Füßen zu haben. Der Flug von Perth nach Frankfurt am Main hatte über fünfzehn Stunden gedauert. Zum Glück war die Zugverbindung zwischen Frankfurt und Bremen so gut ausgebaut, dass sie trotz der Verspätung noch heute einen Zug erwischen konnte. Von Bremen würde sie schon irgendwie nach Wilhelmshaven kommen. Sie war müde, ihre Beine schmerzten und außerdem hatte sie kaum mehr als fünfundzwanzig Mark und ein paar australische Dollars in ihrer Geldbörse. Im Flugzeug hatte sie sich kurz vor der Landung noch einmal satt gegessen. Die Zugfahrkarte war bereits bezahlt und von Bremen konnte sie auch trampen. Sie war kein ängstlicher Typ. Und sie würde sich zu wehren wissen, sollte jemand zudringlich werden. Schließlich war sie Trägerin des schwarzen Gurtes in Karate.

Rike war achtundzwanzig Jahre alt und als einziges Kind eines reichen Kieler Kaufmanns, der sich innig einen Sohn gewünscht hatte, wie ein Junge aufgewachsen. Puppen und schöne Kleidchen waren tabu gewesen. Sie hatte schon im Kindergarten so manchen Zwist mit ihren männlichen Artgenossen ausgetragen. Und meist war sie die Siegerin geblieben. Eine Amazone eben, hatten die Freunde der Familie lächelnd gesagt. Sie hatte Leichtathletik betrieben und Kampfsport erlernt und später in den Fitnesscentern die Hantelbank der Sonnenbank vorgezogen. So war sie eine kräftige und schlagfertige junge Dame geworden. Ihr Aussehen mit der schwarzen Bubikopffrisur hatte oft dazu geführt, dass sie für einen Jungen gehalten wurde. Für sie war es eine Bestätigung. Nur ihrer Mutter missfiel es von Zeit zu Zeit. Du bist ein Mädchen, lass dir doch mal deine Haare lang wachsen, hatte die Mutter oft gesagt, doch Rike hatte nur den Kopf geschüttelt und war in die Arme ihres Vaters geflüchtet, den sie abgöttisch liebte und der viel zu früh sterben musste.

Später hatte sie Meeresbiologie in Kiel studiert und ihren Abschluss mit Bestnote gemacht. Rike war in allen Dingen, die ihr wichtig erschienen, ehrgeizig.

Vielleicht hatte sie deshalb vor fünf Wochen diesen heftigen Streit mit Larsen gehabt. In letzter Zeit hatte er sich verändert. Und Rike wusste, dass es an diesem Gift lag. Es machte ihn nicht nur abhängig, sondern auch habgierig. Wenn er kam, um sich von ihr Geld zu borgen – Geld, das er sowieso nicht mehr zurückzahlen konnte – kam sie sich nur noch ausgenutzt vor. Als er ihr dann auch noch die Reise nach Australien mit allerlei fadenscheinigen Gründen madig machen wollte, um sie eine Atempause später um dreitausend Mark anzupumpen, hatte sie ihn hinausgeworfen.

Jetzt, nach diesen Wochen in der Kälte der Antarktis, tat es ihr fast ein wenig leid. Im Grunde genommen hatte Larsen Recht gehabt. Acht Rettungseinsätze für die Wale waren sie gefahren, doch nur ein einziges Mal war es ihnen gelungen, die Jäger von ihrem Vorhaben abzubringen. Der Preis dafür war hoch gewesen. Ein zerstörtes Schlauchboot, Knochenbrüche, Prellungen – und beinahe hätte Bob sogar mit seinem Leben dafür bezahlt.

Nachdem Rike die Passkontrolle hinter sich gebracht und ihren Koffer am Zoll geöffnet hatte, fuhr sie auf den Rolltreppen hinunter zu den Bahngleisen. Die unzähligen Menschen in der Ankunftshalle flößten ihr Unbehagen ein. Sie wäre jetzt am liebsten alleine gewesen. Vielleicht sollte sie noch mal mit Larsen reden. Auch wenn er sich seit Wochen nicht mehr bei ihr gemeldet hatte.

Ein einsamer Weihnachtsbaum stand neben der Rolltreppe. Einige seiner Glühbirnen waren bereits defekt. Achtlos ging Rike vorüber auf dem Weg zu ihrem Zug.

*

Der Kahle saß zusammengesunken auf dem Rand der Badewanne seiner Hotelsuite in Bremen und strich sich mit fahrigen Fingern über die Glatze. Es war mitten in der Nacht, draußen stürmte es. Ihm liefen kleine Schweißperlen über die Stirn. Irgendjemandem schien es eine infernalische Freude zu bereiten, ihm ständig Steine in den Weg zu rollen. Zum ersten Mal in seinem Leben empfand er so etwas wie Angst. Selbst als Kind war ihm nie so jämmerlich zumute gewesen. Das kam dabei heraus, wenn man sich mit den Falschen einließ. Er wusste, dass sein Leben an einem seidenen Faden hing. Keine seiner Erklärungen würde die anderen daran hindern, das mit ihm zu tun, was auch er mit einem Betrüger tun würde. Selbst wenn er jetzt einfach in ein Flugzeug stieg, sie würden ihn in jedem Winkel der Erde finden. Nur wenn alles gut vorbereitet war, hatte er vielleicht den Hauch einer Chance. Er würde sich darum kümmern müssen. In den nächsten Tagen schon. Es war nur ein klitzekleiner Schritt zwischen einem kalten Grab draußen auf See und einer sicheren Zukunft, irgendwo in der Karibik, am blauen Meer, unter Palmen und mit allem, was ein Mann sich erträumte.

Schon oft in seinem Leben hatte er vor einem Abgrund gestanden, war er gestrauchelt, aber nie gestürzt. Doch seit einigen Tagen sah es danach aus, als könnte ihm das passieren. Dieser Mikrokosmos, in dem er lebte und den er lenkte, schien stillzustehen. Und Stillstand war das Letzte, was er jetzt brauchen konnte. Nur noch einen einzigen Trumpf hielt er in den Händen. Es wurde langsam Zeit, ihn auszuspielen.

„Liebling, kommst du?", ertönte die helle Frauenstimme aus dem Schlafzimmer.

Der Kahle erhob sich, legte das Telefon auf das Waschbecken und schaute in den Spiegel.

„Wir warten auf dich!" Diesmal war das Timbre dunkler als zuvor.

Er stützte sich auf das Becken und schaute in den Spiegel. Er sah schrecklich aus. Vielleicht war es besser, die beiden Nutten einfach an die Luft zu setzen. Seine Stimmung war sowieso auf den Nullpunkt abgesackt. Er wandte sich zur Tür. Doch dann überlegte er es sich anders. Einsamkeit konnte er jetzt am wenigsten brauchen. Er drehte den Wasserhahn auf und ließ das kalte Wasser über seine Hände rinnen. Schließlich hielt er seinen Kopf unter den Wasserstrahl.

# 5

Trevisan lag quer im Doppelbett. Die Decke war verrutscht und sein Körper entblößt. Er schnarchte leise. Der grelle Ton des Telefons zerschnitt die morgendliche Stille. Trevisan öffnete die Augen. Schlaftrunken suchte er nach der Nachttischlampe. Es dauerte eine Weile, bis er den Schalter fand. Sein Blick streifte den Radiowecker. Es war kurz nach sieben Uhr. Erwartungsvoll folgte er den Tonintervallen, doch er fand den kleinen schwarzen Handapparat nicht und fluchte. Endlich entdeckte er das Mobilteil in dem kleinen Graben, der die beiden Matratzen voneinander trennte. Mit zitternden Fingern griff er danach. Oh, Gott, dachte er, lass es jetzt bloß nicht aufhören.

Er drückte mit fahrigen Fingern auf die kleine grüne Taste. Noch bevor sich der Teilnehmer meldete, raunte er ein fragendes „Paula?" in das Mikro.

„Bitte?", drang die Stimme eines Mannes aus dem Lautsprecher. „Martin, bist du es?"

Trevisan schluckte. „Wer denn sonst. Bist du das, Johannes?" Sein Kopf schmerzte, als ob eine Horde Hummeln darin ein Wettfliegen veranstaltete.

„Ja. Ich habe eine schlechte Nachricht. Draußen im Hafen treibt eine Leiche und wir beide haben Bereitschaft. Wir treffen uns in einer halben Stunde im Büro."

Johannes Hagemann gehörte schon seit einer Ewigkeit zum 1. Fachkommissariat. Nach dem Unfalltod von Lutger Bornemann oblag ihm als Ältesten die Leitung, bis Bornemanns Nachfolger bestimmt war. Hagemann trieb es trotz seiner achtundfünfzig Jahre noch immer auf die Straße. Einen Posten im Innendienst hatte er nie angestrebt. „Weißt du, ich halte es wie die alten Cowboys, ich will auch in meinen Stiefeln sterben", hatte er immer gesagt, wenn man ihn fragte, warum er sich in seinem

Alter den Stress des Ermittlungsdienstes antat. Wie ernst dieser lockere Spruch gemeint war, hatte damals niemand geahnt. Doch seit ein paar Monaten war es traurige Gewissheit. Johannes hatte Krebs. Unheilbar. Alle Versuche der Kollegen ihn zu schonen hatte er abgelehnt. Er wollte nicht zu Hause oder an einem Schreibtisch in der Direktion auf sein Ende warten. Er gehörte noch immer zum Team des ersten Fachkommissariats.

Und das war gut so, denn üppig war die Personalsituation in diesen Tagen nicht. Neben Johannes Hagemann gab es nur noch den kauzigen Dietmar Petermann und Markus Sauter, der sich zu Höherem berufen fühlte und die Aufnahmeprüfung für das Studium an der Polizeihochschule bestanden hatte. Spätestens im Februar würde der seine Koffer packen. Zwar hatte Kriminalrat Beck, der Leiter der Kriminalpolizei, Besserung in Aussicht gestellt, doch den Termin für Zuversetzungen hatte er wie immer offen gelassen. „Sie müssen jetzt erst einmal so zurechtkommen."

Also blieb Trevisan nichts übrig, als sich aus dem Bett zu erheben, obwohl er sich am liebsten krank gemeldet hätte. In der Küche schaltete er den Wasserkocher ein, ohne einen starken Kaffee würde er den Vormittag nicht überstehen. Dann verschwand er ins Bad. Eine halbe Stunde, hatte Johannes gesagt. Als Trevisan in den Spiegel schaute, wusste er, dass auch eine oder zwei Stunden nicht reichen würden, um aus ihm wieder einen ansehnlichen Menschen zu machen. Seine dunkelblonden Haare standen wirr zu Berge und seine faltige Haut hatte eine Farbe wie vergilbtes Papier. Er stieg unter die Dusche. Das eiskalte Wasser schmerzte auf seinem Rücken.

\*

Rikes Heimfahrt hatte sich zu einer wahren Tortur entwickelt. Der Zug von Frankfurt war zwar fast planmäßig um 17.54 Uhr auf dem Bremer Hauptbahnhof angekommen, aber jetzt ärgerte sie sich darüber, dass sie ihre Euroscheckkarte zu Hause gelassen hatte. Welcher Busfahrer akzeptierte schon American Express? Zu allem Überfluss wusste sie ihren PIN-Code nicht mehr genau und brach nach dem zweiten Fehlversuch am Geldautomaten lieber den Vorgang ab. Sie konnte sich Codes nicht merken, deswegen schrieb sie die Zahlen meist als Telefonnummern oder kleines Zahlenrätsel auf. Doch ausgerechnet diesen Zettel hatte sie verloren.

Mit ihren fünfundzwanzig Mark kam sie mit dem Regionalzug bis nach Oldenburg und versuchte sich von dort aus als Anhalterin. An der Autobahnauffahrt hielt nach kurzer Zeit ein dänischer Laster, mit dem sie nach Wilhelmshaven fahren konnte. Obwohl Rike in Marienhafe, also quasi auf der gegenüberliegenden Seite der ostfriesischen Halbinsel, wohnte, war ihr damit erst einmal gedient. Larsen würde ihr schon von Wilhelmshaven aus weiterhelfen können. Hoffentlich war er überhaupt zu Hause und trieb sich nicht in den Spelunken oder bei Corde herum.

Sie stieg in der Peterstraße aus und ging zu Fuß in die Ahrstraße. Es war kurz nach neun Uhr, als sie auf die obere Klingel ohne Namensschild drückte. Es kam, wie sie befürchtet hatte: Niemand öffnete. Larsen lag entweder im Vollrausch oder zugekifft bis an die Oberkante in seiner Bude oder war wieder mal auf Achse. Nach dem siebten Versuch gab sie auf.

Sie hatte jetzt noch vier Mark und siebenunddreißig Pfennige in ihrer Geldbörse. Die Nacht war frostig kalt und weit und breit gab es keine Telefonzelle. Also machte sie sich wieder auf den Weg in Richtung City. Vor der Nordseepassage fand sie eine Zelle mit einem Münzapparat und telefonierte die Liste ihrer Bekannten durch, bis sie schließlich Maike erreichte. Maike wohnte in Schortens. Sie war Kindergärtnerin, alleinstehend und lesbisch, doch Rike hatte keine Berührungsängste. Das Terrain war schon vor Jahren abgesteckt worden. Maike war nicht begeistert, bei diesem Wetter und dazu am Heiligen Abend nach Wilhelmshaven fahren zu müssen. Doch schließlich stimmte sie zu.

Als Rike endlich in das warme Auto einstieg, begannen ihre gefrorenen Hände wild zu kribbeln.

„Sag mal, was ist denn in dich gefahren?", fragte Maike. Die

Begrüßung schenkte sie sich. „Was treibst du um diese Zeit in Wilhelmshaven?"

Rike rieb sich ihre kalten Finger. „Ich bin gerade aus Australien zurückgekommen und hatte nicht genug Geld für die Rückfahrt dabei."

„Aus Australien? Ach, deswegen war Larsen bei mir." Maike lächelte grimmig. „Ich hab mich fast erschrocken, als er vor mir stand. Das ist jetzt knapp drei Wochen her. Der Typ ist ja ganz schön runtergekommen. Bist du noch mit ihm zusammen?"

Rike starrte gedankenverloren durch die Windschutzscheibe. Die bleichen Häuserfassaden flogen im Scheinwerferlicht an ihr vorbei. „Wir hatten Streit. Was wollte er von dir?"

„Was schon. Er wollte, dass ich ihm vierhundert Mark borge. Er sei da an einer großen Sache dran. Aber ich habe ihn weggeschickt. Wenn du mich fragst, ist der ganz schön drauf."

„Drauf …?"

„Der wirft Pillen ein, oder? Lass ihn sausen, der ist nichts für dich."

„Wohin fahren wir eigentlich?", fragte Rike, als sie sah, dass sie auf der Straße nach Schortens waren.

„Zu mir, wohin sonst. Du glaubst doch nicht, dass ich dich jetzt nach Marienhafe fahre. Ich habe zwar Besuch, aber du kannst in der Küche auf der Eckbank schlafen, wenn es dich nicht stört."

Rike verzog das Gesicht. „Kannst du mir zweihundert Mark borgen? Dann nehme ich mir ein Taxi."

Maike lachte. „Mensch Mädchen, heute ist Heiligabend. Ich glaube nicht, dass du jetzt noch ein Taxi findest. Na gut, dann fahre ich dich halt in Gottes Namen rüber."

Rike entspannte sich. „Ich gebe dir einen Hunni. Und jetzt stört es dich wohl nicht, wenn ich ein wenig schlafe."

„Geritzt", erwiderte Maike und trat auf das Gaspedal ihres altersschwachen Fiats.

*

Als Rike weit nach Mitternacht ihre gemütliche kleine Drei-Zimmer-Wohnung über der Immobilienvermittlung am Markt von Marienhafe betrat, konnte sie nur noch mühsam ihre Augen offen halten. Sie stellte ihren Koffer in den Flur, ging ins Badezimmer und knipste das Licht an. Schlaftrunken schaute sie in den Spiegel. Ihr Gesicht war weiß und sah aus wie ein faltiges Tuch. Sie drehte den Wasserhahn auf und temperierte den Wasserstrahl. Ein schaler Geschmack erfüllte ihren Mund. Sie griff nach der Zahncreme im Regalschrank. Plötzlich stutzte sie. Der blaue Plastikbecher mit der Zahnbürste stand nicht am gewohnten Platz. Er war in die Ecke verschoben. Schon mehr als hundert Mal hatte sie in der Vergangenheit Krach mit Larsen gehabt, weil er nie etwas an seinen Platz zurückstellte und man ihm ständig hinterherräumen musste. Es gab nicht viele Gewohnheiten in ihrem Leben. Der Kaffee zur Morgenzeitung, die weiten Nachthemden und ihre Utensilien im Badezimmer. Wenn sie sich morgens wusch und mit nassen Händen über das Waschbecken gebeugt nach der Zahnbürste tastete, dann brauchte sie nicht den Kopf zu drehen. Blind wusste sie, wo alles stand. Und dieser Zahnputzbecher stand nicht an seinem Platz.

War Larsen während ihrer Abwesenheit in der Wohnung gewesen? Nein, sie hatte ihm nach der Auseinandersetzung den Wohnungsschlüssel abgenommen. Und dass er einen Zweitschlüssel angefertigt hatte, daran glaubte sie nicht. Konnte trotzdem jemand in ihrer Wohnung gewesen sein? Ein Einbrecher?

Ihre Nackenhaare richteten sich auf. Mit einem Mal war sie hellwach. Sie nahm Kampfhaltung an. Vorbereitet auf das Unerwartete durchsuchte sie Zimmer um Zimmer. Nirgends gab es Spuren einer Veränderung. Nichts deutete darauf hin, dass ein Fremder in der Wohnung gewesen war, wäre da nicht der verschobene Zahnputzbecher im Bad gewesen. Sie schaute sich die Eingangstür noch einmal genau an. Keine Anzeichen eines gewaltsamen Eindringens.

Sicherheitshalber schloss sie zweimal ab und legte den Sperrriegel vor. Sie ging ins Wohnzimmer und warf einen Blick aus dem Fenster. Es war kurz nach ein Uhr, mitten in der Nacht. Der Marktplatz von Marienhafe schlummerte friedlich im gelben Licht der Gasdampflampen. Drüben stand Störtebeker auf seiner Empore und blickte die Rosenstraße hinunter.

Plötzlich zuckte sie zusammen: Auf dem Parkplatz gegenüber stand in den ansonsten leeren Parkbuchten ein einzelner dunkler Wagen. Ein gelbes Nummernschild und schwarze Buchstaben, aber die Zahlen- und Buchstabenkombination unterschied sich von der des Nachbarlandes Holland. Wahrscheinlich französisch, dachte sie.

In unregelmäßigen Intervallen glühte ein orangerotes Licht im Wageninnern auf. Wie das Auge eines Raubtiers. Sie hielt den Atem an.

Dann hörte sie das Kratzen an ihrer Tür.

*

Trevisan beeilte sich. Das kalte Wasser hatte seinen Kreislauf in Schwung gebracht und die Kopfschmerzen vertrieben. Er zog seinen dunklen Anzug an und suchte den warmen Parka mit dem Teddyfutter und der Kapuze in seinem Kleiderschrank. Er fand ihn nicht gleich und warf die anderen Jacken achtlos auf den Boden. Nur eine hielt er erst ein paar Sekunden gedankenverloren in der Hand. Es war die Jacke seines Hochzeitsanzuges. Endlich fand er den Parka und zog ihn über. Als er das Haus verließ, blies ihm der kalte Wind ins Gesicht. Er kämpfte sich gegen die Böen zur Garage vor.

Die Straßen waren an diesem Morgen leer, kaum fünfzehn Minuten später parkte er im Areal des Dienstgebäudes in der Peterstraße.

„Da bist du ja endlich", empfing ihn Johannes Hagemann, als Trevisan durch die Glastür in den langen Gang des zweiten Stocks trat. Johannes trug seinen Anglerparka, eine grüne, dicke Hose und Gummistiefel. Die obligatorische Mütze hing wie immer schief auf seinem Kopf. „Auf geht's. KW-Brücke, Nordufer."

„Eine Wasserleiche?"

„Eine ganz hässliche sogar", antwortete Johannes Hagemann. „Wer ist draußen?"

„Die Feuerwehr und zwei Streifen. Fährst du?" Hagemann warf ihm den Autoschlüssel zu.

Trevisan parkte den grauen Opel Omega unterhalb der Kaiser-Wilhelm-Brücke. Zwei Wagen der Feuerwehr, ein Rettungswagen und zwei Streifenwagen standen auf dem Feldweg. Davor parkte der weiße Mercedes-Bus der Spurensicherung. In einem schwarzen Schlauchboot, das nahe dem Ufer an den alten Poldern trieb, saßen drei Feuerwehrmänner in signalroten Einsatzjacken und ertasteten mit langen Sondierstangen den Grund des Hafens. Ein Taucher saß in Decken eingehüllt auf dem Trittbrett des Rettungswagens und ließ sich von einem Sanitäter eine dampfende Tasse Tee reichen.

Mittlerweile hatten die Kollegen der Streifenpolizei den Uferbereich mit rot-weißem Absperrband markiert. Inmitten des kleinen abgegrenzten Platzes sah Trevisan eine schwarze Plastikplane. Er konnte sich denken, was er darunter vorfinden würde.

Einer der Polizisten drehte sich zu ihnen um. Trevisan kannte den Oberkommissar vom 1. Revier.

„Moin", grüßte der Beamte. „Leider ein unappetitlicher Anblick."

Trevisan beobachtete, wie Horst Kleinschmidt von der Spurensicherung mit einem jungen Kollegen auf die schwarze Plane zuging. Nur kurz hob er die Plastikfolie an, dann ließ er sie wieder sinken. Der Jüngere wandte den Kopf ab.

„Ein Selbstmörder?", fragte Hagemann.

Der Oberkommissar schüttelte den Kopf. „Eher nicht, dem Toten sind die Hände auf dem Rücken zusammengebunden."

„Also dann raus mit der Sprache."

Der Kollege verzog den Mundwinkel. „Gut, in Kurzform also", erwiderte er angekratzt. „Heute Morgen gegen sieben erhielten wir von einem Angler einen Notruf. Er hatte im Schein seiner Taschenlampe die Leiche noch halb unter Wasser treibend entdeckt. Wir haben die Feuerwehr informiert. Die zogen ihn raus. Hatte sich offenbar in den Schlingpflanzen verfangen und bekam jetzt durch den Fäulnisprozess Auftrieb. Ein Mann zwischen zwanzig und fünfzig. Lag bestimmt schon über einer Woche in der Suppe, wahrscheinlich sogar länger. Das kalte Wasser konserviert."

„Gibt es Hinweise auf seine Identität?"

„Schwer zu sagen. Wo normalerweise der Kopf sitzt, ist jetzt nur noch Hackfleisch. Wahrscheinlich die Schiffsschraube eines Außenborders. Er trägt eine zerschlissene Jeans und einen dunklen Pullover. Die Hosentaschen sind leer."

„Eine unbekannte männliche Leiche", resümierte Hagemann. „Also dann, frohe Weihnachten."

„Der Taucher hat die Umgebung des Fundortes unter Wasser abgesucht", fuhr der Oberkommissar fort. „Er fand in der Nähe einen Rucksack. Aber es ist alles sehr dunkel dort unten. Jetzt suchen die Feuerwehrmänner mit ihren Stangen weiter. Für den Taucher ist es bei den Wassertemperaturen nach zehn Minuten vorbei."

Trevisan nickte. „Habt ihr den Rucksack untersucht?"

„Wir fanden darin eine Regenjacke, eine leere Geldbörse mit ein paar unidentifizierbaren Papieren und die Plastikkarte einer Bücherei in Würzburg. Das liegt im Norden von Baden Württemberg. Die Karte ist ausgestellt auf einen gewissen Peter Luksch. Aber es gibt kein Bild und kein Geburtsdatum, nur eine Mitgliedsnummer."

„Bayern", antwortete Trevisan.

„Was?", fragte der Kollege erstaunt.

„Würzburg liegt in Bayern", erklärte Trevisan und ließ ihn stehen.

# 6

Rike schlich sich zur Wohnungstür und horchte angestrengt ins Treppenhaus. Zwar hatte das Schaben aufgehört, dennoch spürte sie instinktiv, dass sich auf der anderen Seite der Tür ein Mensch befand. Vielleicht Larsen? Er war in letzter Zeit oft in krumme Geschäfte verwickelt gewesen. Konnte sein, dass er nicht gesehen werden wollte. Aber warum klopfte er dann nicht?

Oder kam der Einbrecher zurück? Aber warum? Hier gab es nicht viel zu holen. Die Einrichtung war zwar nicht von schlechten Eltern, doch von den 7500 Mark, die sie im Bad hinter einer Kachel versteckt hatte, konnte nicht einmal Larsen etwas wissen. Draußen knackte es erneut. Rike erschrak. Sie beobachtete die Türklinke, doch nichts tat sich. Wie war der Kerl nur ins Haus gekommen? Außer ihr bewohnte niemand das Gebäude, und das Immobilienbüro hatte schon seit Wochen geschlossen. Einen Augenblick lang überlegte sie, die Polizei zu rufen, doch sie verwarf den Gedanken. Seit sie vor knapp einem Jahr in Hamburg nach der Demo gegen die fortschreitende Globalisierung und die immer himmelschreiender werdende Armut in den Ländern Afrikas einem Polizisten das Nasenbein gebrochen hatte, war ihr Verhältnis zu den Ordnungshütern gespalten. Eigentlich war es Notwehr gewesen, weil der Polizist sie begrabscht hatte. Er hatte sie angefasst, obwohl sie nur friedlich auf dem Boden gesessen und sich bei ihren Mitstreitern eingehakt hatte. Der Richter hatte über ihre Einwände nur gelacht und sie verurteilt. Achttausend Mark hatte sie der Spaß gekostet.

Das Knacken wiederholte sich. Rike legte vorsichtig die Hand an die Türklinke. Hochkonzentriert lauschte sie in die Stille. Dann hörte sie leise Schritte, die sich entfernten. Es knackte erneut, weiter weg diesmal. Zweifellos knarrte die dritte Stufe der alten Holztreppe. Jemand ging die Stufen hinunter.

Sie rannte in das Wohnzimmer, immer bedacht darauf, keinen Lärm zu verursachen. Verborgen hinter dem Vorhang beobachtete sie die Straße, die im Schimmer der Laternen unter ihr lag. Ein Mann, dunkel gekleidet, etwa einen Kopf größer als sie und muskulös, ging auf den BMW zu. Auf der Beifahrerseite blieb er kurz stehen und schaute in ihre Richtung. Erschrocken zog sie den Kopf zurück. Das Gesicht des Mannes lag im Dunkeln, aber im Widerschein der Straßenlaternen und einer Weihnachtsgirlande am Geschäft gegenüber hatte sie ein glänzendes Brillengestell erkannt.

Sie ließ sich zu Boden gleiten und spähte erneut aus dem Fenster. Der Mann stieg in den Wagen. Das Auto fuhr unter ihrem Fenster vorbei und bog in Richtung Kirche ab. Sie hatte vergebens gehofft, einen Blick auf die Gesichter zu erhaschen.

Verdammt, was sind das nur für Typen, fragte sie sich. Sie überlegte fieberhaft. Es blieb nur eine Erklärung: Larsen. Bestimmt waren sie hinter ihm her. Sie wusste, dass er sich nicht nur mit Gras und Shit begnügte, sondern auch diesem synthetischen Zeug verfallen war, diesem Dreck aus den Labors der neuen Dealergeneration. Deswegen hatte er sich verändert und deswegen hatten sie in letzter Zeit oft Streit gehabt. Sie dachte an Maikes Worte. Eine große Sache, was mochte das sein? Schuldete er den Männern Geld? Das wäre typisch für ihn. Zwei Mann in einem großen BMW mit ausländischem Kennzeichen – diese Typen wollten nicht nur reden, die würden auch handeln.

Sie würde keine Minute länger in dieser Wohnung bleiben. Und sie musste unbedingt Larsen finden, jetzt.

Ihre Müdigkeit war verflogen. Fünf Minuten später verließ sie die Wohnung. Heimlich schlich sie sich durch die Hintertür. Sie nahm ihr altes Fahrrad und fuhr den Alten Postweg hinauf. Der BMW war verschwunden.

*

Kriminaloberrat Kirner war an diesem Tag früh im Büro. Der Feiertag war deutlich zu spüren. An den Ampeln hatte er nicht lange warten müssen und Parkplätze gab es in Hülle und Fülle. Es kam ihm vor, als wäre er der Einzige, der zum Dienst musste. Eigentlich kam ihm die Arbeit gerade recht. Es war Tradition im Hause Kirner, dass am ersten Feiertag die Verwandten zu Besuch kamen. Und zu seiner Schwiegermutter, dieser launischen und immerzu nörgelnden alten Dame, hatte er ein ausgesprochen angespanntes Verhältnis.

Köster war es tatsächlich gelungen, Fingerprints auf dem Briefumschlag zu sichern. Er hatte sie noch am gestrigen Abend in das automatische Fingerabdrucksystem des Bundeskriminalamtes eingespeist. Sollten dort bereits Vergleichsabdrücke gespeichert sein, war es nur eine Frage von Stunden, bis ein Tatverdächtiger ermittelt war. Schließlich ging es bei diesem Fall um ein Kapitaldelikt und die Kollegen vom Streifendienst, die vor Essers Haus Wache hielten, wären sicherlich an einer schnellen Aufklärung und ihrer Ablösung interessiert. Doch leider hatte der Computer noch nichts ausgespuckt. Auch das BKA in Wiesbaden war wegen der Festtage unterbesetzt.

Dennoch kam Kirner nicht ganz vergebens. Die Registratur hatte den Strafregisterauszug von Friederike van Deeren geliefert, der Umweltschützerin, die ihre Studie in der gleichen Sorte Umschlag an Esser geschickt hatte, in der auch die Briefbombe gesteckt hatte. Kirner nahm die Akte zur Hand. Eine typische militante Umweltaktivistin. Farbanschläge auf Boote eines Yachtclubs, Beteiligung an einem Brandanschlag auf ein Baggerschiff, Einbruch, Landfriedensbruch, Nötigung, Beleidigung und – Kirner musste schmunzeln, als er den Tatvorwurf las – tätlicher Angriff auf einen Polizeibeamten in Tateinheit mit Körperverletzung. Trotzdem hatte der Richter im letzten Fall von einer Haftstrafe abgesehen. Alle Delikte standen im Zusammenhang mit ihrer Überzeugung. Nur bei dem Polizeibeamten in Hamburg hatte sie sich offenbar von ihrer Wut verführen lassen. Und jetzt einen Briefbombenanschlag auf den stellvertretenden Leiter der Nationalparkverwaltung Wattenmeer? Für Kirner passte das nicht zusammen. Dabei hatte er genügend Indizien in der Hand, sie als Hauptverdächtige anzusehen.

Sogar das Motiv hatte sie Esser ein paar Wochen zuvor mitgeteilt. Kirner legte die Akte beiseite und nahm die knapp zweihundertfünfzig Seiten starke Dokumentation zur Hand. *Die Auswirkungen der Überbeanspruchung von Schutzzonen auf die Natur und Umwelt.* Kirner las die ersten Zeilen. Die Überschriften legten dar, welche Themen von ihr untersucht worden waren. Sanfter Tourismus und dessen Auswirkungen auf die küstennahen Zonen. Ökonomische Nutzung des Wattenmeers in Betracht auf Flora und Fauna. Einfluss von Industrieanlagen auf die Hellerwiesen und die Marsch. Die Schifffahrtsrouten und das Robbensterben. Das Ausbleiben der Seehundpopulation im Roten Sand und die Auswirkungen der Felderbewirtschaftung auf den Bewuchs im Küstengebiet. Offenbar hatte sie sich große Mühe bei ihren Forschungsarbeiten gegeben. Eine intelligente und gescheite Frau. Sie hatte ihr Studium mit einer Traumnote abgeschlossen. Bestimmt war nur ihr zwielichtiges Privatleben daran schuld, dass sie nicht bereits bei irgendeiner staatlichen Stelle oder einem renommierten Labor arbeitete.

Besonders die letzte Seite ihrer Ausarbeitung war ein gefundenes Fressen für die Staatsanwaltschaft. Denn dort warf sie der Nationalparkverwaltung schwere Versäumnisse und falsche Entscheidungen vor, die in absehbarer Zeit die Natur irreparabel schädigen würden. Als Beispiel führte sie die Genehmigung des Ausbaus der Schifffahrtswege in der Alten Weser an, die ungeahnte Auswirkungen auf den Vogelbestand auf Mellum hätten. Aber auch die Rückstufung einiger Flachwassergebiete von der Schutzzone II in die Kategorie IV und die damit verbundene Zulässigkeit einer eingeschränkten wirtschaftlichen Nutzung sowie die Aufhebung einiger Verbote, die noch aus der Zeit des großen Robbensterbens Ende der achtziger Jahre stammten, wirkten sich nachteilig auf die Robbenpopulationen im Wattenmeer aus. Zu guter Letzt machte sie eine verfehlte Politik für das Desaster verantwortlich und forderte ultimativ die Rücknahme sämtlicher in den letzten Jahren getroffener falscher

Entscheidungen. Unterschrift: Friederike van Deeren.

Sollten jetzt auch noch ihre Fingerabdrücke oder DNA-Spuren auf dem Briefbomben-Kuvert zu finden sein, dann wäre alles andere als eine Verurteilung ein Wunder. Bereits jetzt hätte das Material für einen Haftbefehl ausgereicht. Doch angeblich war Friederike van Deeren in Australien. Selbst wenn dieses Alibi stimmen sollte, konnten Komplizen das Kuvert zugestellt haben. Das würden die Ermittlungen schon noch ergeben. Dennoch zögerte Kirner. Bei jedem anderen Fall hätte er bereits mit dem Staatsanwalt telefoniert, einen Haftbefehl erwirkt und die Frau zur Fahndung ausgeschrieben, doch sein Gefühl sagte ihm, dass er noch warten sollte.

\*

„Sauter hat abgesagt?!" Trevisan schlug mit der Faust auf den Tisch. „Ich glaube, ich spinne! Hat abgesagt, der feine Herr. So wie man ein Kaffeekränzchen absagt oder nicht zum Kurkonzert erscheint. Der hält sich wohl für etwas Besseres! Er ist aber noch nicht versetzt und gehört nach wie vor zu unserer Abteilung. Verdammt noch mal, wir haben da draußen eine Leiche!"

Johannes Hagemann schaute Trevisan unterwürfig an. „Was will ich machen?"

„Lutger ist tot und du bist jetzt der Chef", antwortete Trevisan ungehalten. „Du wirst ihn jetzt noch einmal anrufen und ihn herzitieren."

Johannes Hagemann schüttelte verlegen den Kopf. „Das ist nichts für mich. Ich bin kein Chef. Und nur weil ich der Älteste bin, schon zweimal nicht."

„Verdammt, Johannes! Seit Monaten tanzt der schon aus der Reihe. Jetzt reicht es ein für alle Mal. Ich werde mir den Kerl zur Brust nehmen." Trevisan ging zum Telefon.

„Aber denk doch an die Folgen", hielt ihn Johannes zurück. „Bald geht er auf diese Schule und dann kommt er am Ende noch als dein Chef zurück. Und sein Onkel ist Staatssekretär."

„Und wenn er Kaiser von China wäre! Das lassen wir uns

nicht gefallen. Jeder von uns hätte heute Termine. Es ist schließlich Weihnachten."

Die Tür wurde aufgestoßen und Dietmar Petermann betrat das Zimmer, im dunklen Anzug und einem weißen, mit Rüschen besetzten Hemd. Dazu trug er eine orange-grün gemusterte Krawatte. Er blickte griesgrämig drein. „Verdammt, ausgerechnet heute! Dabei hätte ich einen kleinen Solopart zu singen. Das macht jetzt Frieder. Wofür habe ich wochenlang geübt?"

„Tut mir leid", antwortete Johannes. „Aber wir brauchen jeden Mann. Wir haben eine männliche Leiche."

„Und die Suche nach seiner Identität wird schwierig", warf Trevisan ein. „Der gute Mann hat nämlich keinen Kopf mehr."

„Enthauptet?"

„Nicht direkt", erklärte Hagemann. „Ein Bootsmotor hat ihm den halben Kopf zermatscht. Da ist nicht mehr viel übrig."

„Absichtlich?"

„Das sollten wir seinen Mörder fragen", erwiderte Trevisan.

„Die Obduktion ist um elf", sagte Hagemann. „Ich werde mit Trevisan hingehen. Du kümmerst dich bitte um die Vermisstendateien und machst eine Überprüfung in Würzburg." Hagemann erzählte Dietmar die weiteren Umstände des Leichenfundes und informierte ihn über den aufgefundenen Rucksack.

Dietmar Petermann sah sich fragend um. „Und wo ist Markus?"

„Der hat abgesagt", antwortete Trevisan schnippisch. „Bereitet sich wohl schon auf seine Tage als Polizeidirektor vor. Und du weißt doch, wer führen will, muss frei sein – vor allem von Arbeit."

„Der und Polizeidirektor", entgegnete Petermann. „Da machen sie doch auch nur wieder den Bock zum Gärtner. Wenn sein lieber Onkel nicht wäre, würde der immer noch die Parkplätze am Bahnhof bewachen."

Ein Hustenanfall schüttelte Johannes. Es schien, als ob er keine Luft mehr bekäme. Trevisan klopfte ihm auf den Rücken, während Dietmar Petermann ein Glas Wasser einschenkte.

Als sich Johannes wieder beruhigt hatte und zusammengesunken auf dem Stuhl saß, musterte ihn Trevisan. „Wäre es nicht besser, wenn ich mit Dietmar zur Obduktion ginge und du würdest dich um die Vermisstenfälle kümmern?"

Hagemann schüttelte vehement den Kopf. „Du weißt, dass ich Computer hasse. Das geht schon, lasst mich nur ein paar Minuten ruhig hier sitzen. Noch lebe ich."

# 7

Das Telefon klingelte mitten in der Nacht. Alexander Romanow wälzte seinen üppigen Körper auf die rechte Bettseite und suchte schlaftrunken nach der Nachttischlampe. Er war entgegen seiner sonstigen Gewohnheiten alleine im Bett. Griesgrämig griff er nach dem Telefon auf dem Nachttisch. Ein krächzendes „Ja", mehr hatte er für den Anrufer nicht übrig.

Das Gespräch dauerte nicht lange, dennoch war Romanow eine Spur zuversichtlicher, als er den Hörer zurück auf die Gabel legte. Er fuhr sich mit der Hand über den kahlen Schädel. Endlich kam die lang ersehnte Bewegung in die Sache. Vor zwölf Stunden hatte er fast geglaubt, es wäre alles verloren, sein Leben keinen Pfifferling mehr wert, doch nun strahlte seine Miene wieder Zuversicht aus, wenngleich Folgen der allzu kurzen Nacht in seinem Gesicht Furchen hinterlassen hatten.

Wenn nur erst einmal wieder die Daten in Sicherheit wären, dann könnte man sich getrost um den zweiten Schritt kümmern.

Damals, als er das Geschäft eingefädelt und die Investoren der Laufzeit zugestimmt hatten, war er glücklich gewesen wie ein kleines Kind. Er hatte die Hoffnung gehabt, endlich seine Träume realisieren zu können.

Vor mehr als zwanzig Jahren, als er hinter den roten Mauern im Kreml Akten und Geschäftsbriefe unterschrieben hatte, die das Papier nicht wert waren, auf dem man sie gedruckt hatte, hatte er hinter dem Bild von Breschnew eine Postkarte versteckt, die einen Sandstrand auf Mauritius zeigte. Vor nicht ganz zwei Jahren hatte er sich in den Westen aufgemacht, um seinen Traum zu verwirklichen. Und es hatte lange Zeit ausgesehen, als wäre alles nur noch eine Frage der Zeit. Doch dann kam die schicksalhafte Wendung, die ihn weit zurückgeworfen hatte. Und nun ... Geld lagerte genug auf den schwarzen Konten, doch es gehörte nicht ihm. Wenn er sich daran vergriff, musste es gut vorbereitet sein, denn das Risiko war hoch. Er wusste, mit wem er sich eingelassen hatte und wie wenig Spaß die verstanden, wenn es um ein gebrochenes Versprechen ging. Erst wenn alles verloren war und er keine andere Möglichkeit mehr sah, würde er seinen Plan B in die Tat umsetzen.

Alles war ganz anders gekommen, als er es sich vorgestellt hatte. Sein perfektes Geschäft hing an einem seidenen Faden. Nicht nur die Steine, die ihm dauernd in den Weg gelegt wurden, auch das Versagen seiner Männer in letzter Zeit setzten ihm zu. Deshalb hatte er ein ultimatives Zeichen setzen müssen. Er hatte keine andere Wahl gehabt. Aber nur ein paar Tage später hatten seine Vertrauten schon wieder einen unsäglichen Fehler begangen. Dazu noch dieses verrückte Land, dieser Bananenstaat, bei dem *Nein – Ja* hieß und *jawohl – vielleicht*. Mit dieser Schildbürgeradministration hatte er nicht gerechnet. Im Osten war Deutschland der Inbegriff von Zivilisation und Wohlstand gewesen, von Rechtsstaatlichkeit und funktionierendem Sicherheitsgefüge. Inzwischen wusste er es besser. Dieses Land war unberechenbar und eigentlich auch unregierbar. Und wenn man eine Erlaubnis in den Händen hielt, dann war die heute genauso viel wert wie damals die Akten im Kreml.

Aber jetzt war doch noch Bewegung in die Sache gekommen. Und irgendwann mussten diese ewigen Fehlschläge ein Ende haben. Er konnte nicht sein ganzes Leben nur noch vom Pech verfolgt werden.

Er knipste das Licht aus und kuschelte sich in seine Bettdecke. Das Rauschen, das gedämpft durch das geschlossene Fenster ins Innere drang, war der Regen, der dem Wetterbericht nach eigentlich längst zu Schnee hätte werden müssen. Doch nicht einmal den Meteorologen konnte man in diesem Land trauen.

\*

Rike hatte sich im Schutz der Dunkelheit über das Nachbargrundstück geschlichen und das Fahrrad über den Zaun gehoben. Den BMW hatte sie nicht mehr gesehen. Am ersten Feldweg war sie links in Richtung *Neue Welt* abgebogen. Die feuchte Kälte fraß sich langsam durch ihre schwarze Daunenjacke. In der Antarktis war es um ein Vielfaches kälter, aber das war eine für den Körper leichter erträgliche Kälte. Sie ärgerte sich, dass sie in der Eile vergessen hatte, ihre Thermowäsche anzuziehen. Wer dachte in so einer Situation schon an Unterwäsche.

Sie schaltete ihr Fahrradlicht nicht ein. Trotzdem erkannte sie im fahlen Mondschein den Weg. Sie warf des Öfteren einen Blick zurück. Diese Kerle hatten ihr einen gewaltigen Schrecken eingejagt. Der Mann vor ihrer Wohnungstür hatte einen Körperbau wie der Rausschmeißer einer Bar auf Sankt Pauli. Verdammt, in was für einen Schlammassel hatte Larsen sie gebracht?

Corde war der Einzige, der wissen konnte, was hier vorging. Er würde vielleicht auch wissen, wo Larsen steckte. Sollte der den Kerlen Geld schulden, dann würde sie es in Gottes Namen bezahlen, damit sie ihre Ruhe hatte.

Beim Leybuchtpolder bog sie in Richtung Greetsiel ab. Mittlerweile spürte sie ihre Finger nicht mehr und war gottfroh, als sie endlich kurz vor Hauen in den kleinen Feldweg einbog. Bald würde sie in eine warme Decke gewickelt auf Cordes Couch sitzen und eine heiße Tasse Tee trinken.

Plötzlich zerriss ein Schrei die Stille der Nacht. Rike fuhr zusammen. Ein Schuss dröhnte durch die Dunkelheit. Instinktiv zog sie den Kopf ein und lenkte das Rad in den Straßengraben. Sie fing den Sturz mit ihren Händen ab und kauerte sich auf den feuchten Boden.

„Verschwindet, ihr Hunde!", dröhnte eine Stimme durch die Dunkelheit. „Ich habe noch genug Munition in meinem Lauf!"

„Verdammt, Corde", murmelte Rike. Sie hob den Kopf und schrie: „Corde! Hör auf zu schießen! Ich bin es, Rike. Bist du verrückt geworden?"

„Bist du alleine?"

„Nein, ich habe hundert Mann bei mir", schrie sie erbost zurück.

„Dann komm heraus!"

Rike richtete sich langsam auf und griff nach ihrem Fahrrad. Von weitem erkannte sie neben der Eingangstür die schattenhafte Gestalt eines Mannes, der ein Gewehr in der Hand hielt. Die andere Hand steckte in einem dicken weißen Handschuh. Er zielte auf sie.

„Mensch, Corde, nimm das Gewehr runter, bevor noch was passiert!"

Der Schatten entspannte sich.

\*

Trevisan fröstelte, als er mit Johannes Hagemann den langen, weiß gekachelten Gang im Keller des Rechtsmedizinischen Instituts entlang schritt. Der Ort, wo den Toten die letzten Geheimnisse entrissen wurden, verlangte ihm viel ab. Schließlich lag auf dem kalten Aluminiumtisch ein Mensch. Und wenn er jetzt auch tot war, hatte er doch einmal gelebt, geliebt und gefühlt.

Hagemann klopfte an die Tür mit der Aufschrift *Raum 1*. Der Chefpathologe Doktor Mühlbauer öffnete. Er warf einen Blick auf seine Armbanduhr. „Hallo, meine Herren. Sie sind ein paar Minuten zu früh. Aber kommen Sie nur herein."

Trevisans Herzschlag beschleunigte sich. Er spürte das Pulsieren des Blutes in seinen Schläfen.

„Keine angenehme Sache", sagte Mühlbauer. „Ausgerechnet heute und so kurz vor dem Essen. Bei uns gibt es in der Kantine Gans mit Knödeln und Rotkohl."

Er lotste die beiden Kripobeamten durch eine weitere Tür in den Obduktionsraum. Der Tote lag mit einem weißen Leichentuch bedeckt auf dem Seziertisch in der Mitte des Raumes, einer einfachen Bahre mit Aluminiumoberfläche. Darüber verströmte eine Arbeitsleuchte aus starken Neonstrahlern ein helles und unnatürlich abweisendes Licht.

„Eine Wasserleiche ist immer eine ganz besondere Sache", erörterte Mühlbauer mit einem deplatzierten Lächeln. „Vor allem, wenn sie ein paar Wochen alt ist. Also, wenn jemandem schlecht wird, dort ist die Toilette." Er deutete auf eine Tür am Ende des Raumes.

Trevisan nickte. Er kannte sich hier aus.

Doktor Mühlbauer fuhr den kleinen Rollwagen mit seinen Instrumenten neben die Bahre und aktivierte das Mikrophon, das über ihm schwebte. Nach einem kleinen Funktionstest griff er nach dem Tuch und zog es in einem Ruck von dem Toten.

Die Leiche war aufgedunsen, die Haut bleich, fast schon alabasterfarben. Auf dem Oberkörper waren Striemen und Schnitte zu sehen, die unter dem Schein der Lampe violett erschienen. Vom Kopf war nur eine fleischige Masse übrig.

Trevisan wandte den Blick ab.

„Also, die Identifizierung wird nicht leicht", erklärte Doktor Mühlbauer. „Mit dem Zahnschema kommen wir da nicht weiter. Auch mit den Fingerabdrücken sieht es nicht gut aus. Das wird wohl auf einen DNA-Test hinauslaufen. Und so viel ist auch sicher: Die Wunden am Kopf wurden weit nach seinem Tod zugefügt. Die Ränder sind ohne Einblutungen."

Trevisan sah sich um. In der Ecke standen drei Plastikstühle. Er legte Johannes Hagemann die Hand auf die Schulter und deutete auf die Stühle.

„Nein, ich bleib hier stehen", sagte Hagemann. „Aber setz dich nur. Du versäumst nichts. Auch da drüben wird es bald furchtbar stinken."

Doktor Mühlbauer fuhr mit seiner Arbeit fort. „Obduktion einer männlichen Leiche zwischen 20 und 50 Jahre. Fundort: Großer Hafen, Nordufer. Die Hände sind auf dem Rücken mit einem Hanfstrick zusammengebunden. Oberflächliche Schnittwunden befinden sich auf der Brust, dem Oberkörper und dem Oberbauch …"

Mühlbauer hob die Leiche an und drehte sie auf die Seite. Trevisan erkannte einen Teil des Gebisses und eine leere Augenhöhle. Er wandte den Blick ab.

„… und auf dem Rücken", beendete Mühlbauer den Satz. Dann stoppte er die Bandaufzeichnung. „Er ist kurz vor seinem

Tod mit einem Messer malträtiert worden. Wirkt wie die Spuren einer Folterung."

Die nächsten beiden Stunden waren für Trevisan eine Tortur. Zuerst stank es nach verfaultem Fleisch, dann roch es nach Urin, und als Mühlbauer mit einem spitzen Gegenstand vorsichtig in den Bauchraum stach, entwichen die Gase aus dem Leichnam und Trevisan würgte. Einen Augenblick lang hielt er es für angebracht, die Toilette aufzusuchen, doch er bekam sich wieder in den Griff.

Als Doktor Mühlbauer nach zwei Stunden die Säge zur Seite legte und die Handschuhe abstreifte, wussten die Ermittler, dass der Tote an die dreißig Jahre alt und seit etwas mehr als drei Wochen tot und zuvor mit teils tiefen Schnitten, ausgeführt mit einem extrem scharfen Messer oder Dolch, gefoltert worden war. Gestorben war er an in seine Lungen eindringendem Wasser, er war ertrunken. Die schweren Kopfverletzungen stammten von der Schraube eines Schiffsmotors.

Das passte in das Bild, das sie sich bereits am Tatort gemacht hatten. Der Körper hatte sich in den Wasserpflanzen auf dem Grund des Hafens verfangen und war, nachdem sich bei gerade mal vier Grad Wassertemperatur nur langsam die Fäulnisgase im Bauchraum gebildet hatten, Richtung Oberfläche getrieben. Erst dabei hatte vermutlich der Kopf des Toten Kontakt mit der Schiffschraube eines Außenbordmotors gehabt. Die restlichen um die Beine gewickelten Schlingpflanzen hatten die Leiche immer noch unter Wasser festgehalten. Erst als sich der Angelhaken des Fischers in ihrer Kleidung verfangen hatte und kräftig an der Angelschnur gezogen wurde, konnte der Tote im brackigen und trüben Wasser entdeckt werden.

Die Schiffsschraube hatte eine Identifizierung anhand eines Zahnschemas unmöglich gemacht. Darin lag das Problem. Ohne die Personalien des Toten waren weitere Ermittlungen äußerst schwierig.

*

Die Auswertung der Fingerabdrücke traf um 14 Uhr beim Landeskriminalamt in Hannover ein. Kriminaloberrat Helmut Kirner war nicht überrascht. Die Fingerabdrücke auf dem Kuvert der Briefbombe waren in den Dateien des BKA gespeichert. Sie gehörten Friederike van Deeren.

Das Dossier, das mögliche Motiv, der Umschlag und jetzt auch noch die Fingerprints, nun konnte er nicht mehr anders. Jetzt ließ es sich trotz des Feiertags nicht vermeiden, den Bereitschaftsstaatsanwalt ins Amt zu rufen, um einen Haftbefehl und eine Öffentlichkeitsfahndung zu erwirken. Der Tatvorwurf war eindeutig: Mordversuch in Tateinheit mit einem Verstoß gegen das Sprengstoffgesetz. Kirners Erfahrung nach bedeutete das mindestens zehn Jahre Haft für die junge Frau.

Er legte das Fax auf seinen Schreibtisch und griff zum Telefon.

# 8

„Ihr seid wohl alle verrückt geworden!", brüllte Rike den alten Mann an, der in seinem Schaukelstuhl saß und mit müden Augen zum Fenster starrte.

„Ich habe nur in die Luft geschossen", entgegnete Corde. „Ich wollte niemanden verletzen. Aber hier draußen schleichen seit Tagen irgendwelche Kerle herum. Ich habe sie gesehen. Ich bin nicht verrückt."

Rike dachte an ihren Zahnputzbecher und die Männer im dunklen BMW. Erschöpft fuhr sie sich mit der Hand über ihre nasse Stirn. So aufgelöst hatte sie Corde noch nie gesehen. Er war kein ängstlicher Mensch, sie kannte ihn als lebensfroh und fand ihn manchmal, zumindest auf See, auch waghalsig.

Corde hatte Rike erzählt, dass bei ihm eingebrochen worden war, dass die Täter alles durchwühlt hatten und nichts heil geblieben war.

„Ich glaube dir", erwiderte sie. „Ich glaube, sie waren auch bei mir in der Wohnung."

Corde blickte auf. „Sie suchen nach Larsen, stimmt's? Was hat der Junge bloß angestellt? Du hast mich nie gesehen, hat er zu mir gesagt. Dann ist er verschwunden. Er blieb auf Langeoog. Dort, wo auch das Schiff festgemacht hatte."

„Meinst du, das Schiff steht damit in Verbindung?"

Corde griff nach der Teetasse. „Es war nicht das erste Mal da draußen. Ich habe es auch schon im letzten Jahr vor der Küste gesehen. Es kreuzte im Roten Sand. Das sind Forscher. Schweden oder Dänen."

„Forscher?"

Corde stellte die Tasse zurück auf den Tisch. „Das hat Larsen gesagt. Er hat Erkundigungen eingeholt. Aber frag ihn doch selbst. Der ist bestimmt bei diesem nichtsnutzigen Säufer auf der Insel."

„Bei Töngen?" Rike überlegte. „Hat Larsen sonst noch etwas über das Schiff gesagt?"

Corde schüttelte den Kopf. „Wir legten im Hafen an und kurz darauf kam auch der rote Kutter hereingeschippert. Es sah nach Sturm aus. Dann ist Larsen verschwunden. Mitten in der Nacht kam er wieder und sagte so etwas Ähnliches wie: Er wäre da an einer großen Sache dran. Ich solle sagen, dass ich nichts von ihm weiß und ihn nicht gesehen habe. Er verlangte, dass ich sofort auslaufen sollte. Larsen blieb auf der Insel. Seitdem habe ich ihn nicht mehr gesehen." Corde ließ sich erschöpft in den Schaukelstuhl sinken. Er schien sichtlich bedrückt. „Ich glaube, er hat sich da in etwas hineingeritten."

„Was heißt das? Hat er eine Andeutung gemacht?" Rike hätte platzen können vor Wut. „Jetzt erzähl mir schon alles!"

„Er sagte, er habe einige Briefe verschickt", erwiderte Corde. „Es müsse endlich jemand handeln. Ich glaube, der Junge steckt in ernsten Schwierigkeiten und ist untergetaucht. Bestimmt weiß der Trunkenbold mehr darüber."

Rike sog die Luft tief in ihre Lungen. Für einen Augenblick schwieg sie. „Was wurde eigentlich bei dem Einbruch gestohlen?", fragte sie nach einer Weile.

„Das ist es ja gerade", sagte Corde leise. „Es fehlt nichts."

„Nicht einmal dein Videorecorder", murmelte Rike nachdenklich und schaute auf den flachen, schwarzen Kasten, der unter dem Fernseher in der Phonobar stand.

Corde nickte.

\*

Nachdem Martin Trevisan zusammen mit Johannes Hagemann die Pathologie verlassen hatte, saßen sie eine Weile schweigend nebeneinander im Wagen.

„Tut es sehr weh?", fragte Johannes schließlich.

Trevisans Augen wurden feucht, als er nickte.

„Du weißt, du kannst immer zu mir kommen", versicherte Johannes.

„Es ist komisch", sagte Trevisan. „Es sind jetzt bald zwei Monate. Als sie damals auszog, nach all dem Gezanke und diesen ewigen Streitereien, da war ich eigentlich ganz froh, endlich Ruhe zu haben. Aber nach ein paar Tagen beginnt sie einem zu fehlen und man stürzt in ein tiefes Loch. Irgendetwas in einem sagt, hol sie wieder zurück, doch immer, wenn man miteinander redet, kommt alles wieder hoch, und so etwas wie Trotz stellt sich ein. Am meisten fehlt mir Paula."

„Glaubst du, dass ihr wieder zusammenkommt, du und Grit?"

Trevisan schüttelte den Kopf.

„Und wann hast du deine Tochter das letzte Mal gesehen?"

Trevisan fuhr sich durch die Haare. „Ende November. Zweimal war ich bei ihr, dann war das mit meinem Vater und ich konnte nicht mehr. Kiel ist verdammt weit weg."

„Lässt sie dich deine Tochter sehen?"

„Ja, aber du weißt doch, Bereitschaftsdienst am Wochenende und die Arbeit unter der Woche. Da ist nicht mehr drin als ein-, zweimal im Monat."

„Wenn du zwischen den Jahren zu ihr willst, dann nimm dir ein paar Tage frei, ich werde es Beck erklären."

Trevisan schaute Johannes Hagemann dankbar an. Den Rest des Weges fuhren sie schweigend zurück zur Dienststelle.

Dietmar Petermann saß hinter seinem Schreibtisch und telefonierte, als sie sein Büro betraten. Er hob den Arm zum Zeichen, dass er Ruhe brauchte. Trevisan und Hagemann warteten, bis er aufgelegt hatte.

„Die Kollegen in Würzburg waren schnell", erzählte er. „Nachdem ich ihnen erklärte, dass wir den Büchereiausweis in einem Rucksack neben einem unbekannten Toten aus dem Hafen gefischt haben, haben die tatsächlich jemanden aufgetrieben, der an den Computer der Bibliothek kommt. Aber in Würzburg wohnt kein Peter Luksch. Na ja, zumindest haben wir seinen Namen."

Trevisan verdrehte die Augen. „Den hatten wir schon, nachdem wir den Rucksack fanden. Gibt es sonst noch etwas?"

„Ich habe mich nicht abspeisen lassen und es hat sich gelohnt.

Peter Luksch ist sechsundzwanzig Jahre alt und Student. Er studiert offenbar in Würzburg und wohnt außerhalb. Der Ort heißt Gerchsheim und liegt knapp zehn Kilometer von Würzburg entfernt. Das ist aber schon Baden-Württemberg."

Trevisan riss der Geduldsfaden. „Wohnt er dort noch, ist er am Leben?" Seine Stimme war lauter geworden.

Dietmar griff nach seinem Notizblock. „Also, die Kollegen aus Würzburg haben die Kollegen aus Tauberbischofsheim benachrichtigt und von dort aus fuhr eine Streife an die Wohnadresse. Das ist ein Mehrfamilienhaus, aber *Luksch* stand nicht auf den Klingeln. Sie haben dann jemanden aus dem Haus gefragt. Von dort bekamen sie die Auskunft, dass mal bis zum Sommer ein junger Mann unter dem Dach wohnte, doch der ist ausgezogen."

„Und das war Luksch?", fragte Johannes Hagemann.

„Vermutlich."

„Mensch Dietmar, bring mich nicht auf die Palme …", warnte Trevisan.

„Mehr lässt sich heute nicht feststellen, die Ämter haben zu und die Hauseigentümer sind auf den Kanaren. Ich kann nichts dafür, dass die Baden-Württemberger keinen Zugriff auf die Datenbanken der Einwohnermeldeämter haben. Vom Alter her könnte es passen."

Trevisan ließ sich auf den Stuhl fallen. „Nur vom Alter oder haben wir eine Beschreibung?"

„Oh, das habe ich vergessen zu fragen", antwortete Dietmar Petermann kleinlaut.

„Dann wird's Zeit!" Johannes Hagemann deutete auf das Telefon.

*

Gut zweihundert Kilometer entfernt saß zum gleichen Zeitpunkt Kriminaloberrat Kirner hinter seinem Schreibtisch und spielte geistesabwesend mit einem Bleistift. Seine Mitarbeiter wussten, dass Kirner die Kurzfassung, die reinen Fakten liebte. Er brauchte Zuträger, die funktionierten, sonst fanden sie sich schneller in einer anderen Abteilung, als ihnen lieb war. Die Bewertung ihrer Erkenntnisse war alleine seine Sache. Teamarbeit war nicht sein Metier. Er war der Kopf, der Denker, und genau deswegen saß er nachdenklich auf seinem Stuhl. Die Fahndung nach Friederike van Deeren war angelaufen. Da es in ihrer Akte einen vagen Hinweis auf einen Bekannten in Deventer gab, waren auch die holländischen Behörden informiert. Sie war die Hauptverdächtige, doch den Brief konnte sie nicht selbst überbracht haben. Das Flugzeug mit der Flugnummer AQ 4227 war erst um 15 Uhr in Frankfurt gelandet. Laut Passagierliste hatte sie sich an Bord dieser Maschine befunden.

Inzwischen waren weitere Informationen auf seinem Tisch gelandet. Demnach hatte Friederike van Deeren ab 17. November an einem Training in einem Greenpeace-Aktiv-Camp bei Bremen teilgenommen. Danach war sie drei Wochen in Australien gewesen, um auf der *Arctic Sunrise,* einem Greenpeace-Schiff, gegen japanische Walfänger zu protestieren. Zumindest hatte sie am 3. Dezember in Frankfurt nach Perth eingecheckt.

Dennoch konnte sie an dem Anschlag beteiligt gewesen sein. Zwei Namen waren in ihrem Strafregister unter der Rubrik *Tatgenossen* ständig aufgetaucht. Möglicherweise war sie Mitglied einer kleinen Aktivistenzelle, zu der auch Björn Larsen aus Wilhelmshaven und ein gewisser Uwe Töngen gehörten. Larsen schien, so hatten seine Mitarbeiter herausgefunden, untergetaucht zu sein – ein Indiz für seine Beteiligung oder Täterschaft? Uwe Töngen lebte auf Langeoog und hütete Schafe. Ihn würde er sich vornehmen, gleich morgen früh.

Die Ungereimtheiten in dem zunächst so scheinbar klaren Fall raubten ihm die Ruhe. Warum war der Brief an die Behörde und nicht zu Esser nach Hause geschickt worden, und warum ausgerechnet einen Tag vor Weihnachten, wo doch viele in Urlaub waren? Das Risiko eines Fehlschlages war viel zu groß gewesen. Oder hatte der Überbringer gewusst, dass Esser an diesem Tag aus dem Urlaub zurückkehren würde? Woher beziehungsweise von wem?

Kirner schaute auf die Uhr. Es war kurz vor vier. Wind war aufgekommen und verfing sich in den Zweigen der großen Tanne, die vor seinem Fenster als Weihnachtsbaum aufgestellt worden war. Einige der Glühbirnen in den Ästen leuchteten in das triste Grau der anbrechenden Dämmerung, doch die meisten waren längst der Nässe der vergangenen Tage zum Opfer gefallen. Kirner erhob sich und griff nach seinem Mantel.

*

Der dunkle BMW parkte am Ortsende von Greetsiel abseits auf einem Parkplatz. Ein Gebüsch versperrte die Sicht auf den Wagen. Die Männer darin hielten den Feldweg im Auge, der zum Haus des Alten führte.

Als Rike am frühen Morgen in Cordes Auto auf die Straße nach Norddeich einbog, fuhr sie ahnungslos am BMW vorüber. Einen Augenblick später setzte sich der Wagen in Bewegung.

# 9

Das Boot der Küstenwache wartete wie versprochen um 9 Uhr im Großen Hafen. Die Wasserschutzpolizisten stutzten, als Kirner alleine an Bord kam, doch er erklärte ihnen, dass es nur um eine Routinebefragung ginge und er deswegen keinem Kollegen den zweiten Weihnachtstag vermiesen wollte. Eine Viertelstunde später verließ das Boot den Hafen und fuhr mit halber Kraft den Jadebusen hinauf in Richtung Schillighörn.

Nach all den trüben Tagen schien es heute trocken und schön werden zu wollen. Kirner lehnte an der Reling und schaute in den wolkenlosen Himmel.

Die Kollegen in Aurich hatten ihm den Weg zu Töngens Gehöft beschrieben. Sie hätten auf Langeoog auch für seine Abholung gesorgt, aber als Kirner erfahren hatte, dass Töngens Anwesen kaum einen Kilometer vom Hafen entfernt war und ein Fußweg entlang den Schienen der Inselbahn direkt zu seinem Haus führte, hatte er das Angebot abgelehnt. Ein Fußmarsch nach all den Festtagsbraten würde nicht schaden.

Die Auricher hatten schon öfter mit Töngen zu tun gehabt. Er hatte so manche Nacht in ihrer Ausnüchterungszelle verbracht und wegen seines Rauschgiftkonsums vor kaum einem Vierteljahr seinen Bootsführerschein eingebüßt. Ansonsten schien der Mann eher zu den gemütlichen Typen zu gehören. Seit der Verurteilung war es ruhig um ihn geworden. Vielleicht auch deshalb, weil er wegen eines Rauschgiftvergehens eine Bewährungsstrafe erhalten hatte.

Doch Kirner interessierte sich nur für Friederike van Deeren und Björn Larsen. Er war nach dem Aktenstudium und reiflicher Überlegung zu dem Schluss gelangt, dass Larsen hinter dem Briefbombenanschlag stecken musste. Vielleicht hatte seine Freundin noch nicht einmal davon gewusst.

Als der kleine Kreuzer im Hafen von Langeoog festmachte, vereinbarte Kirner mit dem Kapitän, dass er in drei Stunden wieder abgeholt werden sollte. Dann machte er sich auf den Weg zu dem Anwesen. Der Feldweg entpuppte sich als morastiger Trampelpfad, doch Kirner war gut gerüstet. Das Wandern war eine seiner liebsten Freizeitbeschäftigungen. Er brauchte gerade mal eine halbe Stunde, bis er das einsame Gehöft westlich des Dorfes erreichte. Das Gebäude erschien verwahrlost. Der Lattenzaun davor wies etliche Lücken auf, und der windschiefe Stall links neben dem Hauptgebäude verstärkte den Eindruck, dass Töngen sich wenig um sein Hab und Gut kümmerte. Das braune Gras wucherte im Hof. In der Ferne hörte Kirner das Blöken einiger Schafe, die trotz der Kälte im Freien standen.

Eine Klingel suchte Kirner an der altersschwachen Haustür vergebens, also klopfte er mit der Faust dagegen. Er lauschte, doch außer dem leisen Rauschen des Windes in den dürren Ästen der Pappeln direkt neben dem Haus war nichts zu hören. Noch einmal klopfte Kirner. Er wartete vergeblich. Niemand schien zu Hause zu sein.

Plötzlich sah er eine Bewegung abseits der Scheune. Ein Mann stand neben dem Stall. Das trockene Hämmern von Metall auf Holz drang zu Kirner herüber. Der Mann trug einen langen, olivgrünen Parka, eine blaue Arbeitshose und schwarze Gummistiefel. Seine langen verfilzten Haare schwangen im Rhythmus der Schläge durch die Luft.

„Töngen?", rief ihm Kirner zu.

Der Schlag des Mannes erfror in der Luft. Er hob den Kopf und blickte den Fremden, der auf ihn zukam, misstrauisch an. „Und wer will das wissen?"

Kirner zeigte seinen Dienstausweis.

„Was ist nun wieder los, wollt ihr noch mal mein Haus durchsuchen?"

Kirner schüttelte den Kopf. „Friederike van Deeren. Wissen Sie, wo ich sie finden kann?"

Argwöhnisch beäugte Töngen den Kriminalbeamten. „Rike? Hab ich schon lange nicht mehr gesehen."

„Und Larsen?"

„Den auch nicht."

Kirner lächelte. „Erzählen Sie mir von Friederike."

„Was soll ich da erzählen", erwiderte Töngen. „Rike ist anständig. Die tut niemandem was. Was wollt ihr von ihr?"

„War Rike denn nicht auf großer Fahrt?"

„Weiß nichts davon." Töngen erhob den Hammer und schlug weiter auf den dicken Pfahl ein.

„Sie sind derzeit auf Bewährung?", rief ihm Kirner zu.

Töngen ließ den Hammer sinken. „Was hat das mit Rike zu tun?"

„Ich kann Sie auch vorladen", versuchte Kirner Töngens Auskunftsfreudigkeit zu erhöhen. „Also noch einmal: War Rike in letzter Zeit im Ausland?"

Töngen legte seinen Hammer zur Seite und setzte sich auf die Holzbank vor der Scheune. Er kramte seinen Tabak aus der Tasche. Gelassen drehte er sich eine Zigarette. „Hören Sie", sagte Töngen und fuhr mit der Zunge über den Klebestreifen des Zigarettenpapiers. „Ich habe Bewährung, das ist richtig. Ich habe nichts mehr mit diesen Dingen zu tun. Ich rauche ab und zu ein bisschen Shit, das ist alles. Also spielen wir mit offenen Karten, ich habe nämlich keine Lust mehr auf Ärger."

Kirner setzte sich neben ihn auf die Bank. „Ich bin vom Landeskriminalamt. Ich ermittle in einem Mordversuch und ich glaube, dass Rike in die Sache verwickelt ist, ohne dass sie etwas dafür kann. Es ist besser, wenn ich mit ihr spreche. Das fällt nicht mehr unter ‚grober Unfug', so was gibt zehn Jahre und mehr."

„Ein Bulle, der helfen will", antwortete Töngen sarkastisch.

Kirner entschloss sich, ihm die ganze Geschichte zu erzählen.

„Vor drei Tagen wurde auf den stellvertretenden Bezirksdirektor Esser ein Briefbombenanschlag verübt. Das Kuvert war beschädigt, deshalb konnte der Anschlag vereitelt werden. Unsere Spurensicherung hat Fingerabdrücke entdeckt. Sie gehören Friederike van Deeren. Außerdem hatte sie ein paar Wochen zuvor ein Dossier an Esser geschickt und die gleiche Art Kuvert verwendet. Würden Sie ihr so was zutrauen?"

Töngen schaute Kirner entgeistert an. „Das ist absoluter Blödsinn. Rike lehnt jede Form von Gewalt ab."

„So, tut sie das? Vor knapp einem Jahr hat sie einem Kollegen von mir das Nasenbein gebrochen."

Töngen lächelte. „Sie weiß sich zu wehren und der Bulle hat sie angegrabscht."

„Und was ist mit dem Brandanschlag auf das Baggerschiff?"

„Sie liebt diese Küste und würde alles dafür tun. Aber Rike würde niemals Menschenleben aufs Spiel setzen."

„Und Larsen?"

Töngen zog an seiner Zigarette und blies den blauen Rauch in die Luft. „Larsen und Rike waren zusammen", murmelte er und schnippte die Zigarettenkippe ins Gras. „Aber sie hatten Zoff. Vor Wochen schon. Seitdem habe ich weder von ihm noch von Rike was gehört."

„Wann haben Sie Rike das letzte Mal gesehen?"

Töngen überlegte. „Das ist mindestens zwei Monate her. Ich hörte nur, sie wäre in irgend so einem Greenpeace-Camp."

„Von wem haben Sie das gehört?"

Töngen schien um die Antwort verlegen.

„Von Larsen?", nahm ihm Kirner die Last von der Seele.

Töngen nickte. „Das war vor einem Monat. Er kam mitten in der Nacht zu mir. Er sagte etwas von einem Schiff, dem er draußen begegnet ist." Töngen wies mit dem Kopf in Richtung Meer. „Er sagte, dass die da draußen was suchen."

Kirner runzelte die Stirn. „Ein Schiff? Was suchen die denn?"

Töngen druckste unschlüssig herum. „Na ja, er sagte mir nur, dass er an einer großen Sache dran ist." Er gab sich einen Ruck. „Ich glaube, es ging um Gift."

„Giftmüll?"

Töngen schüttelte den Kopf. „Shit, Koks, Drugs, Pills oder ‚H'. Rauschgift. Wäre möglich."

„Wollte Larsen in das Geschäft einsteigen?", fragte Kirner. Der Fall schien eine andere Wendung zu nehmen als erwartet.

„Larsen ist ein Smoker", erwiderte Töngen, der sich nicht wohl in seiner Haut fühlte. „Er raucht ab und zu eine, so wie ich. Aber er ist kein Dealer. Überhaupt nicht der Typ dafür."

„Dann schon eher eine Briefbombe, was?"

Töngen erhob sich. „Ich weiß nichts von Larsen. Wir haben früher mal zusammen für eine bessere Umwelt gekämpft und sind für unsere Überzeugungen eingetreten, auch wenn es aussichtslos schien. Mehr nicht. Ich habe ihn seit einem Monat nicht gesehen. Schäfer ist ein Full-Time-Job. Ich bin raus aus der Szene und ich vermisse niemanden. Und jetzt muss ich wieder an die Arbeit." Töngen nahm seinen Hammer und ging wieder hinüber zu dem Pfahl, der noch immer weit aus dem Boden ragte.

„Eine letzte Sache noch." Kirner legte eine Visitenkarte auf die Bank. „Wenn Larsen oder Friederike van Deeren auftauchen, dann rufen Sie mich an."

„Ich habe kein Telefon", erwiderte Töngen.

„Dann sagen Sie ihnen, dass sie sich bei mir melden sollen, bevor alles nur noch schlimmer wird. Ein Mordanschlag ist eine böse Sache."

Kirner wusste, dass Töngen die beiden informieren würde, aber auf einen Anruf von Larsen würde er wohl umsonst warten. Für ihn war die Sache klar: Larsen steckte hinter dem Briefbombenattentat. Trotzdem musste er die Fahndung nach Friederike van Deeren aufrechterhalten, und die Untersuchungshaft würde ihr wohl auch nicht erspart bleiben.

Auf die Sache mit dem Schiff, von der Töngen geredet hatte, konnte Kirner sich keinen Reim machen. Den Gedanken, den Schäfer überwachen zu lassen, verwarf er. Er glaubte dem Mann. Vielleicht, aber auch nur, weil es in dieser Jahreshälfte nicht ganz so einfach war, hinaus auf die Inseln zu kommen.

Er hielt inne und schaute sich um. Der Hafen war in Sicht und das Wasser glitzerte im Sonnenlicht. Eine Frage hatte sich aus seinen Überlegungen ergeben, die ihn nicht mehr losließ. Er schaute auf die Uhr, es war fast eins. Sollte er noch einmal umdrehen und zurück zu Töngen gehen?

Ein schrilles Pfeifen riss ihn aus seinen Gedanken. Eine rot lackierte Lok mit drei kleinen Waggons fuhr in Richtung Dorf an ihm vorbei. Er wunderte sich darüber, doch dann erblickte er im Hafen die kleine Fähre, die abgelegt hatte und sich langsam in Richtung des Hafentors schob.

Damit war seine Frage schon beantwortet.

*

Rike hatte Cordes Wagen auf dem großen Parkplatz vor dem Bahnhof abgestellt und in dem Glasgebäude gewartet, bis ein Bediensteter der Fährgesellschaft erschien. Von ihm erfuhr sie, dass die Versorgungsfähre für Langeoog um die Mittagszeit auslaufen würde. Sie setzte sich auf eine Bank und freute sich über die Sonne, deren Strahlen durch das Glas verstärkt ihren Rücken wärmten. Nach einer Weile war ein verliebtes Pärchen in winterfester Kleidung und mit Rucksack erschienen. Kurz darauf betraten eine Frau und vier Jugendliche das Gebäude. Es gab auch im Winter Passagiere, die eine Überfahrt auf eine der Inseln buchten. Urlauber, Familienangehörige oder auch nur Besucher der Insulaner. Als es schließlich Mittag wurde, hatten sich drei weitere Fahrgäste eingefunden, ein alter Mann und zwei Frauen. Eine davon trug Nonnentracht.

Rike genoss den Tag. Der blaue, wolkenlose Himmel erhellte ihre Stimmung. Trotzdem blickte sie sich ab und zu um und suchte mit wachem Blick den Parkplatz ab. Der dunkle BMW ging ihr nicht mehr aus dem Kopf.

Schließlich ertönte eine grelle Glocke und eine Frauenstimme forderte die Passagiere für Langeoog auf, die Fähre über den Landungssteg 2 aufzusuchen. Rike reihte sich in die Personengruppe ein. Noch einmal schaute sie sich suchend um. Plötzlich lief ihr ein kalter Schauer über den Rücken. Auf der Fähre stand ein Mann an der Reling, ein muskelbepackter Kerl mit Brille. Es war der Mann aus dem BMW, der mitten in der Nacht an ihrer

Tür gewesen war. Rike überlegte fieberhaft, was sie tun konnte. Die Menschen gingen an ihr vorbei und strebten auf den gläsernen Steg zu. Sollte sie umkehren?

Wenn der Kerl schon an Bord war, wusste er auch, welche Insel sie ansteuerte. Die Fähren nach Norderney und Baltrum waren längst abgefahren, sie konnte nur nach Langeoog wollen. Aber wusste der Kerl auch von Töngen? Aus den Augenwinkeln musterte sie den Mann. Er hatte eine auffallend bleiche Haut und wirkte ein wenig einfältig, daran änderte auch die viel zu protzige Brille nichts. Er verbarg seine Hände in den Taschen seiner Jacke. Wahrscheinlich steckte darunter sogar eine Waffe.

Zögernd ging Rike an Bord, immer darauf bedacht, dem Fremden keinen allzu auffälligen Blick zu schenken. Offenbar war der Mann sich sicher, dass ihn Rike nicht erkennen würde, denn er blieb direkt neben dem Zugang stehen. Ein lautes Hupen zerriss die Stille. Rike fuhr zusammen. Das Zeichen zum Ablegen. Noch bevor die Landungsbrücke zurückgezogen worden war, kam ein weiterer Passagier an Bord. Ein Mann um die vierzig, groß und mit einem dunklen Kinnbart. Er ging an ihr vorüber und nickte ihr dabei freundlich zu.

Rike wartete noch eine Weile, bevor sie unter Deck ging und inmitten der Sitzbänke einen Platz belegte. Der Mann mit der Brille folgte ihr und setzte sich am Eingang auf eine Holzbank. Einen Augenblick später erschien der Bärtige und ging wortlos an dem Mann mit der Brille vorbei, um sich am anderen Ende auf eine Bank zu setzen. Rike atmete auf. Sie hatte schon befürchtet, die beiden Männer gehörten zusammen.

\*

Martin Trevisan stand unter der Dusche, als das Telefon klingelte. Der auf- und abschwellende Ton wollte kein Ende nehmen. Anscheinend war der Anruf dringend. Also drehte er den Wasserhahn zu, trocknete sich notdürftig mit einem Handtuch ab, griff zum Bademantel und spurtete in den Flur. „Trevisan", krächzte er in den Hörer.

„Hier auch", vernahm er Grits Stimme. „Du kommst heute wohl gar nicht aus den Federn. Na ja, jetzt bist du zumindest wach."

„Ich stand unter der Dusche", antwortete Trevisan entschuldigend, „ich muss noch ins Büro."

„Das ist typisch. Du und dein Büro. Heute ist Weihnachten."

Trevisan zerbiss einen Fluch. „Was willst du?", fragte er verschnupft.

„Paula kommt am Sonntag zu dir", entgegnete Grit. „Dörte wird sie bringen. Ich muss nach Stockholm und komme erst am 2. Januar zurück. Hol sie um 16.03 Uhr am Bahnhof ab. Sei pünktlich! Dörte muss den Anschlusszug nach Hannover kriegen."

Trevisan war perplex. *„Was* ist?!"

„Ich habe einen Job bei der *Scan-Line* in Aussicht und muss mich dort vorstellen", antwortete Grit. „Sei froh, dass ich arbeiten gehe. Sonst hättest du noch weniger im Geldbeutel."

Trevisan trat ans Fenster. Sonnenstrahlen fingen sich im matten Lack des altersschwachen Opel Corsa. Den BMW hatte Grit mitgenommen. Als Ausgleichszahlung und dafür, dass er das Haus behalten konnte, hatte sie gesagt.

„Wie stellst du dir das vor?", erwiderte Trevisan. „Ich habe einen Job und wir sind mitten in einem Mordfall."

„Ihr seid immer mitten in irgendwas. Tante Klara ist doch auch noch da. Du bist schließlich Paulas Vater."

„Aber ich …"

„Immer dieses Hin und Her mit dir", schnauzte Grit. „Ich bin es leid. Es ist so, wie es ist. Kümmere dich um sie. Ich muss dringend weg."

Trevisan überlegte. Mit Tante Klaras Hilfe, die ein Haus weiter wohnte, könnte es klappen. Paula war schon früher oft bei ihr und Onkel Hans zu Gast gewesen. „Gut, wann soll ich sie abholen?"

„Schreib es dir auf, sonst vergisst du es wieder, so wie du oft die Sachen vergisst, wenn es um die Familie geht."

Trevisan riss sich zusammen und unterdrückte seine Wut. „Wie geht es euch?", fragte er, um die Spannung aus dem Gespräch zu nehmen. Ein Fehler – Grit durchschaute sein Ablenkungsmanöver.

„Wie es uns geht?", antwortete sie schnippisch. „Das hat dich doch noch nie interessiert. Aber ich kann dich beruhigen, deiner Tochter geht es gut. Und noch etwas: In den nächsten Tagen erhältst du Post von meinem Anwalt. Ich rate dir, ebenfalls schnell einen zu suchen. Ich will es endlich hinter mir haben, verstehst du?"

„Kann ich mit Paula reden?", fragte Trevisan.

„Du hast bald genug Gelegenheit, mit ihr zu sprechen", erhielt er zur Antwort. Dann beendete Grit das Gespräch.

Trevisan stand noch einen Augenblick mit dem Telefonhörer am Ohr tropfend und frierend im Flur. Dann legte er den Apparat auf den kleinen Tisch. Ein Kapitel seines Lebens neigte sich dem Ende zu. Seine Augen füllten sich mit Tränen.

# 10

Alexander Romanow lief in dem kleinen Kellerraum wie ein Tiger im Käfig auf und ab. Überall summten Geräte, die Klimaanlage, die Kühler der Computer und die Ventilatoren für die Frischluftzufuhr. Dieser Raum würde ihn krank machen. Kaum größer als drei mal drei Meter, kein Blick nach draußen, nur kahle Wände aus Stahlbeton. Sogar der graue Linoleumboden wirkte deprimierend und beengend. Die Stahltür war dem Farbton der Wände angepasst. Kabelstränge, mit grauem Tape auf dem Boden befestigt, verliefen in chaotischen Strömen von den Wänden zu dem breiten Tisch in der Mitte. Wie Gestrüpp überwucherten sie von allen Seiten das triste Grau.

Es gab nur einen Menschen, der sich in dieser Umgebung wohl fühlte. Der junge Mann war blond, klein und schmächtig, wirkte fast noch wie ein Kind, und wahrscheinlich war er auch nie wirklich diesem Stadium entwachsen. Die Assel, die in Wirklichkeit Rainer Mohn hieß und aus München stammte, war in dieser Phase Romanows wichtigster Mann. Der Computerexperte hatte die namhafteste Schule für Informatik hinter sich, und wäre er nicht mehrfach als Hacker aufgefallen, vorbestraft und ohne Abschluss von der Schule geflogen, dann würde er heute mit einem Spitzenverdienst in einer noblen Münchner Firma arbeiten und einen Porsche fahren.

Seine Spielleidenschaft hatte ihm diese Erfolgsaussicht genommen. Er spielte nicht an den Spieltischen oder in einschlägigen Clubs, sondern in engen Kellerräumen, in muffigen Zimmern oder in öden, abgeschiedenen Appartements. Alles, was er dazu brauchte, waren Strom, ein Internetanschluss und der graue, summende Kasten, der zum Mittelpunkt seines Lebens geworden war. Es gab genügend Möglichkeiten für einen echten Computerfreak. Und in dem Metier, in dem er sich verdingte, fragte niemand nach einem Abschluss.

„Ich glaube, ich kann die verlorenen Datenstränge regenerieren." Die Assel zuckte nervös mit dem Auge. Ein Tribut an die langen Nächte vor dem Computerbildschirm. „Mit den Basisdaten und dem Abgleich aus den Dateien des Deutschen Wetterdienstes müsste ich es schaffen. Wird nur noch ein bisschen dauern. Ich schätze, zwei bis drei Wochen."

Romanow schaute auf die vier Bildschirme, über die undefinierbare Zahlenreihen huschten. „Zwei Wochen, mehr haben wir nicht. Ich muss dir wohl nicht sagen, wie wichtig das Ganze ist."

Die Assel nahm einen großen Schluck Cola, dann flogen die Finger wieder über die Tastatur. Auf einem der Bildschirme stoppten die Zahlenkolonnen und eine neue Maske tat sich auf. Wenig später erschien das Logo des Deutschen Wetterdienstes auf dem Monitor. Die Assel drückte auf die Eingabetaste. Ein graues Fenster öffnete sich. *Starting Download-Sequenz,* hieß es in roten Buchstaben.

Romanow wandte sich um und ging zur Tür. „Ich verlasse mich auf dich", sagte er, bevor er mit angespanntem Lächeln durch die Stahltür verschwand.

*

Martin Trevisan saß mit Johannes Hagemann und Dietmar Petermann am langen Konferenztisch im zweiten Stock des Dienstgebäudes in der Peterstraße und malte mit dem Kugelschreiber kleine Kreise in seinen Notizblock. Seine Gedanken drehten sich um Paula. Tante Klara hatte ihm ohne Umschweife zugesichert, sich um seine Tochter zu kümmern. Sie freute sich darauf. Doch Trevisan war skeptisch. Was sollte er mit Paula unternehmen, wenn er mitten in Mordermittlungen steckte und das 1. Fachkommissariat nur aus einer Rumpfmannschaft bestand? Er schaute auf den freien Stuhl neben sich. Kollege Sauter war nicht aufgetaucht. Johannes hatte die Sache auf sich beruhen lassen. Trevisan hatte sich vorgenommen, Sauter bei der nächsten Begegnung die Leviten zu lesen. Es war eine Frechheit, das Kommissariat und die Kollegen einfach hängen zu lassen.

„... in den Vermisstendateien gibt es bundesweit sechs Fälle, die in Frage kämen, aber bei uns im Norden – Fehlanzeige", beendete Dietmar Petermann seinen Monolog.

„Jemand eine Idee?", fragte Johannes Hagemann, der gegenüber von Trevisan Platz genommen hatte. Der Stuhl an der Stirnseite war verwaist, seit Bornemann bei einem Verkehrsunfall ums Leben gekommen war.

„Die Klamotten?", fragte Dietmar.

„Einheitsware aus Billigläden", antwortete Johannes.

„Dann bleibt eigentlich nur abzuwarten, bis sich die Kollegen aus Baden-Württemberg melden", entgegnete Dietmar.

Trevisan schaute aus dem Fenster.

Johannes Hagemann musterte ihn. „Mensch, Martin, was ist denn los mit dir? Du bist überhaupt nicht bei der Sache."

Trevisan zuckte zusammen. „Entschuldigt, ich war in Gedanken." Er atmete tief ein. „Wir haben nicht viel in der Hand. Wir haben die Leiche eines etwa dreißigjährigen Mannes, der offenbar ertrunken ist. Wir kennen weder seine Herkunft noch seine Identität, aber wir wissen, dass er vor seinem Tod gefoltert wurde und dass er gefesselt war. Der Tod dürfte vor drei bis vier Wochen eingetreten sein. Spuren sind nicht vorhanden, seine Kleidung bringt uns nicht weiter und den Strick, mit dem er gefesselt war, kann man in jedem Baumarkt kaufen. Der einzige vage Hinweis ist der Rucksack mit der Chipkarte. Aber selbst der muss nicht unbedingt mit dem Fall in Verbindung stehen."

Johannes Hagemann verzog das Gesicht. „Fängst du jetzt auch schon an, Vorträge zu halten? Das wissen wir doch schon alles."

Trevisan erhob sich und ging ans Fenster. „Vor drei Wochen habe ich meinen Vater begraben. Ich weiß es noch ganz genau. Anfang Dezember war es kalt, regnerisch und ungemütlich. Aber der Tote trägt nur ein Sweatshirt. Wo ist seine Jacke?"

„Was willst du damit sagen?", fragte Johannes.

„Vielleicht stammt er aus der Gegend um den Hafen."

„Ich frage mich, warum er nicht vermisst wird", mischte sich Dietmar ein.

„Weil er alleine ist und ein unstetes Leben führt!"

„Wenn jemand mit einem Messer traktiert wird, geht das kaum leise zu", gab Johannes Hagemann zu bedenken. „In einer Wohnung mit Nachbarn ist das wohl kaum möglich, oder?"

Trevisan ging an die Tafel mit dem Stadtplan von Wilhelmshaven. Er zeigte mit dem Finger auf den Südwestkai. „Hier gibt es leere Lagerhallen, die weit genug von den Wohngebieten entfernt wären."

„Und was ist, wenn sie ihn mit einem Wagen an die Brücke gefahren haben und ihn dann ins Wasser warfen?", gab Dietmar zu bedenken.

„Ich glaube nicht, dass er ertränkt wurde", erwiderte Trevisan. „Warum wird ein Mensch gefoltert? Weil man ihn gefügig machen oder weil man etwas von ihm erfahren will. Wenn jemand so weit geht und seinem Opfer bei lebendigem Leib tiefe Schnitte beibringt, dann schneidet er ihm die Kehle durch, wenn er erfahren hat, was er wissen will. Ins Wasser schmeißen kann er ihn hinterher immer noch, aber jedenfalls weiß er dann mit Sicherheit, dass sein Opfer tot ist. Bei unserer Leiche liegt der Fall anders. Er wurde lebendig ins Wasser geworfen oder er sprang selbst rein, um seinen Peinigern zu entkommen."

„Das ist jetzt aber eine ganz schön abstruse Theorie", widersprach Dietmar Petermann. „Wer geht bei Minusgraden schon freiwillig in eiskaltes Wasser?"

„Jemand, der dem Schmerz entkommen will." Trevisan legte seine Handfläche auf den unteren Teil des Stadtplans. „Das ganze Gebiet am Südwestkai könnte Tatort sein. Wir sollten dort nachsehen."

Bevor Johannes Hagemann antworten konnte, betrat Kriminalrat Beck den Konferenzraum. „Ah, meine Herren, wie ich sehe, sind Sie alle bei der Arbeit. Gibt es schon Ergebnisse im Fall der Wasserleiche?"

„Wir wissen noch nicht, wer der Tote ist", berichtete Hagemann.

„Hoffentlich helfen uns die Laborergebnisse weiter", antwortete Beck. „Ähm, Herr Trevisan, ich hätte Sie gerne mal unter vier Augen gesprochen. Vielleicht gehen wir kurz in mein Büro."

Schweigend folgte Trevisan dem Kriminalrat in den vierten Stock. Beck schloss sein Büro auf und bot Trevisan den Stuhl vor dem Schreibtisch an.

„Trevisan, wie Sie wissen, ist derzeit von außerhalb kein neuer Leiter des Kommissariats in Sicht. Wir wissen, wie es um Herrn Hagemanns Gesundheit steht, und Herr Sauter wird uns in der nächsten Woche verlassen. Bleiben nur noch Sie und Petermann. Ich habe mich mit Direktor Tahnert besprochen und wir kamen übereinstimmend zu dem Schluss, dass wir Sie als Nachfolger von Herrn Bornemann vorschlagen werden."

Martin Trevisan wusste nicht, was er sagen sollte.

„Wir werden in nächster Zeit Verstärkung für Ihr Team erhalten", fuhr Beck fort. „Ein junger Kollege stößt vom LKA zu uns und auch die zweite Stelle wird durch eine Kollegin des Landeskriminalamtes besetzt."

„Ich dachte, die Stelle wird ausgeschrieben?", wandte Trevisan ein.

Beck lächelte. „Wir sind Beamte, jede Stelle wird offiziell ausgeschrieben. Aber wer zum Zuge kommt, das bestimmt die Dienststelle. Legen Sie mir morgen bitte Ihre Bewerbung vor."

\*

Rike hatte die ganze Zeit wie auf heißen Kohlen gesessen. Auf dem engen Fährschiff gab es kein Versteck. Also blieb sie auf ihrer Holzbank und warf dem fremden Mann mit der Brille hin und wieder einen Blick aus den Augenwinkeln zu. Auf Langeoog musste sie versuchen, ihm zu entkommen. Sie schätzte ihre Chancen ab. Seine ledernen Halbschuhe waren ein Schwachpunkt, diese leichten Treter waren für schweres Gelände nicht geeignet. Rike betrachtete ihre warmen Goretex-Stiefel, die ihr auf der *Arctic Sunrise* hervorragende Dienste geleistet hatten. Fraglich blieb jedoch, ob der Kerl über Töngen Bescheid wusste oder ihr einfach nur folgte, weil er hoffte, sie würde ihn zu Larsen führen.

Der Fußweg zu Töngens Gehöft begann nah am Hafen, doch hier war das Gelände selbst mit Halbschuhen zu bewältigen. Also stieg sie, als die Fähre angelegt hatte, in den kleinen roten Zug, der die wenigen Fahrgäste und die angelieferten Waren in den Bahnhof des Ortes fahren sollte. Auch der Mann mit der Brille verschwand in einem Abteil. In den kleinen Waggons fanden nur wenige Menschen Platz. Bei Rike im ersten Wagen saßen lediglich das Liebespaar und der großgewachsene Mann mit Bart im langen Wintermantel, der als Letzter an Bord der Fähre gegangen war. Das war die Chance, die sie sich erhofft hatte.

Sie wartete, bis der Zug anfuhr. Blitzschnell erhob sie sich und rannte zur Tür. Die kleine Lok entwickelte sehr schnell eine erstaunliche Geschwindigkeit. Als Rike die Tür aufschieben wollte, klemmte der Riegel. Bestimmt war die Tür während der Fahrt gesichert. Doch irgendwo musste es einen Schalter zur Deaktivierung des Schutzmechanismus geben. Sie entdeckte einen roten Knopf über der Tür und drückte mit der Faust dagegen. Ein leises Zischen, und der Riegel ließ sich bewegen. Rike presste die Schulter gegen die Tür und schob sie auf. Mit einem gewaltigen Satz sprang sie vom Trittbrett und landete im feuchten Gras der Böschung. Die Waggons huschten an ihr vorbei und beinahe wäre sie die Böschung wieder hinabgestürzt, doch mit aller Kraft krallte sie sich in das verdorrte Gras.

Als sie sich aufrichtete, verschwand der kleine Zug hinter der Kurve. Sie kroch den Abhang hinauf und verharrte. Ein Spaziergänger kam den Feldweg entlanggelaufen. Der Mann trug einen dunklen Mantel und hatte die Hände in den Taschen vergraben. Sie duckte sich. Es war besser, wenn niemand sie sah. Wem konnte sie noch trauen? Erst als der Spaziergänger hinter der nächsten Biegung verschwunden war, richtete sie sich auf und rannte den Weg entlang, der zu Töngens Anwesen führte.

# 11

Rike sah Töngen schon von weitem neben der maroden Scheune stehen. Offenbar reparierte er endlich das Gatter. Schon im Sommer hatte sie ihm gesagt, dass ihm bald seine Schafe weglaufen würden, wenn er sich nicht um den Zaun kümmerte. Töngen schlug einen Pfahl in die Erde. Er war in seine Arbeit vertieft und fuhr zusammen, als Rike ihn rief. „Rike! Verdammt, was machst du hier! Komm …" Er schob sie in die Scheune und spähte misstrauisch in die Umgebung.

„Ist jemand hier?", fragte Rike atemlos.

„Du musst ihm begegnet sein. Er ist vor kaum einer halben Stunde gegangen."

Das konnte überhaupt nicht sein. Der Zug war bestimmt noch keine zehn Minuten im Ort. „Von wem redest du?"

„Von dem Bullen", antwortete Töngen. „Er sucht dich."

Rike ließ sich in das trockene Heu fallen. Jetzt verstand sie überhaupt nichts mehr.

Töngen setzte sich neben sie und zog seinen Tabak aus der Tasche. „Da habt ihr wohl einen ganz schönen Bock geschossen."

„Ich weiß nicht, wovon du redest. Ich suche Larsen."

„Das tun viele", antwortete Töngen. „Die Bullen, der Holländer und weiß Gott wer noch."

„Weißt du nicht, wo er ist?", fragte Rike flehend.

„Ich habe keinen blassen Schimmer", antwortete er und erzählte ihr von seiner letzten Begegnung mit Larsen und dessen überstürztem Aufbruch. „Er hat sich nicht mal von mir verabschiedet. Ist einfach mitten in der Nacht verschwunden."

„Und der Bulle, was wollte der?"

„Die wissen von der Briefbombe", antwortete Töngen. „Wieso hast du dich zu so etwas hinreißen lassen?"

„Briefbombe? Du spinnst wohl vollkommen. Ich bin vor kurzem erst aus Australien zurückgekommen. Ich weiß nichts von einer Briefbombe."

„Dann steckt wohl doch Larsen alleine hinter der Sache", überlegte Töngen laut. „Auf alle Fälle wollen sie deine Fingerabdrücke auf dem Kuvert gefunden haben."

„Und für wen soll die Briefbombe gewesen sein?"

„Für den stellvertretenden Bezirksdirektor Esser."

Rike schüttelte den Kopf. „Das ist doch absoluter Blödsinn."

„Der Bulle jedenfalls meinte es ernst", erwiderte Töngen. „Der wusste alles über dich. Sogar, dass du dem Regierungsfuzzi den Bericht über deine Forschungsergebnisse geschickt hast. Er meinte, bei deinen Vorstrafen bringt das mindestens zehn Jahre Knast."

Rike überlegte fieberhaft. Jetzt fügten sich die Passstücke langsam zusammen. Vielleicht war der Mann vor ihrer Wohnung in Marienhafe ein Polizist gewesen, und sie hofften über sie an Larsen heranzukommen. Aber wie passte der Einbruch bei Corde ins Bild?

„Dieses Arschloch, was fällt Larsen bloß ein", fluchte Rike. „Ich war überhaupt nicht da und der bringt mich in den Knast, das darf doch nicht wahr sein! Seid der dieses Zeug nimmt, ist er nur noch high, der Spinner. Hast du eine Idee, wo er untergekrochen sein könnte?"

Töngen schüttelte den Kopf. „Er hatte überhaupt keine Kohle mehr. Weit kann er nicht gekommen sein."

„Weißt du, wer der Bulle war?"

Töngen zog Kirners Visitenkarte aus der Jackentasche.

„Kriminaloberrat Herbert Kirner, Landeskriminalamt", las Rike laut. „Verdammt, es muss doch irgendeine Möglichkeit geben, aus dieser Sache rauszukommen. Wenn ich mit dem Bullen rede …"

„… dann wirst du genauso verarscht wie damals in Hamburg", fiel ihr Töngen ins Wort. „Der hat genug gegen dich in der Hand. Und dass du im Ausland warst, interessiert ihn nicht. Du kannst die Sache ja trotzdem angeleiert haben. Hauptsache, einen schnellen Erfolg und die nächste Beförderung ist sicher. Erfolgsorientierung nennen die das."

Rike überlegte.

„Bleib ein paar Tage hier, dann bringe ich dich rüber nach Holland", sagte Töngen.

„Ich wurde verfolgt", erwiderte Rike. „Wahrscheinlich von den Bullen. Sie waren schon an meiner Wohnung, als ich nach Hause kam. Und jetzt ist der Kerl mit der Fähre herübergekommen. Ich glaube, ich habe sie abgehängt."

„Aber sie wissen jetzt, dass du bei mir bist. Es ist besser, wenn du so schnell wie möglich verschwindest."

„Wohin? Und wie soll ich hier wieder wegkommen? Die überwachen doch sicher den Hafen."

„Ich werde Corde anrufen", sagte Töngen. „Er soll dich draußen an Bord nehmen. Ich fahr dich mit dem Boot raus und in der Zwischenzeit versteckst du dich im Schuppen. Hast du etwas Geld? Ich bin knapp bei Kasse und wenn ich telefonieren will, muss ich ins Dorf."

„Hast du noch immer kein Handy?"

„Für was? Meine Schafe rufen mich nur selten an."

Eine Viertelstunde später radelte Töngen mit seinem alten und klapprigen Fahrrad hinüber zum Dorf. Rike hatte sich unterdessen im Schuppen ins Stroh verkrochen. Die Ruhe kam ihr recht, sie brauchte Zeit zum Nachdenken.

*

Die wärmende Morgensonne hatte einem tristen und feuchten Nachmittag Platz gemacht. Am Himmel türmten sich die grauen Wolken und ein Gemisch aus Schnee und Regen fiel auf die Erde. Von Weihnachtsstimmung war nicht viel zu bemerken.

Trevisan hatte seinen blauen Parka übergezogen und die Kapuze vor der Nase verschnürt. Das Wetter war dem Vorhaben des 1. Kommissariats nicht gerade zuträglich. Zusammen mit sieben Kollegen von der Streifenpolizei, Kleinschmidt und Hanselmann von der Spurensicherung und zwei Hundeführern nahmen sie sich das teilweise stillgelegte Industriegebiet am Südwestkai vor. Eine alte, gemauerte Lagerhalle mit eingeworfenen Fensterscheiben, nicht weit vom Fundort der Leiche, war ihr erstes Ziel. Es war nicht ungefährlich, in dem abbruchreifen Areal vorwärts zu kommen. Teile der Treppe waren eingestürzt, Zwischenböden fehlten oder waren morsch und das Dach schützte nur leidlich vor dem Schneeregen, weshalb die Hunde nicht in der Lage waren, eine Spur aufzunehmen.

Die Kollegen aus Tauberbischofsheim hatten gemeldet, dass Peter Luksch, der Inhaber des Büchereiausweises, der in dem Rucksack neben der Leiche im Wasser gesteckt hatte, mittlerweile in Lörrach leben sollte. Die Kollegen aus Südbaden würden noch heute versuchen, den Mann zu erreichen.

Nachdem die erste Lagerhalle durchsucht worden war, hatte Trevisan ein Sammelsurium an Gegenständen vor sich auf der Motorhaube des Opels. Neben einem alten Schuh, einem schwarzen Schal, einem Damenslip und einem geblümten Kleid lagen noch eine altmodische, schwarze Tasche ohne Inhalt und der Sportbeutel eines Kindes auf dem dunkelgrünen Lack.

„Wenn wir jetzt noch eine Frauenleiche finden, dann haben wir ein echtes Problem", feixte Johannes Hagemann und hob den Damenslip in die Höhe.

Trevisan trug Latexhandschuhe und durchsuchte eine Tasche. „Ich hoffe, wenigstens das bleibt uns erspart. Übrigens, hat Beck schon mit dir über einen Nachfolger für Lutger gesprochen?"

„Das ist doch klar, dass du das machst", antwortete Johannes. „Oder willst du, dass Dietmar das 1. FK führt?"

Trevisan schaute Johannes ins Gesicht. „Was ist mit dir?"

„Damit ihr in einem halben Jahr wieder vor derselben Frage steht?", scherzte Johannes. „Außerdem ist das nichts für mich. Lag mir noch nie, wenn ich ehrlich bin. Dazu musst du einfach der Typ sein. So etwas wie ein Leitwolf, der an alles denkt und alles im Auge hat."

Trevisan lächelte. „Und du meinst, ich bin das?"

„Ganz bestimmt." Johannes umrundete den Wagen. Freundschaftlich klopfte er Trevisan auf die Schulter. „Nein, der wahre
Grund ist, dass mir Dietmars – nennen wir es Schwerfälligkeit –
ganz schön auf den Wecker geht. Du glaubst doch nicht, dass
ich so einen zum Chef haben will. Ich bin zwar krank, aber ich
bin nicht verrückt."

„Er hat sich beworben?", fragte Trevisan.

Johannes nickte. „Fahr auf die Dienststelle und spann deine
Bewerbung ein. Rette uns, bevor wir alle im Irrenhaus landen."

„Wer landet im Irrenhaus?"

Trevisan und Johannes fuhren herum. Dietmar Petermann
stand vor dem Polizeiwagen und breitete eine Plastiktüte voller
Müll darauf aus.

„Oh, was … ich meine, wo kommst du her?", fragte Johannes
verlegen.

„Das ist vielleicht eine blöde Frage …" Dietmar deutete mit
dem Kopf in Richtung einer weiteren Lagerhalle. Er hatte die
Kapuze seines Parkas zusammengeschnürt, dass nur noch seine
Nasenspitze zu erkennen war. Er sah aus wie ein zu groß gera-
tener Gartenzwerg. „Also wenn ihr mich fragt, dann ist der Tag
heute reine Zeitverschwendung. Ich könnte längst zu Hause auf
der Couch liegen und ein gutes Buch lesen. Wir hätten auf das
Ergebnis der DNA-Auswertung warten sollen."

„Damit können wir frühestens in einer Woche rechnen", erwiderte Johannes. „Und so lange sollen wir die Hände in den
Schoß legen?"

„Martin, Johannes, kommt mal her!", ertönte Kleinschmidts
heisere Stimme. Er stand einige Meter entfernt und gestikulier-
te wild. „Wir haben drinnen was gefunden, das müsst ihr euch
unbedingt ansehen." Kleinschmidt führte seine Kollegen in den
grauen Backsteinbau einer ehemaligen Eisengießerei.

„Passt auf, die Stiege sieht nicht sehr tragfähig aus", mahnte
er und deutete nach oben.

Vorsichtig brachten sie die Stufen hinter sich. Bei jedem ver-
dächtigen Knarren hielten sie inne und warteten ab. Endlich

gelangten sie in den ersten Stock. Ein Teil der Decke fehlte und gab den Blick auf den Schutt im Erdgeschoss frei. Schließlich kamen sie in einen abgeteilten Raum. Die Wände und die Decke waren mit gelblichen Kacheln verkleidet, die in den sechziger Jahren modern gewesen waren. Verrottete Rohre mit einem Duschaufsatz wiesen darauf hin, dass sich hier die Duschräume für die Arbeiterschaft befunden haben mussten. Ein Durchgang führte in die Umkleidekabine. Hanselmann, Kleinschmidts Mitarbeiter, wartete dort.

„Vorsicht, damit wir keine Spuren verwischen", sagte er.

An den Wänden standen Metallspinde. In der Mitte des Raumes war eine Holzbank montiert, deren Sprossen zum Teil durchgebrochen waren. Nur der hintere Teil war unversehrt. Und genau dort lag ein olivgrüner Parka auf dem Boden. Nicht weit davon entfernt war ein Strick um eine der Holzsprossen gebunden. Auf dem grauen Steinboden befanden sich tiefbraune Flecken.

„Ich glaube, jetzt wissen wir, wo euer Toter zu Lebzeiten misshandelt wurde", sagte Kleinschmidt. „Unten in der Einfahrt haben wir Reifenspuren gesichert. Vielleicht haben sie etwas damit zu tun. Die Kollegen von der Streife sagen, dass diese Plätze im Sommer gerne von Liebenspärchen genutzt werden, doch zurzeit verirrt sich nur selten jemand hierher. Wenn du es für notwendig hältst, hol ich den Rest von meinem Team."

„Wieso ich?", fragte Trevisan.

„Na, als neuer Leiter unseres Fachkommissariats für Mord und Totschlag bin ich dir offiziell unterstellt. Du triffst die Entscheidungen, musst aber später auch dafür geradestehen."

Schweigen breitete sich im Raum aus. Trevisans Blick traf Johannes. Der zuckte die Schultern. Dietmar Petermann stand neben Trevisan und blickte mit leeren Augen zu Boden. Schließlich hob er den Kopf. „Gut, dann kann ich ja gehen", sagte er mit belegter Stimme. „Ich werde hier ja wohl nicht gebraucht." Er wandte sich um und durchquerte den Raum.

„Dietmar, warte!", rief Trevisan und folgte seinem Kollegen.

Er holte ihn erst am Fuß der Treppe ein. „Warte doch, bitte!"

Dietmar wandte sich um. „Seit wann weißt du es?"

„Es ist noch gar nichts entschieden", antwortete Trevisan.

„Hat Beck deswegen mit dir geredet?"

Trevisan nickte.

„Dann hättest du mir gottverdammt auch etwas sagen können", schrie ihn Dietmar an.

„Beck will am Montag mit uns allen darüber reden", erwiderte Trevisan. „Außerdem ist noch gar nichts offiziell. Kleinschmidt wollte doch nur ein bisschen Aufruhr stiften."

„Da arbeitet man Tag für Tag, versucht sein Bestes zu geben, rackert, schuftet, vernachlässigt seine Familie und das ist dann der Dank dafür. Keine Sekunde mehr als nötig für diesen lausigen Job! Schau dir doch unsere Verwaltungsbeamten an, die sitzen in warmen Büros und beziehen ein fettes Gehalt fürs Nichtstun und lachen über uns."

„Mensch, Dietmar, jetzt bringst du aber einiges durcheinander", widersprach Trevisan. „Es ist schließlich unser Beruf. Willst du den Angehörigen von Mordopfern im Leichenschauhaus erklären, dass du keine Lust hast, den Täter zu suchen, weil du nicht befördert wurdest? Wenn du so über unseren Job denkst, dann such dir was anderes! Lass dich auf eine andere Dienststelle oder sonst wohin versetzen, ich lege dir keine Steine in den Weg. Aber geh mir aus den Augen!"

Wütend wandte sich Trevisan um und ging in die Lagerhalle zurück. Kleinschmidt kam ihm auf der Treppe entgegen. „Ich will das große Programm", schrie ihn Trevisan an. „Untersucht jeden verdammten Quadratzentimeter. Dreht die Steine um, wenn es notwendig ist!"

Kleinschmidt nahm seine kalte Pfeife aus dem Mund. „Also doch der Chef?", witzelte er.

Zehn Minuten nach dem Stimmengewitter kam ein großgewachsener Gartenzwerg durch die Einfahrt des Fabrikgeländes auf

Trevisan zu, der gerade mit Kleinschmidt die Details der Spurensicherung besprach.

„Lörrach hat angerufen", sagte der Gartenzwerg kleinlaut. „Peter Luksch lebt und erfreut sich bester Gesundheit."

Trevisan schaute verdutzt. „Luksch?"

„Ja, der Typ mit der Chipkarte im Rucksack." Dietmar Petermann nahm die Kapuze vom Kopf.

„Und wie kommt der Rucksack in das Hafenbecken?"

„Oh, das ist ganz einfach. Er wurde gestohlen. Luksch war im September auf einem Nordseetrip. Der Rucksack wurde ihm hier in Wilhelmshaven entwendet, vor der *Nordseepassage*, dem Einkaufszentrum. Jugendliche. Er hat sie gesehen und auch noch ein Stück verfolgt. Dann sind sie verschwunden."

„Hat er Anzeige erstattet?"

Dietmar schüttelte den Kopf. „Er sagte, dass sich im alten Geldbeutel außer ein paar Münzen kein Geld befunden habe. Ansonsten waren nur noch eine abgetragene Regenjacke und ein Paar Socken im Rucksack, deswegen habe er keine Anzeige erstattet. Seine Lebensgefährtin hat übrigens seine Geschichte bestätigt, sie war in Wilhelmshaven dabei. Außerdem arbeitet Luksch derzeit als Referendar bei der Lörracher Staatsanwaltschaft. Wohl ein weiteres Indiz für seine Glaubwürdigkeit."

„Also gut, machen wir weiter. Unser Toter hat noch immer keinen Namen, aber vielleicht wissen wir bald mehr über seine Geschichte. Zumindest über seine letzten Stunden."

# 12

„Abgesprungen?" Der Kräftige mit der goldenen Brille, den sie Sniper nannten, fiel aus allen Wolken. „Dieses Luder ist einfach abgesprungen? Sie muss uns erkannt haben."

Der Bärtige nickte.

„Das ist jetzt das zweite Mal. Das gibt Ärger." Sniper stand mit seinem Komplizen auf dem Bahnsteig des Langeooger Bahnhofs und schaute dümmlich der kleinen Lok hinterher, die schnaufend auf den Gleisen entlangkroch. „Und was jetzt?"

Der Bärtige zuckte mit den Schultern.

„Das ist eine Insel. Und die einzige Möglichkeit, von einer Insel wegzukommen, ist der Hafen. Wann fährt der nächste Zug?" Sniper ließ seinen Partner stehen und ging zu der Stellwand mit den Fahrplänen. Doch alle galten nur für das Sommerhalbjahr. Schließlich erfuhr er von einem Mitarbeiter der Langeoogbahn, dass erst am Abend wieder eine Fähre zum Festland fahren würde, und auch nur, wenn das Wetter sich nicht verschlechterte, denn für den Nachmittag war ein böiger Westwind angekündigt.

Er setzte sich neben dem Bärtigen auf eine Bank. „Verdammt. Wie hat sie uns nur erkennen können?"

„Du warst unvorsichtig. Ich habe es dir gesagt."

„Ich musste mich doch versichern, dass sie in der Wohnung war", antwortete Sniper. „Egal, sie sitzt jetzt wie eine Maus in der Falle. Wenn wir den Hafen im Auge behalten, werden wir sie schon wiederfinden."

„Und was erzählst du dem Boss?"

„Wir sind noch immer an ihr dran, oder?"

Der Bärtige nickte. „Glaubst du, es ist hier auf der Insel?"

Sniper nickte. „Sonst wäre sie wohl kaum hierher gekommen."

*

Töngen hatte sich anders entschieden und war mit dem Fahrrad zum Hafen hinuntergefahren. Vor dem roten Backsteingebäude des Yachtclubs standen zwei Telefonzellen und eine davon funktionierte mit Münzen. Außerdem konnte er gleich die Lage sondieren und sein altes Boot startklar machen, das hinter den Liegeplätzen der schnieken, weißen Yachten vertäut im Hafenbecken lag. Als er über die Brücke an den Bahngleisen auf die Hafengebäude zufuhr, blickte er sich argwöhnisch um. Wie ausgestorben breitete sich die Anlegestelle vor ihm aus. Er stieg vom Rad und schob es den Weg entlang auf die Gebäude zu. Zuerst ging er an den Telefonzellen vorbei und lehnte das Rad an die Wand des Schuppens. Vielleicht hatte sich ja der Kriminalbeamte mit seinen Kollegen im hinteren Bereich des Hafens versteckt.

Töngen beobachtete die Umgebung. Auch auf den Stegen, die zu den Liegeplätzen führten, war niemand zu sehen.

Wahrscheinlich hatten die Polizisten sich längst um sein Haus postiert und warteten, bis Rike wieder auftauchte. Heute Nacht mussten Rike und er sehr vorsichtig sein. Sie würden sich durch das Wäldchen hinüber nach Flinthörn durchschlagen. Dort würde er sein Boot vertäuen, damit sie pünktlich um Mitternacht zu Beginn der Flut auslaufen konnten.

Er wartete noch ein paar Minuten, dann ging er hinüber zu den Telefonzellen. Corde meldete sich nach dem zweiten Klingeln. Nachdem Töngen dem alten Skipper erklärt hatte, worum es ging, herrschte Schweigen.

„Das ist strafbar", erwiderte Corde schließlich.

„Wir müssen es für Rike tun", sagte Töngen. „Sie sitzt wirklich in der Patsche. Die stecken Rike in den Bau und lassen sie erst wieder raus, wenn sie alt und grau ist. Und du hast doch nichts weiter zu tun, als sie auf Baltrum abzuholen. Du weißt ja nicht, dass sie gesucht wird."

Schließlich stimmte Corde zu. Er würde im Hafen von Baltrum auf das Boot warten.

Zufrieden legte Töngen den Hörer auf die Gabel. Als er zum Bootssteg ging, sah er einen dunkel gekleideten Spaziergänger scheinbar ziellos über die Brücke am Anleger schlendern.

Also hatte er doch Recht gehabt. Auch der Hafen wurde von der Polizei überwacht. Er eilte hinaus zu seinem alten Motorboot. Er hoffte, dass der 40-PS-Diesel-Motor anlief, das Boot lag schon mehrere Wochen ungenutzt im Hafen.

*

Kriminaloberrat Kirner hatte nicht einmal eine halbe Stunde am Anleger von Langeoog auf das Polizeiboot warten müssen.

Das Gespräch mit Töngen hatte zwar seinen Verdacht erhärtet, dass Larsen die Briefbombe gebastelt hatte, doch noch fehlten ihm Beweise. Bislang gab es nur die Verbindung zwischen Larsen und Friederike van Deeren. Noch nicht einmal für eine Öffentlichkeitsfahndung nach Larsen reichte das Material aus. Vielleicht würde der sich in Widersprüche verwickeln und sich daraus neue Ansatzpunkte ergeben, doch dazu musste er ihn erst einmal haben. So lange benötigte Esser noch Personenschutz. Keine Freude für die Kollegen vom zuständigen Revier.

Als das Polizeiboot in Wilhelmshaven festmachte, begann es zu regnen. Kirner beeilte sich, überquerte die Straße und stieg in seinen Wagen, den er gegenüber dem Marinemuseum geparkt hatte. Als er über die Kaiser-Wilhelm-Brücke zurück in die Innenstadt fuhr, sah er einen Streifenwagen unterhalb der Brücke auf dem Gelände am Südwestkai stehen.

An der nächsten Ampel musste er warten. Er sollte vielleicht bei dem für Larsen zuständigen Revier vorbeifahren. Die Kollegen am Ort wussten oft Dinge über ihre Klienten, die in keiner Akte vermerkt waren.

*

„Wir wissen jetzt, wo es passiert ist, wir können uns auch zusammenreimen, was passiert ist, nur warum es geschah, wer der Tote ist und wer der oder die Täter sind, wissen wir noch nicht."

Trevisan stand an der großen Tafel im Konferenzzimmer und musterte den Stadtplan.

„Der Tod trat in der ersten Dezemberwoche ein. Das ergaben die Untersuchungen der Fettwachsbildung, der Gase im Körper der Leiche und die Sedimentanalyse. Nach dem ersten toxikologischen Befund sind im Gewebe Spuren von THC und Lysergsäurediethylamid nachweisbar. Das heißt, dass unser toter Freund Drogen nahm. Cannabis und LSD. Wir sollten uns mit den Drogenfahndern kurzschließen. Die *Pappe* ist mittlerweile etwas aus der Mode gekommen."

Dietmar Petermann rückte seine schief sitzende Krawatte zurecht. „Vielleicht ist unser Vögelchen im Rausch der Farben von ganz alleine von der Brücke gehüpft."

Johannes Hagemann schüttelte den Kopf. „Und die Schnitte am Rücken?"

„Na ja, man hört doch, dass die Kerle im Rausch nicht mehr wissen, was sie tun. Kann er sich nicht selbst aufgeschlitzt haben?", antwortete Dietmar kleinlaut.

„Und die Hände hat er sich ebenfalls selbst hinter dem Rücken gefesselt", witzelte Trevisan. „Mit dieser Nummer könnte er in jedem Zirkus auftreten."

„War ja auch nur ein Gedanke", erwiderte Dietmar grimmig.

„Ich gehe zu den Drogenfahndern und ihr beide hört euch draußen mal um", sagte Trevisan. „Vielleicht hat jemand was gehört oder sogar gesehen und konnte sich keinen Reim darauf machen. Schließlich liegt ein Wohngebiet in der Nähe."

„Und wo sollen wir uns umhören?", fragte Dietmar, dem der Gedanke widerstrebte.

„Ebertstraße, Ahrstraße, würde ich sagen", entgegnete Johannes Hagemann.

Dietmar erhob sich mit einem Seufzer. „Also gut, dann laufen wir uns eben die Hacken ab."

Noch bevor er seine Jacke übergestreift hatte, kam Kleinschmidt herein. In der einen Hand hielt er seine Pfeife, in der anderen schwenkte er ein Tütchen. „Schaut mal, was wir im Parka gefunden haben!" Er hob die Plastiktüte in die Höhe. Ein Schlüsselbund mit einem Haustürschlüssel und einem alten Bartschlüssel.

„Wenn du uns jetzt noch seine Wohnung zeigst, dann können wir uns unnötige Lauferei ersparen", scherzte Johannes.

„Das kann ich leider nicht, aber ich habe noch etwas für euch." Kleinschmidt zeigte eine weitere kleine Tüte, die einen Papierfetzen enthielt.

Trevisan griff danach. „Eine Telefonnummer!"

„Ja, eine Handynummer und der Name Hilko", bestätigte Kleinschmidt. „Wir fanden sie zwischen dem Innenfutter und dem Stoff. Die rechte Innentasche war zerrissen und das Papier ist wohl durchgefallen und dort hängen geblieben."

Trevisan nahm den Telefonapparat und wählte. Er schaltete den Außenlautsprecher ein.

„Hier ist die Mailbox von ..." drang eine computergenerierte Frauenstimme aus dem Lautsprecher. In die kurze Pause fiel eine Männerstimme ein: „... Hilko Corde, Kutterausflüge und Wattwanderungen ...", bevor die Computerstimme den Standardtext weitersprach. „Zurzeit ist niemand erreichbar, bitte hinterlassen Sie Ihre Nachricht nach dem Signalton".

\*

Romanow saß an dem reichlich gedeckten Tisch und schlug mit der flachen Hand auf die Tischplatte, dass die halbgefüllten Gläser erzitterten. „Diese Idioten! Man sollte sie einfach im See ersäufen!"

Viktor Negrasov biss unbeeindruckt in das Brötchen. Er kannte die Gefühlsausbrüche seines Chefs.

„Wir werden jetzt andere Saiten aufziehen", fuhr Romanow fort. „Sprich mit Sankt Petersburg. Ich will hier einen Spezialisten. Morgen. Bis wir die Daten rekonstruiert haben, werden wir die notwendigen Vorausetzungen schaffen. Und dabei will ich mich nicht weiter auf diese Stümper verlassen müssen. Du wirst dich der Sache annehmen!"

Negrasov schluckte den Bissen hinunter. Ein kurzes „Da" war alles, was über seine Lippen kam.

„Und vergiss das Mädchen nicht! Sie wird nicht mehr gebraucht, aber sie hat noch immer etwas in der Hand, das uns gehört."

Negrasov nickte. Als er ein weiteres Brötchen aus dem Korb nehmen wollte, fuhr Romanows fleischige Hand hervor und umfasste Negrasovs Handgelenk. „Sofort!"

Negrasov zog unbeeindruckt seine Hand zurück, erhob sich und griff nach seiner Jacke, die er über den Stuhl gehängt hatte. Peinlich achtete er darauf, dass das Schulterhalfter mit der Automatikpistole von der Jacke verdeckt wurde. Schließlich ging er grußlos zur Tür und verließ das Zimmer.

# 13

Der anfänglich schöne Tag war in einer steifen Brise verendet und schwere Wolken trieben von Westen her auf die Insel zu. Auf dem Festland regnete es bereits. Eine nasskalte und dunkle Nacht stand bevor. Ideale Voraussetzungen für Töngens Plan.

Getarnt als harmloser Fischer war Töngen aus dem Hafen geschippert. Er hatte das Boot am Flinthörn festgemacht und mit dem Hammer zwei Pfähle für das Sicherungsseil tief in den Boden getrieben. Anschließend war er durch das Wäldchen zurück zum Gehöft gegangen. Er zweifelte nicht daran, dass mittlerweile das Haus beobachtet wurde. Hinter jedem Gebüsch, hinter jedem Baum konnten sie lauern und darauf warten, dass sich Rike zeigte. Hoffentlich kam nicht auch noch Larsen hereingeschneit.

Ihm blieb nichts übrig, als auf die Dunkelheit zu warten. Er schaute vorsichtig nach Rike, die versteckt hinter den Heuballen in der Scheune schlief. Ihr Gesicht wirkte friedlich und entspannt. Eine ganze Weile schaute er sie an. Wenn sie nur wüsste, was er für sie empfand. Er hatte immer gewusst, dass Larsen der Falsche für sie war. Doch was hatte er ihr schon zu bieten?

Töngen schlüpfte wieder in seine blauen Arbeitshosen und machte sich erneut am Gatter zu schaffen. Alles sollte wirken, als wäre nichts geschehen.

Als es dunkel wurde, ging er in den Schuppen. Rike saß mit angezogenen Füßen im Heu und blickte starr vor sich hin. Er setzte sich daneben und legte freundschaftlich seinen Arm um sie. Rike schmiegte sich dankbar an seine Brust.

„Es ist alles vorbereitet", sagte Töngen. „Ruh dich noch ein bisschen aus. Wir treffen Corde auf Baltrum."

Im Halbdunkel der altersschwachen Lampe am Eingang des Schuppens erkannte sie nur seine Augen. „Warum tust du das alles?"

„Weil … weil du es wert bist", antwortete Töngen verlegen. Wieder einmal hatte er nicht den Mut, ihr die Wahrheit einzugestehen.

Rike trug ihre dunkle Daunenjacke und die warme Thermohose. Handschuhe, Stiefel, Mütze, alles war in dunklen Farben gehalten, um sich durch nichts von der nächtlichen Düsternis abzuheben. Töngen war ebenfalls schwarz gekleidet. Sie hatten das Licht im Schuppen gelöscht und einfach nur dagesessen und geredet. Über Gott und die Welt, über die Seehunde draußen im Watt, über die vergebliche Hilfsaktion für bedrohte Wale im Südpolarmeer und über Larsen, der sich in den letzten Monaten sehr zum Negativen verändert hatte. Als es dunkel genug war, machten sie sich auf. Sie schlichen sich durch die kleine, teilbare Hintertür im hinteren Teil des Schuppens, durch die Töngen normalerweise seine Schafe trieb, und arbeiteten sich im Schutze einer niederen Hecke bis zu dem Wäldchen vor. Immer wieder verharrten sie und spähten hinaus in die Finsternis, um Bewegungen oder Schatten erkennen zu können, doch es blieb ruhig. Als sie die Bäume erreichten, atmeten sie schwer. Jetzt lagen noch etwa zwei Kilometer Wald, Gestrüpp und Dünenlandschaft vor ihnen.

Töngen entpuppte sich als guter Führer. Er kannte die Gegend wie seine Westentasche. Der bewölkte Himmel kam ihnen zu Gute. Im Osten waren die Lichter des Ortes als Widerschein an den tiefen Wolken zu erkennen. Auf sandigen Wegen schlugen sie die Richtung zum Südufer ein. Das Boot lag nördlich der Aussichtsplattform am Flinthörn unterhalb der Kaapdünen. Ein Trampelpfad führte durch die hügelige Landschaft und verlief eine Weile parallel zum ausgetretenen Lehrpfad. An einer Gabelung bogen sie seewärts ab. Töngen führte das Mädchen sicher durch den unwegsamen Landstrich. Rikes Herz schlug wie wild und ihr Atem hinterließ für Sekunden weiße Wölkchen in der kalten Luft.

„Wir sind gleich da", ermutigte Töngen sie. Auch ihm liefen

kleine Schweißperlen über die Stirn. Er hielt einen schweren Stock in seinen Händen, mit dem er sich den Weg bahnte und auf den er sich im losen Sand stützte. Eine weitere Düne, steil und mannshoch, versperrte ihnen den Weg. Töngen ging voran und reichte Rike die Hand. Der Sand unter seinen Stiefeln kam ins Rutschen und er glitt aus. Lang gestreckt stürzte er in den kalten und feuchten Sand. Rike wäre ebenfalls gefallen, hätte sie sich nicht rechtzeitig aus seinem Griff befreit. Auf den Stock gestützt richtete sich Töngen auf und atmete tief ein. Plötzlich hörte er ein Geräusch. Es klang wie das Knirschen gefrorenen Grases, auf dem jemand entlangwanderte.

„Da ist jemand!", flüsterte er.

Rikes Nackenhärchen stellten sich auf. Auch sie hatte das Knirschen wahrgenommen.

Töngen ließ sich auf den Boden gleiten und schob sich langsam auf den Kamm der Düne zu. Verdammt, fuhr es ihn durch den Kopf, wie kann das sein? Er hatte sich doch bemüht, unauffällig zu bleiben, als er aus dem Hafen geschippert war. Wie konnte der Mann im Mantel bloß Verdacht geschöpft haben?

Als er den Kopf über den Dünenkamm schob, flammte direkt vor ihm eine Taschenlampe auf. Er schlug aus einem Reflex heraus mit seinem Stock in die Richtung. Ein unterdrückter Aufschrei ertönte, dann stürzte ein Körper in den Sand.

„Schnell!", rief Töngen Rike zu und sprang auf. Mit großen Schritten rannte er die Düne hinunter. Für einen Moment kam er ins Straucheln. Rike prallte fast gegen ihn.

Von dem Mann war nichts zu sehen. Die Wellen der Nordsee brandeten gegen das sandige Ufer. Sie waren ihrem Ziel nah, doch plötzlich spürte Rike jemanden nach ihrem Schenkel greifen. Sie schrie auf, als sie zu Boden gerissen wurde, aber Töngen hetzte voraus und schien nichts zu bemerken. Die Hände des Fremden fuhren durch ihr Gesicht und legten sich auf ihren Mund. Mit eisernem Griff hielt er sie umschlungen. Dann traf sie sein warmer Atem. Sie ballte die Faust und schlug zu. Einmal, zweimal und ein drittes Mal. Ein gurgelnder Laut erklang und der Griff des Fremden erlahmte. Rike kämpfte sich frei und richtete sich auf.

„Wo bist du?", schrie sie hinaus in die Dunkelheit.

„Hier entlang!"

Sie rannte in die Richtung, aus der die Antwort gekommen war, und sah ein Feuerzeug aufflammen. Das Klatschen des Wassers unter ihren Füßen verriet ihr, dass sie sich an der Wasserlinie befand. Sie rannte mit letzter Kraft auf den Lichtschein zu, in dem sie die Silhouette des Bootes erkannte.

„Los, steig ein!" Töngen hatte das Boot losgebunden. Rike sprang, und er schob es in die Wellen. Das eiskalte Wasser lief ihm in die Stiefel, aber er scherte sich nicht darum. Als er weit genug draußen war, sprang er ebenfalls ins Boot. Mit dem Stock schob er es noch weiter hinaus, dann ließ er sich nieder und suchte mit den Händen das Zugseil des Motors. Er nahm das Feuerzeug zu Hilfe, doch plötzlich zerriss ein Knall die Stille. Töngen hörte das Surren eines Projektils, das nur wenige Zentimeter entfernt an ihm vorüberflog. Endlich hatte er das Startseil in seinen Händen und zog mit voller Kraft. „Oh Gott, spring bloß an!" Der Außenborder startete und Töngen senkte die Schraube ins Wasser. Einen Augenblick lang berührte das Metall den Grund, doch das Boot kam frei.

Erneut ein Schuss. „Beeil dich!", schrie ihm Rike zu.

Töngen riss das Steuer herum und das Boot schoss nach steuerbord davon. Der dritte Schuss verhallte in der Nacht.

\*

Corde war wie verabredet gegen Mitternacht gestartet und hatte den Hafen von Greetsiel mit Ziel Baltrum verlassen. Ihm war nicht wohl in seiner Haut. Nachtfahrten mochte er überhaupt nicht mehr und das Wetter lud auch nicht gerade zu einer Ausfahrt ein. Doch am meisten schlug ihm auf den Magen, dass er möglicherweise etwas Verbotenes tat. Er war jetzt bald siebzig Jahre alt und noch nie mit dem Gesetz in Konflikt gekommen. Und jetzt? Nicht nur, dass Rike gesucht wurde und er ihr zur

Flucht verhalf, nein, er sollte sie noch dazu verstecken.

Sein Arm schmerzte. Obwohl gestern der Gips durch eine Plastikschiene zur Stabilisierung ersetzt worden war, spürte er noch immer ein dumpfes Pochen. Was zum Teufel machte er hier bloß? In welche Geschichte war er nur geraten?

Er hatte sich hin und her überlegt, wo er Rike unterbringen konnte. Zu Hause bei ihm kam nicht in Frage. Es dauerte bestimmt nicht lange, bis die Polizei bei ihm auftauchen würde. Dann war ihm sein alter Freund Onno Behrend eingefallen. Onno war Hobbyornithologe und überzeugter Naturschützer und hatte sich nach seiner Pensionierung auf Norderney zurückgezogen. Dort führte er ein beschauliches Leben abseits des Trubels der Stadt und widmete seine Zeit dem Wattenmeer und seinen Forschungen. Bei ihm würde sie ein paar Wochen bleiben können. Deswegen hatte er Onno vor seiner Abfahrt angerufen. Wohlweislich hatte er eine Telefonzelle benutzt. Schließlich konnte sein Telefon längst schon überwacht werden. Onno hatte sich schnell gemeldet und Corde hatte ihm eine Geschichte vorgelogen, für die er sich im Nachhinein noch immer schämte.

Als er in den kleinen Hafen von Baltrum einlief und dort ankerte, waren seine Hände schweißnass.

*

Atemlos krallte sich Rike am Bootsrand fest. In halsbrecherischer Fahrt sprang das Boot über die Wellenkämme. Töngen manövrierte die taumelnde Jolle gekonnt durch die Wellentäler. Ab und an spritzte Wasser ins Innere, doch es störte sie nicht. Sie war schweißgebadet und am Ende ihrer Kräfte.

„Der hat auf uns geschossen!", wiederholte Rike immer wieder ungläubig.

„Ich sag doch, die gehen über Leichen", sagte Töngen. „Was glaubst du, wenn die dich erst mal in den Fingern haben …"

„Ich kann's nicht glauben", wiederholte Rike. „Wenn der nun getroffen hätte! Die dürfen doch gar nicht so einfach schießen."

„Wir haben ihn angegriffen", gab Töngen zu bedenken.

„Trotzdem", rief ihm Rike zu. „Die haben ihre Vorschriften und ich glaube nicht, dass die einfach aufs Geratewohl ins Dunkle schießen dürfen. Das war überhaupt kein Bulle."

„Was denn sonst?"

„Du sagtest doch was von einem Schiff und von Rauschgift und dass Larsen behauptet hat, er wäre da an einer großen Sache dran. Was ist, wenn er sich mit irgendwelchen Verbrechern eingelassen hat?"

Töngen überlegte. „Aber warum sollten irgendwelche Verbrecher jetzt hinter dir her sein?"

„Vielleicht hat Larsen etwas entdeckt und sie glauben, ich weiß davon?"

„Wie denn, du warst doch die ganze Zeit weg."

„Woher sollten sie das wissen?"

Töngen schob das Ruder nach rechts. Die Lichter von Baltrum kamen in Sicht. „Du sagtest selbst, du wurdest überwacht und jemand wäre in deiner Wohnung gewesen."

„Auch bei Corde wurde eingebrochen und alles durchsucht", antwortete Rike. „Dort haben sie sogar die Sitzgarnituren aufgeschlitzt."

Töngen hielt Kurs auf den Hafen. „Du hast Recht, sie suchen etwas. Und sie glauben, du hast es."

Rike schüttelte den Kopf. „Was könnte das sein?"

„Auf alle Fälle haben die Kerle auf uns geschossen", wiederholte Töngen. „Das heißt, sie nehmen in Kauf, dass jemand von uns verletzt oder sogar getötet wird. Und da bei mir nicht eingebrochen wurde, ist es klar, dass sie hinter dir her sind."

Rike richtete sich auf. „Wenn mich jemand töten wollte, dann hätten sie doch längst Gelegenheit dazu gehabt."

„Ich glaube, wir kommen nur weiter, wenn wir Larsen finden. Aber ich habe keine Idee, wo er stecken könnte." Töngen steuerte das Boot in den Hafen. Von weitem erkannte er Cordes Kutter, der vor der Hafenmauer dümpelte. Aus dem Ruderhaus strömte Licht hinaus in die Nacht. „Jetzt ist erst mal wichtig, dass Corde dich sicher unterbringt. Dann sehen wir weiter."

# 14

„So antiquierte Dinge besorgt dir nur noch der Holländer", erklärte Maler vom Rauschgiftdezernat. „Löschpapier ist seit Jahren out. Die schmeißen lieber eine Designer-Pille ein. Nur beim Holländer kriegt man noch alles."

„Und wer ist dieser Holländer?", fragte Trevisan.

„Eigentlich heißt er Jan De Bruik und ist vor langer Zeit von Leeuwarden herübergekommen. Jetzt kontrolliert er die Weststadt bis zum Bahnhof. Er hat seinen Stützpunkt am Stadtpark."

„Und warum habt ihr ihn noch nicht festgenommen?"

„Den haben wir schon ein Dutzend Mal eingebuchtet, aber er kommt immer wieder frei. Die Zeugen erinnern sich plötzlich an nichts mehr und der Holländer ist nicht so blöd und läuft mit dem Stoff in der Stadt rum. Er benutzt tote Briefkästen. Die Konkurrenz hält er sich durch seine Schlägertrupps vom Hals. Wenn einer nicht zahlt oder ihm krumm kommt, gibt's Prügel."

„Würde er auch so weit gehen, dass er jemanden umbringt?" Trevisan erzählte dem Rauschgiftfahnder von der Leiche aus dem Hafen und den Feststellungen des Pathologen.

„Gefoltert", sagte Maler nachdenklich. „Das passt zum Holländer. Der ist ganz schön jähzornig, wenn ihm einer in die Suppe spuckt."

„Dann verstehe ich nicht, dass er bei uns noch keine Akte hat", murmelte Trevisan.

„Erstens kommt es nicht so oft vor, dass es eine tödliche Auseinandersetzung im Drogenmilieu unserer Stadt gibt, und zum zweiten wird meist keine Anzeige erstattet, wenn die Schläger mal wieder eine offene Rechung eintreiben."

„Was unternehmt ihr gegen ihn?", fragte Trevisan.

„Die Observation und die Telefonüberwachung stehen seit einem Monat, aber bislang haben wir noch kein ausreichendes

Material gegen ihn in der Hand."

„Seit einem Monat", sagte Trevisan nachdenklich. „Führt ihr ein Protokoll?"

„Klar."

„Kannst du nachschauen, was in der ersten Dezemberwoche los war?" Wenn sich der Holländer im Bereich des Großen Hafens aufgehalten hatte, wäre es an der Zeit, mit ihm zu reden.

„Das braucht aber eine Weile", antwortete Maler. „Ich schicke dir einen Auszug, aber häng es nicht an die große Glocke. Man weiß ja nie."

Als Trevisan über den Flur im zweiten Stock auf sein Büro zuging, rief ihn Dietmar Petermann zu sich. „Ich hab es! Hilko Corde, Kutterfahrten und Wattwanderungen, Greetsiel im Hafen. Er wohnt außerhalb des Dorfes. Ich hab die Adresse. Soll ich morgen früh rüberfahren?"

Trevisan schaute auf seine Armbanduhr. Corde war vielleicht der Schlüssel zur Identität des Toten, aber bis nach Greetsiel war es weit, heute würde es für eine Überprüfung zu spät werden. Morgen um 16 Uhr sollte er Paula am Bahnhof abholen. Wenn sie morgen früh genug abfuhren, würde er es rechtzeitig zurück zum Bahnhof schaffen.

„Wir treffen uns morgen früh um acht", entschied Trevisan.

*

Als Rike an Bord der *Molly* stand, zitterten ihr alle Glieder. Töngen stützte sie. Ihr war schlecht und sie war nahe daran, sich zu übergeben. Ihre Kleidung war durchnässt. Auch Töngen triefte.

Corde war nervös und fahrig. „Wir müssen uns beeilen", sagte er und blickte in den düsteren Himmel. „Das Wetter wird schlechter. Bald haben wir Sturm, dann hängen wir hier fest."

Töngen nickte atemlos.

„Wirst du uns begleiten?", fragte Rike.

Töngen schüttelte den Kopf. „Ich fahr wieder rüber."

„Aber du bist auf der Insel in Gefahr!"

„Ich muss zurück. Sonst suchen sie auch nach mir. Ich muss

darauf vertrauen, dass der Kerl mich nicht erkannt hat."

„Ich will von euren Machenschaften nichts wissen", mischte sich Corde ein. „Aber die Zeit wird knapp. Die Nussschale steht das schwere Wetter nicht durch. Wenn du zurück willst, dann gleich." Er reichte Töngen eine gelbe Öljacke. „Die wirst du brauchen." Dann wandte er sich um und ging zum Ruderhaus.

Töngen umarmte Rike. Dann stieg er über die Treppe aus geknüpften Seilen zurück auf das kleine Boot. Nur wenige Augenblicke später fuhr Töngen wieder aus dem Hafenbecken hinaus in die aufgewühlte See. Rike schaute ihm nach, bis auch die Maschine des Kutters zum Leben erwachte. Schließlich folgte sie Corde in das beheizte Ruderhaus.

„Mensch, Mädchen", empfing sie Corde. „Auf was habt ihr euch da eingelassen?"

Rike liefen Tränen über die Wangen. Sie setzte sich auf die kleine Bank neben dem Ruder. Corde reichte ihr eine Decke. Dann trat er hinter das Steuer und drückte den Gashebel nach unten. Das Motorengeräusch wurde lauter.

„Ich werde dich zu einem Freund auf Norderney bringen, dort bist du erst mal in Sicherheit", erklärte Corde. „Falls du Tee willst, dort hinten steht die Thermoskanne."

Rike erhob sich und wankte auf das kleine Regal auf der anderen Seite zu. Als sie an Corde vorüberging, drehte er sich zu ihr um. Ein Brief lag in seiner Hand.

„Der ist von Larsen. Hab vergessen, ihn dir zu geben. Ist ja kein Wunder, bei all dem Durcheinander."

Fassungslos starrte Rike auf das braune Kuvert. *Für Rike*, stand darauf in krakeliger Handschrift. „Wann hast du ihn bekommen?"

„An dem Abend auf Langeoog, als er verschwand."

Rike knipste eine Leselampe an und riss das Kuvert auf. Ein weißes Blatt Papier kam zum Vorschein. Sie faltete es auseinander. Die Handschrift gehörte zweifellos Larsen. Sie war krakelig, er hatte mit Bleistift geschrieben. Rike hielt den Brief unter das Licht und begann zu lesen.

*Liebe Rike*

*Ich habe mich in der Vergangenheit sehr dumm benommen. Ich bitte dich, verzeih mir. Ich mache alles wieder gut. Aber ich brauche Zeit. Ich stecke in Schwierigkeiten. Das Schiff war wieder draußen. Du erinnerst dich doch an das letzte Jahr. Die Forscher. Ich glaube aber nicht, dass es wirklich Forscher sind. Ich war an Bord. Das Schiff steckt zwar voller Technik, aber ich traue dem Frieden nicht.*

*Ich habe auf dem Schiff etwas mitgehen lassen. Es ist gut versteckt. Du weißt wo, wenn du dich nur daran erinnerst, wo ich damals das Paket vor dem Zoll versteckt habe.*

*Du musst mir helfen. Ich glaube, da läuft eine große Sache.*

*Ich vertraue auf dich*

*Dein Björn*

*P.S.: Wenn du das Päckchen hast, weißt du, was damit zu tun ist. Bring dich in Sicherheit. Die Kerle haben Pistolen.*

Rike faltete den Brief zusammen. Nachdenklich blickte sie hinaus auf das Wasser.

„Schlechte Nachrichten?", fragte Corde.

Rike schüttelte den Kopf.

Das Forschungsschiff? Im letzten Jahr, als sie draußen im Watt ihre Studien betrieben hatten, war Larsen ein rotes Schiff aufgefallen, das vor den Inseln kreuzte. Larsen, der immer das Schlimmste annahm und hinter jeder Düne eine Katastrophe vermutete, hatte sich wieder mal eine passende Schreckensgeschichte zurechtgelegt. Manchmal ging ihr seine Paranoia auf die Nerven. Hatte er seine Nase in Dinge gesteckt, die ihn nichts angingen? War er ein paar Schmugglern auf die Schliche gekommen? Sie wusste nicht, was sie davon halten sollte. Aber wo das Versteck war, von dem Larsen geschrieben hatte, das wusste sie. Und es war ganz in ihrer Nähe.

*

Monika Sander hatte Wochenendbereitschaft und saß an ihrem Computer im Landeskriminalamt in Hannover. Neugierig las sie den Untersuchungsauftrag an die Kriminaltechnische Untersuchungsstelle, der von ihrer neuen Dienststelle, der Kripo in Wilhelmshaven, stammte. Noch vor Weihnachten war ihr mitgeteilt worden, dass sie ab Februar versetzt würde. Sie war sehr froh darüber. Sie stammte aus Sande, einem Ort in der Nähe von Wilhelmshaven, und hatte sich in Hannover nie richtig wohl gefühlt. Noch wohnte sie hier, und ihr Ehemann fuhr jeden Tag hinauf an die Küste, weil er dort als Kompagnon bei einem großen Architekturbüro eingestiegen war. Jetzt war das Ende dieser Strapazen in Sicht. Ein Bauplatz in einem neuen Wohngebiet am Rand von Wilhelmshaven war bereits gekauft.

*Trevisan, Kriminalhauptkommissar*, hatte als Auftraggeber für die DNA-Analyse unterschrieben. War das ihr neuer Chef? Interessiert las sie den Bericht auf dem Untersuchungsprotokoll. Trevisan schrieb sachlich, verwendete kurze Sätze und drückte sich gekonnt und verständlich aus. Geradlinig eben. Sie malte sich aus, wie er wohl aussah. Seine Unterschrift war leserlich und in einem Zug geschrieben. Das T überragte die restlichen Buchstaben um mehr als das Doppelte. Das sprach für ein selbstbewusstes Auftreten, wusste sie. Doch zu mehr taugte die Schriftprobe nicht.

Immerhin, nun konnte sie sogar vor ihrer Versetzung bereits ihrer neuen Dienststelle behilflich sein.

Monika Sanders Aufgabe war es, die analysierten und verschlüsselten DNA-Daten in die Datenbanken einzugeben. Das Programm hatte sich im Erfassungsmodus befunden und ihr gemeldet, dass sie zwei identische Muster unter verschiedenen Registriernummern einzugeben versuchte. Offenbar hatten die Kollegen aus Wilhelmshaven und das Dezernat Staatsschutz hier im eigenen Haus die gleichen Proben eingesandt. Aber während Kriminaloberrat Kirner mit der DNA-Probe einen Briefbombenanschlag auf einen Kommunalpolitiker zu klären versuchte, war Trevisan auf der Suche nach der Identität eines Toten. Noch einmal überprüfte sie die beiden Erfassungsbögen. Kein Zweifel: Kirner und Trevisan suchten die gleiche Person. Sie schaute zur Uhr. Es war kurz nach acht. Sie griff nach ihrem Telefon und wählte die Vorwahl von Wilhelmshaven.

# 15

Noch bevor die *Molly* den Fischereihafen im Südwesten der Insel Norderney erreicht hatte, brach das Unwetter los. Regen ergoss sich in Strömen über das Land und die Nordsee. Der Wind peitschte die Wellen auf die Küste zu und die *Molly* schwankte bedrohlich, als sie querab zu den Wellen lief. Corde umfasste das Ruder mit eisernem Griff. Seine Handknöchel verfärbten sich. Rike saß in der Ecke des Ruderhauses und hielt sich an der kleinen Bank fest. Nur noch eine Stunde bis zur Ebbe. Dann würde die *Molly* unweigerlich auf Grund laufen.

Corde warf einen Blick auf Rike. „Wir werden es schon schaffen. Die Fahrrinne liegt nur eine halbe Meile voraus."

Rike nickte. „Glaubst du, Larsen ist etwas zugestoßen?"

Corde fuhr sich mit der Hand über die Augen. „Ich weiß nicht mehr, was ich denken soll. Der Junge ist nicht schlecht, aber er weiß oft nicht, was er tut. Er bringt sich ständig in Gefahr."

„… und wer sich in die Gefahr begibt, der kommt darin um", sprach Rike den Gedanken des Alten laut zu Ende.

„Verdammt, ich hätte mich mehr um ihn kümmern müssen", fluchte Corde.

„Er hat immer nur das getan, was er selbst für richtig hielt."

„Aber ist es richtig, einen Menschen zu töten?", erwiderte Corde.

„Du meinst die Briefbombe?"

Erneut richtete sich der Kutter in einem Brecher auf, bis er schaukelnd und vibrierend ins Wellental stürzte.

„Dieser verdammte Sturm", schrie Rike gegen das Brausen und Tosen an.

„Das ist nur die Natur", entgegnete Corde. „Es ist die See. Die Wiege des Windes. Ungezähmte Kraft."

„Es ist ein Unwetter", widersprach Rike.

„Trotzdem ist die See ehrlicher als die Menschen. Launisch zwar, aber ehrlicher und nicht verschlagen und heimtückisch. Wer die Zeichen deuten kann, der weiß, was ihn erwartet."

„Wer ist eigentlich Onno Behrend?"

„Oh, Onno ist ein alter Freund." Corde drehte den Kutter in den Wind. „Wir kennen uns bestimmt schon dreißig Jahre. Er arbeitete bei der Schifffahrtsdirektion. Am Ende leitete er die kartographische Abteilung. Vor einiger Zeit hat er im Nordosten der Insel ein kleines Haus am Stadtrand gekauft. Ihr werdet euch gut verstehen. Er geht oft zu seinen gefiederten Freunden hinaus. Das ist sein einziges Hobby. Ich hab ihn schon oft im Frühjahr auf die Inseln gefahren. Nach Mellum oder auch raus zum Knechtsand ins Vogelschutzgebiet."

„Er ist Ornithologe?"

„Schon seit ich ihn kenne", erwiderte Corde. „Zu seiner Arbeit gehörte auch der Schutz unserer Küste und der Brutkolonien. Er hat schließlich festgelegt, welche Routen ausgebaut und welche stillgelegt werden sollten."

Die *Molly* hatte die Hafeneinfahrt erreicht. Im Schatten der Inselstadt verloren sich langsam die Wellen und der Sturm ebbte ab. Corde schaute auf die Uhr. Kurz nach vier. Er hatte es geschafft, aber es war knapp geworden. Der Kiel des Kutters war dem Meeresboden bereits bedrohlich nahe gekommen. Erst als sie vor Minuten in die Fahrrinne eingebogen waren, waren sie sicher gewesen, nicht auf Grund zu laufen.

Das Wasser im Fischereihafen von Norderney lag nahezu still. Die vom Wind abgewandte Seite schützte vor den kräftigen Wellen. Trotzdem war das Anlegemanöver nicht ungefährlich.

Rike war weder ängstlich, noch war sie schwach. Mit einem Satz sprang sie von Bord und legte das schwere Tau um den Polder. Erst als auch das Heck des Kutters gesichert war, stoppte Corde die Maschine.

Wenig später stand auch er in dickem Ölzeug neben ihr. Die wenigen Laternen im Hafen verströmten ein warmes und angenehmes Licht. Sie waren schon ein paar Schritte in Richtung

Stadt gegangen, als sich Rike plötzlich umdrehte.

„Ich hab was vergessen", rief sie Corde zu und rannte zurück zur *Molly*.

\*

Die Boeing 737 der Lufthansa, Flugnummer LH 0414 aus Moskau, landete pünktlich um 07.14 Uhr in Hamburg-Fuhlsbüttel. Die Beamten an der Passkontrolle fertigten die knapp einhundertvierzig Passagiere des Linienfluges rasch ab. Vorwiegend Geschäftsleute und Firmenangehörige befanden sich an Bord.

Der großgewachsene Mann mit dem schwarzen Aktenkoffer und dem braunen, etwas altmodisch wirkenden Anzug legte als Letzter seinen litauischen Reisepass in die Schublade. Algardis Valonis aus Kaunas war Geschäftsmann. Doch Kaunas hatte er schon seit Jahren nicht mehr gesehen, denn eigentlich lebte er in Sankt Petersburg. Er kam aus Litauen, aber er fühlte sich noch immer als Bürger der Sowjetunion. Für ihn war die alte Zeit, als man Russland und auch Litauen in der Welt noch als die mächtige UdSSR gekannt hatte, zweifellos die bessere gewesen. Damals hatte er eine schnieke, braune Uniform getragen, eine rot-goldene Schildmütze und die silberfarbenen geflochtenen Schulterstücke eines Majors der Roten Armee. Besonders stolz war er auf die weiß-blaue Ehrenschnur und die vielen Orden und Auszeichnungen auf seiner Brust gewesen, die ihn als hochrangigen Angehörigen einer Spezialeinheit der Infanterie und Träger der goldenen Einzelkämpferspange ausgewiesen hatten.

Afghanistan war eine Station in seinem Leben, wenngleich dies ein unrühmliches Kapitel der damaligen Roten Armee darstellte. Doch auch auf den Schlachtfeldern in Asien und Afrika war er zu Hause gewesen. Als Militärberater, Ausbilder oder als Fachmann für Spezialaufgaben. Diese Zeiten hatten ihn geprägt. Sein dunkles, wettergegerbtes Gesicht, die kurzgeschorenen dunklen Haare und die tief liegenden, ebenfalls dunklen Augen gaben ihm ein zähes und unfügsames Aussehen. Seine Autorität und sein eiserner Wille waren ihm anzusehen.

„Was führt Sie nach Deutschland?", fragte der BGS-Beamte hinter dem Schalter.

„Geschäfte", antwortete Algardis mit tiefer Stimme.

Der Beamte blätterte in dem grünen Reisepass. Dann griff er zum Stempel und drückte ihn auf eine freie Seite. „Einen schönen Aufenthalt", sagte er und gab den Pass zurück.

Algardis holte seinen großen, braunen Koffer von der Gepäckausgabe ab. Der Zollbeamte am Einreiseschalter, der mit kritischem Blick die Menschen musterte, die an ihm durch die enge Gasse vorübergingen, streifte Algardis Valonis nur mit einem kurzen Blick. Mit einem Wink gab er dem Reisenden den Weg durch die Kontrolle frei.

Algardis ging durch die Schleuse in die geräumige und gut geheizte Ankunftshalle und bestellte sich an der kleinen Kaffeebar einen Espresso. Er hatte kaum den Kaffee vor sich stehen, als zwei Männer an ihn herantraten. Einer war fast ebenso groß und dunkelhaarig wie Algardis. Der andere, einen Kopf kleiner, trug eine goldfarbene Brille und hatte ein dickes Pflaster an der linken Schläfe.

„Valonis?", fragte der Mann mit der Brille.

Algardis Valonis musterte die beiden Männer abfällig. „Wer will das wissen?", fragte er mit deutlichem Akzent.

„Romanow schickt uns", sagte Sniper. „Wir haben einen Wagen draußen."

Valonis trank aus und folgte den beiden zum Ausgang.

*

Martin Trevisan war von seinem Radiowecker unsanft aus einem unruhigen Schlaf gerissen worden. Nach dem gestrigen Arbeitstag hatte er noch bei Tante Klara vorbeigeschaut. Sie würde Paula vom Bahnhof abholen, sollte er nicht rechtzeitig aus Greetsiel zurück sein. Dennoch würde er versuchen, so schnell wie möglich wieder da zu sein. Er hatte vor, die Tage mit Paula zu genießen. Auch wenn er jetzt als designierter Leiter des 1. Fachkommissariats der Wilhelmshavener Kripo viel um die

Ohren hatte. Der Sonntag war auf alle Fälle für seine Tochter reserviert.

Der alte Opel Corsa stand vor der Garage. Er setzte sich hinter das Steuer und startete. Vergeblich, der Wagen sprang nicht an, obwohl er die Batterie vor kaum einem Jahr erst eingebaut hatte. Der Corsa war schon weit über zehn Jahre alt. Eigentlich hatte er ihn vor zwei Jahren für Grit gekauft. „Ich hänge immer hier herum und komme nicht weg, wenn du mit dem Wagen zur Arbeit fährst", hatte sie damals geklagt.

Im März lief der TÜV ab. Er würde sich wohl nach einem neuen Auto umschauen müssen, denn ob der Corsa noch einmal die Untersuchung bestand, war fraglich. Trevisan orgelte erneut. Stotternd kam der Motor auf Touren. Trevisan gab Gas. Stinkender, schwarzer Qualm quoll aus dem Auspuff, als er hinaus auf die Straße fuhr. Heute Abend musste er den Opel unbedingt in die Garage stellen, damit der ihm morgen nicht wieder den Dienst versagte.

Um acht war Trevisan endlich auf der Dienststelle. Dietmar Petermann wartete schon ungeduldig auf ihn. Er trug eine hellbeige Jacke und hatte einen blau-weißen Schal zweimal um den Hals geschlungen. Seine Nasenspitze war rot.

„Gott sei Dank", seufzte Dietmar. „Hoffentlich sind wir bis Mittag wieder hier. Meine Schwiegermutter kommt zum Kaffee."

„Ich hab auch was vor", entgegnete Trevisan. „Hast du den Wagenschlüssel?"

Dietmar zeigte den Schlüsselbund in seinen Händen und schob die Glastür auf. Keine fünf Minuten später öffnete sich die Schranke und sie bogen aus der Hofeinfahrt in die Peterstraße ein. Über Schortens, Wittmund, Großheide und Norden fuhr Dietmar langsam und vorsichtig nach Greetsiel. Die Straßen waren nass und die Strecke durch die kleinen Wäldchen war bei Temperaturen um den Gefrierpunkt besonders tückisch.

„Wir schauen erst einmal, ob der Kutter im Hafen liegt." Dietmar bog in die lange Allee ein. Auf dem großen Parkplatz vor der Brücke stellte er den Wagen ab.

„Weißt du denn, wo sein Schiff liegt?", fragte Trevisan.

Dietmar Petermann zog einen Werbeflyer für Kutterausflugs-fahrten aus seiner Jackentasche. Der Liegeplatz der *Molly* war eingezeichnet.

Schon von weitem sah man die Masten der unzähligen Kutter auftauchen. Ein idyllisches Postkartenpanorama. Eine steinerne Treppe führte über die Böschung zur Kaimauer hinunter, doch der Platz der *Molly* war leer.

„Seltsam", bemerkte Dietmar. „Gestern Nacht muss er noch hier gewesen sein. Zumindest wurde mir das von den Kollegen aus Norden gemeldet."

„Dann ist er wohl heute früh hinausgefahren."

„Oder nach zweiundzwanzig Uhr", entgegnete Dietmar. „Vorher lag er nämlich noch am Liegeplatz, haben mir die Kollegen mitgeteilt."

In einem benachbarten Restaurant fegte ein junger Mann dürre Blätter und kleine Äste von der Veranda, die der Sturm von den Bäumen gerissen hatte. Trevisans Magen knurrte. „Wie wäre es mit einem Frühstück?"

Dietmar nickte. Sie schlenderten zum Restaurant, das sich idyllisch an den Mühlkanal gegenüber der Brücke schmiegte.

„Moin", grüßte Trevisan den jungen Angestellten. „Gibt es bei Ihnen schon Kaffee?"

„Eigentlich haben wir noch geschlossen", erwiderte der Kellner. „Aber einen Kaffee und frische Brötchen können wir Ihnen bestimmt schon anbieten."

Trevisan zeigte in Richtung des Liegeplatzes der *Molly*. „Der Kutter ist heute wohl schon früh hinausgefahren?"

„Corde? Als ich um sechs hinausschaute, war er schon weg."

„Wohl die beste Zeit zum Fischen."

„Corde fischt nicht mehr. Er macht nur noch Touren und Ausflugsfahrten."

„Ist es dann nicht ungewöhnlich, dass er so früh und auch noch bei Sturm rausfährt?"

Der Kellner schüttelte den Kopf. „Er macht ab und an auch Versorgungsfahrten oder bringt Passagiere rüber zu den Inseln. Ich denke, er kommt bald wieder zurück. Jetzt mache ich Ihnen erst mal ein ordentliches Frühstück, dann sehen wir weiter."

Trevisan lächelte den Kellner freundlich an und folgte Dietmar ins Restaurant.

# 16

Onno Behrends weißes Häuschen lag außerhalb der Stadt hinter der Wetterwarte in einem kleinen Stichweg, der vom Januskopf herführte und verbarg seine Fassade hinter drei hohen Birken. Die Dunkelheit wurde von den wenigen Straßenlaternen durchbrochen. Der Sturm hatte zugenommen und der Regen ging in Schnee über, der in den Lichtkegeln der Laternen zur Erde tanzte. Hilko Corde atmete schwer. Rike stützte ihn, während sie sich dem Haus näherten.

„Er ist noch wach", sagte Rike, als sie das Licht im Fenster zur Straße bemerkte.

„Auf ihn ist Verlass", keuchte Corde. „Er wartet sicher auf uns."

„Was hast du ihm über mich erzählt?"

„Dass du Ärger mit deinem Freund hast und eine Zeit lang untertauchen musst. Ich hasse es, ihn belügen zu müssen."

Rike verzog das Gesicht zu einem Grinsen. „Im Grunde genommen ist das sogar die Wahrheit."

Ein goldener Türknauf in der Mitte verlieh der grünen, mit Schnitzereien verzierten Tür aristokratische Würde. Corde griff drehte den Knauf. Der satte Gong einer Schiffsglocke erklang.

„Hat er sich extra aus England liefern lassen", bemerkte Corde.

Einen Augenblick später wurde die Tür geöffnet. Ein kräftiger Mann mit einem grauen Vollbart erschien. Nur wenige Zentimeter größer, und er hätte nicht aufrecht durch den Eingang gepasst. „Ich dachte schon, ihr würdet gar nicht mehr kommen", sagte er mit einer tiefen, brummigen Stimme.

„Das ist Rike", antwortete Corde und schob sie ins Licht.

„Onno Behrend, angenehm, Sie kennen zu lernen", antwortete der Hüne. „Auch wenn der Grund dafür nicht rosig ist. Ich dachte bislang immer, Weihnachten sei das Fest der Liebe. Kommt herein in die gute Stube."

Mit einer einladenden Geste gab er den Eingang frei. Im Inneren des kleinen Häuschens war es angenehm warm. Rike öffnete die Jacke.

„Legen Sie ruhig ab." Behrend wies auf die Garderobe in der Ecke des Flurs. Er führte sie in ein Wohnzimmer mit dunklen, schweren Möbeln. Der Eichenschrank zählte wahrscheinlich schon mehr als hundert Jahre, dazu gab es ein passendes Sofa. In der Ecke stand ein mächtiger blau-weiß gestreifter Ohrensessel so am Fenster, dass man von dort bequem nach draußen blicken konnte. Der Hocker mit dem passenden Bezug verstärkte den gemütlichen Eindruck des Arrangements. Weiße Deckchen, Blumenvasen und Schalen, Ölbilder mit Szenen der Nordsee an den Wänden und viele kleine Nippesfigürchen in der Vitrine des Schranks vermittelten Rike den Eindruck eines Museums, das von der friesischen Lebensart vor hundert Jahren zeugte.

Onno Behrend wies auf das Sofa. „Setzt euch, ihr werdet müde sein. Ein heißer Tee ist jetzt das Richtige." Auf dem runden Tisch stand auf einem blau-weiß gemusterten Stövchen eine gleichfarbige Teekanne, aus deren Tülle kleine Dampffäden entschwebten. „Es ist zwar nicht die richtige Stunde, aber das richtige Getränk für die Jahreszeit." Mit dem Löffel nahm er ein Stück Kandis und legte ihn in eine Tasse. „Noch einen?"

Rike schüttelte den Kopf.

Onno Behrend griff zur Teekanne und schenkte heißen, schwarzen Tee darüber. Anschließend ließ er ein paar Tropfen Milch in die Tasse gleiten. Die Milch breitete sich aus und hinterließ einen dünnen Film auf dem Tee.

„Zuerst die Erde, dann das Wasser und die weißen Wolken schweben darüber", rezitierte er und schenkte auch für Corde Tee ein. „Wissen Sie eigentlich, dass vor fünfhundert Jahren hunderte von Menschenseelen für eine gute Tasse Tee geopfert wurden?"

„Onno ist durch und durch Friese", sagte Corde lächelnd.

Behrend schenkte sich ebenfalls ein und ließ sich im Ohrensessel nieder. „Nun erzählen Sie mal."

Schweigen breitete sich aus. Rike schaute Corde fragend an.

„Na los, Mädchen!", ermunterte Onno Behrends. „Als mich Hilko anrief und mir die rührselige Geschichte erzählte, kam mir das gleich spanisch vor. Hilko und ich kennen uns seit ewiger Zeit. Ich merke es, wenn er flunkert. Das kann er nämlich gar nicht. Also raus mit der Sprache. Wer ist hinter Ihnen her?"

Hilko Corde war die Situation sichtlich unangenehm. „Onno, ich musste …, ich suchte…, ich … ich glaube, ich bin dir eine Erklärung schuldig."

„Ich will es von dem Mädchen hören, du hast schon genug gesagt."

Rike stellte die blau gemusterte Teetasse zurück auf den Tisch. „Die Polizei ist hinter mir her", sagte sie mit krächzender Stimme. „Ich werde gesucht, wegen Mordversuchs, aber ich habe nichts mit der Sache zu tun, das müssen Sie mir glauben."

„Nun erzählen Sie mir schon Ihre Geschichte und ich werde Ihnen sagen, ob ich Ihnen glaube."

Und so begann Rike von Larsen zu erzählen. Von dem roten Schiff draußen im Roten Sand, von der Briefbombe, von dem Kriminaloberrat, der nach ihr suchte, und von ihren Erlebnissen im Südpolarmeer. Und am Ende erzählte sie von Larsens spurlosem Verschwinden.

„Können Sie sich erklären, wie Ihre Fingerabdrücke auf das Briefkuvert gekommen sind?"

„Ich denke, Larsen hat einen meiner Umschläge verwendet. Ich habe auf seinem Computer einen Forschungsbericht geschrieben. Es ging um den Zustand des Wattenmeers und die nachhaltigen Schädigungen durch negative Umwelteinflüsse."

Behrend nickte. „Wissen Sie, ich glaube Ihnen. Aber ich verstehe nicht … wenn Sie doch überhaupt nicht in Deutschland waren, als die Briefbombe überbracht wurde, dann können Sie es doch auch nicht gewesen sein."

„Sie kennen die Polizei nicht", konterte Rike. „Ich hatte schon oft Gelegenheit, ihre Arbeitsweise am eigenen Leib zu spüren. Die glauben nur, was ihnen in den Kram passt."

„Dann haben Sie aber ein sehr schlechtes Bild von unseren Ordnungshütern."

„Wenn ich ehrlich bin, dann glaube ich nicht mal, dass Larsen hinter dem Anschlag steckt. Er hat sich zwar in den letzten Monaten sehr zum Nachteil verändert, aber ich kann mir nicht vorstellen, dass er so weit gehen würde."

„Und Sie haben keine Ahnung, wo er sich aufhalten könnte?"

„Das Einzige, was er mir hinterlassen hat, ist ein Brief. Und das hier." Rike holte ein schwarzes Kästchen aus ihrer Jacke und legte es auf den Tisch. „Ich glaube, es hängt mit dem roten Schiff zusammen." Sie öffnete die Schatulle und entnahm eine silbern glänzende Scheibe.

„Eine CD", sagte Onno Behrend.

„Ich glaube, dass darauf wichtige Informationen enthalten sind, die Klarheit in die Angelegenheit bringen könnten."

Onno Behrend erhob sich. Er nahm ihr die CD aus der Hand und drehte sie zwischen seinen Fingern. Unterdem Firmenaufdruck des Herstellers war mit einem Filzstift *W24* darauf vermerkt.

„Dann schauen wir doch einfach mal nach", sagte er lächelnd.

*

Kriminaloberrat Kirners gestriger Besuch auf dem Polizeirevier in Wilhelmshaven hatte nichts Wesentliches erbracht. Larsen war schon seit Monaten nicht mehr aufgefallen und keiner der Kollegen hatte ihn in der letzten Zeit gesehen. Aber die Streifenbeamten, die bereits mit ihm zu tun gehabt hatten, bescheinigten ihm eine aufbrausende und jähzornige Wesensart.

Heute war Kirner früh aufgebrochen. Sein Ziel war die Seehundeaufzuchtstation in Norddeich. Dort hatte Larsen gearbeitet, bis ihm vor einem knappen Jahr fristlos gekündigt worden war. Was damals vorgefallen war, konnten Kirners Männer nicht herausfinden, deshalb hatte er sich kurzerhand entschlossen, selbst hinzufahren. Je mehr er sich mit dem Fall beschäftigte, desto mehr neigte er zu der Ansicht, dass Larsen allein hinter dem Attentat steckte. Möglicherweise hatte Larsen ein Kuvert von seiner Freundin benutzt, ohne zu ahnen, wie verfänglich es für sie werden konnte. Aber warum meldete sich die junge Frau nicht? Hielt Friederike von Deeren noch immer an Larsen fest, der ihr mit seiner Tat eine schier unverdauliche Suppe eingebrockt hatte? Nur mit viel Glück und ehrlicher Offenheit hatte sie vielleicht noch eine Chance, ungeschoren davonzukommen.

Kirner parkte seinen Wagen auf dem großen Parkplatz vor dem Fußweg zur Seehundaufzuchtstation. Der Tag war ausgesprochen mild. Offenbar hatte der gestrige Sturm die beißende Kälte der vergangenen Woche tief ins Landesinnere geweht. Den grauen Wolken am Himmel war jedoch nicht zu trauen.

Am verschlossenen Zugang zu dem Areal gab es keine Klingel, also ging Kirner am Zaun entlang. Rechts neben dem Tor musste sich eine kleine Tür befinden, das hatte ihm Doktor Elvers, der stellvertretende Leiter der Station, erklärt. Im Winter blieben die Besucher aus, deshalb blieb das Hauptzugangstor geschlossen.

Kirner fand die Tür und auch die dazugehörige Klingel, und keine Minute später stand er einem riesigen, aber spindeldürren Mann gegenüber, dessen Gesicht so faltig und narbig erschien wie ein zerfurchter Acker im März. Er steckte in einem blaugrauen Arbeitsmantel und kaute auf einer Zigarette.

„Doktor Elvers?", fragte Kirner. „Wir haben telefoniert. Mein Name ist Helmut Kirner vom Landeskriminalamt."

Elvers öffnete das Tor und zeigte den halbdunklen Gang entlang. Er ging voran. An den Wänden des Flures hingen Schautafeln mit Landkarten und Großaufnahmen von Sandbänken im Wattenmeer. In einer dunklen Vitrine war ein Seehundbaby aus Plüsch ausgestellt. Eine lange Schaufensterfront gestattete den Blick auf ein Becken, mit grünlich schimmerndem Wasser. In einer Ecke kauerten dunkle Körper dicht an dicht aneinander gepresst. Elvers öffnete die Tür zu einem weitläufigen Saal mit einer Leinwand an der Stirnseite. Moderne, dunkle Holzstühle standen in Reih und Glied.

Schließlich erreichten sie Elvers' Büro in einem abgeschirmten Seitenflügel des Gebäudetraktes. Elvers bot Kirner einen Stuhl an und ließ sich hinter seinem Schreibtisch nieder. „Sie interessieren sich für Larsen? Darf ich nach dem Grund fragen?"

Kirner räusperte sich. „Ich ermittle in einem Attentatsversuch auf einen ranghohen Beamten der Bezirksregierung. Eine Briefbombe, genauer gesagt."

„Und wer war Ziel des Anschlages?"

Kirner überlegte kurz. Schließlich war er es, der die Fragen zu stellen pflegte. Aber was sollte es schaden? Die Presse hatte sowieso schon über die Sache berichtet. „Der Vorsitzende der Schutzgemeinschaft Wattenmeer und stellvertretende Bezirksdirektor Esser war das Ziel."

„Das habe ich mir fast gedacht", seufzte Elvers. „Genau das würde ich dem Kerl zutrauen."

Kirner wurde hellhörig. „Larsen hat für Sie gearbeitet. Worin bestand seine Tätigkeit?"

„Gearbeitet ist zu viel gesagt", entgegnete Elvers. „Larsen half uns ab und zu. Er beteiligte sich an Pflegemaßnahmen, übernahm Zählungen, Versorgungs- und Überwachungsfahrten und erledigte Botengänge. Er war nie fest bei uns beschäftigt, aber wenn wir Verstärkung brauchten, konnten wir uns auf ihn verlassen. Er wurde uns von einem Kutterkapitän empfohlen, den wir manchmal mit seinem Schiff für Einsätze im Watt buchten."

Kirner hatte einen Notizblock hervorgeholt und schrieb sich Stichpunkte auf. „Was war der Grund für die Entlassung?"

Elvers wiegte den Kopf. „Eine peinliche Angelegenheit …"

„Bitte erzählen Sie mir alles über Larsen, damit ich mir ein Bild machen kann. Wir suchen noch immer nach ihm und müssen davon ausgehen, dass er erneut einen Anschlag plant."

„Na ja, es ist eine delikate Geschichte, die nichts in der Öffentlichkeit zu suchen hat", gab Elvers seinen Widerstand auf. „Wir erhielten damals Besuch vom Bezirksdirektor. Es ging um Zuschüsse, wie fast immer. Sie können mir glauben, es ist nicht einfach, sich um die Belange der Umwelt und unserer Seehunde zu kümmern, wenn der Geldbeutel immer schmaler wird.

Damals hatten wir das Problem, dass auf einigen Seehundbänken im Frühjahr die Tiere ausgeblieben waren. Wir befürchteten schon, eine neue Seuche wäre im Anmarsch. Doch Larsen und eine Freundin von ihm, angeblich eine Meeresbiologin, machten den zunehmenden Tourismus und die Verschmutzung des Wattenmeers dafür verantwortlich. Larsens Bekannte hatte ein Dossier darüber erstellt und forderte weitere Beschränkungen und die Erweiterungen der Ruhezonen. Doch die Schutzkommission sah sich durch den Druck der Krabbenfischer genötigt, einige Gebiete zurückzustufen und eine geringe ökonomische Nutzung der Flächen um die Nordbalje und den Roten Sand wieder zu erlauben. Das hat Larsen offenbar so zugesetzt, dass er beim Empfang dem Bezirksdirektor eine schallende Ohrfeige verpasste und ihm dazu noch einen toten Fisch ins Gesicht schleuderte. Wir haben ihn sofort rausgeworfen. Der Bezirksdirektor verzichtete auf weitere Schritte. Aber für uns war Larsen damit selbst als Aushilfe untragbar."

Kirner vervollständigte seine Notizen, dann schaute er Elvers fragend an. „Was heißt das, die Seehunde blieben aus?"

„Na ja, die Sandbänke blieben leer", antwortete Elvers.

„Kann es sein, dass sich die Tiere einfach auf anderen Bänken niederließen?"

Elvers schüttelte lächelnd den Kopf. „Dazu müssen Sie wissen, dass Seehunde Reviertiere sind. Ihr Revier ist zwar einige Quadratkilometer groß, aber sie kehren meist in das gleiche seewärts gerichtete Gebiet zurück und halten sich oft auch im Winter darin auf. Früher gab es viele Sandbänke und Ruhezonen, die von Kolonien bevölkert waren. Nach der Seehundstaupe Ende der Achtziger ging der Bestand auf knapp vierzig Prozent zurück. Es dauerte fast fünf Jahre, bis sich diese Tendenz umkehrte. Als sich 1996 der Bestand nochmals um knapp fünf Prozent verringerte, war es natürlich ein Schock für uns. Gott sei Dank hat sich unser Verdacht auf einen erneuten Ausbruch der Krankheit nicht bestätigt. Die Tiere sind offenbar im Nordmeer umgekommen, denn auf den Bänken fanden wir keine

Kadaver so wie 1988, als wir täglich bis zu 150 verendete Tiere bargen. Die Umweltverschmutzung und die daraus resultierende Schwächung ihres Immunsystems sind die eine Seite, aber auch Futtermangel und das Anwachsen des Bestandes von Nahrungskonkurrenten durch erweiterte Schutzbedingungen können zu einer ansteigenden Sterblichkeit einer Spezies führen. So ist das in einem Ökosystem, in das der Mensch schon viel zu stark eingegriffen hat: Der Schutz des einen Lebewesens kann Nachteile für das andere nach sich ziehen. Wir müssen ständig um Ausgleich bemüht sein. Das ist oft eine Gratwanderung."

Kirner nickte. „Wissen Sie, wo sich Larsen aufhalten könnte?"

Elvers schüttelte den Kopf. „Ich habe nie wieder etwas von ihm gehört. Und ich bin, ehrlich gesagt, überhaupt nicht böse darüber. Fragen Sie besser Corde. Er ist sein Onkel oder so ähnlich."

„Corde?"

„Der Kutterkapitän, von dem ich erzählte. Hilko Corde. Sein Schiff liegt im Hafen von Greetsiel. Er wohnt etwas außerhalb vom Dorf unter dem Deich. Ich habe seine Telefonnummer." Elvers suchte die Nummer aus seinem Notizbuch heraus, schrieb sie auf einen Zettel und reichte sie Kirner.

Der Kriminalbeamte bedankte sich.

# 17

„Hilko Corde?"

Der alte Mann hatte sich vorgebeugt und verriegelte die kleine Pforte, die den Zugang zur Mole versperrte, an der er seinen Kutter vertäut hatte. Die Frage traf ihn wie ein Peitschenhieb. Er fuhr herum. „Ja ... was ist ... wer sind Sie?" Die Angst stand ihm ins Gesicht geschrieben. Außerdem hatte er dicke Ringe unter seinen Augen. Er war übernächtigt.

„Mein Name ist Trevisan von der Wilhelmshavener Kriminalpolizei und das ist mein Kollege Dietmar Petermann."

Hilko Corde mochte durch das plötzliche Ansprechen erschrocken gewesen sein, aber auch nachdem Trevisan seinen Namen genannt hatte, fiel die Anspannung nicht von ihm ab. Trevisan spürte, dass dieser Mann unter einem starken Druck stand.

Trevisan und Dietmar waren nach einem ausgiebigen Frühstück noch eine ganze Weile im Gasthaus sitzen geblieben und hatten über Gott und die Welt geredet. Auch über Trevisans Trennung von Grit und dass ihm seine Tochter sehr fehlte. Trevisan wurde sich bewusst, dass er mit Dietmar zum ersten Mal über private Dinge redete. Und noch eines war ihm klar geworden: Eigentlich kannte er den Mann, mit dem er bislang ein Büro geteilt hatte, überhaupt nicht. Dann war der Kutter in den Hafen eingelaufen. Mittlerweile war es elf Uhr geworden.

„Was ... was wollen Sie von mir ... ich weiß überhaupt nichts", stotterte der Kutterkapitän.

„Ich habe ein paar Fragen an Sie. Nichts, weswegen Sie sich Sorgen zu machen brauchen." Trevisan bemühte sich, seiner Stimme einen weichen Tonfall zu verleihen, aber er ahnte schon, dass der Mann etwas zu verbergen hatte. „Sie haben ein Handy mit dieser Rufnummer?" Trevisan hielt ihm einen Notizzettel hin.

„Ja", antwortete Corde. „Ich habe es immer bei mir, mein Geschäft hängt davon ab."

„Vor zwei Tagen haben wir die Leiche eines etwa dreißigjährigen Mannes aus dem Großen Hafen in Wilhelmshaven gezogen. Er lag schon ein paar Wochen im Wasser. In der Umgebung fanden wir einen grünen Parka. In einer Tasche befand sich ein Zettel mit Ihrem Vornamen und Ihrer Handynummer. Wir hoffen, Sie können uns bei der Identifizierung des Toten behilflich sein."

„Tot, sagen Sie?" Hilko Corde war bleich wie eine Wand geworden. Seine Knie zitterten. Auf wackeligen Beinen stakste er auf die Treppenstufen zu. Trevisan ergriff ihn an der Schulter und hielt ihn fest, bis er sich auf eine der Stufen niedergelassen hatte.

„Dieser verdammte Junge … Ich wusste, dass es eines Tages so enden wird … Ich war für ihn verantwortlich … Ich habe seiner Mutter am Sterbebett versprochen, dass ich mich um ihn kümmern würde. Und nun ist er tot. Warum hat er nicht auf mich gehört?"

Trevisan legte dem alten Mann die Hand auf die Schulter. „Sie haben befürchtet, dass er zu Tode kommt?"

„Er war immer so leichtsinnig, so blauäugig. Ich wusste, dass es ihn eines Tages das Leben kosten wird."

„Herr Corde, wer, glauben Sie, könnte der Tote sein?"

Corde brauchte etwas, bis er seine Fassung halbwegs wiedergefunden hatte. „Larsen", antwortete er schließlich mit brüchiger Stimme. „Ich habe ihn seit der Sache mit diesem Schiff draußen im Roten Sand nicht mehr gesehen. Das ist jetzt einen Monat her."

„Ein Vorfall mit einem Schiff?", wiederholte Trevisan hellhörig.

„Larsen bat mich Ende November, ihn zum Roten Sand zu fahren", sagte Corde. „Da draußen war ein Kreuzer unterwegs und Larsen beobachtete ihn. Er war überzeugt, dass die Besatzung etwas Ungesetzliches im Schilde führte."

Trevisans Kopfhaut kribbelte. „Was war das für ein Schiff?"

„Muss mal ein Robbenfänger gewesen sein. Dunkelrot gestrichen."

„Der Name des Schiffes?", schaltete sich Dietmar Petermann ein, der erwartungsvoll Notizblock und Stift gezückt hatte.

„Es war kein deutsches. Ich glaube, es stammte aus Skandinavien, aus Schweden. Aber ich weiß den Namen nicht. Ich habe nicht darauf geachtet, weil Larsen öfter solche Hirngespinste hatte. Meist steckte nichts dahinter."

„Aber diesmal schon, oder?", warf Trevisan ein.

Der Alte zuckte mit der Schulter.

„Und wie ging es weiter?", fragte Dietmar.

„Als ein Sturm aufzog, schipperten wir nach Langeoog und machten dort fest. Wir waren noch nicht von Bord, als der Kreuzer ebenfalls einlief. Dann ist Larsen verschwunden. Es war mitten in der Nacht, als er wiederkam. Er gab mir einen Brief an Rike und sagte, dass ich ablegen solle …"

Die Erzählung geriet ins Stocken. Corde blickte Trevisan aus feuchten Augen an.

„Ich … ich bin dann losgefahren und Larsen blieb zurück. Seither habe ich ihn nicht mehr gesehen. Mehr weiß ich nicht, das müssen Sie mir glauben." Seine Worte klangen flehend.

„Rike?", fragte Dietmar.

„Ich weiß nicht, wo sie ist", antwortete Corde wie aus der Pistole geschossen.

„Ist Rike Larsens Freundin?", griff Trevisan die Antwort auf.

Cordes Gesicht verlor nun auch noch den Rest an Farbe. Schreckensbleich blickte er zu Boden. Corde nickte.

„Uns würde es schon helfen, wenn Sie uns den Namen und die Adresse sagen könnten", ermunterte Trevisan den alten Mann.

Hinter der ängstlichen Fassade seines Gesichtes arbeitete es fieberhaft.

„Ich kann Ihnen wirklich nicht helfen", antwortete Corde plötzlich entschlossen. Langsam erhob er sich. „Ich weiß nichts von ihr."

„Aber Sie sagten doch selbst, dass Larsen Ihnen einen Brief für diese Rike gab", hielt Dietmar dem alten Mann vor. „Da müssen Sie doch wissen, wo sie sich aufhält."

Corde schüttelte den Kopf.

„Hat sie den Brief erhalten oder haben Sie ihn noch irgendwo?", fragte Trevisan.

„Bei mir wurde vor ein paar Tagen eingebrochen. Ich weiß nicht, ob er überhaupt noch da ist."

„Haben Sie das Mädchen getroffen?"

„Ich kann nichts mehr dazu sagen. Mir geht es nicht gut. Ich weiß nichts, ich habe Ihnen alles gesagt."

Wie ein Häufchen Elend stand der alte Mann auf der Treppenstufe. Es war vielleicht besser, sie würden ihm etwas Ruhe gönnen. Trotzdem blieb noch eine Frage.

„Aber wie Larsen mit Vornamen heißt, wo er wohnt und mit wem er sonst noch Umgang hatte, das können Sie uns doch sagen." Trevisans Stimme klang sanft und einfühlsam.

„Er wohnt in Wilhelmshaven, in der Ahrstraße."

Dietmar pfiff durch die Zähne. „Das ist ja ganz in der Nähe des Tatorts."

„Also gut, dann wollen wir Sie für heute nicht weiter belästigen." Trevisan wandte sich um, aber noch bevor er die erste Stufe hinter sich gebracht hatte, erklang noch einmal die Stimme des Kutterkapitäns.

„Wie ... ich meine ... musste Larsen leiden?"

Trevisan schaute ihn an. „Er ist ertrunken", antwortete er und setzte seinen Weg fort.


„Ich versteh dich nicht", sagte Dietmar auf dem Rückweg zum Parkplatz. „Der Alte weiß mehr, als er uns erzählt. Wir sollten ihn zumindest beobachten. Vielleicht fährt er zu dieser Rike. Da stinkt doch was zum Himmel!"

„Hast du bemerkt, wie viel Angst der Mann hatte?"

„Vielleicht war er es."

Trevisan schüttelte den Kopf. „Corde war richtig erschüttert, als er von dem Toten hörte. Er hat wohl an Larsen gehangen."

„Und was machen wir jetzt?", fragte Dietmar.

Trevisan schaute auf seine Uhr. „Paula kommt in vier Stunden am Bahnhof an. Wir machen am Montag weiter. Wir sollten unseren Computer befragen, ob er uns etwas über Larsen erzählen kann. Wenn er rauschgiftsüchtig war, gibt es bestimmt eine Akte. Und dann nehmen wir uns seine Wohnung vor."

„Und was ist mit Corde?"

„Den lassen wir noch ein bisschen schmoren, dann holen wir ihn zu uns nach Wilhelmshaven."

In seinem Büro fand Trevisan eine Nachricht vor. Eine Monika Sander vom Landeskriminalamt hatte um Rückruf gebeten. Trevisan legte den Zettel nachdenklich beiseite. Monika Sander, so hieß doch die Kollegin, die zu ihnen versetzt werden sollte. Wahrscheinlich wollte sie sich vorstellen, aber das hatte Zeit bis Montag. Er schaute auf die Uhr. Noch eine gute Stunde, bis Paula am Bahnhof ankommen würde. Er setzte sich an seinen Computer und schaltete ihn ein. Ungeduldig klopfte er mit den Fingern auf die Tischplatte. Das altersschwache Gerät brauchte wieder viel zu lange, bis sich das Programm aufgebaut hatte.

Er ging in den Auskunftsmodus und gab den Namen Björn Larsen ein. Wiederum dauerte es eine Weile, bis das Programm die gewünschten Daten auswarf. Trevisan staunte nicht schlecht. Siebzehn Dateien waren erfasst. Björn Larsen war wahrlich kein unbeschriebenes Blatt.

*

„Rike … du frigide Zicke", rief die dumpfe Stimme des Jungen in ihrem Kopf. Erschrocken fuhr sie auf. Das grelle Licht schmerzte in ihren Augen. Sie lag auf einem bequemen Sessel in einem lichtdurchfluteten Raum. Als sie die sanften Gesichtszüge von Onno Behrend vor sich erkannte, entspannte sie sich.

„Na, gut geschlafen?", fragte der alte Mann.

Rike rieb sich die Augen. Sie nickte und sah sich um. Der Raum war der krasse Gegensatz zu der Stube im Erdgeschoss. Die Lüfter der Computer erfüllten die Luft mit einem sanften Brummen. Die drei Bildschirme auf den weißen, in U-Form angeordneten Computertischen verliehen dem Zimmer die futuristische Atmosphäre eines Raumschiffes. Tastaturen und Geräte mit blinkenden Lämpchen auf einem weiteren Tisch unterhalb des Fensters verstärkten diesen Eindruck noch. An den Wänden hingen überdimensionale Seekarten in bunten Farben. Das Fenster war abgedunkelt, die Neonleuchten an der Decke erhellten den Raum.

„Wo bin ich hier eigentlich?", fragte Rike schläfrig.

Onno Behrend reichte ihr eine Tasse Tee. „Oh, das ist nur meine Einsatzzentrale", antwortete er mit einem Lächeln. „Sie müssen sehr müde gewesen sein und sind eingeschlafen."

„Wie lange …?"

„Es ist bereits Nachmittag."

„Wo ist Hilko?"

„Der ist heute früh schon zurück nach Greetsiel geschippert", erklärte Onno Behrend. „Aber kommen Sie mal her zu mir. Ihre CD ist ganz schön interessant. Ich bin übrigens Onno. Wenn wir schon eine Zeit miteinander verbringen, dann können wir ruhig du zueinander sagen."

„Mich nennt man Rike", entgegnete Friederike.

Onno Behrend nickte und wies auf den mittleren der drei Bildschirme. Rike erhob sich und trat näher. Eine Tabelle mit endlosen Zahlenreihen flimmerte ihr vom Bildschirm entgegen.

„Das ist eine Kalkulationstabelle im Excel-Format. Sie heißt *WiLaRoSa*. Aber was sie bedeuten soll, davon habe ich keinen blassen Schimmer. Es sind noch zwei weitere Dateien auf der CD. Leider erkennt meine Software das Format nicht. Ich scanne gerade das Internet nach einem geeigneten Programm."

„Was ist das hier alles?" Rike wies auf die brummenden Geräte.

„Hier sind wichtige Daten gespeichert", erklärte Onno Behrend. „Vogelwanderungen, Aufkommen, Population und, und, und. Hilko wird dir von meinem Hobby erzählt haben. Es ist eine Passion. Als Pensionär muss man sich neue Herausforderungen suchen, sonst wird man wirklich alt. Im Geiste, meine ich. Der große Computer ist meine Arbeitsstation und mit dem

130

linken gehe ich ins Internet. Alle Systeme sind vernetzt. Da hinten sind mein GPS-Scanner und das digitale Funkgerät. Sie sind an meine Computer angeschlossen und melden automatisch alle Wanderungen der von mir beringten Vögel. Ich habe natürlich eine Genehmigung von den Behörden."

Onno Behrend ging an einen Rollschrank in der anderen Ecke des Raumes und holte ein Buch hervor. Er reichte es Rike.

*Brutplätze des friesischen Wattenmeeres, dokumentiert und zusammengestellt von Onno Behrend,* las sie auf dem Einband. „Du schreibst Bücher?"

„Ich veröffentliche vogelkundliche Aufsätze, das ist etwas anderes als Bücherschreiben. Aber wie ich von Hilko gehört habe, bist du Biologin. Was ist denn dein Fachgebiet?"

„*Phoca vitulina*", antwortete Rike.

„Aha, sehr interessant. Es gibt auch eine Dokumentation von dir, wenn ich mich nicht täusche?"

Rike stellte die Tasse auf den kleinen Beistelltisch. „Leider keine erfreuliche und keine, für die sich irgendjemand interessiert", antwortete sie trocken.

„Oh, sag das nicht", konterte Onno. „Wenn sie komplett auf der Seite von *UnsereNatur.com* im Internet veröffentlicht ist, dann interessiert sich auch jemand dafür. Ich habe sie sogar hier."

Onno Behrend wies auf den Rollschrank voller Bücher und Ordner. Rike folgte ungläubig dem Fingerzeig. Sie hatte nicht gewusst, dass ihre Arbeit veröffentlicht worden war, obwohl sie sich erinnern konnte, sie an einen Bekannten weitergereicht zu haben, nachdem das Ministerium stumm geblieben war.

„Leider hilft mir das alles nicht weiter", seufzte sie. „Mein Freund ist spurlos verschwunden, die Polizei ist hinter mir her wegen einer Sache, mit der ich nichts zu tun habe, und wer weiß, bei welchen Typen mein Name noch auf einer schwarzen Liste steht. Die Lösung muss sich auf dieser CD befinden, sonst hätte Larsen sie nicht auf Cordes Kutter versteckt."

„Aber welche Bewandtnis sollte es mit dem Schiff draußen im Roten Sand auf sich haben, was kann so wichtig oder sagen wir besser … ungewöhnlich daran sein?"

„Ich glaube, das werden wir nur erfahren, wenn es uns gelingt, die Dateien zu entschlüsseln", sagte Rike.

*

Romanow blätterte die nächste Seite des Dossiers um und las interessiert weiter.

„Es ist vorbereitet", sagte Viktor Negrasov. Abwartend stand er neben der Tür und kaute lustlos auf seinem Kaugummi.

„Ich möchte nicht, dass etwas schief geht", antwortete Romanow bestimmt. „Und halt mir diese beiden Trottel fern."

Negrasov nickte. „Deswegen ist er hier. Er macht seine Arbeit und ist heute Abend wieder verschwunden. Alles ganz easy."

Romanow blätterte die nächste Seite um. „Das hier ist sehr interessant. Sie ist auf dem richtigen Weg, sie zieht nur die falschen Schlüsse. Aber Hirn hat die junge Dame."

Negrasov trat näher und warf einen Blick auf die Seiten.

„Sie kann uns noch immer gefährlich werden. Wenn die Sache erledigt ist, dann werdet ihr euch um sie kümmern!" Romanows Stimme hatte wieder einen gefährlichen Unterton.

„Da", antwortete Negrasov und verließ das Zimmer.

Romanow las ungestört weiter. Als er am Ende der mehrseitigen Dokumentation angekommen war, legte er sie beiseite und schenkte sich einen doppelten Cognac ein.

„Das Mädchen ist wirklich nicht dumm", murmelte er und leerte das Glas in einem Schluck.

# 18

Heller Sonnenschein, Windstille und milde Temperaturen kündigten den Sonntagmorgen an. Doktor Thomas Esser war aufgestanden, nachdem ihn die ersten Sonnenstrahlen geweckt hatten. Seine Frau und die Kinder schliefen noch. Er trank einen Orangensaft und zog die Jogginghose und die dazugehörige Jacke an. Wie jeden Morgen, wenn es seine Zeit zuließ, würde er etwas für seine Fitness tun. Leise verließ er das Haus und joggte entlang des Bahnweges zum Park am Scheideweg. Die beiden Polizisten in ihrem zivilen Wagen, die zu seinem Schutz abgestellt waren, folgten ihm in Schrittgeschwindigkeit.

Am Bürgerbuschweg bog er in Richtung Park ab. Plötzlich heulte hinter ihm ein Automotor auf. Ein Peugeot überholte den Polizeiwagen und raste mit einer irrsinnigen Geschwindigkeit auf Esser zu. Gelähmt vor Schreck sah der stellvertretende Bezirksdirektor und Leiter der Schutzkommission Wattenmeer den blauen Wagen auf sich zukommen. In letzter Sekunde versuchte er einen Schritt zur Seite zu machen, doch es war zu spät. Der Wagen holperte über den Randstein und erfasste Esser mit dem vorderen rechten Kotflügel. Noch während Esser durch die Luft segelte, brauste der Wagen in Richtung A 293 davon.

Esser spürte den Aufprall auf dem Asphalt nicht mehr. Bereits als er vom Wagen erfasst worden und gegen die Frontscheibe geprallt war, hatte er die Besinnung verloren.

Die beiden Polizisten im Zivilfahrzeug blickten ungläubig dem flüchtenden Wagen hinterher. Erst als Esser auf dem Asphalt aufgeschlagen war, löste sich ihre Erstarrung. Der Fahrer sprang aus dem Auto und kniete sich neben den Verunglückten. Blut lief Esser in dünnen, roten Fäden aus Nase und Ohr. Eine Platzwunde klaffte auf seiner Stirn und sein rechtes Bein war seltsam verkrümmt. Auch dort breitete sich eine Blutlache aus.

„Ich habe den Notarzt gerufen." Der Beifahrer hielt noch immer den Funkhörer in der Hand. „Lebt er noch?"

Der Kollege legte seine Finger an den Hals des Angefahrenen. Leichte Stöße signalisierten, dass Essers Herz noch Blut in den Körperkreislauf pumpte. Doch der Druck war schwach und unregelmäßig. „Er lebt, aber es sieht schlecht aus. Bring mir mal den Verbandskasten."

Der Beifahrer kramte den schwarzen Kasten aus dem Kofferraum und brachte ihn seinem Kollegen. Dann schaute er sich um. Weit und breit war niemand zu sehen. Nur ein dunkler BMW parkte in einiger Entfernung im Bahnhofsweg. „Das ging alles so schnell. Ich hab den blauen Wagen vorbeischießen sehen, dann war es auch schon passiert. Hast du das Kennzeichen gesehen?"

„Auricher Kennzeichen. Ein Peugeot. Aber sicher bin ich mir nicht."

In der Ferne hörten sie das Martinshorn der Rettungswagen. Der Beifahrer stampfte mit dem Fuß auf den Boden. „So eine verdammte Scheiße. Meinst du, das war Absicht?"

Der Fahrer hatte inzwischen das Hosenbein des Verletzten aufgeschlitzt. Ein bleicher Knochen ragte aus dem blutigen und zerfetzten Fleisch oberhalb des Knies.

„Gib eine Fahndung raus, der Kerl benutzt bestimmt die Autobahn", erwiderte er.

*

Rike hatte inzwischen den bequemen Sessel mit einem nicht viel weniger komfortablen Schreibtischstuhl getauscht. Mit wachen Augen beobachtete sie den Bildschirm.

„Die erste Reihe ist die Nummerierung, die Zahlen in der mittleren Spalte sind sicherlich Gradangaben", murmelte Onno Behrend nachdenklich. „So etwas wie ein Koordinatensystem. Aber ich habe keine Ahnung, was die Zahlen in den anderen Spalten bedeuten."

Rike erhob sich und trat an eine der Seekarten heran. Mit dem Zeigefinger folgte sie den schwarzen Linien, die das blaue

Wasser zerschnitten. Horizontal und vertikal. „Können wir nicht einfach auf der Karte nachschauen?"

„Es sind Positionsangaben, die möglicherweise mit einem GPS-System errechnet wurden", entgegnete Behrend. „Aber sie lehnen sich nicht am Meridiansystem an. Irgendwo hat jemand einen willkürlichen Nullpunkt gesetzt. Und daran orientiert sich die gesamte Aufschlüsselung."

Noch einmal warf Onno Behrend einen Blick auf den Bildschirm. Mit dem Finger glitt er über die erste Zeile.

| 1 | 8,433 | 75°/224° | +2,462 | 54/117 o  86 M. (4) |
|---|-------|----------|--------|---------------------|
| 2 | 19,461 | 83°/256° | +0,112 | 76/138 o  94 M. (9) |

„Wenn ich es mir recht überlege, dann müsste bei einem frei gewählten Nullpunkt natürlich auch die Entfernung zwischen zwei bestimmten Positionen angegeben werden. Der Wert in der Spalte zwei oder vier könnte eine Entfernungsangabe sein. Wir haben insgesamt 24 Zeilen. Wenn wir diese zusammenfügen, und jeweils die noch unbekannten Spaltenwerte, also einen davon, als Entfernung annehmen, erhalten wir ein Muster. Mal sehen, ob wir daraus was erkennen können. Natürlich müssen wir noch einen entsprechenden Maßstab anwenden und uns für Nautische Meilen, Kilometer oder Meter entscheiden."

Rikes Blick streifte die Karte. Sie zeigte einen Ausschnitt des Wattenmeers. Die Küste, die vorgelagerten Inseln Mellum, Wangerooge, Spiekeroog und Langeoog, und der Jadebusen waren darauf fast vollständig abgebildet. Die Karte reichte hinaus bis über die dunkel schraffierte 12-Meilen-Zone. Zusätzlich war das Gewässer mit Tiefenmeter versehen. Am rechten unteren Rand der Karte befanden sich eine Zeichenerklärung und eine Maßstabsangabe. „Wie wäre es hiermit?"

Behrends Augen folgten Rikes Fingerzeig. „Eine gute Idee."

Schwach klang das Klingeln des Telefons in das Zimmer.

„Zu blöde, jetzt habe ich schon ein Mobiltelefon, trotzdem ist es nie in der Nähe, wenn man es braucht", brummelte Onno. „Würdest du bitte so gut sein, es liegt irgendwo im Wohnzimmer."

Rike lief die steile Treppe hinunter. Es war wie der Gang in eine andere Welt. Unten empfing sie wieder die warme Atmosphäre von dunkler Eichenholztäfelung, gediegenen Stoffen, flauschigen Teppichen und dramatischen Ölgemälden mit Szenen des Kampfes von Menschen gegen die stürmische See. Nur wenige Stufen trennten die Jahrhunderte.

Sie fand das Telefon auf der mächtigen, mit blauweißen Deckchen geschmückten Kommode. Dann fiel ihr ein, dass niemand wissen durfte, dass sie sich hier bei Onno Behrend verkroch. Sie meldete sich nur mit einem dumpfen „Hm".

„Endlich", drang die aufgeregte Stimme von Hilko Corde aus dem Telefon. „Ich versuche euch schon seit gestern Mittag zu erreichen. Was ist los bei euch?"

„Wir waren oben", antwortete Rike. „Was ist denn passiert?"

„Die Polizei war gestern bei mir." Seine Stimme vibrierte. „Sie haben Larsen gefunden. Er ist tot!"

Rike fuhr ein dumpfer Schmerz in den Magen. Wortlos ließ sie den Hörer sinken. Dann taumelte sie und fiel in einen Sessel. Sie nahm den Hörer wieder auf. „Was ist passiert?", fragte sie mit brüchiger Stimme.

„Er ist ertrunken. Schon vor Wochen. Er war schon tot, als du zurückgekommen bist. Damals, kurz nachdem er in Langeoog vom Kutter ging."

„Ertrunken?", wiederholte Rike. „Einfach so?"

„Ich kenne den Jungen", erwiderte Corde. „Der ist an der See geboren. Der ertrinkt nicht so leicht. Auch bei diesen Temperaturen nicht."

„Du meinst, er wurde umgebracht?", kreischte Rike der Hysterie nahe. Unbemerkt war Onno Behrend an ihre Seite getreten und hatte ihr die Hand auf die Schulter gelegt. Rike schaute zu ihm auf. Er breitete die Arme aus. Sie erhob sich und ließ sich in seine Umarmung fallen wie eine Ertrinkende, die nach einem vorbeischwimmenden Rettungsring greift.

Väterlich streichelte ihr Onno Behrend über den Rücken. „Ist gut, Mädchen. Wein dich nur aus."

Der Hörer lag auf dem Sessel. Behrend ignorierte das Rufen aus dem Lautsprecher und widmete sich ganz dem Mädchen in seinen Armen. Minutenlang standen sie da, bis sich Rikes Griff löste und sie mit den Händen ihre Tränen von den Wangen strich.

Onno Behrend blickte nachdenklich auf den Telefonhörer. „Dein Freund wurde ermordet?"

Rike schnäuzte ihre Nase und nickte stumm.

„Dann frage ich mich, wer diese ominöse Briefbombe an diesen Politiker geschickt hat", murmelte er. „Wir sollten wieder nach oben gehen und weiter an der CD arbeiten. Wer immer in Verbindung mit dem Tod deines Freundes steht, kann sich jetzt sicher sein, dass die Polizei annehmen wird, dass du ganz alleine hinter dem Anschlag gestanden hast."

„Aber ich war doch in Australien! Ich hab mein Flugticket und meine Buchungen …"

„Das kann man fälschen. Hast du Zeugen?"

„Ja!"

„Und wo sind die?"

„Ich weiß es nicht", antwortete sie. „Bob war aus Wellington, Jean stammte aus Belgien und Harry aus den USA. Außerdem waren da noch Marlin, Tony, Sam und …"

„Und alle waren sie aus allen Teilen der Welt und von allen kennst du die Vornamen und alle werden hier erscheinen, wenn du sie brauchst …?"

„Aber auf der *Arctic Sunrise* muss es doch Listen geben. Aufzeichnungen …"

„Und die werden sie dir geben?"

„Aber ich habe nichts mit der Bombe zu tun", schrie sie entsetzt.

Onno hob beschwichtigend die Hände. „Ich glaube dir, aber

deine Karten stehen jetzt noch schlechter als zuvor. Ich glaube, dass dein Freund wegen dieser CD sterben musste. Wir müssen herausfinden, was damit los ist, sonst ist er umsonst gestorben."

Rike nickte. Ihr Gesicht verriet die zurückgekehrte Entschlossenheit. „Du hast Recht. Das bin ich Larsen schuldig."

*

„Das darf doch nicht wahr sein!" Kirner warf das Fax zurück auf den Schreibtisch. Die Auricher Kollegen informierten ihn, dass Doktor Thomas Esser mit lebensgefährlichen Verletzungen im Koma lag. Von dem flüchtigen Fahrer fehlte jede Spur, nach dem blauen Peugeot 306 wurde fieberhaft gefahndet. Die Kollegen der Verkehrspolizei hatten von allen Peugeots mit Auricher Kennzeichen eine Auflistung erstellt. Nur drei blaue waren darunter. Die Überprüfungen der Fahrzeughalter waren noch nicht abgeschlossen.

„Es sieht wohl eher so aus, als ob es ein weiterer Anschlag war?", folgerte Kirners Kollege.

„Jetzt stehen wir ganz schön blöd da. Es wird Zeit, Larsen offiziell zu suchen. Die Verdachtsmomente sind zwar vage, aber bei wohlwollender Betrachtung reichen sie vielleicht für eine Öffentlichkeitsfahndung aus. Kümmere dich bitte gleich darum, ich spreche mit dem Bereitschaftsstaatsanwalt."

„Ach, da ist noch was", antwortete der Kollege. „Gestern hat eine Mitarbeiterin aus der Spurensicherung für dich angerufen. Sie bat dringend um Rückruf. Ich habe einen Zettel auf deinem Schreibtisch hinterlassen."

„Gut, das erledige ich später, mach dich jetzt bitte an das Fahndungsfernschreiben."

„Und was soll ich als Grund anführen?"

„Was schon, Mordverdacht!", erwiderte Kirner trocken.

# 19

Der Parkplatz lag im Halbschatten einiger trüber Peitschenlaternen, die ein bleiches und unwirtliches Licht verströmten. Die Einsamkeit hatte sich mit dem beginnenden Abend über den Platz im Industriegebiet jenseits des Hafens von Wilhelmshaven gelegt. Wo sich tagsüber Menschen mit Einkaufswagen tummelten, war trügerische Ruhe eingekehrt.

Sie saßen zu dritt in einem weinroten Mercedes, dessen goldfarbene Zierfelgen im Lichtschein schimmerten. Außer den im leichten Wind schaukelnden Ästen einiger jungen Birken, die in geplanter Symmetrie die asphaltierten Flächen auflockerten, bewegte sich nichts an diesem Ort. Es war zehn Minuten vor Mitternacht.

„Werden sie kommen?", fragte der bärtige Fahrer den blonden jungen Mann, der lässig auf dem Beifahrersitz lümmelte und auf seinem Kaugummi kaute.

Der Holländer lächelte. „Das Geschäft ist zu verlockend. Sie werden kommen."

Der Holländer hatte Recht. Die Stuttgarter standen unter Druck. Das Baden-Württembergische Landeskriminalamt hatte in einem Supercoup den gesamten Markt rund um seine Landeshauptstadt leer gefischt. Vier Kilo Heroin von hoher Qualität war ein harter Schlag gegen die Szene. Dealer und Konsumenten saßen seit Wochen auf dem Trockenen. Den Schwaben blieb gar nichts anderes übrig, als den hohen Preis des Holländers zu akzeptieren. Und im Frühjahr, wenn sein Bruder wieder mit dem großen nigerianischen Tanker in Rotterdam festmachen würde, stand ein weiteres gutes Geschäft in Aussicht. Zumal die Quelle der Schwaben auf lange Sicht versiegt war, weil der türkische Großhändler die nächsten Jahre in Stammheim hinter Gittern verbringen würde. Trotzdem hatte sich der Holländer nicht blindlings in diesen Deal gestürzt. Die Informanten hatten gute Arbeit geleistet und er war sicher, dass Mustafa Acar aus Stuttgart kein fauler Apfel im Obstkorb war.

Die Kunden kamen pünktlich. Genau um Mitternacht bog ein VW-Bus in den einsamen Parkplatz ein. In einiger Entfernung blieb er stehen. Zweimal flammten die Fernscheinwerfer auf.

„Da sind sie", sagte der Holländer zufrieden und richtete sich auf.

Sein Fahrer betätigte ebenfalls zweimal die Lichthupe. Der VW-Bus kam näher und blieb direkt vor dem Mercedes stehen. Ein dunkelhäutiger Mann in Jeans und brauner Wildlederjacke stieg aus und erschien im Lichtkegel der Scheinwerfer.

„Alles klar", meldete die quakende Stimme aus dem Funkgerät.

Der Holländer drückte die Sprechtaste. „Pass auf! Sobald sich etwas bewegt, gibst du Signal!"

„Okay", erwiderte die Stimme.

„Also los, bringen wir es hinter uns." Der Holländer öffnete die Tür. Sein Fahrer und der Komplize im Fond folgten seinem Beispiel.

Inzwischen war aus dem VW-Bus ebenfalls ein weiterer Mann ausgestiegen, ein glatzköpfiger Riese mit Muskeln, als würde er den ganzen Tag nichts anderes tun, als Eisen zu verbiegen.

„Ihr seid pünktlich", eröffnete der Holländer das Gespräch.

Der Dunkelhäutige nickte stumm. Sehr gesprächig waren die Schwaben schon bei den ersten Kontakten nicht gewesen.

„Habt ihr das Geld?"

Der Dunkelhäutige gab seinem athletischen Partner ein Handzeichen. Für einen Moment verschwand der Bullige im Inneren des Wagens, ehe er mit einem schwarzen Aktenkoffer wieder auftauchte. Er platzierte den Koffer auf der Motorhaube des Mercedes und öffnete ihn. Gebündelte Hundertmarkscheine zeigten sich im fahlen Licht.

Der Holländer trat einen Schritt vor und griff nach einem Bündel. Innerlich jauchzend blätterte er die Geldscheine durch.

Er nahm einen Schein aus der Mitte heraus und reichte ihn seinem Kompagnon. Der verschwand im Wagen und überprüfte die Banknote mit einer Schwarzlichtlampe. Schließlich kehrte er zurück. „Scheint echt zu sein."

„Dann hol die Ware!", befahl der Holländer.

Sein Kompagnon nahm eine rote Reisetasche aus dem Kofferraum und stellte sie neben den Geldkoffer auf die Motorhaube.

Der Riese wartete geduldig, bis die Tasche geöffnet war, dann trat er heran und zog ein Päckchen hervor. Er riss es vorsichtig auf und nahm mit den Fingerspitzen ein wenig helles Kristallin heraus. In der anderen Hand hielt er ein Tütchen, in dem sich in einer dünnen Glasphiole eine helle Flüssigkeit befand. Nachdem der Riese den Stoff in das Tütchen verpackt hatte, versiegelte er es und zerdrückte die Phiole zwischen den Fingern. Dann schüttelte er das Tütchen, bis sich das Heroin auflöste und mit der Flüssigkeit verband. Nun schimmerte der Inhalt des Tütchens in einem satten Lila.

Der Riese zeigte es seinem Boss und griff nach der Tasche. Der Holländer lächelte zufrieden. Er wusste, dass der Stoff gut war. Auf seinen Bruder konnte er sich verlassen.

Plötzlich erfror das Lächeln in seinem Gesicht. In den Händen der Stuttgarter Kunden lagen großkalibrige Pistolen. Zwei weitere Männer sprangen aus dem VW-Bus. Sie trugen Maschinenpistolen, grüne Uniformen und schwarze Wollmasken. Motoren heulten auf, und fast gleichzeitig piepste das Funkgerät im Inneren des Mercedes.

„Polizei, ihr seid festgenommen!", rief der Dunkelhäutige und zeigte eine Polizeidienstmarke. „Nehmt die Hände hoch und keine Bewegung!"

Schon brausten mehrere Wagen heran. Zivilfahrzeuge, aber auch ein paar Streifenwagen. Immer mehr Männer bildeten bald einen undurchdringlichen Ring um den Mercedes. Der Holländer hob seine Hände in den Himmel. Seine beiden Begleiter taten es ihm nach.

Wenig später war auch der dritte Komplize des Holländers

verhaftet. Er hatte im Schatten des Gebäudes gelauert und die Straße beobachtet. Als er die Streifenwagen bemerkt hatte, war er geflüchtet. Doch auch die Polizei hatte einige Sicherungsposten in weiterer Entfernung zurückgelassen. Er war ihnen direkt in die Arme gelaufen.

*

Die Nachtschicht auf den Montag war für die Polizeiinspektion Westerstede nach zwei leichten Unfällen mit Blechschäden und ein paar Anrufen wegen Ruhestörung in Giebelhorst bis zum frühen Morgen ruhig geblieben. Erst nach der Ablösung morgens um sechs war bei den Streifenpolizisten Hektik aufgekommen. Zwischen Rostrup und Deepenfurth war ein Milchtankwagen auf der nassen Straße ins Schleudern geraten und umgekippt. Der Fahrer war eingeklemmt worden und musste von der Feuerwehr aus dem Wrack befreit werden. Über vier Stunden blieb die Straße gesperrt, bis die Unfallstelle mit einem Kranwagen geräumt werden konnte.

Der Polizeioberkommissar und sein Kollege, ein junger Obermeister, hatten bis zum Schluss dort im Nieselregen ausharren müssen und die Unfallstelle abgesichert. Nun war es bereits nach zehn Uhr und der Magen des Obermeisters knurrte begehrlich.

„Fahren wir über Mansie zurück, da kannst du dir was zu essen holen", entschied der Oberkommissar.

Der junge Obermeister lenkte den Streifenwagen durch das Wäldchen. Am Himmel türmten sich die dunklen Wolken. Der Obermeister schaltete das Abblendlicht ein. „Da kommt ein richtiges Sauwetter auf uns zu."

„Das gibt ein Silvester …!", erwiderte der Kollege. „In diesem Jahr werden uns die Böller und Raketen wohl im Regen absaufen."

Plötzlich bremste der Obermeister. „Da war was!" Er legte den Rückwärtsgang ein und fuhr ein paar Meter zurück bis an einen kleinen Waldweg, der nach links abzweigte.

„Wo, ich sehe nichts …?"

Der Obermeister bog in den Waldweg ab. Plötzlich blitzten rote Rückleuchten im Scheinwerferlicht auf. Abseits des Weges, zwischen den Bäumen, stand ein verlassener Wagen. Der Obermeister fuhr direkt hinter das Fahrzeug und stoppte.

„Ist das ein Unfall?", murmelte der Kollege und stieg aus.

Am Wagen, einem älteren blauen Peugeot, stand die Fahrertür offen. Die Bäume und Büsche um ihn herum waren schwarz vor Ruß. Der vordere Teil des Wagens und die Fahrgastzelle waren ausgebrannt. Nur der Kofferraum, der noch in den Waldweg hineinragte, war unversehrt geblieben. Vorsichtig umging der Polizeibeamte die Tür und warf einen Blick in den Wagen. Erleichtert atmete er auf. Der Innenraum war zwar bis auf das Metall verbrannt, doch der Anblick einer verkohlten Leiche war ihm erspart geblieben.

„Schau mal, ob das Kennzeichen vorn auch weg ist!", rief der Kollege. Ihm war aufgefallen, dass am Heck kein Nummernschild angebracht war. „War da nicht eine Fahndung?"

\*

Flug LH 714 hob planmäßig um 09.20 Uhr von der Startbahn in Frankfurt ab. Unzählige Geschäftsleute bevölkerten die Businessclass. Moskau war schon vor Jahren in den Mittelpunkt des deutschen Interesses gerückt. Als die Maschine langsam an Höhe gewann, legte sich der Passagier auf dem Sitz 34 zurück und griff nach dem Kopfhörer seines Walkmans. Er schaltete das Gerät ein und das *Capriccio italien* von Peter Tschaikowsky, interpretiert von der Sankt Petersburger Staatskapelle, erklang. Ein zufriedener Seufzer kam über seine Lippen, ehe er die Augen schloss.

# 20

Trevisan hatte den Sonntag mit seiner Tochter verbracht. Seit langem hatte er sich nicht mehr so glücklich gefühlt. Gemeinsam waren sie am Morgen aufgestanden, hatten gefrühstückt und waren dann nach Wilhelmshaven ins Hallenbad gefahren. Mittags waren sie durch die Stadt gebummelt. Und obwohl er wusste, dass es ein Fehler war, sie mit materiellen Dingen zu überschütten, hatte er ihr am Samstag eine Frisier- und Schminkpuppe gekauft. Grit würde ihn dafür in der Luft zerreißen.

Am Abend hatte Paula Lust zum Schlittschuhlaufen, und er war mit ihr ins Eisstadion gefahren. Trevisan war sogar selbst mit geliehenen Kufen aufs Eis gegangen, obwohl er früher immer Grit vorgeschickt und sich mit einem Glühwein in der Nähe des kleinen Verkaufsstandes niedergelassen hatte. Wenn er auch anfänglich bedrohlich schwankte und sich an die Bande klammerte wie ein Betrunkener, so hielt er es Paula zuliebe durch. Am Ende drehte er ein paar Runden mit seiner Tochter und nur einmal ging er leicht in die Knie. Paula hatte gelacht und gejauchzt und er wusste, was er so lange vermisst hatte.

Als Paula am Sonntagabend eingeschlafen war, saß Trevisan noch lange auf der Bettkante und schaute wehmütig in das friedliche Gesicht seines Mädchens. Ihre Füßchen reichten beinahe bis zur Bettkante. War sie gewachsen, oder hatte er vergessen, wie groß seine Tochter schon geworden war? Er streichelte ihr über die Stirn und schob ihr zärtlich eine blonde Strähne aus dem Gesicht. Er wollte ihn festhalten, diesen Augenblick, seine Tochter nie mehr loslassen, doch er wusste, wie schnell ihre gemeinsame Zeit zu Ende gehen würde. Bald würde Paula wieder in einen Zug steigen und aus seinem Leben verschwinden. Sie würde den Sonnenschein der letzten Tage mit sich nehmen und Leere und Düsternis zurücklassen. Er hätte sich gern ein paar

144

Tage frei genommen, aber beim derzeitigen Personalstand im Kommissariat war daran überhaupt nicht zu denken.

Am nächsten Morgen war es ihm so schwer gefallen wie noch nie, das Haus zu verlassen. Es gab keine andere Möglichkeit, schließlich war er der neue Leiter des Kommissariats. Trevisan hatte Tante Klara angerufen, die zwischen den Jahren Urlaub hatte und sich um Paula kümmern würde. Er küsste Paula zum Abschied und versprach, gegen fünf wieder zu Hause zu sein. Er hoffte, er könne sein Versprechen halten, doch er glaubte nicht daran.

Nur widerwillig sprang der alte Opel an.

Als Trevisan eine halbe Stunde später durch die Gänge des 1. Kommissariats lief, wurde er von seinen Kollegen bereits erwartet.

„Moin", grüßte Johannes. „Ich höre, ihr seid einen Schritt weiter."

Trevisan nickte und hastete zu seinem Büro. „In einer Minute im Konferenzzimmer", rief er dem Kollegen zu. Eine Minute später zog er dort einen Stuhl zu sich heran, warf seinen Aktenordner auf den Tisch und ließ sich erschöpft nieder.

„Ich denke, wir wissen jetzt, wer der Tote ist", eröffnete er seinen Vortrag. „Dietmar und ich haben mit dem Kutterkapitän Hilko Corde gesprochen. Er nannte uns einen Namen und ich glaube, der Alte war nicht sonderlich überrascht über unseren Besuch. Als wir ihm von dem Toten erzählten, war er ganz schön durch den Wind."

„Wenn er nicht sogar mit dem Tod etwas zu tun hat", ergänzte Dietmar Petermann.

„Der Tote heißt wahrscheinlich Björn Larsen, ist vierunddreißig Jahre alt und in Norden aufgewachsen. Seine Eltern sind verstorben. Er hat laut Melderegisterauszug keine weiteren Angehörigen. Stellt euch vor, er wohnt sogar in der Nähe des Tatorts. In der Ahrstraße. Außerdem ist es ein ganz schönes Früchtchen. Insgesamt siebzehn Einträge im Strafregister. Landfriedensbruch, Brandanschläge auf einen Yachthafen und auf einen Schwimmbagger, Drohbriefe gegen Politiker, Sabotageaktionen gegen Fischkutter und vieles mehr. Vor knapp vier Monaten wurde er mit acht Gramm Hasch und zwei LSD-Trips angetroffen und angezeigt. Vielleicht handelt es sich wirklich um eine Abrechnung in Dealerkreisen." Trevisan zog eine Plastiktüte aus dem Ordner hervor. „Wenn dieser Schlüssel zur Wohnung in der Ahrstraße passt, dann dürfte alles klar sein."

„Also los, worauf warten wir noch!" Dietmar Petermann sprang tatendurstig auf.

„Warte, da ist noch etwas", bremste Trevisan. „Zwei Namen tauchen ständig in seinen Fällen auf. Mal als Komplizen, mal als Gehilfen und mal als Mittäter: Uwe Töngen und Friederike van Deeren. Ich glaube, sie ist seine Freundin. Ich habe hier eine Adresse. Johannes, könntest du überprüfen, ob die noch stimmt?"

Johannes griff nach dem Papier, das ihm Trevisan reichte. „Gut, ich mache mich gleich daran."

„Dann schaue ich mich mit Dietmar in der Wohnung um", schloss Trevisan. „Das heißt, sofern die Schlüssel passen."

\*

„Wie soll man da noch vernünftig arbeiten können?", beschwerte sich Kriminaloberrat Kirner. „Die eine Hälfte der Abteilung macht Urlaub, die andere ist krank, die Labors sind geschlossen und wenn man von euch was braucht, dann heißt es: Wir haben noch andere Fälle zu bearbeiten."

Wütend warf er den Telefonhörer zurück auf die Gabel. Er hatte ein schreckliches Wochenende hinter sich. Zuerst hatte er am Sonntagmorgen einen Blechschaden mit seinem Mercedes gebaut, dann der Streit mit seiner Frau wegen der ewigen Nörgeleien der Schwiegermutter, und zu guter Letzt hatte sein Sohn ihm ganz lapidar mitgeteilt, dass er eine Studienpause einlegen werde und einen längeren Aufenthalt in Indien plane. Der eigentliche Grund für seine Anspannung war aber das Schicksal von Doktor Thomas Esser, der mit lebensgefährlichen Verletzungen in einer Oldenburger Klinik lag. Kirner fühlte sich schuldig. Zwar war der Fall derzeit noch bei der Verkehrspolizei in Oldenburg anhängig, doch war der dringende Verdacht, dass es sich um einen erneuten Anschlag auf den stellvertretenden Bezirksdirektor gehandelt hatte, nicht von der Hand zu weisen.

Kirner hatte sich die Aussagen der Polizeibeamten übermitteln lassen, die zu Essers Schutz abgestellt gewesen waren und den Unfall beobachtet hatten. Es war klar, dass die weiteren Ermittlungen in sein Ressort fielen, doch wie sollte das mit einer Rumpfmannschaft funktionieren? Die Fahndung nach Björn Larsen war angelaufen, doch konkrete Ergebnisse gab es bislang noch nicht.

Das Telefon klingelte. Kirner griff genervt nach dem Hörer und maulte ein lang gezogenes „Ja" in die Muschel.

„Monika Sander hier, von der KTU", erklang es aus dem Lautsprecher. „Ich habe Ihnen etwas Wichtiges mitzuteilen …"

„Das wird auch Zeit", fiel ihr Kirner schroff ins Wort. „Manchmal habe ich den Eindruck, dass hier niemand mehr arbeitet. Die Verbrecher warten nicht auf uns. Also, zu wem gehört die DNA-Spur auf dem Kuvert?"

„Ich habe Sie nicht angerufen, um mir einen Rüffel abzuholen", erwiderte Monika Sander spitz. „Ich arbeite in der Datenverarbeitung, die Analytiker sind in Urlaub oder krank. Der Abgleich mit der Speicherdatei wird noch dauern. Ich will Sie lediglich darüber informieren, dass es eine Überschneidung mit einer Leichenidentifikation der Kripo Wilhelmshaven gibt. Die eingereichten DNA-Codes sind identisch. Aber wenn Sie es genau wissen wollen, sollten Sie zu mir kommen."

Kirner fuhr sich fassungslos durch die Haare. „Sagen Sie das noch mal."

„Wenn ich den beiden vorliegenden Datensätzen glauben soll, dann ist Ihr Gesuchter von den Kollegen aus Wilhelmshaven vor vier Wochen tot aus dem Hafenbecken gefischt worden. Ich wünsche Ihnen noch einen schönen Tag."

Ein tiefes Brummen ertönte aus dem Lautsprecher. Kirner starrte fassungslos auf den Hörer. Er warf ihn zurück auf die Gabel.

„Das gibt es doch gar nicht", seufzte er, erhob sich und eilte zur Tür. Das musste er mit eigenen Augen sehen.

\*

Die Lüfter der Computer erfüllten das Zimmer mit ihrem leisen Summen. Sonderbare Hieroglyphen wanderten über den Monitor. Rike saß angespannt vor dem Bildschirm und hielt eine Tasse in der Hand.

„Das alles ist mir viel zu kompliziert", murmelte sie. „Web, FTP-Protokolle, Chatrooms, Newsgroups. Da blickt doch keiner mehr durch."

Onno Behrend lächelte. „Das ist die neue Welt. Und jeder, der will, hat Zugang. Hast du dir im Studium keine Dateien aus dem Internet heruntergezogen?"

Rike schüttelte den Kopf. „Das Internet habe ich nur am Rande genutzt, da war mir vieles zu oberflächlich. Fachbücher sind mir lieber, da habe ich was Greifbares und kann jederzeit nachschlagen. Jetzt schreibe ich hin und wieder E-Mails und bin auf den Seiten von Greenpeace oder dem B.U.N.D. Mehr nicht."

Onno zuckte mit den Schultern. „Ich hatte in meinem Berufsleben schon früh mit Computern zu tun. Die Dinger sind überaus nützlich in manchen Bereichen. Für unsere Jugend tut es mir ein bisschen leid. Viele hocken den ganzen Tag nur noch vor dem Bildschirm und wissen nicht, was es heißt, im Watt spazieren zu gehen oder eine Baumhütte zu bauen. Natürlich führt dieses Verhalten auch dazu, dass diese Menschen in einigen Jahren ganz schön einsam sein werden."

„Das sind keine rosigen Aussichten", antwortete Rike.

„Vielleicht ist es so wie mit allem", erwiderte Onno. „Irgendwann lässt das Interesse nach und andere Dinge rücken wieder in den Mittelpunkt. Die paar, die auf der Strecke bleiben, haben eben Pech gehabt. Aber das verkraftet unsere Gesellschaft schon. Da habe ich keine Bedenken.

Viel größere Sorgen macht mir, dass es uns trotz der Vielfalt im Internet nicht gelingt, die beiden Dateien auf der CD zu identifizieren. Ich glaube fast, dass es keine offiziell vertriebene Programme sind."

„Und wie sollen wir dann rauskriegen, was sich auf der CD befindet?"

„Wir müssen die Programmiercodes entschlüsseln."

„Programmiercodes?"

„Die Programmiersprache. Die sonderbaren Zeichen, die du vor dir siehst. Jede Zeichenkette hat eine Funktion. Über die Steuerungsfunktionen läuft das Programm ab und eine Eingabemaske wird erstellt. Praktisch das Strickmuster. Ich habe mich mal kurz mit Programmierung befasst. Ich kann nur sagen, dass die hier keinem gängigen Muster entspricht."

„Und was machen wir jetzt?"

„Snoozer kann uns vielleicht helfen." Onno setzte sich an den Computertisch und ließ seine Finger über die Tasten gleiten. „Ein ganz findiges Bürschchen. Ich habe ihn über den Chatroom kennen gelernt. Wenn ich ihm glauben darf, dann ist er gerade mal sechzehn Jahre alt und wohnt irgendwo in Köln. Er bezeichnet sich selbst als Hacker und hat schon die Sicherungseinrichtungen von Banken und großen Firmen geknackt. Ich schicke ihm die Daten zu. Einen Versuch ist es auf alle Fälle wert."

„Snoozer", wiederholte Rike. „Das sind Namen …"

„Im Chatroom hat jeder seinen Code. Viking, Iceman, Diamond, der Phantasie ist keine Grenze gesetzt."

„Und wie heißt du?"

„Oh, ich habe mir den unspektakulären Namen Ornithologe gegeben. Ich denke, dass passt ganz gut zu mir."

Rike lächelte.

# 21

Trevisan stand vor dem Haus in der Ahrstraße und warf einen Blick auf die ehemals weiß gestrichene, brüchige Fassade. Eine trostlose Gegend, dachte er. Die schmutzigbraune Eingangstür wies neben allerlei Macken und Kratzern Schnitzarbeiten von übermütigen Jugendlichen auf. *Mona, ich liebe dich. F...,* stand in einem verkrusteten Herz.

Dietmar Petermann steckte den Schlüssel ins Schloss. Er passte. Es war zwar nicht notwendig, weil die Tür offen stand, aber damit war klar, dass es sich um Larsens Schlüsselbund handelte. Sie betraten den dunklen Flur. Die grauen Briefkästen neben der Tür waren allesamt eingedellt und verbogen. Einer trug Larsens Namenszug, mit einem schwarzen Filzstift auf das Blech geschrieben. Er ließ sich ohne Schlüssel öffnen. Werbehefte quollen heraus gesellten sich zu den anderen abgelegten und unbeachteten Zeitschriften und Wochenblättern auf dem Boden. Trevisan bückte sich. Ein paar Briefe waren darunter. Der erste stammte von der Stromgesellschaft, ein weiterer von der Telekom und der dritte, ein blauer Brief, trug den Absender der Staatsanwaltschaft Oldenburg.

„Das wird wohl kaum eine Einladung zum Bankett sein", murmelte Trevisan.

Im Flur dominierte das Zitronenaroma eines Reinigungsmittels. Offenbar hatte erst vor kurzem jemand gewischt. Trevisan folgte seinem Kollegen. Im vierten Stock stand Larsens Namenszug in Augenhöhe auf dem Klarlack eines Türblattes mit einem runden Knauf anstelle einer Klinke. Dietmar schob den zugehörigen Schlüssel in das alte Bartschloss und drehte ihn um. Mit einem leisen Knacken sprang die Tür auf.

„Nur zugezogen, nicht mal verschlossen", stellte Dietmar fest. Modrige und abgestandene Luft drang aus der Wohnung in das

Treppenhaus. Drinnen war es schummrig. „Dann schauen wir mal."

Der kleine Flur mündete in das Wohnschlafzimmer. Links des Eingangs öffnete Dietmar die Tür zu einem Bad mit grünen Fliesen aus den späten Sechzigern. Die Wanne war schmutzig, der Duschvorhang zurückgezogen. Über dem Waschbecken ein einfacher Spiegelschrank, daneben ein überquellender Wäschekorb. Dietmar schob die Schranktür auf. Zahncreme, Zahnbürste, billiges Aftershave und ein Rasierapparat, der mindestens zehn Jahre auf dem Buckel hatte. In der Ecke des Schränkchens lag eine Packung Papiertaschentücher einer Billigmarke. Die restlichen Fächer waren leer.

„Nicht viel zu holen", murmelte Dietmar und wandte sich zu Trevisan um, der im Flur stand und in den Taschen der Jacken stöberte, die an der Garderobe hingen.

Dietmar betrat das große Zimmer und tippte den Lichtschalter an. Zwei Deckenstrahler erleuchteten den Raum.

„Also reich ist er nicht gewesen." Dietmar musterte die Poster an der Wand. Robin Wood, Greenpeace und B.U.N.D. Ölfässer, die sich neben Palmen stapelten, ein Pandabär mit traurigen Augen und ein Tanker auf hoher See, aus dessen Rohren eine trübe Flüssigkeit in das blaue Wasser rann, darunter ein Stoppschild und der Slogan *Schluss mit der Schweinerei!"*.

Trevisan hatte die Jacken wieder auf die Haken gehängt. Die Taschen waren leer. Er widmete sich dem in die Jahre gekommenen Schreibtisch. Ein veralteter Computer stand auf der Platte. An der Wand hing eine große Weltkarte, auf der mit einem roten Stift Linien und Daten eingezeichnet waren. Die Arktis, Südamerika, der Persische Golf, Russland und auch die Nordseeküste wiesen solche Linien auf. Trevisan trat näher. Die mit Hand notierten Vermerke waren allesamt Kalenderdaten.

Während sich Dietmar am Schrank neben der Eingangtür zu schaffen machte, öffnete Trevisan die Schreibtischschubladen. In der ersten lagen Druckerpapier, Briefkuverts und Stifte. In der zweiten fand er Larsens abgelaufenen Reisepass, und als er die dritte Schublade aufzog, fiel ihm ein Dossier mit Fadenheftung und einer Plastikfolie als Einband in die Hände. *Die Auswirkungen der Überbeanspruchung der Schutzzonen auf die Natur und Umwelt, von Friederike van Deeren.* Trevisan blätterte darin. Die Adresse der Verfasserin stand auf der ersten Seite.

„Nichts, außer alten Klamotten", stöhnte Dietmar und warf ein paar Socken zurück in den Schrank. „Hast du schon etwas?"

Trevisan hob das Dossier in die Luft. „Das ist wohl so etwas wie eine Diplomarbeit. Von Larsens Freundin, die auch im Strafregister Erwähnung fand. Eine Abhandlung über die Untaten gegen unsere Umwelt."

„Und der Computer?"

Trevisan suchte nach dem Einschaltknopf. Der Lüfter des Rechners ertönte lautstark.

Dietmar Petermann kam näher. „Ein ganz schön antikes Teil."

Es dauerte eine Weile, bis sich das Bild aufgebaut hatte. Neben dem Icon des Schreibprogramms von Lotus gab es noch den üblichen Papierkorb, ein Icon der Telekom und ein E-Mail-Programm mit dem Namen Pegasus. Trevisan griff nach der Maus und öffnete es mit einem Doppelklick. Larsen war leichtsinnig im Umgang mit seinen Daten, Benutzer und Kennwort waren abgespeichert. Drei E-Mails waren im Eingang registriert. Eine war eine Werbemail eines Online-Dienstanbieters. Die beiden anderen stammten von *rikemarienhafe@web.de.* Trevisan öffnete die erste Nachricht. Sie war vor zehn Wochen gesendet worden. *Denk bitte an das Treffen, es ist wichtig.* Die zweite Mail war schon interessanter. *Habe deine Nachricht erhalten. Werde mich drum kümmern. Aber sei vorsichtig, du weißt nie, wie sie die Sache auslegen. Am Ende bist du dran. Lass lieber die Finger davon.*

Trevisan überlegte. Vor acht Wochen war die Mail bei Larsen eingegangen. Was hatte Larsen am Laufen, dass sich seine Freundin zu einer solchen Warnung veranlasst sah? Er öffnete die Lotus-Word-Dateien. Dort stieß er auf Larsens Korrespondenz.

„Das solltest du dir ansehen", sagte Trevisan zu Dietmar, der vor dem Bett kniete und darunter nach Verstecken suchte.

Der Brief auf dem Bildschirm war an den stellvertretenden Bezirksdirektor Doktor Thomas Esser in Oldenburg gerichtet. Larsen warf Esser vor, an der rückläufigen Entwicklung des Robbenbestands an der ostfriesischen Küste mitschuldig zu sein, da er keine geeigneten Maßnahmen zur Eindämmung des wachsenden Tourismus und des weiteren Ausbaus der Fährlinien zu den Inseln traf. Das Schreiben endete mit der Androhung von Konsequenzen, die Larsen aber offen gelassen hatte. Weitere gleichartige Briefe an das Umweltministerium, die Bezirksregierung und die Nationalparkverwaltung Wattenmeer waren in dem Programm abgespeichert.

„Ein unangenehmer Zeitgenosse, dieser Larsen", bemerkte Dietmar.

„Das stand schon in seiner Akte", erwiderte Trevisan. „Ein militanter Umweltschützer, der in der letzten Zeit schon öfter über die Stränge geschlagen hat."

„Vielleicht war das sein Fehler", entgegnete Dietmar.

„Ich glaube kaum, dass jemand von der Bezirksregierung hinter seinem Tod steckt."

„Das meine ich auch nicht", antwortete Dietmar. „Aber es gibt genügend Interessengruppen, denen er auf die Zehen getreten sein kann. Das ist ja alles schon hochpolitisch. Da geht es teilweise um sehr viel Geld. Nimm bloß die Fischer. Du kannst ihnen nicht verbieten, draußen die Bänke anzufahren, um ihren Fang einzubringen. Sie leben davon. Aber darüber sind die Tierschützer nicht unbedingt erfreut. Die Touristen, die Gastronomie, die Industrie, die Fährgesellschaften. Das ist alles nicht so einfach."

„Ich wusste gar nicht, dass du dich damit auskennst", wunderte sich Trevisan.

„Man liest so manches", entgegnete Dietmar und ging zur Küche.

Trevisan widmete sich wieder dem Computer, doch außer den Drohbriefen fand er keine weiteren Hinweise. Er schreckte auf, als Dietmars lautes „Hoppla" erklang.

„Was ist los?", rief Trevisan zurück.

„Komm und schau es dir an!"

Trevisan ging in die Küche. Dietmar hatte einen der Hänge-schränke geöffnet. Tassen und Töpfe sowie drei Dosen Ravioli befanden sich darin. Dietmar wies auf die hintere Seite des Schrankes. Eine Plastiktüte war dort an das schmale Brett ge-klebt. Trevisan zog einen Handschuh aus seiner Jacke und griff nach dem Tütchen. Eine braune Substanz befand sich darin. Wie kleine Steine sah sie aus. „Hasch. An die fünfzig Gramm."

„Ich glaube, wir sollten hier drinnen noch gründlicher suchen. Vielleicht sogar mit den Hunden", schlug Dietmar vor.

„Du hast Recht", beschloss Trevisan. „Der Computer ist auch wichtig. Ich denke, wir versiegeln hier alles und schicken Klein-schmidt her."

\*

Johannes Hagemann hatte sich in sein Büro zurückgezogen und den bequemen Stuhl vor den Computertisch geschoben. Seit zwei Tagen spürte er diesen bohrenden Schmerz in seiner Lun-ge. Er hatte sich noch heute früh überlegt, zum Arzt zu gehen, doch er wollte Trevisan gerade jetzt nicht im Stich lassen. Für einen Moment lehnte er sich zurück und atmete tief durch. Das Rasseln in seinem Brustkorb war unüberhörbar. Er brauchte eine Viertelstunde, bis der Schmerz endlich nachließ.

Er griff zu den Strafregisterauszügen, die ihm Trevisan gege-ben hatte. Behäbig tippte er den Namen und das Geburtsdatum von Uwe Töngen in den Computer. Töngen hatte eine ganz schöne Latte angesammelt. Die neuen Einträge betrafen allesamt Verstöße gegen das Betäubungsmittelgesetz. Seit einem halben Jahr war es still um Töngen geworden. Er wohnte noch immer auf Langeoog. Als Berufsbezeichnung war Schäfer eingetragen, auch daran hatte sich offenbar nichts geändert. Hagemann ver-warf den Gedanken, die zuständigen Kollegen anzurufen, und drückte auf die Printtaste. Der Drucker legte lautstark los.

Hagemann tippte als Nächstes „Friederike van Deeren" in das

Eingabefeld. Diesmal dauerte es einige Sekunden, bis sich der Bildschirm aufbaute. Ein Gong ertönte und im rechten Bildrand blinkte der knallrote Schriftzug *HAFTBEFEHL/FESTNAHME*. In der Mitte hatte sich in der Zwischenzeit eine zweite Maske aufgebaut.

Ungläubig überflog Johannes die Zeilen. Friederike van Deeren wurde verdächtigt, an einem Briefbombenanschlag gegen den stellvertretenden Bezirksdirektor der Bezirksregierung Weser-Ems beteiligt gewesen zu sein. Das Landeskriminalamt bearbeitete den Fall. Hastig fertigte Johannes Hagemann einen Ausdruck. Er griff zum Telefon und wählte die Nummer des angegebenen sachbearbeitenden Referats beim LKA, doch die Leitung war besetzt. Einer Eingebung folgend rief er erneut die Eingabemaske auf und tippte Larsens Daten in das Feld. Diesmal war er nicht überrascht, als der Gong ertönte. Auch Larsen wurde im Zusammenhang mit dem Briefbombenanschlag gesucht. Offenbar war die Ausschreibung erst übers Wochenende erfolgt, so dass Trevisan am Samstag davon noch nichts hatte wissen können.

Als Johannes unter dem Feld *TATZEIT* den 24. Dezember entdeckte, griff er nochmals zum Telefon, doch wiederum ohne Erfolg. Er hatte kaum den Hörer aufgelegt, als ein Anruf von der Pforte für ihn kam. „Hier ist jemand für euch. Ein Kollege vom LKA will mit jemandem vom 1.FK reden."

„Na, wenn das kein Zufall ist. Immer rauf mit dem Mann", antwortete Johannes Hagemann.

*

Kirner war gespannt, was es bei der Wilhelmshavener Kripo an Neuigkeiten gab. Seit er erfahren hatte, dass Larsen schon fast einen Monat tot sein sollte, hatte er hin und her überlegt, wer hinter dem Briefbombenattentat auf Esser stecken konnte. Auch wenn sich jetzt alles gegen Rike van Deeren wandte: Der neuerliche Anschlag trug eine andere Handschrift. Während der Fahrt hatte er darüber nachgedacht, ob er etwas übersehen haben könn-

155

te. Gab es eine Art Umweltterrorgruppe, zu der Larsen und van Deeren gehörten? Vor mehreren Jahren, als die Umweltbewegung als Tummelplatz für außerparlamentarischen Widerstand benutzt worden war, wäre dies denkbar gewesen, aber heute …?

„Polizei Wilhelmshaven, jetzt melden Sie sich schon!", dröhnte die Stimme des Pförtners ungeduldig aus dem Lautsprecher.

„Kirner, LKA Hannover", antwortete der Kriminaloberrat hastig. Der Summer ertönte und gab den Zugang frei. In einer Sicherheitsschleuse aus Panzerglas erwartete ihn ein uniformierter Beamter, der einen skeptischen Blick auf Kirners Dienstausweis warf. „Zu wem wollen Sie?"

Kirner steckte den Ausweis wieder ein. „Zum Leiter Ihrer Mordkommission. Es ist dringend."

„Moment." Der Beamte griff zum Telefon.

Eine Minute später wandelte Kirner durch den neondurchfluteten Flur des 1. Kommissariats. Ein älterer Mann mit Bauchansatz und welligem, grauem Haar schaute aus einem Büro.

„Der Kollege vom LKA?", rief er Kirner zu.

„Ja!", antwortete Kirner. „Und Sie sind Trevisan?"

# 22

Trevisan kehrte nach der Durchsuchung von Larsens Wohnung zur Dienststelle zurück und schaute zuerst im Büro von Johannes Hagemann vorbei. Doch der Raum war verwaist. Verwundert blickte er auf die Uhr. Es war kurz nach eins. Vielleicht war Johannes nur kurz in die Stadt gegangen, um etwas zu essen. Auch Dietmar hatte einen Abstecher in die Marktstraße gemacht. Seine Frau hatte ihm aufgetragen, Obst aus kontrolliertem biologischem Anbau mit nach Hause zu bringen.

Trevisan ging mit der schweren Stofftasche in der Hand in sein Büro, warf seine Jacke über den Kleiderhaken und ließ sich mit einem Seufzer in seinem Bürostuhl nieder. Er nestelte an der Tasche herum und zog das von Friederike van Deeren geschriebene Dossier hervor, das er aus Larsens Wohnung mitgenommen hatte. Er schob den Stuhl ein wenig zurück, legte die Füße auf den Schreibtisch und begann zu lesen.

Zwölf Seiten später hörte er Stimmen auf dem Flur. Trevisan legte das Schriftstück auf den Tisch, stand auf und öffnete seine Tür, um hinauszusehen. Sein Blick fiel auf einen Mann im Mantel, der mit Johannes Hagemann sprach. Trevisan musterte den Fremden. Er erschien gepflegt und trug einen dezent eleganten Anzug, ein weißes Hemd und glänzende Schuhe. Die braunen Haare waren streng von einem akribisch gezogenen Seitenscheitel geteilt. Alles in allem machte der Fremde den Eindruck eines Rechtsanwaltes.

„Hallo, Martin, wir haben Besuch", sagte Johannes. „Das ist Kriminaloberrat Kirner vom LKA. Ich glaube, wir sollten uns hinten zusammensetzen. Er hat interessante Neuigkeiten."

Trevisan nahm am Tisch im Konferenzzimmer Platz. Kirner musterte Trevisan, während Johannes von den Ermittlungen des LKA berichtete.

„So gesehen, ermitteln wir quasi im gleichen Fall, wenn man so will", kommentierte Kirner die Informationen.

„Und Sie glauben, Larsens Tod könnte mit den Anschlägen zusammenhängen?" Trevisan musterte den LKA-Beamten prüfend. Er wusste aus Erfahrung, dass die Kollegen der Spezialabteilungen nicht immer alle Karten offen auf den Tisch legten.

Gelassen stützte Kirner das Kinn auf seine Hände. „Vor drei Tagen hätte ich jede Wette angenommen, dass Larsen selbst hinter den Anschlägen steht. Typen wie er neigen dazu, ihre Forderungen früher oder später mit Gewalt durchzusetzen. Was ich jetzt glauben soll, das weiß ich ehrlich gesagt nicht mehr. Zumindest widerstrebt es mir anzunehmen, dass seine Freundin alleine hinter der Sache steckt. Zumal der stellvertretende Bezirksdirektor gestern bei einem vorgetäuschten Unfall schwer verletzt wurde. Ein erneuter Anschlag."

„Das heißt, es könnte eine Gruppe dahinterstecken", folgerte Hagemann. „So etwas wie eine kleine Terrorzelle."

„Das wäre möglich und vielleicht hat man Larsen sogar aus irgendeinem Grund kurzerhand zum Schweigen gebracht", stimmte Kirner zu.

„Eher das Gegenteil", widersprach Trevisan. „Larsen wurde vor seinem Tod gefoltert. Jemand wollte etwas von ihm wissen oder ihn zu etwas zwingen."

„Bislang habe ich überhaupt keine Idee, wie ich in meinem Fall weiterkommen soll", sagte Kirner. „Ich biete Ihnen deswegen eine enge Zusammenarbeit an. Ich glaube, unsere Ermittlungen haben so viele Berührungspunkte, dass es dumm wäre, wenn wir nicht kooperierten."

„Was wissen Sie eigentlich über den stellvertretenden Bezirksdirektor?", fragte Trevisan.

„Ein ganz integerer Mann", antwortete Kirner verblüfft. „Typische Karriere. Viele einflussreiche Freunde, wenig aufregendes Privatleben. Familienmensch und Gesundheitsfanatiker. Eigentlich schon eine Spur zu gut für diese Welt. Zumindest gibt es bislang keinen schwarzen Fleck auf seiner Weste."

„Und wer würde von seinem Tod profitieren?"

„Der Mann ist Beamter", entgegnete Kirner. „Da gibt es niemanden, der Profit aus seinem Tod schlagen kann. Wenn er nicht mehr ist, dann sitzt morgen ein anderer an seinem Schreibtisch. Das System hängt nicht an Personen und Namen, das wissen Sie doch selbst."

„Dann bleibt uns nur Friederike van Deeren", folgerte Trevisan.

„Bislang haben wir von ihr noch keine Spur. Die beiden uns bekannten Kontaktadressen haben wir überprüft. Uwe Töngen und dieser alte Kutterkapitän aus Greetsiel. Sie sagen nichts."

„Corde? Mit dem haben wir am Samstag gesprochen. Er war offenbar mit seinem Schiff unterwegs gewesen. Jetzt kann ich mir erklären, warum er so sonderbar auf unser Erscheinen reagierte. Es war fast so, als habe er uns erwartet."

„Es gibt eine vage Spur, die nach Holland führt", erklärte Kirner. „In der Nähe von Deventer soll Friederike van Deeren einen Bekannten haben. Wir sind noch dabei, das zu überprüfen. Aber auch der Schäfer auf Langeoog ist interessant. Auf der Insel gibt es genügend Möglichkeiten, sich zu verbergen."

„Was ist mit einer Überwachung?", mischte sich Johannes ein.

„Stünde schon längst, wenn wir genügend Leute hätten", erwiderte Kirner. „Die Zeit zwischen den Jahren ist die schlimmste. Die Fahnder feiern mit ihren Familien, die Sachbearbeiter kurieren ihren Schnupfen aus und die Analytiker sind in den Alpen zum Skifahren. Ich habe gerade mal drei Leute in meiner Abteilung."

Johannes Hagemann warf Trevisan einen amüsierten Blick zu.

„Dann sind wir zusammen schon sechs", antwortete Trevisan.

Das Klingeln eines Handys unterbrach die Unterhaltung. Kirner entschuldigte sich und griff in die Tasche seines Mantels, den er über einen Stuhl gelegt hatte. Dann ging er nach draußen.

„Hast du sonst noch etwas in Erfahrung gebracht?", fragte Trevisan seinen Kollegen Hagemann.

„Nicht mehr, als du gerade von ihm erfahren hast", erwiderte

Johannes. „Ach so, da ist noch eins: Die Rauschgiftfahnder haben den Holländer verhaftet. Du wolltest doch mit ihm reden. Er scheint gerade sehr gesprächig, sie haben ihn mit ein paar großen Paketen erwischt."

Trevisan nickte. „Ich werde mich später darum kümmern. Morgen fahre ich mit Dietmar auf die Inseln raus. Du könntest bei der Wasserschutzpolizei fragen, ob sie ein Boot für uns haben."

\*

Unweit des Praters in einem typischen Kaffeehaus mit runden Tischchen und schweren, grünen Samtdecken, reichlich mit kalorienstrotzenden Leckerbissen gefüllten Vitrinen und einer wuchtigen Theke aus dunklem Holz hatten sie sich getroffen. Kaffeeduft gab dem gut geheizten Raum eine heimelige Atmosphäre. Vor dem Fenster tanzten kleine Schneeflocken.

„Ich habe gehört, es gibt Probleme?" Petrov, den alle nur den Direktor nannten, schob sich ein Stück Sachertorte in den Mund. Seine Firma war in keinem Handelsregister der Welt zu finden, aber der Direktor war ein gefährlicher Mann. Das Leben war kein Pfifferling mehr wert, wenn man auf seiner schwarzen Liste stand.

Vielleicht bildeten sich auch deshalb kleine Schweißperlen auf Romanows feister Stirn. „Nein, alles läuft wie geplant", beeilte er sich zu sagen. Seitdem Petrov ihm zu verstehen gegeben hatte, dass er ihn zu sehen wünsche, hatte Romanow keine Nacht mehr ruhig geschlafen.

„Drei Monate", murmelte der Direktor.

Romanow schaute ihn ungläubig an.

„Sie sind ungeduldig", erklärte Petrov. „Du hast ihr Geld. Es dauert schon viel zu lang."

„Es gab Schwierigkeiten."

Der Direktor zündete sich umständlich eine dicke schwarze Zigarre an. „Ich kenne deine Qualitäten und ich vertraue dir. Die anderen zweifeln mittlerweile an deinen Fähigkeiten. Ich weiß nicht, wie lange ich sie noch hinhalten kann. Drei Monate erscheinen mir ausreichend."

Petrov erhob sich. Sofort brachte einer der Kellner den Hut und den dicken Fellmantel. Ohne Romanow eines weiteren Blickes zu würdigen, verließ Petrov das Kaffeehaus.

*

„Er wird schon noch antworten." Onno Behrend beobachtete gebannt den Bildschirm. Der weiße Strich auf dem schwarzen Monitor blinkte. „Auf den Jungen ist Verlass."

„Ich hoffe, er hat etwas herausgefunden, das uns wirklich weiterbringt", antwortete Rike.

Buchstaben, wie von Geisterhand gesteuert, füllten das Eingabefeld. Snoozers Code. *hallo du insulaner, musste mich ganz schoen strecken. ist nicht easy, an den programmiercode ranzukommen. kein bekanntes programm im net. habe kein vernünftiges tool gefunden, um es zu knacken. unbekanntes format und sehr alt – vielleicht auch deswegen nicht leicht zu decodieren. sobald ich mehr weiß, melde ich mich. bleibe auf alle fälle am ball. ist bestimmt was militärisches, hat mich mächtig neugierig gemacht, ist ne echte herausforderung in unserem tristen leben der bits und bytes ... mfg snoozer data-replay ... ip 276.330.33x"*

„Und er ist wirklich erst sechzehn?", murmelte Rike nachdenklich.

# 23

Der Holländer war ein schmächtiges Bürschchen mit einer alabasterfarbenen Haut und einem von Pickeln übersäten Gesicht. Ganz anders, als sich Trevisan einen Drogenbaron, wenn auch einen aus der Provinz, vorgestellt hatte. Trevisan schätzte ihn auf knapp fünfundzwanzig. Wie ein Häufchen Elend saß er zusammengesunken auf seinem Stuhl und hatte die gefesselten Hände auf die Tischplatte gelegt.

Trevisan musterte den jungen Mann eindringlich. Der Holländer begann nervös mit den Handschellen an den Händen über die Tischplatte zu streichen. Fast eine Minute verstrich im Schweigen, dann richtete sich der Holländer auf.

„Ich habe alles gesagt", stieß er hervor. „Was wollt ihr noch von mir?"

Trevisan genoss seinen Sieg. „Larsen", sagte er mit tonloser Stimme. „Björn Larsen aus Wilhelmshaven."

Die Augen des jungen Mannes suchten Halt an der gegenüberliegenden Wand. „Was soll mit ihm sein?"

„Tot, ermordet!"

Der Holländer versuchte eine gleichgültige Miene und legte den Kopf schief. „Und das wollt ihr mir jetzt auch noch in die Schuhe schieben."

„Erzählen Sie mir von Larsen!", überging Trevisan die Bemerkung.

„Larsen", wiederholte der Holländer verächtlich. „Ein Spinner, ein Fossil. Rauchte und warf sich Drops ein. Hielt sich für so eine Art Held, landete aber immer auf der Schnauze und brachte nichts auf die Reihe."

„Sie haben sich mit ihm kurz vor seinem Tod getroffen", wagte Trevisan einen Schuss ins Blaue.

„Und wenn schon."

„Jetzt ist er tot", antwortete Trevisan. „Ging baden, mitten im Winter."

„Damit habe ich nichts zu tun", brauste der Holländer auf. „Ja, ich habe mich mit ihm getroffen. Wir haben geredet. Er schuldete mir Kohle und hat sich einfach aus dem Staub gemacht."

„Wann und wo?"

Erstaunt blickte der Holländer Trevisan an. „Ihr glaubt doch nicht, dass ich ihn ersäuft habe? Ich habe ihm eine gescheuert, das war alles. Vor einem Monat, drüben in Greetsiel. Im Hafen. Da ist er morgens aufgetaucht. Er fährt dort ab und zu mit einem alten Kahn raus auf die Inseln. Er hat mir gesagt, dass ich mein Geld schon bekommen würde. Er wäre an einer großen Sache dran, damit lasse sich eine Menge Kohle machen."

„Hat er gesagt, um was es dabei ging?"

Der Holländer schüttelte den Kopf. „Nicht genau, nur dass es einen großen Knall gäbe, wenn er die Fakten auf den Tisch legen würde. Da würden Köpfe rollen. Mächtige Köpfe. Ich glaube, es hatte etwas mit Politik zu tun."

„Und woher sollte das Geld kommen?"

„Er sagte, er habe etwas in Erfahrung gebracht, das für die Zeitungsfritzen eine Menge wert sei. Aber er hat mir nicht gesagt, um was es ging. Hat mich auch nicht interessiert. Verdammt, er hatte öfter solche Sprüche drauf und nie war was dahinter."

„Und dann?"

„Dann bin ich wieder gegangen. Ich habe ihm gesagt, dass er mit einer weiteren Abreibung rechnen kann, wenn er mir mein Geld nicht bringt. Das war alles."

„Wohin wollte Larsen in Greetsiel?"

„Ich glaube, er ist zu dem Alten gegangen. Seinem Onkel oder was der auch immer ist. Der wohnt dort irgendwo."

Trevisan nickte. Es war an der Zeit, noch einmal eindringlich mit dem alten Corde zu reden.

*

Der Peugeot war geborgen und in einer Garage der Westersteder Polizeiinspektion untergestellt worden. Männer von der Spurensicherung in weißen, papierenen Anzügen fotografierten, pinselten und sammelten alle Faserspuren auf, die im teilweise ausgebrannten Wrack noch zu finden waren. Der Kofferraum war nahezu unversehrt und barg eine Fülle von Material. Doch ob es zur Identifizierung des Fahrers führen konnte, das stand in den Sternen. Kirner war nach dem Gespräch mit Trevisan nach Westerstede gefahren, um sich selbst ein Bild zu machen. Larsens Tod hatte seine Ermittlungen weit zurückgeworfen. Friederike van Deeren war der Schlüssel, nur über sie konnte er das Rätsel lösen, das ihm schwer zu schaffen machte. Besaß sie die Kaltblütigkeit für einen solchen Anschlag? War dieser Wagen das Tatfahrzeug im Fall Esser? Hatte Rike es gefahren?

„Wir haben allerlei Faserspuren und ein paar Haare im Kofferraum gefunden", sagte der Kriminaltechniker. „Auch Blutspuren sind vorhanden. Leichte Anhaftungen am Inneren des Kofferraumdeckels."

„Innen?" Kirner war überrascht. Wie sollte das Blut des stellvertretenden Bezirksdirektors ins Innere des Kofferraums gelangen? „Ist es zweifelsfrei der Wagen gewesen, mit dem Esser überfahren wurde?"

Der Spurensicherungsexperte nickte. „Der Wagen ist durch das Feuer zwar ganz schön zusammengeschmolzen, aber es gibt einige deutliche Hinweise auf eine Kollision mit einem Fußgänger. Die Verformungen befinden sich genau dort, wo sie nach Aussagen der Kollegen sein sollten. Das medizinische Gutachten über die Verletzungsmuster bei dem Geschädigten bleibt abzuwarten, aber für mich gibt es nur wenig Zweifel."

„Weiß man schon, woher der Wagen stammt?"

„Die Kollegen der Verkehrspolizei haben die Herkunft zumindest teilweise ermittelt." Der Mann ging zu seinem Koffer und zog eine Schreibkladde hervor. „Der Wagen wurde bei einem Händler in Norden in Zahlung gegeben", las er vor. „Von dort ging er in den Osten. Die Angaben sind überprüft und stimmig. Ein Kaufvertrag liegt vor. Wir haben den Namen des Käufers und eine Adresse in Lettland, ein gewisser Vija Sers, LV-1050 Riga, Reimers Iela 22a. Weiteres lässt sich nur über die Behörden in Riga klären."

\*

Langsam senkte sich der Abend über die vom Wind gepeitschte See. Es war frostig geworden.

Die Daunenjacke und die Lederhandschuhe wärmten nur leidlich. Seit Stunden harrte er in seinem Versteck aus und blickte ab und an durch das Fernglas. Der Schäfer, der Schlüssel zu ihrem Ziel, war den ganzen Tag noch nicht aufgetaucht.

Er hatte sich überlegt, einfach am Haus auf ihn zu warten, aber was, wenn sich dort ein Besucher aufhielt? Nein, er musste hier ausharren. Morgen früh würde das Boot eintreffen. Negrasov hatte ihm befohlen, keine Alleingänge zu unternehmen und nichts zu riskieren. Daran würde er sich halten.

Er zog seinen Thermoschlafsack aus der Schutzhülle und legte ihn über seine Beine. Diese verdammte Insel, dachte er. Noch nicht einmal einen Wagen gab es hier, in den er sich hätte setzen können, um dieser beißenden Kälte zu entkommen. Es kam ihm vor, als wäre hier die Welt zu Ende. Wenn es noch kälter werden würde, dann blieb ihm keine andere Wahl, als sich auf sein kleines Kajütboot zurückzuziehen, das im Hafen vor Anker lag. Wenigstens den frostigen Böen würde er dort nicht länger ausgeliefert sein. Er blickte auf seine Uhr. Die grünen Leuchtziffern signalisierten, dass ihm noch eine lange Nacht bevorstand.

Die Frau war zu einer Schlüsselfigur in diesem Spiel geworden, das er längst verloren wähnte. Das stete Hin und Her machte allen zu schaffen. Vor allem aber Romanow, den er in den letzten Tagen nur noch gereizt und wutentbrannt erlebt hatte, nachdem dieser bleiche Computerfreak eingestehen musste, dass er nicht alle verlorenen Daten ohne die CD wiederherstellen konnte. Larsen hatte ganze Arbeit geleistet. Er hatte nicht nur den Datenträger gestohlen, sondern auch noch den Computer und einen Teil der Ausrüstung unbrauchbar gemacht, indem er einen Eimer Wasser darüber geleert hatte. Aber diese Rechnung war beglichen, wenn er sich auch viel zu früh aus dem Staub gemacht hatte, aus dem Staub für immer.

Er wusste, obwohl Romanow über die weiteren Pläne schwieg, dass sie in die entscheidende Phase eingetreten waren. Schließlich war er kein Idiot. Am meisten fuchste ihn, dass er sich in letzter Zeit so manches gefallen lassen musste. Gut, einiges war schief gelaufen. Larsen, das Mädchen, das Debakel auf dem Schiff, aber das waren nur kleine Details. Der größte Feind des Unternehmens war die deutsche Bürokratie. Und daran konnten nicht einmal Pistolen und Bomben etwas ändern. Romanow hatte sich das falsche Land ausgesucht. Dem ging der Arsch auf Grundeis, weil ein Teil der Gelder schon ausgegeben war und er nicht mehr zurück konnte. Russische Investoren dieses Kalibers drohten nun mal nicht mit Gerichten und einstweiligen Verfügungen. Irgendwann landete ein Flugzeug und der Geldeintreiber stieg aus. So einfach war das.

Diese Nacht und die morgige Aktion wären sein letzter Beitrag zum Gelingen des großen Planes. Wenn auch diesmal wieder etwas schief ginge, dann wäre es an der Zeit, die Koffer zu packen und ein neues Betätigungsfeld zu suchen.

Aber dann etwas näher am Äquator.

Die Kälte wurde langsam unerträglich. Er blickte durch das Fernglas auf das knapp hundert Meter entfernte kleine, schmuddelige Haus mitten im Nichts dieser gottverdammten Insel, durch dessen verschmierte Scheiben Licht nach draußen fiel. Der Kerl war zu Hause, das stand zumindest fest. Und morgen früh würde man weitersehen.

*

Martin Trevisan parkte den altersschwachen Corsa um kurz nach sieben in seiner Einfahrt und ging zu Fuß hinüber zum Haus von Tante Klara. Seine Tochter war schon fast drei Tage hier und er hatte noch keine Zeit gefunden, sich ausgiebig mit ihr zu unterhalten.

Noch bevor er klingelte, öffnete Tante Klara. Verschwörerisch legte sie den Zeigefinger vor die Lippen. „Psst! Sie schaut Fernsehen. Komm, wir müssen reden!" Sie zog Trevisan in den Flur und schob ihn schließlich ins Schlafzimmer. „Weißt du eigentlich, wie es in deiner Tochter aussieht?"

Trevisans schlechtes Gewissen meldete sich mit einem kräftigen Stich in der Herzgegend. „Ich … es tut mir leid …"

„Davon kann sie sich auch nichts kaufen", entgegnete Tante Klara. „Sie wird überall nur noch herumgeschubst. Deine Frau ist ständig unterwegs und ihre Freundin, bei der sie untergekommen sind, hat keine Kinder, und der ist das Mädchen gleichgültig. Ständig wird geschimpft. Paula, sei leise, Paula, hör auf, Paula, setz dich hin. Fernsehen ab Mittag, Video und Gameboy, alles, um sie ruhig zu stellen. Noch nicht einmal Freunde hat sie. Paula ist immer noch eine Fremde in Kiel. Und nun ist sie bei dir und du bist genauso wenig für sie da wie ihre Mutter, die offenbar an einem neuen Leben strickt, in dem ihre Tochter keinen Platz mehr hat."

Trevisan hatte sich auf den Bettrand gesetzt und starrte auf den blauen Läufer. „Ich stecke mitten in einem Mordfall. Die halbe Abteilung hat sich aufgelöst und Johannes ist schwer krank. Ich weiß genau, wie sie sich fühlen muss, aber ich kann nichts tun. Nicht jetzt."

„Du musst zumindest mit ihr reden", entgegnete Tante Klara.

„Ich habe es am Sonntag versucht, aber ich konnte nicht", erklärte Trevisan. „Ich wollte nur, dass sie sich glücklich fühlt. Ich will nicht, dass sie auch noch zum Zankapfel zwischen mir und Grit wird."

„Du musst mit Grit reden. Wenn sie nicht in der Lage ist, sich um ihre Tochter zu kümmern, dann lass Paula nicht mehr zu ihr zurück."

„Und wie soll ich das machen? Ich habe einen Job und bin manchmal bis spät in die Nacht unterwegs. Soll ich kündigen?"

„Was ist dir wichtiger, deine Tochter oder dein Beruf?"

„Sie fehlt mir."

„Deine Frau?"

„Paula."

„Dann nimm sie zu dir, bevor das Kind an eurer Trennung zerbricht."

„Ich habe es mir schon hin und her überlegt. Ich dachte schon daran, eine Tagesmutter zu suchen. Aber ich weiß nicht, ob ich es mir leisten kann. Grit will monatlich ihr Geld und ein Hauptkommissar verdient kein Vermögen."

„Hast du eigentlich schon mal daran gedacht, mich zu fragen?"

Trevisan schaute seiner Tante ins Gesicht. „Du weißt, was eine solche Entscheidung bedeutet?"

„Wenn ihr es schon nicht schafft …! Ich bin für sie da. Ich habe mit Hans lange und ausführlich geredet."

„Aber Grit wird nie zustimmen", gab Trevisan zu bedenken. „Und Frauen haben bei Scheidungen heutzutage immer die besseren Karten. Wenn Grit nicht will, kann es nicht funktionieren."

„Dann wirst du sie überzeugen müssen", erwiderte Tante Klara. „Paula weiß ganz genau, wo sie bleiben will. Heute war übrigens Svenja hier bei uns. Du hättest deine Tochter lachen hören sollen. Hinterher hat sie mir anvertraut, dass sie schon lange keinen so schönen Tag mehr erlebt hat. Du musst es für das Kind tun. Sonst weiß ich nicht, was passiert."

Als Trevisan an diesem Abend ins Bett ging, schaute er seiner schlafenden Tochter noch lange ins Gesicht. Die kleinen blonden Strähnen fielen ihr über die Stirn. Sie sah friedlich aus, glücklich und zufrieden. Er würde mit Grit reden. Aber diesmal nicht am Telefon. Er würde nach Kiel fahren und ihr sagen, dass Paula bei ihm bleiben musste, wenn sie nicht vor die Hunde gehen sollte. Er würde es ihr direkt ins Gesicht sagen.

# 24

Der rot getünchte Kreuzer stampfte durch die aufbrausenden Wellen. Der Wind erreichte beinahe Windstärke 9. Gischt schwappte über die Reling und klatschte gegen die Scheiben des Ruderhauses. In der Gegend um die Otzumer Balje war kein weiteres Schiff unterwegs. Die Kutterkapitäne hatten ihre Schiffe in den Häfen vertäut und warteten das Ende des Sturmes ab. Von den Freizeitkapitänen ganz zu schweigen. Nur erfahrene Seemänner kamen mit dieser Witterung klar. Zumal die Küstengewässer mit ihren Untiefen so manche Gefahr für die Schiffe bargen. Auch der Fährverkehr war eingestellt.

Die *Sigtuna* war als ehemaliger Robbenjäger für schwieriges Gewässer gebaut. Und der Steuermann verstand sein Handwerk. Er hatte schon schwierigere Situationen gemeistert. Heute lautete sein Auftrag „Fährdienst". Ein Passagier für Langeoog. Die Maschinen liefen auf voller Kraft und trieben den schlanken Schiffskörper mit hoher Geschwindigkeit auf die Insel zu. Fast zwölf Knoten ging das Boot in der Dünung. Der Gast hatte es eilig. Er wurde erwartet.

Die *Sigtuna* mit der Kennung NH- C 210 legte um 09.27 Uhr am Ostanleger des Langeooger Hafens an.

\*

Die Bäume bogen sich unter der Kraft des Windes. Einige übrig gebliebene braune Blätter krallten sich mit schwindender Kraft an ihren Halt, ehe sie hinauf zum Himmel gerissen wurden, um nach einem schaukelnden Flug wieder der Erde entgegen zu schweben. Sturmflut hatte das Radio für die kommenden Tage gemeldet. Die ersten Ausläufer einer atlantischen Sturmfront hatten Wilhelmshaven bereits in der Nacht erreicht.

„Ich frage mich, ob wir die Fahrt nicht besser verschieben."

Dietmar Petermann starrte nachdenklich auf die Birken vor dem Fenster der Polizeiinspektion.

„Was sagen die Leute vom Küstenschutz?" Trevisan strich sich das Gähnen aus dem Gesicht. Er hatte die ganze Nacht kein Auge zugetan. Immer wieder hatte er an seine Tochter und an Tante Klaras warnende Worte denken müssen. Er würde mit Grit reden, ihm blieb keine andere Wahl.

„Die fahren bei jedem Wetter, das ist denen egal."

„Dann fahren wir auch!", entschied Trevisan. „Wir müssen endlich weiterkommen. Schließlich suchen wir einen Mörder, der äußerst brutal vorgeht und noch immer frei herumläuft. Töngen wird wissen, wo sich Larsens Freundin aufhält."

„Du meinst, der Mörder schlägt noch mal zu?"

„Ich werde das Gefühl nicht los, dass es bei der Sache um etwas ganz Großes geht. Es ist doch komisch – wir fischen Larsen aus dem Teich und gleichzeitig ermittelt das LKA gegen ihn wegen eines Briefbombenanschlags. Und nachdem der Anschlag scheitert, wird ausgerechnet das Opfer angefahren und lebensgefährlich verletzt. Kirner glaubt auch, dass der Verdacht nur auf Larsen und seine Freundin gelenkt wurde. Aber wer steckt dahinter und um was geht es überhaupt?"

Dietmar Petermann wandte sich Trevisan zu. „Es gibt viele radikale Spinner. Larsen und seine Freundin waren militante Naturschützer. Die haben einiges auf dem Kerbholz. Denk nur an den Brandanschlag auf den Yachthafen. Die gehören bestimmt einer Gruppe an. So was wie Greenpeace oder Robin Hood. Wenn du mich fragst, waren die auf diesen Esser sauer und haben deshalb den Plan ausgeheckt, ihm eine Lektion zu erteilen. Am Ende bekamen sie kalte Füße. Aber dafür hatten die anderen Jungs kein Verständnis. Im Grunde genommen ist Larsen über seine eigenen Beine gestolpert. Und das Mädchen liegt vielleicht auch schon längst im Brackwasser."

„Wood!"

„Was?"

„Robin Wood nennt sich die Gruppe und sie ist nicht radikal.

Die haben unsere Gesellschaft in den letzten Jahren wirklich ins Grübeln und auch zum Umdenken gebracht. Sonst würden wir jetzt noch mit unseren alten Benzinkutschen ohne Katalysator die Luft verpesten und unseren Dreck in die Nordsee schütten."

„Na, ja. Hood, Wood oder wie auch immer. Du weißt, was ich meine. Und der Kat war auch nur ein Vorwand, um uns das Geld aus der Tasche zu ziehen."

Das Polizeiboot legte gegen neun Uhr von der Mittelbrücke ab. Das Nordseebecken war randvoll gelaufen und die unbändige Kraft der Wellen war selbst im Jadebusen zu spüren. Es würde eine lange und unangenehme Reise werden. Trevisan hatte vorsorglich das Frühstück ausfallen lassen und nur einen Kaffee getrunken. Nicht nur wegen der bevorstehenden Überfahrt, auch Tante Klaras harte Worte waren ihm auf den Magen geschlagen. Er saß im beheizten Ruderhaus des Kreuzers und schaute durch die Backbordscheiben auf Dietmar Petermann, der an der Reling stand und sich gerade von seinem Frühstück trennte.

„'ne steife Brise." Der Steuermann lächelte Trevisan an.

Trevisan nickte und schluckte die bittere Galle hinunter. Er wusste, dass die beiden Seemänner im Ruderhaus nur darauf warteten, dass er sich zu seinem Kollegen an die Reling gesellte. Diesen Gefallen wollte er ihnen nicht tun. Obwohl die See hinter Schillighörn noch eine Spur rauer wurde, hielt er durch, bis der Polizeikreuzer im Hafen von Langeoog festmachte.

„Wie spät ist es?", fragte Trevisan.

„Halb elf." Dietmar ließ sich auf einer Bank neben den Gleisen der Langeoogbahn nieder. „Mir ist noch ganz flau." Er war bleich wie eine frisch gekalkte Wand.

„Komm schon, ein kleiner Spaziergang an der frischen Luft bringt dir schnell wieder Farbe ins Gesicht."

„Wenn ich nur an die Rückfahrt denke, dann glaube ich kaum, dass sich an meinem Zustand etwas ändert, selbst wenn wir die ganze Insel umwandern", antwortete Dietmar Petermann.

*

Köster reichte dem Kriminaloberrat den Faxauszug und blickte ihn betreten an.

„Das darf doch nicht wahr sein", raunzte Kirner. „Spielt jetzt die ganze Welt verrückt …! Ich dachte, es gäbe keine auswertbaren Fingerabdrücke."

„Offenbar doch", Köster kratzte sich am Kinn. „Sie haben ihn im Kofferraum an der Innenseite des Radkastens entdeckt. Eine Stelle, an die man gar nicht rankommt, es sei denn …"

„… es sei denn?", wiederholte Kirner.

„Es sei denn, man liegt im Kofferraum."

„Björn Larsen ist tot", sagte Kirner nachdenklich. „Nach Ermittlungen der Wilhelmshavener Kripo starb er in der ersten Dezemberwoche. Er ertrank und wurde offenbar vor seinem Tod gefoltert."

„Und was, wenn dieser Provinzermittler sich irrt? Wir haben noch keinen positiven Bescheid von der Untersuchungsstelle."

Kirner schaute von seinem Schreibtisch auf. „Sie haben einen Parka gefunden, in dem sich ein Schlüsselbund befand. Außerdem ist die DNA-Probe des Toten mit dem Speichel unseres Briefmarkenklebers identisch."

„… der vielleicht gar nicht Larsen war, sondern ein Bekannter oder irgendjemand aus der Gruppe. Letztlich bringt nur der Vergleich mit Larsens DNA-Probe Gewissheit. Am Montag ist die Abteilung wieder besetzt. Ich habe Druck gemacht, und ich denke, bis Dienstag haben wir ein klares Ergebnis."

„Dann gehen wir zumindest inzwischen davon aus, dass Larsen tot ist", entschied Kirner. „Ach ja, und teilen Sie den Kollegen in Wilhelmshaven mit, was wir herausgefunden haben. Es reicht, wenn Sie ein kurzes Telex schicken, ich werde mich in den nächsten Tagen mit Trevisan treffen."

Köster wandte sich um und eilte zur Tür.

„Ach, Köster", meldete sich Kriminaloberrat Kirner noch einmal zu Wort. „Gibt es schon Nachricht aus Lettland?"

Köster lächelte. „Ich denke, eher fliegen wir zum Mond."

*

Im kalten und heftigen Wind war der Fußweg zu Töngen äußerst beschwerlich. Trevisan versuchte sich mit seinem Mantelkragen vor der Kälte zu schützen, doch die Böen bliesen ihm mitten ins Gesicht. Dietmar hatte die Kapuze seiner gelben Daunenjacke weit über den Kopf gezogen, so dass sein Gesicht nahezu vermummt war. Dicke Fäustlinge aus dem Fundus der Polizeiboutique sowie gefütterte, halbhohe Goretex-Stiefel vervollständigten seine Ausrüstung. Zwar sah er aus wie ein wandernder Gartenzwerg, aber offensichtlich fror er dafür nicht. Ganz im Gegensatz zu Trevisan, der unter dem beigen Trenchcoat lediglich eine dunkles Jackett und einen dünnen, rostbraunen Rollkragenpullover trug. Die Halbschuhe und die dünne Stoffhose schützten ebenso wenig. Trevisan schlotterte entsetzlich.

„Warum rennst du so?", nörgelte Dietmar hinter ihm.

„Mein Gott, ich friere", schrie Trevisan gegen den Wind an.

Dietmar beschleunigte. Kaum hatten sie die Höhe erklommen, fiel ihr Blick auf das Haus, das sich malerisch in das Wäldchen schmiegte, fast so, als wolle es sich ebenfalls vor dem Wind und dem Frost verbergen.

Trevisan sah eine Bewegung zwischen dem Wohnhaus und der Scheune. Instinktiv duckte er sich. Zwei schoben einen dritten auf die Haustür zu. Dieser wehrte sich heftig. Dann trafen ihn ein paar Schläge am Kopf und am Bauch. Er taumelte auf die Haustür zu und wurde von einem seiner Widersacher regelrecht durch die Tür in das Haus geworfen. Alle drei verschwanden im Flur. Das Brausen und Tosen des Windes hatten den Schall über die Insel verstreut, doch Trevisan meinte einen dumpfen Schrei vernommen zu haben.

„Was ist denn los?"

Die Frage holte Trevisan aus seiner Starre. Er wandte sich um. Dietmar nestelte an dem Reißverschluss seiner Jacke.

„Hast du das gesehen?", fragte Trevisan angespannt.

„Was soll ich gesehen haben?"

„Na, die Männer vor dem Haus", erklärte Trevisan. „Ich bin mir sicher, einer davon ist Töngen. Die haben ihn zusammengeschlagen. Getreten und geboxt und dann ins Haus befördert. Sag mal, wo hast du deine Augen?"

„Tut mir leid, mein Reißverschluss ist aufgegangen", antwortete Dietmar. „Und was machen wir jetzt?"

„Wir brauchen Verstärkung. Ruf das Polizeiboot, es kann noch nicht weit gekommen sein. Und dann läufst du wie ein ganz normaler Wanderer den Weg entlang bis zum Haus. Dort wartest du, bis ich pfeife. Ich arbeite mich von hinten heran."

Halbhohes Buschwerk erstreckte sich entlang eines kleinen Steinriegels und führte nördlich vom Weg direkt zur Scheune. Lediglich die Schafsgatter musste Trevisan überwinden.

„Deine Waffe ist geladen?"

Dietmar öffnete mit seinen Fäustlingen unbeholfen die Jacke. Schließlich zog er seine Handschuhe aus. „Mir gefällt das nicht", sagte er und überprüfte den Zustand seiner Pistole, doch Trevisan rannte bereits entlang des Gebüsches geduckt in Richtung Norden. Dann verschwand er aus Dietmars Sichtfeld.

„Der spinnt, wir hätten warten sollen", murmelte Dietmar und steckte die Handschuhe in seine Jackentaschen. Anschließend griff er nach dem Handy.

Trevisan war inzwischen am ersten Schafgatter angekommen. Mühelos überstieg er die Balken und schlich sich hinüber zur Scheune. An der Außenwand verharrte er und horchte. Nur das Rauschen des Windes erfüllte die Luft. Langsam kam Dietmar den Weg entlanggeschlendert. Aber er sah nicht wirklich aus wie ein harmloser Spaziergänger. Er wirkte eher wie ein unbeholfener Jäger auf der Pirsch. Trevisan schüttelte den Kopf.

Die Automatikpistole im Anschlag, umrundete er die Scheune und ging auf das Wohnhaus zu. Vorsichtig tastete er sich an der Wand entlang. Zwei Fenster und eine Tür gab es in der Rückfront. Trevisan hoffte, dass die Tür nicht verschlossen war. Er spähte durch eines der Fenster. Offenbar das Schlafzimmer. Er schlich zum anderen Fenster und warf vorsichtig einen Blick hinein. Sofort fuhr sein Kopf zurück. Das Fenster gehörte zur Küche. Durch die offene Innentür hatte er einen Blick in die gegenüberliegende Stube erhascht. Dort lag ein regungsloser Körper am Boden. Ein kleiner Mann mit gedrungenem Körperbau trat den Liegenden mit voller Wucht gegen die Rippen. Wenn Trevisan nicht sofort eingriff, würde der ihn tottreten. Trevisan stieß einen Pfiff aus, dann trat er mit voller Wucht gegen die altersschwache Hintertür. Das morsche Holz brach aus den Angeln und das Türblatt flog krachend ins Innere.

„Hände hoch, Polizei!", rief er und nahm die Pistole hoch.

Der Gedrungene wirbelte herum. Plötzlich tauchte der zweite Mann neben der Tür auf. Trevisan erkannte nur seinen Schatten, schon krachte es und eine Kugel sirrte an ihm vorbei. Trevisan warf sich auf den Boden. Eine zweite Kugel verfehlte ihn nur knapp. Er hechtete in Deckung und hörte einen Aufschrei. Ein dritter Schuss fiel, diesmal vor dem Haus.

Verdammt, Dietmar, schoss ihm durch den Kopf. Er krabbelte in Richtung Küchentür. Der kalte Luftzug machte ihm klar, dass die Vordertür offen stand. Trevisan arbeitete sich gebückt in die schmuddelige Küche vor und spähte in den nächsten Raum. Das Wohnzimmer war dunkel, nur durch die offene Vordertür drang Licht. Im Schutz der Trennwand richtete sich Trevisan auf. Ein kurzer Blick genügte. Im Wohnzimmer lag nur noch der leblose Körper des Geschundenen auf dem Boden. Die beiden anderen Männer waren verschwunden. Mit schussbereiter Pistole betrat Trevisan die Wohnstube. Ein kleiner Gang, mehr ein Windfang, führte nach draußen. Trevisan sprang vor und suchte erneut Deckung hinter einer Wand.

Er hörte leises Jammern und lugte um die Ecke. Dietmar Petermann saß auf dem Boden und hielt sich seine Nase. Ein dünner Blutfaden rann durch seine Hände.

„Diese Scheißkerle", fauchte er.

„Wo sind sie?", fragte Trevisan.

Dietmar nahm eine Hand von der Nase und wies den Weg entlang in Richtung Hafen. „Die Schweine haben mir meine Nase gebrochen", näselte er. „Die sind einfach rausgekommen und haben mir irgendwas auf die Nase gehauen. Dann sind sie davongerannt. Es ging alles so schnell."

„Ich dachte, du würdest dich vorne postieren und in Deckung bleiben. Kannst du aufstehen?"

„Es geht schon." Dietmar versuchte sich zu erheben. Sein Blick streifte den Fußweg. „Da kommen sie wieder!"

Trevisan fuhr herum. Zwei Männer rannten den Weg herunter. Als Trevisan die Uniformen erkannte, entspannte er sich. Es waren die Kollegen vom Polizeiboot. Atemlos trafen sie an Töngens Anwesen ein.

„Was ist denn hier passiert?", fragte der Bootsführer. Trevisan umriss kurz die Situation und fragte, ob ihnen jemand begegnet wäre. Die Polizeibeamten schüttelten den Kopf.

„Da drinnen liegt noch jemand. Wir brauchen einen Arzt. Kümmert euch um ihn, ich muss zum Hafen!" Trevisan hetzte los. Wie konnte es sein, dass den beiden Polizisten niemand begegnet war? Bestimmt hatten sich die Kerle irgendwo versteckt.

Am Hafen war keine Menschenseele zu sehen. Nur ein rostrotes Schiff fuhr hinaus auf die Nordsee. Es hatte bereits die Hafenausfahrt passiert. Er war zu weit entfernt, um mit bloßem Auge viel erkennen zu können. Unweit des kleinen Hafencafés entdeckte er ein Fernrohr. Er hetzte darauf zu. In seinen Taschen suchte er nach einem Geldstück. Das Schiff drehte nach Osten ab. Bald würde es hinter der Hafenmauer verschwinden. Trevisan fluchte. Endlich fand er eine passende Münze. Er warf es in den Einwurfschlitz und richtete das Fernrohr aus. Ungeduldig trommelte er auf das eiskalte Metall. Das Gerät brauchte eine Weile, doch dann gab es den Blick frei.

„*Sigtuna*", murmelte Trevisan. Eine schwedische Flagge flatterte am Heck des Kreuzers.

# 25

Als Trevisan vom Hafen zurückkehrte, stand ein Elektromobil vor dem Anwesen. Die beiden Polizisten hatten einen Krankenwagen des Inselnotdienstes und den Inselarzt verständigt.

Um Töngen stand es schlecht. Neben diversen gebrochenen Gliedern und Rippen hatte er auch einen Schädelbruch davongetragen.

Dietmars Nase war nur noch ein blutiger Knollen. Auch er benötigte dringend chirurgische Hilfe. Zwar gab es hier auf Langeoog eine gut ausgerüstete Notfallpraxis, doch Töngen würde man hier nicht helfen können. Nach erster Diagnose des Notarztes bestand Lebensgefahr. Der Einsatz eines Hubschraubers war wegen des heftigen Windes nicht möglich, so wurde er kurze Zeit später zusammen mit Dietmar mit einem Seenotrettungskreuzer abgeholt und in die Norder Klinik gebracht. Bald darauf traf auch die Spurensicherung aus Aurich auf Trevisans Veranlassung auf der Insel ein.

Was hatten die beiden Kerle bloß von dem Schäfer gewollt? Hingen der Anschlag auf Töngen und der Fall Larsen zusammen oder war der Eigenbrötler von der Insel selbst in eine üble Geschichte verstrickt?

Trevisan hatte in das Gesicht des kleineren der beiden Schläger geblickt, aber er war nicht sicher, ob er ihn wieder erkennen würde. Eine gedrungene Gestalt, ein rundes Gesicht, eine dunkle Fischermütze und, wenn ihn seine Erinnerung nicht trog, eine Brille mit Goldfassung. Es war schon verwunderlich, wie wenig in Erinnerung blieb, wenn man unter Druck stand.

Über drei Stunden verbrachte Trevisan noch auf der Insel, sprach mit den Auricher Kollegen und half bei der Erstellung computergestützter Phantombilder der flüchtigen Täter. Immer mehr Details kehrten in seine Erinnerung zurück und bald war er sich sicher, dass er vor allem den kleinen, bulligen Kerl wieder erkennen würde, falls er ihm begegnete.

Kurz nach vier Uhr am Nachmittag traf Trevisan wieder auf seiner Dienststelle ein.

Johannes Hagemann hatte auf ihn gewartet. „Dietmar ist erst einmal krank geschrieben", berichtete er.

„Auch das noch", seufzte Trevisan. „Jetzt sind wir nur noch zu zweit."

„Am Montag kommt der Neue", tröstete ihn Johannes.

„Ob das eine Entlastung ist, wird sich herausstellen." Trevisan ließ sich auf einen Stuhl fallen. „Auf alle Fälle bin ich total fertig. Der Kerl hat ganz gezielt auf mich geschossen."

„Dann kannst du heute deinen zweiten Geburtstag feiern. Übrigens gibt es Neuigkeiten. Wir haben ein Fax vom LKA erhalten. Sie haben im Kofferraum des Peugeots, mit dem dieser Politiker aus Oldenburg angefahren wurde, einen Fingerabdruck von Larsen gefunden. Er lag so versteckt, dass man davon ausgehen muss, dass sich Larsen im Kofferraum befand. Blutantragungen sind ebenfalls vorhanden. Die Analyse läuft."

Trevisan machte große Augen. „Das könnte heißen, dass Larsen im Wagen transportiert wurde. Hast du die Reifenprofile schon mit unseren vom Hafen verglichen?"

„Die Vorderreifen sind verbrannt, mehr Details habe ich bislang nicht."

Trevisan nickte. „Wenn sich das bewahrheitet, dann hängen der Fall Larsen und das Briefbombenattentat dichter zusammen, als ich zuerst angenommen habe. Wir müssen mir Kirner reden, unsere Zusammenarbeit muss noch enger werden."

Johannes Hagemann stützte den Kopf auf seine Hände. „Oder die vom LKA reißen die Ermittlungen komplett an sich."

Trevisan atmete tief ein. „Das glaube ich nicht. Da haben wir auch noch ein Wort mitzureden."

„Angesichts unserer Personaldecke wäre es vielleicht gar kein Fehler", bemerkte Johannes zynisch.

„Auf keinen Fall, jetzt sind wir schon so weit gekommen",

widersprach Trevisan. „Übrigens, du musst etwas herausfinden. Die beiden Typen auf Langeoog rannten in Richtung Hafen. Genau zu dieser Zeit ist ein rotes Schiff ausgelaufen. Ein Schwede. Der Name ist *Sigtuna*. Soweit ich mich erinnere, sprach auch Corde von einem roten Schiff. Ruf doch mal bei der Schifffahrtsdirektion an. Das sind mir doch zu viele Zufälle."

„Ich versuche es mal bei der Hamburger Lloyd. Ich habe da ein paar Beziehungen. Dann habe ich das Ergebnis bis morgen."

Trevisan lächelte. Er wusste, dass er sich auf Johannes verlassen konnte.

Um 17 Uhr verließ Trevisan die Inspektion. Am westlichen Himmel türmten sich dunkle Wolken auf.

\*

„Verflucht!", schrie Sniper. „Er hat mich gesehen. Ich muss verschwinden."

„Es ist wohl besser, wenn wir beide von der Bildfläche verschwinden", antwortete sein Komplize. „Ich weiß nicht, seit den letzten Wochen ziehen wir das Pech an wie Scheiße die Fliegen. Der Dicke wird aus der Haut fahren und Viktor auf uns hetzen."

„Ich schlage mir die ganze Nacht in der Kälte um die Ohren, friere wie ein Hund, um sicherzugehen, dass der Kerl alleine ist, und dann tauchen die Bullen dort auf. Da stimmt doch etwas nicht." Sniper schlug mit der Faust auf den Tisch.

„Der Kerl war hart im Nehmen", sagte sein Komplize. „Entweder, der ist absolut taff oder er weiß wirklich nichts."

Sniper grinste kalt. „Er hätte geredet, das kannst du mir glauben."

„Wir hätten besser auf Viktor warten sollen."

„Bei dem Sturm fliegen keine Flugzeuge auf die Insel und die Zeit drängt", entgegnete Sniper. „Wie oft haben wir uns das in der letzten Zeit anhören müssen!"

„Er hat vielleicht gewusst, was wir auch wissen sollten, aber du hättest ihn beinahe totgeschlagen. Du warst zu schnell und zu unbeherrscht. So wie damals."

Sniper nahm die Brille ab und rieb sich die Augen. „Er hätte mich nicht anspucken dürfen. Mir ist da einfach eine Sicherung durchgebrannt."

Einen Augenblick lang schwiegen beide. Das Schiff hatte Kurs auf Bremerhaven genommen. Das Auf und Ab der Wellen kümmerte die Männer nicht, sie waren Schlimmeres gewohnt.

„Was machen wir jetzt?"

Sniper nahm eine filterlose Reval aus der Schachtel und zündete sie umständlich an. Er inhalierte tief. „Viel bleibt uns nicht mehr übrig. Wir werden mit Viktor reden müssen."

*

Sie verbrachten die meiste Zeit am Computer, doch ihre Fortschritte hielten sich in Grenzen. Für Rike war klar, irgendetwas auf dieser CD war so brisant, dass es Menschenleben gekostet hatte. Aber Onno Behrends Computerspezialist war immer noch nicht weitergekommen. Lediglich eine der drei Dateien auf der CD ließ sich öffnen. Eine einfache Tabellenkalkulation. *WiLaRoSa,* was hatte das zu bedeuten? Wofür standen die Werte in der Tabelle? Sie waren scheinbar willkürlich zusammengestellt, ohne durchschaubare Ordnung. Trotzdem glaubte Onno, dem Rätsel ganz dicht auf der Spur zu sein.

Eines aber wusste Behrend: Rike hatte nur eine Chance, wenn er den Inhalt des Datenträgers entschlüsseln und die Daten in irgendeine Verbindung bringen konnte. In eine Verbindung mit dem Tod.

Immer wieder ging er die einzelnen Positionen durch. Koordinatensysteme, Gitternetzlinien, Landschaftsstrukturen, nichts passte zusammen, nichts ergab einen Sinn. Vielleicht war es ratsam, einfach noch einmal von vorne zu beginnen. Wenn man sich in eine Idee verrannt hatte, dann trat man nur noch auf der Stelle. Oder man verlief sich und verirrte sich immer tiefer im Labyrinth. Dabei müsste man nur zur Ausgangsposition zurückkehren. Und die Ausgangsposition hieß Björn Larsen.

„Du bist dir sicher, dass Larsen damals vom Roten Sand gesprochen hat?", vergewisserte sich Onno Behrend noch einmal.

„Ganz sicher. Aber ich weiß nicht, was es damit auf sich hat."
Rike schaute aus dem Fenster. Der Wind pfiff ums Haus und
die See glänzte in der Ferne. Weiße Schaumkronen trieben auf
den Wellen auf den Strand zu. „Manchmal habe ich das Gefühl,
dass das alles sinnlos ist. Ich glaube, es ist das Beste, wenn ich
mich freiwillig stelle."

„Mädchen, wenn du das ernst meinst, dann bringe ich dich
aufs Festland und begleite dich aufs nächste Revier." Onno stand
auf und legte Rike väterlich die Hände auf die Schultern. „Ich
besorge dir auch einen Anwalt. Aber wenn du auf mich hörst,
dann gehst du erst zur Polizei, wenn du ihnen was bieten kannst."

Sie schmiegte sich an ihn. „Du hast schon mehr für mich getan, als ich verlangen konnte. Ich werde mich aber nicht ewig
hier verstecken können. Was ist, wenn die Kerle, die Larsen
umgebracht haben, auch hier auftauchen?"

„Nur Hilko und ich wissen, dass du bei mir bist."

Rike wandte sich um. „Genau das ist es, was mir Angst macht."

# 26

Der letzte Tag des Jahres kam mit heftigen Regenfällen und Sturmböen. Die beißende Kälte hatte sich verzogen. Es wurde mild. Überaus mild sogar. Dennoch blieben die Straßen verwaist. Die Menschen bevorzugten ein Dach über dem Kopf. In einem Bremer Hotel saß Alexander Romanow vor einem opulent gedeckten Frühstückstisch und legte eine Scheibe finnischen Wildlachs auf sein Brötchen. Kaviarpaste, Prosecco, Multivitaminsaft, eine Schale mit Obst. Er ließ es sich richtig gut gehen, obwohl er überhaupt keinen Anlass zum Feiern hatte. Seine Mitarbeiter hatten einmal mehr versagt. Noch immer war die einzige Person, die seinem Vorhaben gefährlich werden konnte, im Besitz verräterischer Daten. So konnte das nicht weitergehen. Vor allem jetzt nicht, wo das Projekt in die Endphase kam.

„Ich will, dass ab sofort du alle Aktionen vor Ort leitest und diese Stümper endlich auf Vordermann bringst", sagte er mit vollem Mund. Noch immer lag der Duft von billigem Parfüm in der Luft. Aus dem Badezimmer drang leise Musik. Viktor Negrasov warf einen skeptischen Blick zur Tür.

„Sie kann uns nicht hören", versicherte Romanow und nahm einen Schluck Prosecco. Mit einladender Geste wies er auf den reich gedeckten Tisch, doch Negrasov schüttelte nur den Kopf.

„Ich habe es nicht rechtzeitig auf die Insel geschafft", erklärte er. „Der Fährverkehr war eingestellt und es flogen auch keine Flugzeuge."

„Du hättest Igor anfunken können", wandte Romanow ein.

„Sie waren zu weit draußen und beschäftigt. Ich denke, die Arbeit hat Vorrang."

Romanow hatte das halbe Brötchen mit einem Bissen verschlungen. Mit vollem Mund antwortete er: „Richtig, aber das ist ab sofort vorbei. Du wirst dich jetzt persönlich um die Einsätze kümmern. Und wenn der Auftrag erledigt ist, dann sollen beide verschwinden. Ich möchte sie nicht mehr sehen, sonst vergesse ich mich noch. Wo sind sie eigentlich?"

„Ich habe sie zurück nach Hannover beordert. Sniper ist gesehen worden. Es ist besser, wenn er sich in den nächsten Tagen nicht dort oben zeigt."

Romanow nickte und nahm etwas Kaviar. „Ein Traum, direkt aus dem Baikalsee. Der Geschmack ist unverwechselbar."

Negrasov zündete sich eine lange, filterlose Zigarette mit tiefschwarzem Tabak an. Genüsslich zog er daran. „Auch aus der Heimat. Ist hier gar nicht zu bekommen."

Das Wasser im Badezimmer hatte aufgehört zu rauschen.

Romanow beugte sich vor. „Der Alte ist der Schlüssel", flüsterte er. „Ich will, dass diesmal alles klappt. In den nächsten vierzehn Tagen wird es turbulent zugehen. Ich kann niemanden brauchen, der mir mit irgendwelchen blödsinnigen Ideen und Mutmaßungen dazwischenfunkt. Es wird so schon schwierig genug."

Die Badezimmertür wurde geöffnet und eine junge, blonde Frau, nur mit einem Badehandtuch beschürzt, betrat den Raum. Als sie Negrasov erblickte, blieb sie stehen. „Oh, ich wusste nicht, dass du einen Gast hast", sagte sie mit hoher Stimme.

Romanow griff nach ihr und zog ihr das Badetuch vom Leib. Blitzschnell bedeckte die Frau mit ihren Händen ihre Blöße.

„Schau sie dir an", sagte Romanow. „Ist sie nicht göttlich? Ich würde sie am liebsten mitnehmen. Sie ist so ... so unschuldig, so rein."

Negrasovs verächtlicher Blick streifte nur kurz über den hellen Körper. Dann warf er die Zigarette in den Aschenbecher und erhob sich. Romanow grinste breit. „Ich vergaß, dir liegen eher junge Männer. Aber alles, was du dir wünschst, kannst du bald haben. Wir machen das Geschäft und dann verschwinden wir in den Süden. Keine weiteren Fehler ..."

Negrasov ging zur Garderobe und griff nach seiner Lederjacke. „Es wird keine Fehler mehr geben."

*

Zu Hause wurde Trevisan bereits sehnsüchtig von Paula erwartet. Obwohl er müde und ihm nicht gut war, vertrieb ihr Lächeln die Schatten der vergangenen Stunden. Er nahm sie in den Arm.

„Ich möchte bei dir bleiben, Papa", sagte sie, nachdem sie ihn fest gedrückt hatte. „Ich will nicht mehr nach Kiel. Mama mag mich überhaupt nicht mehr. Sie ist nur noch unterwegs und Tante Dörte motzt den ganzen Tag nur mit mir herum."

Trevisan drückte sie fest an sich und streichelte ihr über das Haar. Seine Augen füllten sich mit Tränen, doch er ließ sich nichts anmerken. Am liebsten hätte er ihr in diesem Augenblick versprochen, dass sie für immer bei ihm bleiben könnte, doch er schwieg. Was nutzte es, Hoffnungen zu wecken, die er vielleicht letzten Endes nicht halten konnte. Es musste etwas passieren, das wusste er ganz genau. Und der kommende Neujahrstag war ideal, an diesem Tag würde Grit bestimmt zu Hause sein. Es würde ein schwerer Gang für Trevisan werden, da Grit mittlerweile allein schon aus Prinzip gegenteiliger Meinung war.

Erneut lag eine schlaflose Nacht hinter Trevisan, als er sich am Silvestermorgen auf den Weg zur Inspektion machte. Erst nach mehreren Versuchen sprang der alte Corsa an. Auf dem kurzen Weg nach Wilhelmshaven starb der Motor bei jedem Halt ab. Wenn der Fall endlich abgeschlossen war und er wieder Zeit hatte, würde er den Automarkt studieren. Jetzt galt es erst einmal, Larsens Mörder zu finden. Trevisan atmete auf, als er kurz nach acht in den Hof der Inspektion einbog.

Im Büro angekommen, schaltete er erst einmal seine Kaffeemaschine ein. Der gesamte zweite Stock war verwaist. Der Feiertag warf seine Schatten voraus. Trevisan kramte das Telefonbuch aus seiner Schreibtischschublade und suchte die Nummer des Bahnhofs. Nach einem kurzen Anruf wusste er, wann er morgen nach Kiel abfahren konnte. Seinen Wagen zu benutzen, erschien ihm angesichts der ewigen Pannen ein zu großes Risiko. Er verwarf den Gedanken, bei Grit anzurufen, damit sie auch wirklich zu Hause war. Bestimmt würde sie ihm die Anreise verbieten, vielleicht sogar extra das Haus verlassen.

Trevisan griff nach dem roten Aktenordner auf seinem Schreibtisch. *Az.: 377-97-11-tr, Tötungsdelikt z. N. Larsen, Björn, Wilhelmshaven,* stand auf dem Aktendeckel. Björn Larsen war zu einer Nummer geworden. Zu der letzten Nummer des Kommissariats im Jahr 1997. Und Trevisan hatte nicht viel mehr als vage Vermutungen. Vielleicht wäre es doch besser gewesen, jemand anderem die Leitung des 1. Fachkommissariats zu übertragen. Er fühlte sich hilflos. Hilflos als Polizist, aber genauso als verlassener Ehemann und vor allem als Vater. Angestrengt las er die Aufzeichnungen. Viel war es nicht. Ein Abschnitt, der sich mit Larsens Leben befasste, ein weiteres Kapitel enthielt den Spurensicherungsbericht und die Lichtbildmappe, und wiederum ein weiterer Absatz beinhaltete den Obduktionsbericht. Ansonsten gab es nur handschriftliche Notizen. Den Namen des Holländers hatte er bereits durchgestrichen. Nun würde er zumindest für die nächsten Wochen einen weiteren Namen vergessen können: Töngen. Trevisan wählte die Rufnummer des Auricher Kollegen, der den Überfall auf Töngen zu bearbeiten hatte. Es klingelte eine Weile, bis sich der Kripobeamte meldete. Es gab nur wenig zu berichten. Töngen lag im Koma, es bestand nach wie vor Lebensgefahr. Nicht auszuschließen, dass der Schäfer von Langeoog niemals wieder richtig gesund werden würde.

Verwertbare Fingerabdrücke gab es in Töngens Haus nicht. Lediglich zwei Geschosse waren aufgefunden worden. Eines steckte im Rahmen der Hintertür, eine zweites hatte sich oberhalb der Haustür in einen Dachbalken gebohrt. Beide hatten das Kaliber 9 mm. Trotzdem waren sie verschieden. Ein drittes konnte nicht aufgefunden werden. Bestimmt die Kugel, die Trevisan nur knapp verfehlt hatte und in der Weite des angrenzenden Wiesengeländes verschwunden war. Auch das Phantombild hatte bislang keine Ergebnisse erbracht. Die überregionale Veröffentlichung stand noch aus.

Erneut blickte Trevisan zur Uhr. Johannes war immer noch

nicht aufgetaucht. Langsam begann sich Trevisan zu sorgen. Vielleicht hatte er ihn einfach überhört? Er erhob sich und schaute hinüber in Hagemanns Büro. Es war leer. Er ging zurück und griff zum Telefon. Endlos klingelte der Apparat, doch niemand hob ab. Trevisan überlegte, ob er zu ihm hinausfahren sollte, doch er beschloss, noch eine halbe Stunde zu warten.

Der Schlüssel des Dienstwagens hing im Konferenzraum am Haken neben der Tür. Trevisan nahm ihn mit und warf seinen Mantel über den Arm. Dann ging er den Flur entlang. Noch bevor er an der Glastür ankam, wurde sie aufgestoßen und Johannes Hagemann trat ein.

„Johannes! Gott sei Dank …"

„Moin", sagte Hagemann trocken. Dann begriff er die Situation. „Oh, nein, ich bin noch nicht tot. Es kann sich doch nicht jeder mitten in der Arbeit davonschleichen. Ich lass dich schon nicht im Stich."

„Es ist spät, ich … ich dachte …", stammelte Trevisan.

„Ich weiß, was du dachtest, aber ich sagte dir doch, ich kenne jemanden bei der Lloyd. Es sind drei Schiffe mit dem Namen *Sigtuna* registriert. Allesamt gehören schwedischen Eignern. Eins davon ist eine Luxusyacht, das zweite ein Forschungsschiff und das dritte ein Frachter. Du hast nicht zufällig die Kennung?"

„Ich habe nur den Namen", antwortete Trevisan. „Aber es war keine Yacht und es war auch kein Frachtschiff."

„Dann kann es nur das Forschungsschiff gewesen sein. Ein Kreuzer. Das ist es. Und wem gehört es?"

Johannes Hagemann zog einen Packen Papier aus seiner Manteltasche. „Eigentlich dürfte ich das hier gar nicht haben. Es verstößt gegen Datenschutzbestimmungen. Man braucht schon einen triftigen Grund, die Daten eines Schiffes von der Versicherung zu erfragen."

„Wie wäre es mit Mordversuch?", antwortete Trevisan.

Johannes lachte. „Ich denke, das würde genügen." Er suchte in den Papieren nach den entsprechenden Daten, ging einen

Schritt zur Seite und hob ein Blatt gegen das Licht. „Also, da haben wir … Moment, ach ja, *Sigtuna*, leichter Kreuzer, 14 Mann Besatzung, Aufgabengebiet Meeresforschung und Kartographie, gehört … gehört einem Ingenieurbüro in Stockholm. Es heißt – verdammt, schreiben die klein – hier habe ich es: HTM-Economy. Eingetragen auf einen Professor Torben Fälskög, Mariagatan in Stockholm. Offenbar der Leiter dieser Firma."

„Ein Forschungsschiff …", murmelte Trevisan.

„Moderne Funk- und Satellitentechnik, ein Bodensonar mit großer Reichweite und Lasermesssystemen. Das Boot mit dem Sonderzubehör ist ganz schön teuer."

„Dann sollten wir uns den Pott mal anschauen", antwortete Trevisan.

# 27

Trevisan hatte Paula zu Tante Klara gebracht und war mit dem Zug nach Kiel gefahren. Er war müde, denn er hatte den Jahreswechsel zusammen mit seiner Tochter erwartet. Sie hatten das Jahr 1998 mit ein paar Raketen und Knallfröschen begrüßt, und Trevisan hatte sich vorgenommen, einiges in seinem Leben zu ändern. Zwischen dem Büro, dem Fernseher und der Trübsal der einsamen Abende hatte er in den letzten Monaten nicht mehr viel unternommen. Dafür hatte er die Quittung erhalten: vier Kilo Gewichtszunahme.

Der wichtigste Vorsatz galt seiner Tochter Paula. Er würde nicht zulassen, dass sie unter der Trennung und unter Grit leiden musste. Er würde sie zu sich nehmen. Tante Klara würde sich um Paula kümmern, wenn Trevisan zur Arbeit musste.

Mit Herzklopfen stieg er im Birkenweg aus dem Taxi. Die Villa lag versteckt hinter hohen Pappeln. Dörte Heilmann und Grit waren Freundinnen seit ihrer Einschulung. Dörte war Trauzeugin bei seiner Hochzeit gewesen. Erst in den letzten Jahren hatten sich ihre Besuche im Hause Trevisan reduziert. Trevisan konnte Dörte Heilmann nicht leiden. Sie war das, was er unter einer typischen Emanze verstand. Ein weiterer Grund für seine Abneigung war sein Verdacht, dass sie massiv Einfluss auf Grit genommen hatte und vielleicht auch deswegen jedes Gespräch zwischen ihm und seiner Frau in einem Debakel endete.

Das Wohngebiet war gespickt mit exklusiven Villen, doch als Consult Managerin bei einem großen Unternehmen war es Dörtes Lebensstandard angemessen. Trevisan öffnete die schmiedeeiserne Gartentür und ging den Weg aus roten Natursteinplatten entlang. Sein Herzklopfen wurde stärker. An der weißen Haustür drückte er auf den goldfarbenen Klingelknopf. Eine krächzende Stimme meldete sich durch die Sprechanlage. Trevisan murmelte ein unverständliches „Guten Morgen". Einen Augenblick später wurde die Tür einen Spalt geöffnet und Dörtes Vollmondgesicht erschien im schmalen Ausschnitt.

„Du! Was willst du denn hier?"

„Ich will mit Grit sprechen, es ist wichtig", antwortete er.

„Ich glaube nicht, dass das eine gute Idee ist. Grit will mit dir nicht reden."

„Entscheidest du das neuerdings?" Sein Herzklopfen war weg, stattdessen wurde er wütend. Der ganze aufgestaute Ärger der vergangenen Wochen wollte sich entladen, trotzdem versuchte Trevisan, die Kontrolle über sich zurückzugewinnen. Er war wegen Paula hier und es war unklug, mit Dörte zu streiten. „Es ist eine Sache zwischen Grit und mir. Es geht um Paula."

Dörte wurde zur Seite geschoben. Grit hatte offenbar hinter der Tür gestanden. „Was ist mit Paula?", fragte sie besorgt.

Der Ärger wurde wieder durch Herzklopfen verdrängt. Zum ersten Mal seit über zwei Monaten schaute Trevisan seiner Frau ins Gesicht. Der Stich in seiner Brust und der aufkeimende Schmerz trieben ihm die Röte auf die Wangen. Ihm wurde heiß. „Grit … ich … Es geht ihr gut … Ich muss mit dir reden."

„Worüber, es ist alles gesagt!", antwortete Grit kaltschnäuzig.

Trevisan atmete tief ein. Ihm war, als ob er auf einer Schaukel saß und zwischen Groll und Herzschmerz hin und her schwang. „Kann ich reinkommen?"

Grit trat einen Schritt zur Seite.

„Dann lasse ich euch wohl besser allein." Dörte wandte sich ab.

Grit führte ihn durch einen modern und teuer eingerichteten Salon in ein kleines Zimmer und schloss die Tür. „Setz dich!" Sie wies auf einen kleinen Sessel. Sie selbst nahm auf der Kante der Schlafcouch Platz.

„Wie geht es dir?", fragte Trevisan.

„Mir geht es gut."

Keine Herzlichkeit lag in ihrem Blick, keine Spur Zuneigung schwang in ihren Worten, die vergangenen gemeinsamen Jahre waren wie weggewischt. Und Trevisan erkannte, dass auch das letzte Fünkchen Hoffnung, dass vielleicht im Verborgenen noch für Grit geglimmt hatte, endgültig verlöschen sollte.

„Also, weshalb bist du gekommen und wo ist Paula?", riss ihn Grit aus den Gedanken.

Trevisan hatte sich auf der Bahnfahrt überlegt, was er sagen würde, wie er sich mit Grit einigen konnte, doch alles war wie weggeblasen. Die Erkenntnis, dass er einer kalten und fremd gewordenen Frau gegenübersaß, lähmte seine Gedanken.

„Paula will bei mir bleiben", fiel er mit der Tür ins Haus.

Grit sprang auf. „Das kommt überhaupt nicht in Frage!"

„Hör doch, es ist besser für sie. Die Situation …"

„Du verdammter Idiot", fiel ihm Grit ins Wort. „Du hast ihr das eingeredet. Dabei waren wir uns einig, das Kind nicht zu benutzen."

„Ich habe es …"

„Du machst alles kaputt. Wie immer. Nichts hat sich geändert. Wenn ich das gewusst hätte, dann …"

Trevisans Gesicht lief rot an. Er erhob sich. Die Schaukel war wieder auf der anderen Seite angekommen. „Jetzt hör mir mal zu!", schrie er seine Noch-Ehefrau an. „Ich habe ihr überhaupt nichts eingeredet. Das Kind ist vollkommen fertig. Sie wird von dir nur abgeschoben, fühlt sich nur noch im Weg. Dir und deinem neuen Leben im Weg und du lässt es sie auch deutlich spüren. Und diese blöde Kuh, die sich deine Freundin nennt, hackt den ganzen Tag auf Paula herum. Du glaubst doch nicht, dass ich dabei tatenlos zusehe. Paula bleibt bei mir, aus und basta."

„Du spinnst wohl."

„Nein, du spinnst, wenn du glaubst, dass mir meine Tochter nichts bedeutet. Das mit uns ist etwas anderes. Wir haben uns so weit voneinander entfernt, dass es kein Zurück mehr gibt. Aber Paula hat es nicht verdient, nur noch zur Seite gestellt zu werden. Aus- und eingeschaltet wie ein Automat, so wie es dir und deiner sauberen Komplizin passt."

Grit baute sich vor Trevisan auf. Sie war ein ganzer Kopf kleiner als er, doch in ihr steckte eine unbändige Kraft. „Verschwinde hier!", zischte sie.

Trevisans Blut kochte. „Nicht, bevor wir das geklärt haben

„Dann hole ich die Polizei", drohte Grit.

„Wenn du dich unbedingt lächerlich machen willst."

Grit ging zur Tür. „Ich will, dass du Paula am Sonntag um vierzehn Uhr zum Bahnhof bringst. Wenn du es nicht tust, dann werde ich dich anzeigen."

Trevisan schaute Grit ungläubig an. „Und warum?"

„Wegen Kindesentführung oder so etwas."

Trevisan schüttelte den Kopf. „Wie kann man nur so verbohrt sein. Wir haben uns getrennt, aber wir sind noch nicht geschieden. Und Paula ist genauso meine Tochter wie deine. Und denkst du nicht, es wäre besser, sie bleibt dort, wo sie glücklich ist?"

Grit öffnete die Tür. „Ich will, dass du Paula am Sonntag zum Bahnhof bringst. Ich will mit ihr selbst sprechen. Aber versuch keine Tricks. Ich sage dir, ich gehe zur Polizei. Ich bin die Mutter und du nur der Vater. Wer glaubst du, zieht den Kürzeren? Also tue, was ich dir gesagt habe, sonst bekommst du Paula nie wieder zu Gesicht, dafür werde ich sorgen."

Trevisan war nicht weit davon entfernt, zum ersten Mal in seinem Leben eine Frau zu schlagen. Doch der Verstand besiegte seine überschäumenden Emotionen. Seine gesunde Hemmschwelle half ihm dabei, doch jetzt konnte er sich leicht in die Menschen versetzen, mit denen er ab und zu beruflich zu tun hatte und bei denen die Sicherungen durchgebrannt waren.

„Bitte, rede mit Paula und vergiss mich und unsere Situation dabei. Wenn es dir auch schwer fällt. Ich weiß, ich habe viele Fehler gemacht, aber es geht hier nicht um Schuld. Es geht um unsere Tochter. Das Einzige, was geblieben ist nach vierzehn Jahren Ehe. Ich habe keine Lust mehr zu kämpfen. Ich kann dir nur wünschen, dass du findest, was immer du auch suchst."

Trevisan ging zur Tür, ohne auf Grits Antwort zu warten. Ein letzter Blick streifte ihr Gesicht. Und er hatte den Eindruck, dass sich ihre Augen mit Tränen füllten.

Als er am Abend zurück nach Sande kam, redete er lange mit seiner Tochter. Er erzählte ihr, dass er sie am Sonntag zum Bahnhof bringen würde, aber er sagte ihr auch, dass er alles versuchen wolle, um sie glücklich zu machen. Sie weinte und er schloss sie in seine Arme und streichelte ihr zärtlich über das Haar.

„Alles wird gut", sagte er, und er hasste sich dafür, denn er wusste, es war nicht viel mehr als eine hohle Phrase.

\*

Hilko Corde schrubbte das Deck des alten Kutters. Der Wind des vergangenen Tages hatte allerlei Unrat über den Planken verstreut. Für die nächsten Tage hatten die Meteorologen gutes Wetter vorausgesagt und er wollte gewappnet sein. Es gab immer ein paar Gäste, die einen Bootsausflug buchen wollten oder die es auf eine der Inseln zu einem Neujahrsumtrunk zog.

Noch immer schmerzte Larsens Tod, doch daran konnte er nichts mehr ändern. Er hatte für den Jungen getan, was er tun konnte. Wer sich in Gefahr begibt, der kommt darin um, hieß ein altes Sprichwort und Sprichwörter spiegelten oft das Leben wieder. Dennoch konnte er dieses Kapitel nicht so einfach schließen. Vielleicht würde es ihm gelingen, wenn er den wahren Hintergrund für Larsens Tod erfahren könnte. Und da war immer noch Rike. Seit fünf Tagen hatte er nichts mehr von ihr gehört. Vielleicht war es auch besser so. Er dachte an seine verwüstete Wohnung. Noch einmal wollte er so etwas nicht erleben.

Er hob den Eimer mit dem Schmutzwasser und schüttete es über Bord.

Erneut fasste er Wasser. Noch bevor er den Eimer an Deck gehievt hatte, klingelte das Handy. Er griff in die Tasche seines Overalls und meldete sich.

„Spreche ich mit Hilko Corde?"

„Corde, Kutterfahrten und Ausflüge, selbst und in Person", antwortete er freundlich. Der Anrufer hatte einen bayrischen Dialekt. Die Nordsee wurde bei den Touristen auch im Winter immer beliebter.

„Wir würden gerne eine kleine Tour hinaus nach Helgoland unternehmen", sagte der Anrufer.

Corde lächelte. „Und wann?"

„Morgen."

Sein Grinsen verschwand aus dem Gesicht. Ausgerechnet morgen. Er hatte Ahlsen versprochen, den kleinen Fährverkehr nach Norderney zu übernehmen.

„Leider bin ich da schon ausgebucht." Corde zerbiss einen Fluch zwischen den Lippen. „Da müssen Sie es anderswo probieren. Hansen in Norddeich oder Lünkebohn in Bensersiel."

„Ehrlich gesagt, Sie wurden uns empfohlen. Ginge es auch übermorgen?"

Das Lächeln kehrte zurück. „Wenn das Wetter mitmacht … Wie viele Personen?"

„Wir sind drei."

Heimlich rechnete Corde schon seinen Verdienst aus. Er schaute auf den Tidekalender. „Wir müssten um neun Uhr aufbrechen und spätestens gegen 16.00 Uhr zurück sein. Sie hätten maximal eineinhalb Stunden auf der Insel."

„Das ist gut so", bekam er zur Antwort.

„Insgesamt müsste ich fünfhundert Mark berechnen", sagte er vorsichtig und war insgeheim bereit, auf vierhundertfünfzig herunterzugehen, sollte der Anrufer mit dem Feilschen beginnen.

„Das ist in Ordnung, also übermorgen um neun. Wir sind zur Stelle."

Als Corde das Handy zurück in seine Tasche steckte, lief ein breites Grinsen über sein Gesicht. Das neue Jahr fing auf alle Fälle gut an. So konnte es ruhig weitergehen.

# 28

Kriminaloberrat Kirner hatte den ganzen Vormittag verbummelt. Er hatte mit seinem Sohn in Marburg telefoniert. Das zweite Staatsexamen stand bevor und der Junge bedurfte, wie beim letzten Mal, längeren Zuspruchs. Schon oft hatte es Phasen in seinem Studium gegeben, wo er einfach alles hinschmeißen wollte. Dann war der Vater gefordert. Sie hatten über zwei Stunden miteinander geredet. Privat, denn Kirner konnte Privates und Dienstliches gut trennen. Die verlorenen Stunden hatte er bereits vorgearbeitet, denn Polizeibeamte an der Basis, im operativen Bereich – und so sah er sich trotz seines Ranges – kannten keine Feiertage, keine Sonntage und auch keinen Dienstschluss, wenn sie mitten in Ermittlungen steckten. Und nicht alle Überstunden wurden aufgeschrieben. So machte er sich deswegen keinen Kopf. Lediglich über die Tatsache, dass seine Ermittlungen immer mehr ins Stocken gerieten, sorgte er sich langsam.

Er ging durch die menschenleeren Gänge des Kriminalamtes, vorbei an verwaisten Büros. Die Stille der schier endlosen neonlichtdurchfluteten Flure hatten etwas Bedrückendes. Sie ähnelten sehr seinem mentalen Zustand. Auch er fühlte sich leer, fast ein wenig verbraucht und fragte sich, ob er die vier alten Urlaubstage nicht doch besser hätte nehmen sollen. Mehr war nach der Studienreise nach Ägypten im Herbst nicht übrig geblieben.

Seit er die magische Grenze von fünfzig Jahren überschritten hatte, fiel es ihm immer schwerer, den Tag mit dem notwendigen Engagement und der erforderlichen Energie anzugehen. In seiner Arbeit, die ihm einmal sehr großen Spaß gemacht hatte, die er manchmal als Spiel des Verstandes ansah, als einen Zweikampf mit der dunklen Seite, hatten Automatismen und Routinen Einzug gehalten, die seine Kreativität immer mehr beschnitten. Veilleicht war es wirklich besser, jüngeren Beamten das Feld

194

zu überlassen und sich an einen Schreibtisch zurückzuziehen. Ein Mann wie Trevisan, der noch Ideen hatte, der die Herausforderung annahm, war vielleicht genau der Richtige.

Am Kaffeeautomaten traf er Köster.

„Die Kollegen aus Riga haben diesen Autohändler tatsächlich aufgesucht und sogar vernommen", berichtete der Kollege lächelnd. „Ich glaube, Perestroika und Glasnost haben da drüben wirklich etwas bewirkt."

Kirners Gesicht blieb starr. „Und die Antwort?"

„Ich wollte schon heute früh anrufen, aber es war laufend besetzt", rechtfertigte sich Köster. „Dieser Sers, der lettische Autokäufer, gibt an, dass ihm der Peugeot auf dem Transport durch Polen mitsamt dem Anhänger gestohlen worden ist. Das war Ende November, irgendwo um Warschau herum."

„Hat er in Polen Anzeige erstattet?", fragte Kirner.

Köster schüttelte den Kopf und nahm die gefüllte Kaffeetasse.

„Dann kann es eine reine Schutzbehauptung sein."

„Nein, das ist es ja gerade", erwiderte Köster. „Die Kollegen haben das überprüft und sich die Einfuhrpapiere zeigen lassen. Tatsächlich ist das Auto nie über die Grenze gekommen."

Kirner lächelte. „Wenn man denen da drüben glauben kann."

Köster schlürfte am heißen Kaffee. „Auf irgendwas wird man sich doch wohl verlassen können. Und bei der Einfuhr von Fahrzeugen verdient der Staat mit, ich glaube nicht, dass daran etwas faul ist."

Kirner öffnete die Tür zu seinem Büro. „Vielleicht haben Sie Recht, auf irgendetwas wird man sich hoffentlich noch verlassen können."

*

Rike war eingeschlafen. Onno Behrend schaute ihr gedankenverloren ins Gesicht. Zum ersten Mal, seitdem sie angekommen war, schien sie entspannt zu schlafen. Auf dem Boden neben dem Papierkorb türmten sich mittlerweile die zerknüllten Blätter. Sie stammten von den vergeblichen Versuchen, Licht in das Gewirr von Zahlen und Tabellen auf der CD zu bringen. Onno war überzeugt, dass es sich um Maßangaben handelte, die mit dem Roten Sand zu tun hatten. Unzählige Quadratkilometer an Wasser, Sand und Schlick lagen da draußen vor der Küste und die Maße könnten zu jeder x-beliebigen Stelle innerhalb der Untiefe passen. Wenn ihm nur gelänge, sie in eine logische Beziehung zu bringen, ihre Verknüpfung zu enträtseln, dann wäre er einen großen Schritt weiter. Zwar war es dann noch immer fraglich, weshalb diese Tabelle erstellt wurde, weshalb Vermessungen durchgeführt worden waren, doch vielleicht ließe sich wenigstens ein neuer Ansatz erkennen. Doch wie sollte es ihm gelingen, wenn er den Nullpunkt, den Ausgangspunkt, die Basis der Kalkulation nicht lokalisieren konnte?

Er hatte Rike vorgeschlagen, bei seiner früheren Arbeitsstelle, der Schifffahrtsdirektion, anzufragen, ob irgendwelche Arbeiten vor der Küste durchgeführt wurden, aber Rike hatte ihn gebeten, es nicht zu tun. Sie traute den staatlichen Einrichtungen nicht mehr. Polizei, Bezirksregierung, Naturschutzbehörden. Vielleicht würde der Anruf Verdacht erregen. So wäre am Ende nicht nur sie, sondern auch Onno in Gefahr. Sie hatte ihn gebeten, gebettelt und ihn schließlich angefleht. Er hatte den Telefonhörer wieder zurückgelegt und ihren Wunsch respektiert. Er mochte das Mädchen. Sie war gut vierzig Jahre jünger und es war kein Verlangen, keine Leidenschaft, die ihn erfasst hatte, es war wie die Liebe zu einer Tochter, die er nie gehabt hatte. Also versuchte er weiter mit seinen bescheidenen Mitteln, das Rätsel der CD zu lösen, zeichnete Karten und versuchte, sie den offiziellen Seekarten anzupassen, die Tiefen und Höhenmaße in ein Verhältnis zu setzen und in Übereinstimmung zu bringen. Doch die Versuche misslangen. Die Gegend war einfach zu riesig. Trotzdem ließ er nicht davon ab, zerknüllte den Fehlversuch und riss das nächste Blatt Papier vom Block, um erneut den Bleistift anzusetzen. Ab und zu warf er einen zärtlichen Blick zu Rike. Wenn er ihr nur helfen könnte! Erneut hatte er einen Plan gezeichnet, verglichen und zerknüllt, als ein leiser

Ton am PC zu hören war. Das ICQ-Signal. *Snoozer* hatte sich gemeldet. Onno erhob sich und ging hinüber zum Bildschirm.

*hallo du insulaner, hab nicht gedacht, dass es klappt, habe alle register gezogen. musste sogar bis nach moskau kommunizieren. Ist ein ganz alter standard der roten armee. betriebssystem ist vorläufer von linux, ocp-format. Programm nennt sich tarunik und ist für ortung und peilung programmiert. habe die daten mit einer uralten dos-emulation ausgelesen. der programmcode lautet: ta-run-ik—link to 476497-deta-sat 05CD-Code. was das natürlich bedeutet habe ich keinen schimmer, da guggst du selbst. hab jetzt aber was gut bei dir. ... mfg snoozer data-replay ... ip 276.330.33x*

Onno setzte sich, sicherte die Mail und schrieb: *moin, land-ratte, gute arbeit. habe neues programm aus dem net geladen, schicke es dir zu und nehme dich im sommer mit raus auf insel-tour, danke ... mfg ornithologe.*

Wieder Zahlen, wieder Koordinaten. Satellitentechnik, das wusste er von seiner Tätigkeit bei der Schifffahrtsdirektion, wur-de zur Vermessung und Beobachtung eingesetzt. Vielleicht soll-te er sein Versprechen an Rike überdenken und mit seinem Freund Benno aus Nordenham telefonieren. Soweit er sich er-innern konnte, war es nicht so einfach, in den Schutzzonen au-ßerhalb offizieller Schifffahrtswege herumzuschippern. Dazu bedurfte man der Genehmigung durch die Nationalparkverwal-tung oder durch das Ministerium. Er wandte sich um, Rike schlief noch immer. Auf leisen Sohlen verließ er den Raum.

*

Das Telefon klingelte kurz vor zwölf Uhr. Missmutig nahm Tre-visan den Hörer ab. Er hatte sich vorgenommen, den Nachmit-tag frei zu nehmen. Er hatte einen wichtigen Termin und an-schließend wollte er den Rest des Tages mit Paula verbringen, damit er wenigstens ein paar Stunden mit ihr zusammen wäre, bevor er sie am Sonntag zum Bahnhof bringen musste.

„Trevisan, FK 1."

„Kirner hier", erhielt er zur Antwort. „Ich will nicht lange um den heißen Brei herumreden. Ich suche nach einem Mörder, genau wie Sie. Schon bei unserem letzten Gespräch habe ich Ihnen den Vorschlag zur Zusammenarbeit gemacht. Aber es ist nicht effektiv, wenn ich in Hannover sitze und Sie in Wilhelmshaven. Finden Sie nicht auch?"

Trevisan überlegte. Natürlich wäre es für Kirner ein Leichtes, die Ermittlungen komplett an sich zu ziehen und die Herausgabe der Ermittlungsergebnisse in Sachen Larsen zu verlangen, doch das war offenbar nicht sein Ziel.

„Kurzum, ich habe mir überlegt, ich komme zu Ihnen. Sie haben doch bestimmt eine kleine Ecke in Ihrer Abteilung frei."

„Sie übernehmen dann die Leitung?", fragte Trevisan misstrauisch.

„Es ist Ihre Inspektion, es ist Ihre Zuständigkeit. Ich bin Beobachter und Berater und nehme alles, was für mich abfällt."

Trevisan überlegte. „Und alle Fakten kommen auf den Tisch?"

„Warum sind Sie denn so misstrauisch?", entgegnete Kirner. „Ich will Ihnen Ihren Job und den Erfolg nicht streitig machen."

Trevisan lachte. „Erst einmal müssen wir Erfolg haben. Aber sagen wir, ich habe schon ein paar Mal negative Erfahrungen gemacht. Vor allem das Spiel mit offenen Karten ist nicht jedermanns Stärke. Da gibt es innerhalb der Polizei ein paar Abteilungen, die nicht immer Farbe bekennen, wenn es darauf ankommt. Und ich habe keine Lust, mich aufs Kreuz legen zu lassen."

Kirner seufzte. „Mein Wort darauf: alle Fakten, alle Ergebnisse und absolute Offenheit."

Trevisan atmete tief ein. „Dann sehen wir uns am Montag um neun Uhr. Und bringen Sie sich ein Sitzkissen mit. Unsere Stühle sind nicht unbedingt bequem."

Nachdem Trevisan das Gespräch beendet hatte, legte er nachdenklich den Kopf in die Hände. Hoffentlich ging das Ganze gut. Schon oft genug hatte er die Erfahrung gemacht, dass das Wort „Zusammenarbeit" für die Supercops des Kriminalamtes eine ganz eigene Bedeutung hatte.

# 29

Trevisan ging über die Mozartstraße in die Fußgängerzone zu einem Geschäftshaus in der Marktstraße. Im dritten Stock war die Anwaltskanzlei Göbers & Doblin untergebracht. Bereits am Morgen hatte er einen Termin vereinbart. Der Anwalt Göbers, der auch als Strafverteidiger fungierte, war für Trevisan kein Unbekannter und hatte einen überaus guten Ruf.

Trevisan klingelte an der nussbaumfarbenen und mit goldenem Türschild versehenen Tür. Der Summer ertönte und Trevisan trat ein. Ein schwerer, gediegener Teppich, in Grün gehalten und mit einem verschachtelten Muster, bedeckte den Boden. Die Wände, in orangerotem Ton und Pinselstrichmuster getüncht, wurden von großen Ölgemälden verziert. Szenen aus der Seefahrt.

Trevisan legte seinen Mantel an der Garderobe ab und betrachtete die Bilder. Absolut passend für die einzelnen Abschnitte des Lebens, dachte er. So wie der Skipper auf dem großen Ölgemälde rechts der Tür fühlte er sich seit den letzten Tagen. Hohe Wellen, die Gischt nahm die Sicht und der Kutter schaukelte auf dem Wellenkamm wie ein Spielball in der schweren See. Auch hinter seinem Leben tat sich inzwischen dieses gewaltige Wellental auf, das ihn wie ein Abgrund zu verschlingen drohte.

„Sie sind Herr Trevisan?"

Er fuhr herum. Eine junge, blonde Frau in einem beigen Kostüm reichte ihm mit einem breiten Lächeln die Hand. „Ich bin Birte Doblin. Herr Göbers bat mich, mit Ihnen zu sprechen. Für Familienrecht bin ich in dieser Kanzlei zuständig. Ich hoffe, das ist kein Problem für Sie? Entschuldigung, ich wollte Sie nicht erschrecken. Bitte folgen Sie mir!"

Die Frau führte ihn durch einen lichtdurchfluteten Gang in ein Büro, das im Gegensatz zur Empfangshalle modern eingerichtet war. Trevisan wartete, bis die Anwältin sich gesetzt hatte, ehe er sich auf der Couch niederließ.

„Dann erzählen Sie mir mal, weshalb Sie gekommen sind."

Trevisan räusperte sich, bevor er mit seiner Geschichte begann. Er erzählte ihr von der Trennung, weshalb es dazu gekommen war, von Grit und ihrem neuen Leben und von Paula und dem Gespräch mit Tante Klara. Die Anwältin hörte gespannt zu. Hin und wieder griff sie zu einem Block, der auf dem kleinen Glastisch lag, und machte Notizen. Als Trevisan seine Erzählung beendet hatte, zog Frau Doblin die Stirn kraus.

„Das bedeutet, dass bislang noch nichts geregelt ist", resümierte sie. „Sie haben bestimmt auch keinen Ehevertrag?"

„Ich denke, das ist eine Sache für die oberen Zehntausend!", antwortete Trevisan.

„Sagen Sie das nicht. Heutzutage ist es nicht mehr so einfach. Sie wissen doch, was eine Zugewinngemeinschaft ist? Alles, was in den Ehejahren erwirtschaftet wurde, muss in mühevollen Gesprächen wieder geteilt werden. Und dabei ist es vollkommen egal, ob der Mann oder die Frau das Geld verdient hat. Es bleiben trotzdem gemeinsam erwirtschaftete Einkünfte."

Trevisan schüttelte den Kopf. „Und das soll gerecht sein?"

„Glauben Sie bloß nicht, dass es bei einer Scheidung gerecht zugeht. Der Mann ernährt die Familie, die Frau opfert dafür ihre besten Jahre. Wer will werten, was schwerer wiegt? Kommt es dann zum Zerwürfnis, wird versucht, alles auszugleichen. Das endet mit Unterhalt für die Frau und die Kinder. Und das sind grob drei Siebtel für die Ehefrau und rund vierhundert Mark pro Kind. Das sind natürlich Durchschnittswerte."

„Eigentlich geht es mir mehr um meine Tochter", warf Trevisan ein.

„Im Normalfall spricht sich das Vormundschaftsgericht für das gemeinsame Sorgerecht aus", antwortete die Anwältin. „Das Problem ist das Aufenthaltsbestimmungsrecht. Meist bleibt das Kind bei der Mutter. Es sei denn, es gibt handfeste Gründe dagegen – Alkohol oder Tablettensucht, Vernachlässigung bis hin zur körperlichen Gewalt und Misshandlung. Aber das sehe ich in Ihrem Fall nicht. Es ist legitim, dass Ihre Frau versucht, sich ein eigenes Standbein aufzubauen. Das kommt Ihnen später beim Unterhalt natürlich positiv entgegen."

Trevisan atmete tief ein. „Kann Paula nicht für sich selbst entscheiden?"

Die Anwältin schüttelte den Kopf. „Ab vierzehn, jetzt ist sie noch zu jung."

Trevisan starrte enttäuscht auf den Glastisch.

„Bevor solche Sachen gerichtlich geregelt werden, ist es angebracht, vernünftig miteinander zu reden. Sehen Sie dafür eine Chance?"

„Ich habe mir das einfacher vorgestellt", antwortete Trevisan. „Ich sehe keine Chance, mit Grit über Paula zu reden. Aber ich kann das Kind doch nicht einfach aufgeben. Sie geht dort oben zugrunde."

„Zurzeit kann Ihre Tochter genauso gut bei Ihnen wohnen. Aber sobald es Streit darum gibt, trifft das Vormundschaftsgericht eine vorläufige Entscheidung. Und alles, was Sie mir erzählt haben, spricht nicht für eine Übertragung des Aufenthaltsbestimmungsrechts auf den Vater. Ihre häusliche Situation ist nicht besser. Als Polizist sind Sie vielleicht noch mehr eingespannt als Ihre Frau. Ich rate Ihnen, versuchen Sie eine Einigung mit ihr. Übrigens erzählen Kinder im Alter Ihrer Tochter oft das, was man hören will. Ihnen genauso wie Ihrer Frau."

„Das bedeutet also, wenn ich Paula zu mir nehme, wird meine Frau über das Vormundschaftsgericht eine Entscheidung erwirken, die zu ihren Gunsten ausfällt. Und ich kann gar nichts dagegen tun. Es zählt auch nicht, dass Paula in Wilhelmshaven zu Hause ist, ihre Freundinnen hier hat und sich hier einfach glücklich fühlt."

„Ich brauche Ihnen nicht zu sagen, dass eine Kindesentziehung strafbar ist. Und das hat nichts mit dem gemeinsamen Erziehungsrecht zu tun, sondern lehnt sich an das Aufenthaltsbestimmungsrecht an."

Trevisan erhob sich. „Ich habe verstanden", sagte er mit belegter Stimme. „Ist es denn vollkommen egal, dass meine Frau meine Tochter mit nach Kiel nimmt und ich sie deswegen nicht sehen kann?"

„Zweimal am Wochenende innerhalb eines Monats und in den Ferien natürlich öfter. Aber welchen Aufwand Sie betreiben müssen, um Ihre Tochter zu sehen, das ist allein Ihre Sache."

Trevisan reichten die Auskünfte. Er wollte nichts mehr davon hören. Es blieb ihm nichts anderes übrig, als Grit zu überzeugen. Aber wie sollte er das anstellen?

\*

Im kleinen Tagungsraum des Bremer Nobelhotels *Hilton* unweit des Marktplatzes hatten sich vier Männer um einen runden Tisch versammelt. Sie hatten sich in den letzten Monaten öfter getroffen, doch diesmal war ihnen die Anspannung an den Gesichtern abzulesen. Die entscheidende Phase stand bevor. Die Eingabe war auf den Weg gebracht. Die erste Hürde hatten sie gemeistert. Es ging einfacher als erwartet. Der Widerspruch hielt sich in Grenzen und war schnell ausgeräumt.

Ein Kellner trug Getränke in den kleinen Saal und die Männer unterhielten sich zwanglos. Sie philosophierten über die Möglichkeiten des neuen Marktes. Damit verdienten sie ihr tägliches Brot. Erst als der Kellner den Raum verlassen und die Tür geschlossen hatte, erhob Alexander Romanow seine Stimme und bat um Ruhe. Die Gespräche verstummten.

„Wir sind heute einen großen Schritt weitergekommen", erklärte er. „Phase 2 wird nun anlaufen. Ich hoffe, dass auch bei Ihnen alle Vorarbeiten abgeschlossen sind. Rechtzeitig zum Frühjahr beginnen wir dann mit den ersten Arbeiten vor Ort."

Die Männer saßen noch bis spät in den Abend und diskutierten über die Einzelheiten, doch im Grunde genommen wusste jeder, worauf es ankam.

# 30

Das Wasser glitzerte im hellen Sonnenschein. Ein tiefblauer, nahezu wolkenloser Himmel, eine leichte Brise aus Nordwest und Temperaturen weit über dem Nullpunkt: Der Januar zeigte sich von einer angenehmen Seite. Hilko Corde war schon seit beinahe zwei Stunden auf seinem Schiff und bereitete die Abfahrt vor. Er hatte Getränke eingekauft, Brötchen, einen Eimer Shrimps und Fisch. Ausflugsgäste wurden auf See oft hungrig und Corde wollte für alles gesorgt haben.

Es war drei Minuten nach neun, als drei Männer über die Brücke auf die *Molly* zugingen. Sie trugen dicke Jacken und dunkle Mützen und hatten sich offenbar auf eine lange Ausfahrt eingestellt. Einer war einen Kopf kleiner als die anderen, hatte jedoch einen gedrungenen, kräftigen Körperbau. Er trug eine goldene Brille und musterte seine Umgebung mit wachen, tiefblauen Augen. Sein Begleiter zur Linken war ein dunkler Typ, groß und dünn, und versteckte sein kantiges Gesicht zum Teil hinter einem dichten Vollbart. Der Dritte war hager und unauffällig. Sein schmales Gesicht mit den tief liegenden und durchdringenden Augen erinnerte Corde an einen Falken.

Er war den Männern über den Landungssteg entgegengegangen und begrüßte sie mit einem Lächeln. Der Kleine mit der Brille stellte sich als Doktor Rösch aus Salzburg vor, der mit zwei Geschäftspartnern einen Geschäftsabschluss auf hoher See feiern wollte. Die beiden anderen Männer sprachen nur das Nötigste. Doch Corde bemerkte sofort, dass sie aus dem ehemaligen Ostblock stammten. Er bat die Männer freundlich an Bord. Auf einer Seekarte erklärte er ihnen die Route. Zunächst sollte sie ihr Weg über die Otzumer Balje hinüber in die Wesermündung führen und von dort aus durch den Roten Sand bis hinauf nach Scharhörn. Weiter ging es in einem großen Bogen nach

Helgoland und anschließend zwischen den Inseln hindurch über Memmert nach Norderney, bis die *Molly* am späten Nachmittag und bei voller Flut wieder den Hafen von Greetsiel ansteuern würde. Die Reise würde etwas über acht Stunden dauern und war genau auf den Gezeitenplan abgestimmt.

Der Österreicher nickte. „Sie sind der Kapitän", antwortete er.

Corde klärte die Männer noch über die Gepflogenheiten an Bord auf und führte sie dann unter Deck in den Frachtraum, der zu einem kleinen Laden umgebaut worden war. Dort zeigte er ihnen den gefüllten Kühlschrank.

„Fühlen Sie sich wie zu Hause", sagte er, bevor er über die Leiter an Deck stieg und im Ruderhaus verschwand. Dann startete er die Maschine. Nach gut einer dreiviertel Stunde langsamer Fahrt hinaus zur Schleuse schipperte die *Molly* mit Kurs nach Westen durch die Leybucht auf die Westerbalje zu.

Hilko Corde stand im Ruderhaus und schaute hinaus über die weite See. Der Diesel tuckerte sanftmütig und gleichförmig und für Corde schien es ein schöner und auch gewinnbringender Samstag zu werden.

Er nahm das Fernglas an die Augen und schaute in Richtung Westen. Wenn ihn nicht alles täuschte, dann war das drüben bei Lütje Hörn Michaelis, der mit seinem neuen, modernen Krabbenfischer schon um sieben Uhr hinausgefahren war.

„Haben wir hier draußen auch Empfang?"

Die Frage des Österreichers, der ein Handy in der Hand hielt, riss Corde aus seinen Gedanken. „Bis rauf nach Scharhörn schon, nur wenn wir über Helgoland wieder zurückfahren, gibt es für ein paar Meilen ein Funkloch. Der Schiffsfunk ist aber immer in Betrieb."

Rösch nickte. „Dann ist es ja gut", murmelte er, ehe er wieder hinter dem Ruderhaus verschwand. Corde blickte wieder über das Bug. Trotz der Aussicht auf ein gutes Geschäft hatte er aus einmal ein ungutes Gefühl. Nur warum, das konnte er sich nicht erklären.

*

Rike saß im Schneidersitz auf dem Sofa, den Kopf im Nacken. Die Sonnenstrahlen fielen durch die kleinen Scheiben in die Stube, strichen über den Boden, streiften das Sofa und wärmten ihren Körper. Sie hielt ihre Augen geschlossen.

„Was wirst du tun, wenn das alles hier vorbei ist?", fragte Onno und stellte seine Teetasse zurück auf den Tisch.

Rike seufzte. „Jetzt sitz ich schon seit Tagen hier und wir kommen keinen Schritt voran."

Onno erhob sich und ging zum Fenster. „Manche Dinge brauchen eben Zeit", sagte er sanft.

„Aber Zeit haben wir nicht. Ich kann nicht immer wie eine Gefangene im Haus bleiben und ich will es auch nicht. Lieber stelle ich mich der Polizei. Manchmal erscheint mir alles, was wir hier machen, sinnlos."

„Mensch, Mädchen, hab Geduld. Es ist zu früh, um zu resignieren."

Rike blickte zu Boden. „Ich glaube, in mir hat schon längst etwas aufgegeben. Ich habe in letzter Zeit viel nachgedacht. Ich weiß, dass die ganzen letzten Jahre reine Verschwendung waren. Ich gehe auf Exkursionen zur Rettung der Wale, friere mir im Südpolarmeer meine Finger ab und alles ist umsonst. Genau wie mit Larsen. Wer interessiert sich schon dafür, ob da draußen Seehunde auf den Bänken liegen oder Vögel brüten? Wir wurden immer schon als Spinner angesehen. Wer ewig das gleiche Klagelied anstimmt, wird irgendwann zum Pausenclown."

Onno trat hinter das Sofa und legte ihr seine Hände auf die Schultern. „Es hat sich viel getan in letzter Zeit. Seit der Umweltbewegung haben so manche Politiker umgedacht und die Grünen sind fast überall in den Gremien vertreten. Leute wie du und Larsen haben dafür gesorgt, dass die Menschen wieder mit offenen Augen durch die Welt gehen. Sicher, sie gehen in manchen Dingen nicht weit genug, aber sie lernen dazu. Erinnere dich an die Atomkraft, das große Wunder, das uns alle Energiesorgen nimmt. Und heute? Jeder weiß, dass sich das große Wunder, der große Segen zu einer großen Katastrophe ausweiten kann. Die Menschen sind schlauer geworden. Wir können durch unser Zureden nur zum Kurswechsel animieren, das eigentliche Umdenken muss von innen erfolgen. Selbsterkenntnis, verstehst du?"

Rike nickte. Tränen liefen über ihre Wangen.

„Du hast ihn geliebt?", fragte Onno.

Rike schüttelte den Kopf. „Es waren schöne Zeiten und wir eine gute Truppe. Es sind nur wenige übrig geblieben. Töngen hat seine Schafe und der Rest der Freunde hat sich in alle Winde zerstreut. Jetzt ist auch noch Larsen tot. Ich stehe manchmal auf und weiß überhaupt nicht warum."

„Einsamkeit ist schwer zu ertragen, vor allem, wenn man sich nicht gebraucht fühlt. Ich kenne das." Onno streichelte ihr zärtlich über das Haar. Sie ergriff seine Hände und hielt sie fest.

*

Trevisan hatte gewartet, bis der Zug abgefahren war. Er hatte alle Kraft gebraucht, damit er vor Paula keine Tränen vergoss, doch nachdem die Türen zugefallen waren und sich der Zug in Bewegung gesetzt hatte, gab es kein Halten mehr. Er zog sich in eine stille Ecke zurück und weinte.

Die darauf folgende Nacht war besonders schlimm gewesen, Alpträume rissen ihn mehrmals aus dem Schlaf. Als er um halb acht die Dienststelle betrat, fühlte er sich ausgelaugt und gerädert. Sein Kopf schmerzte und seine Gedanken kreisten um seine Tochter. Im zweiten Stock angekommen, durchstreifte er die Abteilung. Er war alleine. Zuerst kochte er sich Kaffee, nahm ein Glas Wasser und löste darin eine Kopfschmerztablette auf. Er ließ sich auf seinen Stuhl sinken und stützte den Kopf auf die Hände. Mehrere Minuten verharrte er regungslos im Dämmerzustand. Das Blubbern der Kaffeemaschine verstummte. Die Kanne war voll. Trevisan erhob sich und schenkte sich eine Tasse ein. Sein Blick streifte den Spiegel und er erschrak. Er sah aus wie ein uralter Mann. Seine Haare fielen ihm wirr auf die Stirn, in seinem Gesicht zeigten sich neue Falten und das Kinn war stoppelig. Die Morgentoilette war dürftig ausgefallen. Zum Glück hatte Trevisan immer einen Rasierapparat in der Schublade seines Aktenschranks. Er nahm das altertümliche Gerät heraus und steckte den Stecker in die Steckdose. Das Brummen des Apparates klang beinahe wie ein Kompressor. Die Kopfschmerzen flackerten wieder auf.

Als Trevisan erneut einen Blick in den Spiegel warf, erschrak er und fuhr herum. Ein Mann stand hinter ihm. Ein junger Mann in modischer Lederhose und einem beigen Rollkragenpulli. Der Fremde war um die fünfundzwanzig Jahre alt und wirkte wie ein Modell, das dem Otto-Katalog entsprungen war. Dunkle, volle Haare, ein scharf geschnittenes, sonnengebräuntes Gesicht, Muskeln und ein Waschbrettbauch, auf den jeder Mittdreißiger unter Garantie neidische Blicke warf.

„Wer sind Sie?", fragte Trevisan überrascht.

Der junge Mann wirkte verlegen. „Ich wollte Sie nicht erschrecken, entschuldigen Sie, aber ich soll mich hier melden."

„Da fallen Sie gleich mit der Tür ins Haus?" Trevisan legte den Rasierapparat auf das Waschbecken und musterte den Fremden ausgiebig. Die Augen wirkten wach und aufmerksam.

„Die Tür stand offen, ich habe geklopft, aber Sie haben mich offenbar nicht gehört. Mein Name ist Alexander Uhlenbruch", sagte der Fremde. „Ich bin ab heute zum 1. Fachkommissariat versetzt. Sie sind Herr Trevisan?"

Trevisans Züge entspannten sich. „Ach – der Neue! Nehmen Sie Platz." Er wies auf die Couchecke. „Wollen Sie einen Kaffee?"

Uhlenbruch nickte und setzte sich in den Sessel, den meist Trevisan bevorzugte.

„Sie kommen vom LKA?"

„Geboren 1971 in Lüneburg, Einstellung 1988. Von 1991 bis 1993 Streifendienst auf dem Revier Lüneburg, anschließend Kommissarlehrgang in Hann, Kriminalpolizeilicher Lehrgang im Anschluss und nach Abschluss 1996 zum LKA in die Fahndungsabteilung versetzt. Dort verschiedene Abteilungen durchlaufen, zuletzt bei der Zielfahndungsabteilung tätig."

Trevisan nahm einen Schluck aus seiner Tasse. „Wir können gute Leute gebrauchen", antwortete er auf den stereotypen Vortrag. „Sie wohnen in Lüneburg?"

Alex Uhlenbruch schlug die Füße übereinander. „Ich habe mir hier eine kleine Apartmentwohnung gemietet."

„Das ist gut", antwortete Trevisan. „Wir arbeiten oft bis spät in die Nacht."

„Das bin ich gewohnt."

Es klopfte an der Tür. Johannes Hagemann trat ein, und Alex Uhlenbruch erhob sich. „Das ist der Neue", erklärte Trevisan. „Alex Uhlenbusch vom LKA, ab heute bei uns in der Provinz."

„Uhlenbruch", berichtigte der junge Mann und streckte Johannes mit breitem Lächeln die Hand entgegen.

„Hagemann. Freut mich." Johannes zog ein Papier aus der Tasche und reichte es Trevisan. „Antwort aus Schweden."

„Die *Sigtuna* wurde vom Institut für Umwelt- und Klimaforschung ITATAKA aus St. Petersburg längerfristig gechartert. Für weitere Rückfragen wenden Sie sich bitte an das Institut selbst", las Trevisan auf dem Telex der schwedischen Polizei in Stockholm. „Das ist alles?"

„Mehr habe ich nicht bekommen", antwortete Johannes.

„Hast du überhaupt nach mehr gefragt?", fragte Trevisan sarkastisch.

Johannes Hagemanns Gesicht nahm einen rötlichen Ton an. „Hör zu, ich bin kein Frischling mehr. Die Zusammenarbeit mit den Ausländern ist nicht immer so einfach."

Trevisan schlug die Hände vor das Gesicht. „Tut mir leid. Ich bin heute offenbar nicht gut drauf. Entschuldige."

„Schon gut", erwiderte Johannes. „Wie machen wir weiter?"

Trevisan musterte Alexander Uhlenbruch, der noch immer stand und die Unterhaltung aufmerksam verfolgte. Trevisan wies auf den Sessel und gab auch Johannes ein Zeichen, Platz zu nehmen. Dann erzählte er Uhlenbruch vom aktuellen Fall Larsen. Er erzählte vom Leichenfund, von Kirner, den Alex Uhlenbruch kannte, weil er ein halbes Jahr in dessen Abteilung gewesen war, vom Briefbombenanschlag auf den stellvertretenden Bezirksdirektor, von Kirners Verdacht gegenüber der immer noch flüchtigen Friederike van Deeren und vom erneuten Mordversuch an Doktor Esser. Von Töngen, dem Anschlag und von dem Kutterkapitän Corde. Alexander Uhlenbruch hörte gebannt zu.

„… und deshalb tappen wir noch im Dunkeln und suchen noch immer nach den Hintergründen", beendete Trevisan seinen Situationsabriss. „Und was halten Sie davon?"

„Natürlich ist klar, dass die Fälle zusammenhängen", erklärte Alex. „Die Spuren führen ins Ausland. Da scheint jemand etwas Wichtiges zu suchen, aber ich denke, der Kutterkapitän könnte Licht ins Dunkle bringen."

Trevisan lächelte. „Guter Gedanke. Deswegen werdet ihr jetzt auch aufbrechen und Corde zur Vernehmung hierher bringen. Aber vergesst die Schweden nicht. – Du kannst Alex unterwegs noch ein bisschen mehr erzählen", wandte sich Trevisan an Johannes Hagemann. „Kirner will um neun Uhr hier sein, sonst wäre ich selbst gefahren."

Johannes erhob sich. „Ist schon okay. Und den Schweden mache ich mal richtig Beine."

# 31

Die Kopfschmerztablette wirkte, dennoch gönnte ihm seine Gefühlswelt keine Ruhe. Auch der Sonnenschein, der durch das Bürofenster ins Zimmer fiel, erhellte sein Gemüt nicht. Trevisan zwang sich, noch einmal die Akte durchzugehen. Er wollte gewappnet sein, wenn Kirner erschien. Danach studierte er noch einmal Friederike van Deerens Dossier. Bevor er das Ende erreicht hatte, klingelte das Telefon. Trevisan meldete sich.

„Guten Tag, Herr Trevisan", antwortete eine angenehme Frauenstimme. „Mein Name ist Monika Sander vom Landeskriminalamt. Sie haben uns Anfang Dezember eine Blutprobe und einen Antrag auf Feststellung des DNA-Profils übersandt. Es hat etwas gedauert, wir hatten Personalprobleme. Ich möchte Ihnen vorab schon einmal telefonisch das Ergebnis mitteilen. Die Probe stammt mit Sicherheit grenzender Wahrscheinlichkeit von einem gewissen Björn Larsen, geboren am ..."

„Ich weiß, ich weiß", bremste Trevisan den Redeschwall der Kollegin. „Wir sind aufgrund anderweitiger Ermittlungen auf den Namen des Toten gestoßen."

„Es gibt noch ein Detail", fuhr sie fort. „Offenbar war er an einem Briefbombenanschlag auf einen Politiker am Heiligabend beteiligt. Zumindest konnte seine DNA auf der Unterseite der Briefmarke nachgewiesen werden. Die Staatsschutzabteilung ermittelt in dieser Sache. Außerdem wurden Blutanhaftungen im Kofferraum eines PKW vorgefunden, mit dem ein zweiter Anschlag auf den Politiker verübt wurde. Auch dieses Blut konnte Björn Larsen zugeordnet werden. Komisch daran ist nur, dass Ihre Leiche schon seit Anfang Dezember tot sein soll. Vielleicht sollten Sie mit dem LKA Rücksprache halten. Soviel ich weiß, bearbeitet Kriminaloberrat Kirner den Fall. Seine Telefonnummer ..."

„… auch die habe ich bereits. Kann man bei euch auch mal etwas Neues erfahren?", fragte er bissig.

„Ich bin nicht für die Personalplanung in unserem Haus zuständig", antwortete Monika Sander spitz. „Vielleicht habe ich mich auch deshalb auf eine operative Dienststelle beworben. Ich hoffe, dass Sie dann bessere Laune haben."

Trevisan überlegte. Hatte er etwas überhört? „Wie ist noch mal Ihr Name?"

„Ich heiße Monika Sander. Ist das eine Neuigkeit für Sie?"

„Volltreffer", seufzte Trevisan. Mit ihr würde er ab nächstem Monat zusammenarbeiten. „Ich habe in der letzten Zeit wirklich ein Talent, jedes Fettnäpfchen mit Volldampf zu treffen."

„Na ja, vielleicht bestehen ja noch Aussichten auf Besserung."

„Ich werde meinen Teil dazu beitragen", antwortete Trevisan. Nach den üblichen Verabschiedungsfloskeln beendete er das Gespräch. Es war fünf nach neun. Kirner war noch immer nicht aufgetaucht. Die ersten Staralüren?

Er widmete sich wieder dem Dossier, als er draußen auf dem Gang Radau hörte. Er erhob sich und schaute hinaus. Kirner kniete vor seiner Tür und klaubte einige lose Blätter vom Boden. Ein durchgebrochener Karton stand neben ihm.

„Was ist denn hier passiert?", fragte Trevisan.

Kirner schaute auf. „Die Kartons sind auch nicht mehr das, was sie mal waren."

\*

Das Wasser glitzerte im Sonnenlicht. Onno Behrend schob die abgerissenen dürren Äste der Bäume mit einem Fächerrechen auf einen Haufen. Rike saß mit geschlossenen Augen in einem Sessel und genoss die Sonnenstrahlen. Im Garten waren sie für eventuelle Beobachter auf der Straße unsichtbar. Der milde Tag hellte die Stimmung der beiden zunehmend auf. Zwar waren sie noch immer nicht wesentlich weitergekommen, doch Onno hoffte insgeheim auf einen Anruf seines ehemaligen Kollegen. Falls draußen vor der Küste Vermessungsarbeiten durchgeführt wurden, so bedurfte es der Genehmigung der Nationalparkverwaltung in Abstimmung mit der Schifffahrtsdirektion, und falls so eine Genehmigung existierte, dann würde es Onno erfahren.

„Es ist wunderschön hier bei dir", sagte Rike und räkelte sich in ihrem Sessel.

Onno stellte den Rechen an den Baum und schaufelte die Äste in eine Schubkarre. „Das war nicht immer so. Als ich mir das Grundstück kaufte, war es mit Unkraut überwuchert und das Haus fast verfallen. Aber ich hatte ja Zeit, und die habe ich in dieses Haus gesteckt. Fast zwei Jahre habe ich daran gearbeitet. Aber es hat sich gelohnt."

Der Klingelton des Telefons drang durch die Terrassentür: lautes Vogelgezwitscher. Onno legte die Schaufel zur Seite. Bevor er die Stube betrat, zog er seine Stiefel aus. Rike ließ sich wieder im Sessel zurücksinken und genoss die Wärme. Fünf Minuten später kehrte Onno zurück. Er wirkte verwirrt.

„Das war ein komischer Anruf. Irgendein Versandhaus. Sie wollten mir mitteilen, dass sich die Lieferung verzögert, dabei habe ich gar nichts bestellt. Sie hätten aber meine Telefonnummer auf dem Bestellformular. Dann nannten Sie einen Namen und eine Adresse, die ich nicht kenne."

Rike richtete sich auf. In ihrem Gesicht spiegelte sich die Sorge. „Hast du deinen Namen genannt?"

Onno nickte. „Sie fragten nach einer Frau oder einer Tochter, die möglicherweise die Bestellung aufgegeben haben könnte. Aber ich sagte ihnen, ich lebe allein."

„Hast du deine Adresse genannt?"

Onno Behrend überlegte. „Du meinst …?"

„Bei den Kerlen rechne ich mit allem. Verflucht …!"

Onno legte die Hand auf Rikes Schenkel. „Vielleicht hat jemand nur eine falsche Telefonnummer auf den Bestellschein geschrieben. Ein Zahlendreher oder so etwas."

Rikes ließ sich nicht beruhigen. „Es ist am besten, wenn wir hier verschwinden. Ich traue der Sache nicht."

Onno ging ins Haus und kehrte mit einer Automatikpistole in

der Hand zurück. „Das Ding habe ich noch aus der Zeit, als ich auf die Jagd ging. Eine Schrotflinte und ein Jagdgewehr sind ebenfalls noch da. Niemand bringt mich von hier weg. Aber dich fahre ich noch heute zu einem Bekannten. Ich gehe gleich runter zum Hafen und mach das Boot klar."

Rike hielt ihn zurück. „Ich bringe dich nur in Gefahr. Ich werde mich der Polizei stellen. Es ist das Beste, glaub mir."

Onno schüttelte den Kopf. „Nach allem, was wir wissen, sind die Kerle hinter dieser CD her. Wenn du im Gefängnis sitzt, werden sie trotzdem bei mir auftauchen. Und Larsen wäre dann umsonst gestorben. Oder glaubst du, die Polizei kann den Fall ohne unser Zutun lösen?"

Rike schloss die Augen. Schließlich richtete sie sich auf, griff zur Pistole, nahm das Magazin heraus und zog den Verschluss zurück. „Eine Walther PPK, Kaliber 7,65 mm."

„Du kennst dich aus?"

„Mein Vater war Jäger und er behandelte mich stets wie einen Sohn. Vielleicht ist auch das der Grund dafür, dass es manchmal …" Rike verstummte. Sie schob das Magazin zurück in die Waffe. Dann lud sie durch.

„Wir werden hier auf sie warten." Onno lächelte, als er sah, wie sie es verstand, mit der Waffe umzugehen. Ein Plan reifte in seinem Gehirn. Es gab eine Möglichkeit, sie von dem furchtbaren Vorwurf, der ihr zu Last gelegt wurde, zu befreien. Auch ohne genau zu wissen, was die Daten auf der CD bedeuteten. Doch es war gefährlich, das wusste er.

*

Trevisan hatte zusammen mit Kirner die Papiere aufgehoben und ins Besprechungszimmer getragen.

„Das ist alles Material zu diesem Fall?", fragte Trevisan, nachdem der Kriminaloberrat die vier schweren Ordner auf dem Tisch platziert hatte.

„Vernehmungen, Protokolle, Lichtbilder, Spurensicherungsberichte, Analysen und Gutachten. Ich sagte doch, wir legen alle

Fakten auf den Tisch." Kirner schlug mit der flachen Hand auf die Aktenordner und lächelte. „Und jetzt Sie!"

Trevisan verließ das Zimmer und kehrte mit einem roten Ordner aus Pappe zurück, nicht viel dicker als eine Collegemappe. Er warf ihn auf den Tisch.

„Das ist alles?", fragte Kirner misstrauisch.

„Alles, was wir bislang wissen." Trevisan holte einen Zeichenblock aus einem Aktenschrank, legte ihn auf den Tisch und daneben eine Packung mir bunten Filzstiften.

Kirner schaute ihm verwundert zu. Er schüttelte den Kopf und griff nach Trevisans Akte. Als er den Deckel aufschlug, schien er seinen Augen nicht zu trauen. „Das ist ja handschriftlich, und wer soll das lesen?"

„Tja, Kollege", antwortete Trevisan mit einem Schulterzucken. „Urlaubszeit. Unsere Sekretärin kehrt erst in einer Woche zurück. Also fangen wir an. Beginnen wir mit den Personen, die bislang an der Sache beteiligt sind."

„Was soll das werden?", widersprach der Kriminaloberrat. „Ein Quiz?"

Trevisan stützte seinen Kopf in die Hände. „Wer ist der Täter?"

Kirner zog die Stirn kraus. „Woher soll ich das wissen?"

„Dann beginnen wir einfach am Anfang", erwiderte Trevisan. Widerwillig griff Kirner nach einem Ordner mit der Aufschrift *Mordversuch z. N. Esser, Akte 1.* „Meine Ermittlungen begannen mit dem Briefbombenanschlag auf den stellvertretenden Bezirksdirektor und Vorsitzenden der Nationalparkverwaltung Wattenmeer am 24. Dezember."

Mit einem roten Filzstift malte Trevisan *Esser* und zog einen Kreis darum. Daneben schrieb er mit einem blauen Stift *Briefbombe*, verband beides mit einer Linie und schrieb am Rand des Blocks das Datum des Vorfalles dazu.

„Was soll das eigentlich werden?", fragte Kirner belustigt.

„Mindmapping. Ich habe vor einem halben Jahr an einem Fortbildungskurs in Kriminaltaktik teilgenommen. Es geht darum, Begriffe, Verbindungen, Namen und Besonderheiten zu erfassen und in ein Verhältnis zu bringen, daraus ergeben sich unter Umständen neue Ansatzpunkte und ein zeitliches Schema. Kann möglicherweise zu neuen Schlüssen führen."

„Und Sie glauben den Quatsch?"

„Es kann zumindest nicht schaden. Meine Ermittlungen beginnen mit einer männlichen Leiche im Hafenbecken." Trevisan schrieb über der ersten Notiz in Rot *Larsen* und dahinter in Blau *Mord* und *Folter*. Dann trug er das Datum ein, das die Gerichtsmediziner als Todeszeitpunkt festgestellt hatten.

„Dass Larsen zwanzig Tage vor Übersendung der Briefbombe bereits tot war, wusste ich auch so", sagte Kirner sarkastisch. „Dazu hätten Sie keine Skizze malen müssen. Was ich nicht weiß, ist, warum sich seine DNA und der Fingerabdruck auf dem Kuvert der Bombe befanden."

„Und sein Blut im Kofferraum des Peugeots".

Kirner horchte auf. „Das heißt, dass sich Larsen irgendwann im Kofferraum des Wagens befand. Wir sollten uns darauf konzentrieren."

„Warten wir ab, was am Ende unserer kleinen Malkunst herauskommt", beschwichtigte Trevisan.

Sie fuhren fort. Friederike kam ins Spiel, ihr Auslandsaufenthalt, Corde, Töngen, der Holländer und Larsens Rauschgiftsucht. Ein buntes Bild aus roten Namen, blauen Tatsachen, schwarzen Begleitumständen und grünen Mutmaßungen.

„Wie heißt der Nachfolger von Esser?", fragte Trevisan.

Kirner griff zur Akte und blätterte. „Liebler."

Trevisan schrieb den Namen auf und verband ihn mit der Luftblase von Esser.

„Und jetzt?", flachste Kirner. „Haben Sie den Täter?"

Trevisan starrte auf das Bild. „Es fehlt noch ein wesentlicher Bestandteil." Er zeichnete eine weitere rote Luftblase, diesmal mit zwei Fragezeichen in die Mitte, wo sonst die Namen standen. Auf die Zeitlinie schrieb er den 30.12.1997. „Wir dürfen die beiden Besucher nicht vergessen, die Töngen so übel zugerichtet haben."

215

„Das bringt uns doch alles nicht weiter", nörgelte Kirner und faltete die Hände hinter dem Kopf.

Trevisan verband noch einige Punkte miteinander, zeichnete mit einem dicken, schwarzen Filzstift kleine Kreise hinter einzelnen Begriffen, strich andere durch. „Moment noch."

Kirner erhob sich und ging zum Fenster. Gelangweilt schaute er hinaus.

Trevisan legte den Stift zur Seite. Fünf Begriffe und Sprechblasen waren übrig geblieben. Der Rote Sand, Liebler, die beiden Fragezeichen, der Begriff Umweltschutz und Corde.

Trevisan schaute auf. „Sagen Sie, welche Entscheidungen trifft eigentlich der Direktor der Nationalparkverwaltung?"

Kirner wandte sich zu ihm um. „Na ja, es geht hauptsächlich um den Schutz des Wattenmeers. Nutzungsordnung, Erweiterungen von Nutzungen, Schutzmaßnahmen und Schutzzonenverordnungen. Aber das macht er nicht selbst, er hat seine Mitarbeiter."

Trevisan nahm den Block in die Hand. „Ich denke, wir sollten uns um die offenen Begriffe kümmern. Für eine Gruppe militanter Umweltaktivisten gibt es keine Anzeichen. Corde erzählte mir von einem Schiff im Roten Sand, das Larsens Aufmerksamkeit erregte hatte. Nachdem es im Hafen von Langeoog festgemacht hatte, ist Larsen für knapp drei Stunden verschwunden. Als er zurückkam, gab er dem alten Skipper einen Brief an seine Freundin und verschwand. Bei Corde ist nach dem Vorfall eingebrochen worden."

„Und weiter?"

Trevisan erhob sich und ging im Zimmer hin und her. „Larsen wurde Anfang Dezember getötet. Vor seinem Tod wurde er gefoltert. Möglicherweise wurde er in dem blauen Peugeot zum Hafen transportiert, mit dem ein zweiter Anschlag auf Esser verübt wurde. Larsens Freundin verschwindet und der Freund, bei dem er offenbar nach dem Vorfall auf Langeoog untergekrochen ist, wird von Unbekannten krankenhausreif geschlagen. Ich glaube, Larsen hat etwas, das die Kerle gerne wieder zurück hätten. Deswegen die Folter, deswegen der Einbruch bei

Corde und deswegen auch der Anschlag auf Töngen."

Kirner runzelte die Stirn. „Ihre These klingt interessant."

„Ich bin noch nicht am Ende", erwiderte Trevisan. „Das Schiff, das durch den Roten Sand schipperte, war im Hafen von Langeoog, als Töngen beinahe totgeschlagen wurde. Es heißt *Sigtuna* und fährt unter schwedischer Flagge. Ein Forschungsschiff, das mit Vermessungselektronik voll gestopft ist. Offenbar wurde es an ein Institut für Umwelt- und Klimaforschung aus Sankt Petersburg vermietet. Wir ermitteln noch in dieser Sache."

„Ein Forschungsinstitut?", wiederholte Kirner nachdenklich.

„Richtig", bestätigte Trevisan. „Jetzt kommen wir zum Roten Sand. Das Dossier von Larsens Freundin beschäftigt sich mit der Problematik Umwelt und Ökonomie. Sie hat auch Untersuchungen im Roten Sand durchgeführt. Und Larsen hat sie dabei unterstützt. Der Rote Sand gehört zum Nationalpark Wattenmeer. Hier schließt sich der Kreis. Esser, Roter Sand, Umweltgefahren, Robbensterben. Das alles spielt in unseren Fall hinein. Wir sollten mal in Erfahrung bringen, was so ein Direktor der Schutzgemeinschaft für eine Entscheidungskompetenz hat."

„Dann fragen wir einfach diesen Liebler", antwortete Kirner.

„Das halte ich für keine gute Idee", wehrte Trevisan ab. „Als Nachrücker für Esser gehört er zum erweiterten Kreis der Betroffenen. Die sollten wir vorerst aussparen."

„Sie haben Corde vergessen", bemerkte Kirner.

Trevisan schüttelte den Kopf. „Zwei Kollegen holen ihn gerade. Ich bin sicher, er weiß, wo das Mädchen ist."

„Sie haben das die ganze Zeit schon geplant", resümierte Kirner lächelnd. „Dieses Mindmapping war nur Show, oder?"

„Schauen wir mal bei der Nationalparkverwaltung vorbei", entgegnete Trevisan mit einem verschmitzten Lächeln. „Für ein Forschungsprojekt im Schutzgebiet braucht man eine Genehmigung."

Von Trevisans Müdigkeit und seiner schlechten Stimmung war ihm nichts mehr anzumerken. Der anhaltende Schmerz wurde durch das beginnende Jagdfieber verdrängt.

# 32

„Er ist wohl ein bisschen überarbeitet." Alex stoppte den Dienstwagen auf dem Parkplatz am Ortseingang von Greetsiel. Die Dächer des malerischen Dorfes glänzten im Sonnenlicht.

„Trevisan ist in Ordnung", erklärte Johannes Hagemann. „Er hat im Augenblick nur viel zu verkraften. Seine Frau hat ihn vor drei Monaten verlassen und sein einziges Kind mitgenommen, dann der Mordfall, er wird Kommissariatsleiter und hat keine Leute, und letzten Freitag ist auf ihn geschossen worden. Auch wenn in unseren Reihen und vor allem in den oberen Etagen die Meinung herrscht, dass Polizisten funktionieren wie Uhrwerke, glaube ich, dass Martin ganz schön durch den Wind ist. Aber das gibt sich wieder. Und was ist mit dir, wie stellst du dir deine weitere Karriere vor?"

Sie schlenderten über die Brücke ins Dorf.

„Ich will jetzt auf der Straße Erfahrungen sammeln", antwortete Alex. „Beim LKA war ich ständig auf dem Weg von einer Abteilung in die andere und hab mich überall wie ein fünftes Rad am Wagen gefühlt. Jetzt will ich erst mal zur Ruhe kommen."

„Wäre die Großstadt nicht besser gewesen als die Provinz?"

„Die Stelle war frei, also habe ich mich beworben."

Über eine schmale Gasse gingen sie zum Hafen. Corde hatten sie nicht in seinem Haus angetroffen, also waren die beiden Kriminalbeamten nach Greetsiel gefahren.

Über die Steinmauer, die den Hafen umfasste, waren die Masten der zahllosen Kutter zu sehen. Ein Postkartenpanorama. Als ihr Blick über die Mauer fiel, fanden sie den Liegeplatz von Cordes Kutter verlassen vor.

„Er ist rausgefahren", sagte Johannes Hagemann.

Gegenüber des Liegeplatzes der *Molly* bereiteten zwei Männer ihr Schiff zum Auslaufen vor. Sie räumten kleine Plastikcontainer an Bord. „Fragen wir doch einfach da drüben mal nach."

Sie umrundeten das Hafenbecken und gesellten sich zu den beiden. „Moin!" Alex wies hinüber auf die leere Mole. „Wissen Sie vielleicht, wann Corde wieder zurückkommt?"

„Der alte Corde?", fragte ein grauhaariger Mann mit Vollbart, in einen ölverschmierten blauen Overall gekleidet. „Den hab ich weder gestern noch heute hier gesehen."

„Der Kutter ist schon ein paar Tage weg", ergänzte der zweite.

„Wissen Sie, wann er hinausgefahren ist?", fragte Hagemann.

„Samstag", sagte der Bärtige. „Jemand hatte eine Fahrt gebucht. Er war schon früh im Hafen und hat die *Molly* klar gemacht. Später sind wir uns bei Lütje Hörn begegnet. Er ist Richtung Norderney gefahren. Ich weiß nicht, wo er hinwollte."

„Wer könnte das wissen?"

Der Bärtige musterte Alex von oben bis unten. „Und wer interessiert sich dafür?"

Alex zückte seine Kripomarke. „Wir hätten nur ein paar Fragen an ihn."

Der Bärtige wies mit einem Kopfnicken hinüber auf die andere Seite des Kanals. „Fragen Sie mal bei Henrichsen. Drüben die Hafenschenke hinter dem Witthus, gar nicht zu verfehlen."

Die Hafenschenke lag in einer Gasse abseits der auf Tourismus ausgerichteten Hotels und Restaurants. Die kleinen Fenster ließen nur wenig Licht ins Innere des Schankraumes, den ein großer, runder Tisch aus fast schwarzem Holz beherrschte.

Henrichsen, eine dicke Zigarre im Mundwinkel, stand hinter dem schmalen Tresen und kratzte sich am Bart. „Das ist komisch", murmelte er undeutlich. „Der wollte längst wieder zurück sein. Gestern war Sonntag, da habe ich nicht darauf geachtet. In Pilsum war Klootschießen."

„Wissen Sie denn, wohin er wollte?", fragte Johannes.

„Er hatte 'ne Tour", antwortete der Wirt. „Geschäftsleute aus Österreich. Haben 'ne Rundfahrt gebucht. Am Samstag. Wollte gegen Abend mit der Flut wieder einlaufen."

„Hat Corde öfter mehrtägige Touren?"

Henrichsen schüttelte vehement den Kopf. „Hat er noch nie gemacht. Ist der Kutter nicht für gebaut. Wo sollen die denn schlafen? Und woanders übernachten, das mag der alte Hilko nicht."

„Haben Sie die Männer gesehen?"

„Gesehen ist zu viel gesagt. Ich war auf dem Weg zum Hafenkieker. Es waren drei. Ein kleiner Stämmiger, ein Langer und ein Unscheinbarer. Aber die Gesichter … so gut sind meine Augen nicht mehr. Der Kleine hatte 'ne Brille. Das konnte ich sehen. War so kurz nach neun. Corde ist aus dem Ruderhaus gekommen und auf sie zugegangen. Dann hat er abgelegt und ist raus gefahren. Mehr hab ich nicht gesehen."

Sie bedankten sich beim Wirt und hinterließen eine Karte, falls ihm noch etwas einfallen sollte. Die beiden Kripobeamten kehrten zum Wagen zurück. Auf dem Parkplatz herrschte gähnende Leere. Auch sonst war ihnen kein Fahrzeug aufgefallen, mit dem die Fahrgäste gekommen sein konnten.

„Da stimmt etwas nicht", mutmaßte Johannes Hagemann. „Nach Larsen, Töngen und Esser jetzt auch noch Corde. Wir geben Trevisan Bescheid. Da müssen wir was unternehmen."

*

Trevisan und Kirner hatten den Dienstwagen auf dem Parkplatz an der Kaiser-Wilhelm-Brücke abgestellt und gingen den Fliegerdeich entlang. Die Sonne und die frische Seeluft beruhigten Trevisans malträtierten Kopf. Vor dem lang gestreckten Gebäude der Nationalparkverwaltung blieben sie stehen.

„So, jetzt bin ich gespannt, was Ihr Mindmapping wert war", spottete Kriminaloberrat Kirner.

Trevisan klingelte und kramte seine Polizeimarke hervor, als der Summer ertönte und ihnen in dem kleinen Windfang ein Mann entgegenkam. Er erklärte knapp, weswegen er gekommen war.

„Da ist Frau Greven genau die Richtige, um Ihre Fragen zu beantworten. Folgen Sie mir, ich führe Sie zu ihr!"

Frau Greven hatte ihr Büro am Ende des langen Ganges.

„Dann nehmen Sie bitte Platz!", bat die Mittfünfzigerin mit den burschikos geschnittenen blonden Haaren und grell geschminkten Lippen. Sie wies auf eine Sitzgruppe, die den Blick hinaus auf den Bordumer Sand eröffnete. Frau Greven bestellte Tee und Kaffee über ihre Sprechanlage und gesellte sich zu den beiden Polizeibeamten. „Dann erzählen Sie mal, was genau für Sie von Interesse ist."

Trevisan richtete sich auf. „Als Erstes, ob derzeit irgendwelche Vermessungsarbeiten im Roten Sand durchgeführt werden."

„Forschungsarbeiten, Überprüfungen und Vermessungen", antwortete die Frau. „Eigentlich ist da draußen immer etwas los. Das Watt besteht aus Sand, und Sand ist stets in Bewegung. Mal muss eine Fahrrinne vertieft werden, mal sind an den Deichanlagen Ausweichwege anzulegen oder Ausbesserungsarbeiten auszuführen. Aber auch einige Forschungsinstitute sind da draußen unterwegs. Manchmal herrscht da reger Verkehr."

„Ich dachte, das ist ein Schutzgebiet?", warf Kirner ein.

„Das gilt natürlich nicht für alle Gebiete", beeilte sich Frau Greven zu versichern. „Wir haben eine Schutzzonenverordnung. In tier- und vogelreichen Gebieten, auf Inseln mit Brutplätzen und Sandbänken mit Robbenpopulationen gelten verschärfte Bedingungen."

„Verschärfte Bedingungen?", wiederholte Trevisan.

„Einfach ausgedrückt, man braucht schon einen guten Grund, um sich in die Nähe der geschützten Gebiete zu begeben."

„Eine russische Forschungsgesellschaft auf einem schwedischen Kreuzer ist draußen im Roten Sand unterwegs", erzählte Trevisan. „Können Sie nachprüfen lassen, was das Schiff für einen Auftrag hat und von wem die Genehmigung stammt? Wir ermitteln in einem Mordfall. Es ist überaus wichtig." Einen Augenblick verharrte Trevisans Blick auf den Augen der Frau.

„Geht es um Direktor Esser?", fragte Frau Greven.

Kirner blickte auf. „Wie kommen Sie darauf?"

„Na, ja, es ist vielleicht unbedeutend, aber es gab da in letzter Zeit einige Verstimmungen wegen der russischen Expedition", antwortete Frau Greven zögerlich. „Es ist eine Sache des Ministeriums. Sie wurde uns förmlich aufs Auge gedrückt. Im Interesse der Völkerfreundschaft, verstehen Sie?"

Kirner nickte. „Und um was geht es bei dieser Expedition?"

„Die Russen wollen den Lebensraum Wattenmeer und die Einflüsse auf Wetter, Flora und Fauna in Hinsicht auf das sich verändernde Klima erforschen. Darüber existieren bereits unzählige Studien, aber davon wollten sie nichts wissen. Offenbar geht es um den Erhalt eines großen Sees in Russland, dessen Bedingungen denen der Nordsee ähnlich sind und der einen natürlichen Durchfluss von Meereswasser aufweist."

„Und wie lange sind die Russen schon hier?"

„Seit Anfang 1996. Sie tauchen immer wieder mal für einige Monate auf."

„Und warum ist das problematisch?" fragte Trevisan.

Frau Greven zuckte mit den Schultern. „Die Genehmigung umfasst auch die Schutzzone 1. Das heißt, sie stören mit ihren überflüssigen Arbeiten die Natur und machen ohne Rücksprache von ihrem Betretungsrecht Gebrauch. Und das zu einer Zeit, in der unsere Seehundpopulation in den westlichen Sandbänken des Roten Sandes und der Nordergründe abnimmt. Wir würden die Aktion gerne stoppen, aber wir sind dazu verdammt, sie zu dulden. Esser wollte intervenieren und die Genehmigung widerrufen, doch sein Stellvertreter Liebler hielt ihn zurück. Es sei sehr kompliziert und schließlich käme die Anordnung zur Zustimmung direkt aus dem Ministerium. Verstehen Sie?"

„Von wem genau kam die Anordnung, können Sie sich noch daran erinnern?", fragte Kirner.

„Es war irgend so ein Ministerialdirigent. Ich glaube, er hieß Winterberg oder so ähnlich."

„Ihre Behörde ist eigenständig", sagte Trevisan, „aber mit der Bezirksregierung verbunden. Wer trifft die Entscheidungen?"

222

Frau Greven erhob sich und ging zu einem kleinen Schrank in der Ecke des Raumes. „Es ist eigentlich ganz einfach", sagte sie und schlug ein Faltblatt auf. „Wir sind der Bezirksregierung untergeordnet. Der eigentliche Dienstherr ist der Regierungspräsident. Herr Doktor Esser ist gleichzeitig stellvertretender Bezirksdirektor. Ihm wurde die Leitung unserer Behörde übertragen. Er hat sein Büro zwar in Oldenburg, aber er pendelt. Wir haben als Dienststelle den Auftrag, das Wattenmeer zu schützen, zu verwalten, darüber zu wachen und die Aufsicht auszuüben."

„Das heißt also, alles was ich im Nationalpark mache oder vorhabe, muss ich mir von Ihrer Behörde genehmigen lassen?"

„Nicht alles. Es gibt eine Schutzverordnung. Darin sind die einzelnen Schutzgebiete erfasst. Zone 1 ist das Gebiet mit höchster Schutzpriorität, da ist quasi alles genehmigungspflichtig. Auch das Betreten. Bei der Zone 2 gelten dementsprechend einige Erleichterungen, Zone 3 erlaubt das Befischen zu bestimmten Zeiten und die Zone 4 steht zur eingeschränkten ökonomischen Nutzung zur Verfügung."

„Das heißt also, es gibt festgeschriebene Verordnungen, die für jeden gelten und die man nachlesen kann?"

„Die Verordnung ist öffentlich, aber die Einteilung der Schutzzonen variiert. Schließlich gibt es unterschiedliche Interessengruppen, die bei Änderungen von Voraussetzungen natürlich Ansprüche erheben. Die Fischer, die Schäfer, die Fährdienste, die Landwirtschaft. Wir versuchen hier nicht in Bausch und Bogen über Köpfe hinweg zu entscheiden, es soll ein Miteinander entstehen, von dem alle profitieren. Wenn wir es schaffen, bei allen Interessengruppen Verständnis für die Natur zu wecken, funktioniert so was viel besser, als wenn wir Verordnungen erlassen und restriktiv durchführen."

Eine Sekretärin trat ein und servierte Tee und Kaffee. Trevisan und Kirner bedankten sich und warteten, bis die Frau die Tür von außen wieder geschlossen hatte.

„Und was wären solche Fälle, wo sich Voraussetzungen ändern?", fragte Trevisan weiter.

Frau Greven lächelte. „Da habe ich sogar ein aktuelles Beispiel. In den nächsten Tagen werden einige Schutzzonen neu bestimmt. Manche werden von drei zu zwei aufgewertet, andere fallen von zwei auf vier oder sogar von eins auf vier zurück. Im nordwestlichen Teil des Roten Sandes werden manche Teile auf vier zurückgestuft, weil die dortige Seehundpopulation in den letzten zwei Jahren auf den Nullpunkt absank. Dafür wird unterhalb von Mellum ein Gebiet aufgewertet, weil sich dort plötzlich Seehunde sehr wohl zu fühlen scheinen. So ist es ein stetiger Wandel."

Trevisan warf Kirner einen vielsagenden Blick zu. „Was beeinflusst den Seehundbestand denn so drastisch?"

„Das ist unterschiedlich. Der Seehund ist ein recht eigenwilliges Wesen. Er will seine Ruhe, er will Nahrung, er hat ein Revier und schließt sich zu kleinen Gruppen zusammen. Krankheiten, Nahrungsmangel und andauernde Störungen sind relevante Faktoren. Die vor Jahren wütende Seehundstaupe hat den Bestand stark dezimiert. Erst in letzter Zeit hat er sich wieder etwas erholt. Das Tier ist sehr sensibel."

„Und über die Schutzzonen entscheiden Sie?", fragte Kirner.

„Wir schlagen vor und geben Empfehlungen. Entschieden wird auf Ressortleiterebene. Aber im Normalfall folgt die Kommission unseren Vorschlägen."

„Wer bildet diese Kommission?", setzte Kirner nach.

Frau Greven blickte Kirner missbilligend an. „Glauben Sie etwa, da würde manipuliert werden?"

„Nein", antwortete Kirner rasch und zog das Wort in die Länge, damit erst gar nicht der Eindruck aufkam, er würde Unredlichkeiten vermuten. „Aber wenn ich da eine Entscheidung beeinflussen wollte, wen müsste ich da alles bezahlen?"

Frau Grevens Miene verfinsterte sich.

„Wir sind Polizeibeamte und müssen an alle Möglichkeiten denken", beschwichtigte Trevisan. „Manchmal mag unser Argwohn übertrieben erscheinen, aber glauben Sie mir, wir kommen selten weiter, wenn wir nicht die Tiefe in allen, auch in den verbotenen, schmutzigen und abgründigen Bereichen ausloten."

Frau Grevens Gesichtsausdruck hellte sich ein klein wenig auf. „Natürlich ist unser Direktor der Vorsitzende. Der Leiter der Schifffahrtsdirektion, ein Vertreter des Umweltministeriums sowie meine Wenigkeit gehören derzeit zur Kommission. Ich habe allerdings nur beratende Funktion."

„Gibt es in nächster Zeit spezielle Vorhaben im Bereich des Roten Sandes?", fragte Kirner.

Frau Greven überlegte. „Natürlich gibt es immer Nutzungsanträge. Fischer, die gerne im Bereich der Bänke nach Krabben fischen würden, wobei es bei den Schifffahrtswegen natürlich Überschneidungen mit der Schifffahrtsdirektion geben kann."

Die Auskünfte waren wirklich sehr interessant, ob sie im Fall Larsen nützlich waren, das musste sich erst noch herausstellen. Die beiden Kriminalbeamten verabschiedeten sich und baten um Diskretion, schließlich sei dies eine reine Routineüberprüfung gewesen und niemand aus dem Amt stehe unter Verdacht.

Über den Fliegerdeich liefen sie zurück. „Wir sollten den Liebler mal genauer unter die Lupe nehmen", überlegte Trevisan laut.

„Ist das wieder so eine amerikanische Ermittlungsmethode?", spottete Kirner. „Ein Schuss ins Blaue?"

Trevisan lächelte. „Gute deutsche Hausmannskost. Früher nannten wir es Intuition."

Sie hatten den Parkplatz noch nicht erreicht, als Trevisans Handy klingelte. „Corde ist verschwunden", ertönte die Stimme von Johannes Hagemann. „Er ist am Samstag mit einer Gesellschaft zu einem Törn aufgebrochen und nicht zurückgekehrt. Ich habe mit einem Wirt gesprochen, der hält das nicht für normal. Der Kutter ist für eine längere Ausfahrt nicht geschaffen."

Trevisan wurde es siedendheiß. Daran hätte er denken müssen. Larsen, Töngen, Corde und Friederike van Deeren teilten sich nicht nur den Platz auf seiner Mindmapping-Seite, auch ihr Schicksal war eng miteinander verwoben.

# 33

Sie waren ins Haus zurückgegangen. Die Mauern gaben ihnen Sicherheit, wenn es auch eine trügerische Sicherheit war, denn verschlossene Türen würden die Mörder kaum aufhalten.

Onno Behrend hatte überlegt, woher die Kerle seine Telefonnummer haben könnten. Gut, der Anruf konnte tatsächlich ein Versehen irgendeines Versandhandels gewesen sein. Aber wenn diese Kerle dahintersteckten, dann war die Situation ein einziges Dilemma. Nur einer konnte Rikes Aufenthaltsort verraten haben: Hilko Corde. Und der hätte das freiwillig nicht getan. Onno kannte den alten Skipper seit Jahren. Hilko war ein gutherziger Mensch, etwas naiv, aber bestimmt nicht blöde und schon gar kein Verräter. Wenn die Mörder hinter dem Anruf steckten, dann war Hilko Corde in höchster Gefahr. Doch was sollte der Anruf? Wollte man wissen, ob jemand zu Hause war? Oder wollte man sich versichern, dass die Person, die Corde benannt hatte, tatsächlich existierte? In jedem Fall war dieser Anruf ein letztes Warnsignal und machte Onno deutlich, in welcher Gefahr Rike und er schwebten. Doch was war mit Hilko geschehen?

Würden sie schweigen und abwarten, hätten sie wohlmöglich den Tod des Freundes auf ihrem Gewissen. Onno Behrend zögerte. Sollte er Hilko einfach anrufen? Er könnte die Nummer des Anrufers unsichtbar machen, hatte der Verkäufer des modernen Telefons damals erklärt. Doch wie, zum Teufel? Die Bedienungsanleitung lag irgendwo auf dem Speicher, es käme der Suche nach einer Stecknadel im Heuhaufen gleich.

„Ich glaube, uns bleibt keine andere Möglichkeit, als die Polizei zu rufen", sagte Rike leise. „Hilko hat mir geholfen. Ich kann doch nicht tatenlos zusehen, dass ihm etwas zustößt." Sie saß am Fenster und war den Tränen nah. Onno wusste, dass sie den toten Larsen vor Augen hatte.

„Ich gehe zu einer Telefonzelle und rufe ihn an", antwortete er entschlossen. „Das ist unverfänglich. Niemand wird feststellen können, woher der Anruf kam."

„Und wenn sie schon da draußen sind?" Rikes Kinn zuckte in Richtung des Fensters.

„Ich muss es riskieren", antwortete Onno Behrend. „Ich werde das Haus verschließen und du bleibst mit der Pistole hier. Wenn jemand hier einzudringen versucht, dann rufst du die Polizei. Wenn ich komme, werde ich folgendermaßen klopfen ..." Er trommelte mit der Faust einen einprägsamen Rhythmus an den Türrahmen. „Das heißt Onno im Takt des Morsealphabets."

Rike wischte sich die Tränen auf der Wange ab.

„Wenn ich in vierzig Minuten nicht zurück bin, rufst du die Polizei." Onno sich die Jacke über. Noch einmal klopfte er mit der Faust gegen die Tür. „Vergiss das Zeichen nicht."

Noch bevor er die Tür geöffnet hatte, klingelte das Telefon. Onno und Rike schauten sich an.

Langsam löste sich Onnos Erstarrung. Er ging hinüber und blickte auf das Display. Die Nummer, die dort angezeigt wurde, kannte er. Onno atmete auf und nahm den Hörer ab. „Ja?"

„Onno?", erklang die Frage einen guten Freundes.

Die Unterhaltung dauerte nicht lange. Onno blieb einsilbig und als der Bekannte fragte, ob er sich nicht wohl fühle, verwies Onno nur auf das Wetter. Dann bedankte er sich.

„Was ist los?" Rikes Frage erklang fast gleichzeitig mit dem Knacken des Telefons, als er auflegte.

„Ein Bekannter von der Schifffahrtsdirektion. Er sagt, dass ein schwedisches Schiff unter russischer Besatzung im Roten Sand Forschungsarbeiten durchführt. Mit Genehmigung der Nationalparkverwaltung. Klimaforscher, die die Wirkung des Wattenmeers aufs Wetter untersuchen oder so ähnlich."

Rike schaute Onno entgeistert an. „Du hast jemandem von der Sache erzählt", fuhr sie ihn an.

Onno war verlegen. „Ich wusste keinen anderen Weg mehr", antwortete er kleinlaut. „Wir sind bislang keinen Schritt weitergekommen, deswegen habe ich einen alten Bekannten angerufen. Ich habe ihm einfach gesagt, dass ich ein Schiff dort gesehen habe. Von dir habe ich nichts erzählt, wirklich nicht."

Rike schlug die Hände vors Gesicht. „Entschuldige, ich drehe noch total durch", schluchzte sie.

Onno ging auf sie zu und nahm sie in den Arm. Zärtlich streichelte er ihr über den Rücken. Sie drückte sich an ihn wie ein kleines Kind, das Schutz vor der dunklen Nacht suchte.

*

Trevisan war nervös. Es war der erste Großeinsatz, den er als Leiter des Kommissariats führte. In Gedanken ging er noch einmal durch, ob er an alles gedacht hatte. Polizeiboote, Küstenschutz und Bundeswehr. Ein Polizeihubschrauber, die Seenotrettungskreuzer und die Flugboote der Bundeswehr vom Stützpunkt in Bremerhaven hielten Ausschau nach einem einsamen Kutter, der irgendwo da draußen, zwischen Lütje Hörn und den Nordergründen, verloren gegangen war. Zusätzlich suchten Polizeistreifen die Küstengebiete und die möglichen Anlaufhäfen ab. Trevisan hatte sein Büro im zweiten Stock mit dem der Einsatzleitung im Erdgeschoss getauscht und saß hinter einem Funktisch. Ein uniformierter Kollege nahm die Meldungen entgegen und trug sie in einen EDV-gestützten Einsatzkalender ein. Das Suchgebiet wurde auf einer Karte dargestellt, die einen weiteren Bildschirm ausfüllte. Die einzelnen den Suchkräften zugewiesenen Einsatzräume waren farblich gekennzeichnet. Auf dem Plan ein lückenloses Muster. Über ein kleines Icon konnte die jeweilige Einheit, die das Gebiet absuchte, per Mausklick markiert werden. Sofort öffnete sich ein kleines, graues Kästchen, in dem der Rufname der Streife angezeigt wurde.

Trevisan hatte seine beiden Kollegen angewiesen, alle Anwohner und Bekannten nach möglichen Hinwendungsorten zu befragen. Alle Kontakte, die Corde hatte, wurden telefonisch überprüft. Für die Suchaktion hatte Trevisan zusätzliche Kollegen von der Fahndung und von den Rauschgiftermittlern angefordert. Greetsiel und auch die Umgebung von Cordes Wohnhaus wurden überprüft.

Kirner kümmerte sich unterdessen um Liebler, den Verwaltungsbeamten aus Oldenburg, der den schwer verletzten Doktor Esser vertrat. Kirner hatte über seine Dienststelle eine verdeckte Überprüfung des Lebensstils Lieblers und seiner Barschaften in die Wege geleitet. Eigentlich war für alles gesorgt. Die Sache hatte nur einen Haken: Es gab noch keine Spur von Corde.

Trevisan machte sich Vorwürfe. Er hätte Corde spätestens nach dem Anschlag auf Töngen überwachen lassen müssen. Kein glänzender Einstieg für einen Chef der Mordkommission. Mord war das Verbrechen, das in der Bevölkerung am meisten Abscheu und die größte Aufmerksamkeit hervorrief und die deutlichste Beeinträchtigung des subjektiven Sicherheitsgefühles nach sich zog. Ein Verbrechen, das in die Öffentlichkeit ausstrahlte, und bei dem der Chefermittler immer im Scheinwerferlicht stand.

„Hallo, Trevisan. Ist das wirklich alles notwendig? Ein vermisster Kutterkapitän aus Norden ist doch gar nicht unsere Sache." Kriminalrat Beck hatte unbemerkt über die Telekommunikationszentrale den Lagerraum betreten.

Das hatte Trevisan gerade noch gefehlt – als ob es Spaß machen würde, Dutzende von Kollegen draußen herumzuscheuchen. Er warf seinen Kugelschreiber auf den Funktisch und erhob sich. „Wir müssen davon ausgehen, dass ein Verbrechen vorliegt, das in unmittelbarem Zusammenhang mit dem Mordfall Larsen steht."

„Dann wäre trotzdem Aurich zuständig. Dieser Einsatz belastet ansonsten unser Budget."

Trevisan lag die passende Antwort auf der Zunge. Doch er kam nicht mehr dazu, sie auszusprechen. Ein Funkspruch unterbrach. Der uniformierte Beamte schaltete auf Kopfhörer, damit er auch wirklich jedes Wort verstand. Als er die Meldung quittierte, blickten ihn zwei Augenpaare ungeduldig an.

„Und, was ist?", fragte Trevisan gereizt.

„Sie haben den Kutter knapp drei Meilen oberhalb der Westerbalje ausgemacht. Es ist ein Toter an Bord. Offenbar der alte Skipper."

\*

„Das ist nicht Ihre Schuld", versuchte Kirner Trevisan zu beruhigen. „Er hätte spätestens nach Larsens Tod wissen müssen, worauf er sich eingelassen hat. Sie waren bei ihm – er schwieg. Er hätte Sie jederzeit anrufen können, er hätte Ihnen erzählen können, was er weiß, damit wir die Lage richtig beurteilen können. Er hat es nicht getan. Es war seine Entscheidung."

Trevisan saß zusammengesunken an seinem Schreibtisch und starrte mit leeren Augen auf die Tischplatte. „Ich hätte ihn warnen müssen."

„Ich habe auch Leichen in meinem Keller, das können Sie mir glauben", sagte Kirner. „Betrachten Sie nur den armen Esser. Er liegt auf der Intensivstation im Koma. Er kann vielleicht nie mehr mit seiner Frau und den Kindern sprechen, wird nie wieder einen Sonnenaufgang sehen, nie wieder den Duft einer Blume riechen. Weil ich ihn nicht ausreichend abgeschirmt habe. Im Nachhinein betrachtet hätte er bis zur Klärung des Falles irgendwo in Sicherheit gebracht werden müssen. Aber ich hielt es nicht für notwendig."

„Es war mein Fehler! Ich hätte Corde nicht aus den Augen lassen dürfen", widersprach Trevisan.

Kirner wurde es zu bunt. „Ach wissen Sie was, zerfließen Sie weiter in Selbstmitleid. Ich gehe unterdessen einen Mörder fangen." Er riss die Tür auf und wandte sich noch einmal zu Trevisan um. „Übrigens, erinnern Sie sich noch an diesen Ministerialdirigenten, von dem die Frau aus der Nationalparkverwaltung gesprochen hat? Der sich maßgeblich für das russische Forschungsprojekt im Wattenmeer eingesetzt hat? Winterberg war sein Name. Der hat Anfang November in einem Leeraner Hotel Selbstmord begangen. Litt unter starken Depressionen, heißt es im Bericht. Komischerweise war das vorher niemandem aufgefallen. Erst als er nach einem einwöchigen Aufenthalt in Sankt

230

Petersburg zurückkehrte, habe er sich merkwürdig verhalten. Zumindest meinte das seine Sekretärin. Aber vielleicht interessiert Sie das überhaupt nicht." Kirner warf die Tür ins Schloss.

Trevisan hastete ihm nach. Noch bevor er die Klinke in die Hand bekam, wurde die Tür wieder geöffnet. Kirner hielt ihm ein paar Blatt Papier unter die Nase. „Willkommen im Jagdrevier", sagte er mit einem verschmitzten Lächeln.

„Was ist das?", fragte Trevisan überrascht.

„Hat mir gerade eine hübsche, blonde Frau in die Hand gedrückt."

Trevisan überflog die Zeilen. „Diese russischen Forscher haben das Boot schon seit fast zwei Jahren in Beschlag. Eigentlich wollten sie es am ersten Dezember zurückgeben, aber dann haben sie in der letzten Novemberwoche kurzfristig verlängert. Überdies musste ein Teil der Computerelektronik im Ruderhaus wegen eines Wasserschadens ausgewechselt werden."

„Da steckt bestimmt Larsen dahinter!"

„Mag sein", stimmte Trevisan zu. „Das Schiff ist mit moderner Vermessungs- und Ortungstechnik ausgestattet und kann im sehr flachen Wasser manövrieren. Es wurde von einem Forschungsbüro in Sankt Petersburg gechartert. Das Institut nennt sich ITATAKA, was immer das auch heißt."

„Larsen, Esser, Töngen, Corde und Winterberg. Sankt Petersburg. Geben Sie mir das mal." Kirner streckte die Hand nach dem Bericht aus. „Ich habe da einen Kollegen, der war im Rahmen eines Austauschprogramms hochrangiger Polizeibeamter drüben. Eine Regierungsgeschichte auf höchster Ebene. Er hat noch immer hervorragende Kontakte zu den Russen. Der wird mehr erfahren, als wir je über das BKA ermitteln können."

Trevisan reichte ihm den Bericht.

„Und was machen wir als Nächstes?", fragte Kirner.

Trevisans Gesicht nahm einen entschlossenen Ausdruck an. „Großfahndung nach der *Sigtuna*."

Kirner lachte. „Ich sagte doch, willkommen zurück im Jagdrevier."

# 34

Rike war am Fenster stehen geblieben, doch sie konnte nichts Verdächtiges wahrnehmen. Keine Fahrzeuge, keine Personen, nichts, und doch ließ sie das Gefühl nicht los, längst beobachtet zu werden. Sie umklammerte die Waffe wie ein Schiffbrüchiger den Rettungsring. Onno Behrend kehrte nach sechsunddreißig Minuten von der Telefonzelle zurück und meldete sich mit dem vereinbarten Klopfzeichen.

Als er eingetreten war, schloss sie sofort die Tür. „Was ist mit Hilko?"

Onno Behrend schüttelte den Kopf. „Es meldete sich immer nur dieser Automat und erzählte, dass der Teilnehmer nicht erreichbar sei. Das ist ungewöhnlich. Hilko geht ohne sein Telefon nicht aus dem Haus. Selbst in der Ladestation bleibt es eingeschaltet. Es kann nur sein, dass er weit draußen auf See ist, wobei ich mir das in dieser Jahreszeit nicht vorstellen kann."

Rike schlug die Hände vors Gesicht. „Dann ist ihm etwas zugestoßen."

„Nicht so voreilig, Mädchen. Es kann ja auch sein, dass er das Handy verlegt hat oder der Akku seinen Geist aufgegeben hat."

Rike schüttelte vehement den Kopf. „Der Anruf, das waren die Kerle. Sie wollten wissen, ob wir zu Hause sind. Wahrscheinlich haben sie es aus ihm herausgeprügelt. Und alles nur wegen mir." Sie schluchzte.

Onno nahm sie in den Arm und versuchte sie zu trösten, doch seine Worte verhallten wirkungslos. Rike stand zusammengesunken da und weinte bitterlich.

Doch dann richtete sie sich auf und trocknete die Tränen. Ihre Augen waren rotgeweint, doch ihre Miene wirkte entschlossen. Sie hob die Waffe. „Sollen sie nur kommen. Sie werden bezahlen. Für Larsen und für Hilko. Sie haben sich die Falsche ausgesucht." Sie schaute ihm ins Gesicht. „Wir sollten vorbereitet sein."

„Komm!", sagte er. Sie folgte ihm in die Küche.

„Die Fenster und die Hintertür müssen verbarrikadiert werden und außerdem habe ich ein paar Tricks auf Lager. Wer mal in Zentralafrika an der Jagd gegen Wilderer teilgenommen hat, der weiß, was es heißt, eine Falle zu bauen."

Rike war regungslos geblieben.

„Was ist los mit dir?", fragte der alte Mann. „Das ist vielleicht eine Möglichkeit, einen von ihnen zu fassen! Wenn wir ihn zum Reden bringen, dann könnte er dich entlasten."

„Einen fangen, meinst du?"

„Genau das meine ich. Wir lassen sie ins Haus und verbarrikadieren uns im oberen Stockwerk. Die Polizei können wir immer noch rufen, wenn wir einen vor der Flinte haben. Das ist deine einzige Chance, den Verdacht von dir zu nehmen."

Ein Spiel auf Leben und Tod? Rikes Bedenken vor der eigenen Courage summten unüberhörbar in ihrem Hinterkopf. „Das sind Mörder."

Onno schob den Einwand mit einem einzigen Wisch seiner Hand zur Seite. „Wir müssen sie überraschen." Er legte die Hand auf ihre Schulter und zog sie an sich. „Ich werde auf dich aufpassen und ich weiß, was ich tue."

*

Die *Molly* sollte gegen 16 Uhr in Norddeich ankommen. Da sich die Flutventile verklemmt hatten und nur wenig Wasser in den Maschinenraum eingedrungen war, war der Kutter seetüchtig geblieben, aber ein Schlepper war ausgelaufen, um ihn sicher in den Hafen zu bringen, damit so wenig Spuren wie möglich vernichtet wurden. Ein Lotse war an Bord und hatte Anweisung, seinen Platz nur im Notfall zu verlassen. Cordes Leiche befand sich noch an Bord. Der Notarzt der Seenotrettung schätzte, dass der Zeitpunkt des Todes bereits zwei Tage zurücklag.

Johannes Hagemann und Alex Uhlenbruch erwarteten Trevisan am zweiten Anleger vor dem Abfertigungsgebäude.

„Schöne Scheiße", stöhnte Johannes.

„Kein schöner Einstand an Ihrem ersten Tag", sagte Trevisan zu Alex Uhlenbruch, der sich am Geländer abstützte. „Wisst ihr schon Näheres?"

Johannes Hagemann verneinte. „Nicht mehr als du."

„Wir warten noch auf Horst", erklärte Trevisan.

„Horst Kleinschmidt ist unser Spurensicherer", erläuterte Johannes, an Alex gewandt.

Der Schlepper und Kleinschmidt trafen nahezu gleichzeitig ein.

„Ich glaube, die legen drüben an", mutmaßte Johannes.

Tatsächlich manövrierte der Schlepper die Ostseite des Hafens an. Es dauerte fast noch eine halbe Stunde, bis die *Molly* fest vertäut am Kai lag.

Trevisan fuhr zusammen mit Horst Kleinschmidt im Spurensicherungsfahrzeug hinüber in den Industriehafen.

„Beck hat seinen Unmut über unseren kleinen Ausflug an die Westküste geäußert", sagte Kleinschmidt. „Er will morgen mit dir darüber reden. Du sollst dich bei ihm melden."

„Mach dir keine Sorgen", antwortete Trevisan. „Es ist unser Fall und dann arbeiten wir auch mit unseren Mitteln. Die Kollegen aus Norden und aus Aurich sind von mir informiert worden. Er soll zu mir kommen, wenn er etwas will."

Trevisan hasste es, wenn sich die Vorgesetzten mit ihrem kleinkarierten Verwaltungsdenken in aktuelle Fälle mischten und auf ihre bereits mehr als zehn Jahre zurückliegende Erfahrung auf der Straße verwiesen. Trevisan schluckte den schalen Geschmack hinunter und schaute zu, wie Kleinschmidt und seine Männer in weißen Papier-Overalls über einen kleinen Landungssteg an Bord der *Molly* verschwanden. Sie trugen Plastikboxen an Bord, in denen sich ihre Ausrüstung befand.

Johannes und Alex kamen mit einem schmächtigen Mann im Schlepptau, der eine große, schwarze und offenbar schwere Tasche trug.

„Hast du jemanden von der Rechtsmedizin herbestellt?", fragte Johannes.

Trevisan nickte. „Das ist Doktor Jäger aus Hage, er arbeitet für die Kollegen aus Aurich."

„Es ist sehr ungewöhnlich, normalerweise arbeite ich im OP. Aber die Kollegen meinten, es sei dringend", näselte der kleine Schmächtige und stellte seine Tasche auf den Boden.

„Sobald die Spurensicherung mit der Leiche fertig ist, können Sie ran", erklärte Trevisan. „Ich muss wissen, ob Corde gefoltert wurde und wie und wann er starb. Er hat offenbar keine äußeren Verletzungen."

„Sie wissen, dass ich hier nur unter Vorbehalt …"

„Das ist mir klar, die Staatsanwaltschaft wird auf alle Fälle eine Sektion anordnen. Doch das dauert mir zu lange. Wir müssen davon ausgehen, dass ein weiteres Menschenleben in Gefahr ist."

Der Doktor nickte.

„Und wir werden anschließend den Kutter auf den Kopf stellen", wandte sich Trevisan seinen Kollegen zu. „Wir müssen unbedingt einen Hinweis auf den Aufenthaltsort dieser Friederike van Deeren finden. Die Kerle sind nach wie vor hinter ihr her und ich glaube, dass das Mädchen irgendetwas besitzt, dass sie unbedingt haben wollen."

Nach einer Weile gab Kleinschmidt das Signal und Doktor Jäger konnte an Bord gehen. Er brauchte nur eine halbe Stunde. Trevisan wartete geduldig, bis Dr. Jäger seine Eintragungen in einen kleinen Collegeblock vollendet hatte.

„Ich gehe davon aus, die Leiche kommt zu mir unters Messer?"

„Wenn Norden Ihr Revier ist …", antwortete Trevisan.

„Na ja, gut", nuschelte er. „Also. Ich kann keine Spuren von äußerer Gewalteinwirkung erkennen. Alle Glieder sind in Ordnung und die kleine Wunde am Hinterkopf zog er sich beim Sturz zu. Wenn Sie hinter diesem Todesfall ein Verbrechen vermuten, dann werden meine Feststellungen enttäuschend für Sie sein. Der Mann starb an einem Infarkt. Die Anzeichen sind ganz deutlich, obwohl er schon eine ganze Weile tot ist. Die Messungen ergeben einen groben Zeitrahmen von achtundvierzig bis sechzig Stunden."

„Also am Samstag zwischen sechs und achtzehn Uhr", murmelte Trevisan. „Dann geschah es, als die Kerle an Bord waren."

Mittlerweile hatte sich die Dämmerung über den Hafen gelegt. Kleinschmidt und sein Team waren noch immer beschäftigt. Trevisan hatte veranlasst, dass ein Beerdigungsinstitut zum Hafen beordert wurde. Johannes Hagemann und Alex Uhlenbruch durchsuchten das Ruderhaus.

Kleinschmidt stand neben Trevisan auf der *Molly* und schaute zum Himmel. „Noch eine Viertelstunde und es ist dunkel."

Trevisan zog den Mantelkragen höher. Feuchte Kälte schlich über das Wasser auf den Hafendamm zu. „Braucht ihr zusätzliches Licht?"

Kleinschmidt schüttelte den Kopf. „Wir sind in zehn Minuten fertig. Allerlei Fingerabdrücke, Faserspuren, alles Mögliche. Bis ich da durchgestiegen bin, vergehen ein paar Tage. Aber es deutet nichts darauf hin, dass das Schiff durchsucht wurde. Alles ist aufgeräumt. Die Becher stehen an ihrem Platz und das Unterdeck ist aufgefüllt mit Coladosen, Bier und Süßigkeiten."

„Habt ihr ein Handy gefunden?"

Kleinschmidt schüttelte den Kopf.

„Sicher nicht?"

„Ich habe die Kleider und das Umfeld des Toten persönlich durchsucht", antwortete Kleinschmidt fast ein wenig beleidigt. „Ein Handy habe ich nicht gefunden."

„Verflucht ..."

Als Kleinschmidt mit seinem Team abgerückt war, nahm Trevisan im fahlen Licht seiner Taschenlampe und der mageren Bootsbeleuchtung das Schiff selbst unter die Lupe. Drei Männer mussten doch Hinweise hinterlassen haben. Es sei denn, sie hatten genügend Zeit, sie zu beseitigen. Dosen und benutzte Becher konnten sie einfach über Bord werfen, Fingerabdrücke abwischen und entstandene Unordnung aufräumen.

„Wir haben was!", rief Johannes Hagemann aus dem Unterdeck herauf.

Alex Uhlenbruch streckte seinen Kopf aus dem Niedergang. „Das hier war in der Bordapotheke deponiert." Er präsentierte einen Schlüssel mit Anhänger. „Hätte ich die Dose mit dem Pulver gegen Insektenstiche nicht geöffnet, dann hätte ich ihn nicht gefunden. Corde hat offenbar einen Spind in der Seehundstation Norddeich."

Trevisan schaute auf die Uhr. Es war kurz nach elf. „Kümmert euch bitte gleich darum."

„Okay", entgegnete Alex. „Ansonsten sind wir fertig."

„Gut, machen wir die Lichter aus und verschwinden von hier."

*

Als Trevisan an diesem Tag nach Hause kam, war es bereits nach Mitternacht. Im Flur entledigte er sich seiner Schuhe und ging direkt ins Wohnzimmer. Seinen Mantel warf er achtlos über die Couch. Niedergeschlagen und erschöpft ließ er sich in seinem Sessel nieder und legte den Kopf zurück.

Corde war eines natürlichen Todes gestorben. Wo waren die anderen Männer geblieben? Hatten sie auf hoher See den Kutter verlassen, waren einfach umgestiegen auf ein anderes Schiff? Die *Sigtuna*! Natürlich, nur so konnte es gewesen sein.

Aber warum war Corde gestorben? Offenbar hatten sie ihn nicht angerührt. Mussten sie es überhaupt? Hatten sie ihn bereits so eingeschüchtert, dass er ihnen erzählte, was sie wissen wollten, hatte er ihnen verraten, wo sich Friederike van Deeren aufhielt? Oder ging es ihnen überhaupt nicht darum? Ging es ihnen nur um einen Gegenstand? Um einen Plan, eine Karte oder so etwas Ähnliches? Hatte Corde diesen ominösen Gegenstand selbst in Verwahrung? Auf dem Schiff vielleicht, so wie den Schlüssel, den Alex gefunden hatte? War er gestorben, weil seine Lebensuhr einfach abgelaufen war?

Trevisan schüttelte den Kopf. Ein wichtiger Umstand war, dass Cordes Handy fehlte. Corde selbst hatte gesagt, dass er nie ohne sein Handy das Haus verließ, weil es ein Teil seines Geschäftes war und sein Auskommen sicherte.

Auf dem Handy waren Telefonnummern gespeichert. Hatten sie es deshalb mitgenommen? Das hieße aber auch, dass die Kerle noch immer nicht in der Hand hielten, was sie suchten. Das bedeutete, die Jagd ging weiter und die junge Frau war noch immer in höchster Gefahr.

Der Rote Sand. Eine Untiefe mit Sandbänken im Mündungsgebiet der Weser. Was war so interessant daran? Ein Naturschutzgebiet. Vielleicht Öl? Aber das hätte sich bestimmt längst herumgesprochen. War dort ein Schiff gesunken mit Schätzen an Bord?

Rauschgift, hatte Töngen angenommen. Könnte sein. Russen und Rauschgifthandel passten zusammen. Aber warum im Roten Sand? Abseits der Schifffahrtslinien lud ein Frachter regelrecht zu einer Kontrolle ein. Es sei denn, man wäre in diese unwirtliche Gegend geflüchtet, um dann letztlich doch feststellen zu müssen, dass es kein Entkommen gab. Hatte ein Kapitän seine verfängliche Ladung gelöscht und ins Meer geworfen?

Trevisans Gedanken kreisten um die Untiefe vor der Küste und kamen nicht zur Ruhe. Das Schiff, sie mussten das Schiff finden. Vielleicht würde jemand von der Besatzung reden. Obwohl gerade Festgenommene aus dem Osten häufig eisern schwiegen.

Das Telefon riss Trevisan aus den Gedanken. Er schaute auf die Armbanduhr. Es war kurz nach eins. Er erhob sich und ging in den Flur. „Trevisan hier!", meldete er sich hastig.

„Endlich …! Ich bin es, Grit!"

Trevisan zog die Stirn kraus. „Warum rufst du so spät noch an, was ist passiert?"

Der beunruhigte Unterton in seiner Stimme blieb seiner Noch-ehefrau nicht verborgen. „Beruhige dich, ich habe es heute schon viermal bei dir versucht. Auch auf der Dienststelle. Du warst laufend unterwegs. Es hat sich bei dir nichts geändert."

Trevisan überging den erneuten Nackenschlag. „Was willst du?"

„Ich will mit dir über Paula reden."

„Jetzt?!" Trevisan setzte sich auf den kleinen Schemel neben dem Schuhschrank.

„Das Mädchen hat sich in den letzten Tagen sehr verändert. Es kann so nicht weitergehen. Sie redet nur noch von Wilhelmshaven und macht mich und Dörte ganz verrückt. Und das jetzt, wo ich es am wenigsten brauchen kann."

„Ich habe versucht …"

„Ich weiß, was du versucht hast", fiel ihm Grit ins Wort. „Das Resultat habe ich jetzt hier bei mir. Ich liebe Paula. Aber ich kann von Dörte nicht verlangen, dass sie auf das Mädchen aufpasst, wenn ich im nächsten halben Jahr nicht da bin."

Trevisan runzelte die Stirn. „Was heißt: nicht da?"

„In zwei Wochen gehe ich für ein halbes Jahr nach Kopenhagen", antwortete Grit. „Ich habe ein Angebot in leitender Stellung bei einer Fährgesellschaft und ich habe nicht vor, diese Chance ungenutzt zu lassen. Deshalb rufe ich an. Entweder du nimmst Paula zu dir und ich hole sie wieder ab, wenn ich etwas Passendes für mich gefunden habe, oder ich suche ein Internat für sie aus. Die Kosten bleiben zunächst an dir hängen, später können wir den Betrag dann teilen."

Trevisan war sprachlos.

„Was ist, bist du eingeschlafen?"

Trevisan überlegte. Welchen Plan hatte Grit ausgeheckt? Was steckte dahinter? Er traute dem Frieden nicht. Dennoch gab es nur ein einziges Wort, mit dem er antworten konnte. Aber was war in einem halben Jahr? Würde Tante Klara Wort halten? Ohne ihre Hilfe wäre die Erziehung seiner Tochter kaum zu bewältigen. Was, wenn der nächste Fall schon wieder auf ihn wartete und er sich die Nächte draußen auf der Straße um die Ohren schlagen musste? Was, wenn ihn dieser Fall noch monatelang beschäftigte? Was, wenn er wieder zu spät kam?

„Ja", stöhnte er leise.

„Was hast du gesagt?"

„Ja", schrie Trevisan ins Telefon.

„Was ist bloß los mit dir?", fragte Grit aufgebracht.

Trevisan atmete tief durch. „Entschuldige, ich bin müde. Ich war heute den ganzen Tag auf den Beinen."

„Du hättest besser genauso viel Energie in unsere Beziehung stecken sollen wie in deine Polizei", antwortete Grit gereizt.

Trevisan konnte keinen Ärger gebrauchen. Nicht jetzt, nicht um diese Zeit. „Ruf mich an, wenn du sie bringst", sagte er, dann drückte er auf die rote Taste.

Noch über eine Stunde lag er im Sessel und grübelte, bevor ihn der Schlaf übermannte. Als er wach wurde, brannte noch immer das Licht. Es war drei Minuten vor sechs. Sein Kopf schmerzte und er fühlte sich wie gerädert.

# 35

Langsam senkte sich die Nacht über die Insel. Mit der Dunkelheit kehrte auch die Stille zurück. Die Vögel in den Birken vor Onnos Haus verstummten. Doch Onno wusste, dass es für ihn und Rike keine Ruhe geben würde. Sie waren ins Visier geraten, aber sie würden sich zur Wehr setzen. In Onno war eine trotzige Angriffslust erwacht, und Rike wurde von seinem Schwung mitgerissen. Er hatte eine geradezu kindliche Freude an seinem Angriffsplan entwickelt. Und der Plan war gut, davon war er überzeugt. Seine Erfahrung und das Studium der Tierwelt hatten ihn gelehrt, dass es Räuber und Opfer gab. Die Fressenden und diejenigen, die gefressen wurden. Doch auch diese Welt war nicht nur schwarz und weiß, auch hier gab es Graustufen. Manche setzten sich zur Wehr, verteidigten sich gegen die Attacken und überlebten. So wie der Tintenfisch, der sich in Schwärze hüllte und seinem Angreifer die Sicht nahm. Onno würde seinen Gegnern nicht nur die Sicht nehmen.

Diese Menschen hatten getötet. Ein guter Freund hatte sterben müssen – Onno ahnte, dass Hilko Corde tot war, nur wollte er dem Mädchen, für das er sich verantwortlich fühlte, nicht den letzten Funken Hoffnung rauben. Aber der Pazifismus, den er sich in den letzten Jahren auferlegt hatte, schmolz dahin wie ein Eiswürfel in der Sonne. Er spürte keine Abscheu, wenn seine Hand über den kalten Stahl tastete, der hergestellt worden war, um zu töten. Er war sich nicht einmal mehr sicher, ob er beten sollte, dass die Kerle sie einfach nicht finden würden, oder ob er ihr Kommen nicht geradezu herbeiwünschte. Ein Vers aus dem alten Testament hatte Besitz von ihm ergriffen. Onno hatte sich verändert, er war kalt geworden. Eiskalt.

Onno schob einen schweren Riegel vor die Hintertür. Die Läden hatte er bereits zusammengenagelt, damit dort niemand so einfach eindringen konnte. Die Tür, die direkt in die Küche führte, würde das Ziel der Killer sein. Dessen war er sich sicher, deshalb hatte er sich noch eine zusätzliche Sicherung ausgedacht. Eine heimtückische und tödliche Sicherung.

„Hast du einen Fotoapparat?", fragte Rike, als Onno zufrieden sein Werk betrachtete.

„Willst du sie fotografieren?"

Rikes Lächeln missglückte. „Ich brauche das Blitzlicht. Falls sie es doch nach innen schaffen, dann sollen sie ein paar kleine Überraschungen erleben."

\*

Als der Morgen graute, hing ein dichter Vorhang aus weißen Nebelschwaden über der Stadt. Die Kälte war zurückgekehrt. Eine unangenehme Kälte, die alles durchdrang, Fasern, Wolle und Gewebe, und sich feucht und klamm auf der Haut niederließ. Johannes Hagemann hatte sich einen dicken Pullover übergezogen, darüber trug er seinen Wollmantel, dennoch fröstelte es ihn, als er vor der Garagenausfahrt wartete. Es war halb acht. Er hatte mit Alex abgesprochen, sehr früh nach Norden aufzubrechen, um Cordes Spind in der Seehundaufzuchtstation unter die Lupe zu nehmen. Corde hatte den Schlüssel auf seinem Schiff gut versteckt. Dafür musste es einen Grund geben.

Die lange Nacht hatte ihre Spuren hinterlassen und die Müdigkeit steckte noch in ihren Gliedern. Alex konzentrierte sich auf die engen Straßen. Doch mehr als einmal schwankte der Wagen weit über die Mitte hinaus.

Er kurbelte die Scheibe herunter. Johannes hatte die Heizung auf größte Stufe gestellt. „Verdammter Nebel", murmelte Alex, als er an einer Kreuzung halten musste und die Vorfahrtsstraße nach Scheinwerfern anderer Fahrzeuge absuchte.

„Kannst du das Fenster wieder ein bisschen hochdrehen?", fragte Johannes schläfrig. Das waren die einzigen Worte, die sie wechselten, bevor Alex den Wagen auf dem Parkplatz gegenüber ihrem Ziel abstellte. Ein eisernes Tor sicherte den Zugang zu dem flachen, L-förmig angelegten Gebäude aus rotem Backstein. An einem stählernen Zaunpfosten war ein überdimensionaler Schalter angebracht. „Klingel", stand auf einem aufgeklebten Papierstreifen darunter.

Es dauerte nicht lange und ein hagerer Mann um die Fünfzig erschien. Sein graues, schütteres Haar hing wirr in seine Stirn. Er trug einen blauen Overall und lange, grüne Gummihandschuhe, von denen Wassertropfen perlten. Langsam schälte er sich die Handschuhe von den Händen. Es roch nach Fisch.

„Moin!", sagte der Mann mit tiefer Stimme. „Die Herren aus Wilhelmshaven?"

Johannes griff in seine Manteltasche und präsentierte seine Dienstmarke. Das Tor glitt geräuschvoll auf Rollen zurück.

„Ist ein Ding, das mit dem alten Corde", bemerkte der Angestellte der Seehundaufzuchtstation, während er sie vorbei an der geschlossenen Kasse ins Innere des Gebäudes führte. „Er war früher oft hier bei uns. Damals bei den Zählungen." Er führte sie durch einen langen Gang. Die verglasten Außenwände gaben den Blick auf ein Schwimmbecken frei. „Die Touristen drücken sich im Sommer die Nasen platt", erklärte der Tierpfleger und bog in einen Seitengang ein, der an einer Tür mit der Aufschrift *Privat* endete. Er führte sie durch einen Saal in einen Nebenraum. Zehn Stahlspinde standen dort in Reih und Glied. Der Mann wies auf den letzten Schrank in der Ecke. „Corde."

Johannes kramte den Schlüssel aus seiner Manteltasche und steckte ihn in das Schloss. Er passte. Die Tür schwang auf.

Enttäuschung breitete sich auf den Gesichtern aus. Ein paar Gummistiefel auf dem Boden, ein blauer Overall und eine gelbe Öljacke auf einem Bügel an der Stange. Der Südwester dazu lag auf dem Regalbrett. Mehr gab es nicht zu entdecken. Keine Wertgegenstände, keine Geheimnisse, keine weiteren Hinweise.

„Verdammt!" Alex schlug mit der flachen Hand gegen die Metalltür, dass es schepperte. Der Angestellte zuckte zusammen. „Entschuldigung", beeilte sich Alex zu sagen. „Wir dachten, dass wir etwas finden würden, das uns weiterbringt."

Alex wollte sich schon abwenden, als ihn Johannes am Ärmel zupfte. Er wies auf die Bilder an der Innenseite des Spinds. Neben einem Poster eines Heulers, der mit treuen Augen in die Kamera linste, gab es zahlreiche Fotos. Hilko Corde auf seiner *Molly*, Hilko Corde im Kreise weiterer Kollegen. Hilko Corde mit einem Heuler auf den Armen und ein weiteres Bild: Hilko Corde und ein Riese um die Sechzig in gelbem Ölzeug, mit einem Fernglas um den Hals. Der Riese hatte den Arm freundschaftlich um Corde gelegt. In der Ecke der Fotografie gab es eine Datumseinblendung. Das Bild war zwei Jahre alt.

„Wer ist das auf den Fotos?", fragte Johannes.

Der Mann trat näher. „Das ist Hilko im Einsatz und Kollegen von hier. Damals, als wir draußen waren zur Zählung."

Johannes wies auf das Bild. „Und wer ist der Mann dort?"

„Das ist Onno. Ein Freund von Hilko. Ist ab und zu mit uns rausgefahren." Verschwörerisch fügte er hinzu: „Durfte der Chef nicht wissen. Ist ein pensionierter Beamter, der sich für die Vögel interessiert und Fotos macht."

Alex riss das Bild von der Schrankwand. „Wissen Sie, wo der wohnt und wie er mit Nachnamen heißt?"

Der Tierpfleger lächelte. „Hat ein Haus gekauft, irgendwo in der Nähe der See. Er hieß Behrend, Onno Behrend, fast wie die Teesorte. Haben uns öfter darüber lustig gemacht, habe ihn aber schon lange nicht mehr gesehen."

„Einen Hinweis auf den Wohnort haben Sie nicht zufällig, irgendetwas, einen Ortsnamen, eine Besonderheit?"

Der Mann schüttelte den Kopf. „Weiß nur, dass er in der Nähe von einer Klinik wohnt. Hat immer davon erzählt, wenn die Krankenwagen gefahren sind."

Johannes lächelte und klopfte dem Tierpfleger auf die Schulter. „Ich glaube, Sie haben uns sehr geholfen."

*

Neben den Nummern von Larsen, Rike und des Wirts der Hafenschenke in Greetsiel verwies das Verzeichnis in Hilko Cordes

Handy unter der Rubrik „VIP-Privat" auf die Rufnummer von Onno Behrend. Es hatte nur wenig Mühe gemacht, die Adresse in Erfahrung zu bringen. Eine schlaue Idee, das Mädchen auf einer der Inseln unterzubringen. Dort logierten andauernd Feriengäste und fast in jedem Haus wurden Zimmer vermietet.

Rike wurde noch immer von der Polizei gesucht. Aber noch eine Gefahr lauerte auf sie. Und die war schlimmer, als hinter hohen Mauern und vergitterten Fenstern leben zu müssen. Ob sie es schon wusste? Bestimmt. Sie war schließlich intelligent und sie war nicht zart besaitet. Auf der Insel hatte sie mit voller Wucht zugetreten. Sniper war bestimmt kein Schwächling, aber es hatte ihm gereicht. Und dann auch noch ihre Forschungsarbeit. Er hatte sie gelesen, wenngleich er sich eigentlich nicht dafür interessierte. Aber sie hatte gut aufgepasst und ihre Feststellungen waren korrekt gewesen. Innerhalb eines Jahres hatte die Population dieser stinkenden Rollmöpse in manchen Regionen bedenklich abgenommen. Ein Teil ihrer Schlussfolgerungen trafen den Kern, wenngleich sie den Grund dafür nicht wusste. Aber sie hatte Recht, Stress mochten sie nicht, Hektik mochten sie nicht und bestimmte Töne mochten sie auch nicht. Und wenn die Biester nicht von selbst gingen, dann hatte man ja noch immer Igor und seine Leute.

Er stand abseits, den Blick auf das kleine, weiße Haus am nordöstlichen Rande der Stadt gerichtet, verborgen hinter hohen Büschen und Birken. Einen Hauch von Zweifel hatte es gegeben, denn sie hatte sich nicht gezeigt – bis der alte Mann und sie einen Fehler machten. Als Onno Behrend das Haus verließ, hatte Sniper sie gesehen. Danach hatte ein einziger Tastendruck auf seinem Mobiltelefon genügt. „Sie ist da!"

Mehr war nicht zu sagen. Doch es war ein Gespräch, das über Leben und Tod entschied.

Befehle wurde in einer kehligen Sprache über das Deck gebrüllt. Die beiden Maschinen liefen mit einem tiefen Blubbern an. Ein dünner Rauchfaden erhob sich in den Himmel.

Sie kamen. Sie hatten nur auf das Signal gewartet.

# 36

Kirner war früh ins Büro gegangen. Zwar hatten die Beamten an der Eingangsschleuse mit ihren müden Augen befremdet reagiert, als er gegen sieben Uhr das Dienstgebäude in der Peterstraße betreten wollte, doch nachdem er seinen Dienstausweis gezeigt und der uniformierte Kollege auch noch einen Notizzettel neben den Fahndungsfotografien entdeckt hatte, summte der Türöffner.

Kirner eilte in den zweiten Stock. Trevisan hatte ihm das Büro direkt gegenüber zugeteilt, in dem bis vor wenigen Wochen noch der bei Trevisan in Ungnade gefallene Kollege Sauter gearbeitet hatte. Noch bevor Kirner sich setzte, griff er zum Telefon und wählte die Nummer seiner Dienststelle. Er musste sich beeilen, Hauck von der Koordinierungsstelle noch zu erreichen, der meist gegen halb acht zur Polizeischule nach Hann fuhr.

Hauck wurde seit seinem Russland-Aufenthalt im LKA nur noch Dawarisch genannt. Ergab sich im Zusammenhang mit einem Fall die Notwendigkeit, Informationen aus Russland zu erlangen, dann wurde der Dawarisch konsequent ins Spiel gebracht. Kirner wusste nach einem etwa halbstündigen Telefonat mehr über die ITATAKA, als ein offizielles Ersuchen, falls es überhaupt beantwortet worden wäre, hätte erbringen können.

Trevisan, der gegen halb acht steif und müde durch den Gang zu seinem Büro tapste, wunderte sich darüber, dass er eine Stimme aus Sauters Zimmer hörte, doch dann fiel ihm wieder ein, wen er dort einquartiert hatte. Leise setzte er den Weg fort. Er brauchte noch ein paar Minuten für sich alleine, denn er hatte eine schwere Nacht hinter sich.

Paula würde kommen und bei ihm bleiben. Ein halbes Jahr vorerst. Der Gedanke trieb ihm noch immer den Schweiß auf die Stirn. Jetzt wurde er sich langsam bewusst, welcher Verantwortung er sich stellen musste. Vielleicht tat ein starker Kaffee erst einmal gut. Das Lebenselixier der Polizisten auf der ganzen Welt. Verdammt, die Kaffeefilter! Er seufzte. Gestern hatte er den letzten verbraucht. Vielleicht konnten die Kollegen aus dem ersten Stock aushelfen. Er riss die Tür auf und wäre beinahe mit Kriminaloberrat Kirner zusammengeprallt.

„Sie haben aber ein Tempo drauf", witzelte Kirner.

Trevisan stand der Schreck noch ins Gesicht geschrieben. „… keine Filter", stammelte er überrascht.

„Ein Kaffee wäre nicht schlecht", antwortete Kirner. „Haben Sie keine Angestellte hier?"

Trevisan warf Kirner einen missbilligenden Blick zu. „Unsere Angestellten sind keine Köchinnen, sondern schreiben unsere Berichte. Außerdem hat unsere Sekretärin gerade Urlaub."

„Schon gut", beschwichtigte Kirner. „Ich muss dringend mit Ihnen sprechen. Nachricht aus Sankt Petersburg."

Trevisan war sofort hellwach. Er setzte sich auf die Couch, die in der Ecke des Zimmers stand. Kirner schloss die Tür und setzte sich neben Trevisan.

„Meine verlässliche Quelle berichtete mir, dass es in Sankt Petersburg unter der Adresse Bolschaja Morskaja Ulizia 122 kein Labor und keine Forschungsanstalt gibt. Das Haus wird im Obergeschoss von zwei unbescholtenen Familien bewohnt. Im Erdgeschoss gibt es zwei Büros. Aber es gibt fünf Briefkästen und auf einem steht tatsächlich ITATAKA. Der Briefkasten wurde nachträglich angebracht."

„Also eine reine Briefkastenfirma", folgerte Trevisan.

„Moment, ich bin noch nicht am Ende", fuhr Kirner fort. „Das Haus gehört dem Inhaber eines der unteren Büros. Er unterhält dort eine Firma, die sich PEKO Consult nennt. Das andere Büro ist leer."

„Und zu wem gehört nun der Briefkasten?"

Kirner beschwichtigte Trevisan mit einer Handbewegung. „Es kommt noch besser. Der Hausbesitzer und Inhaber dieser anderen Firma ist den Behörden dort drüben kein Unbekannter. Er vermittelt Finanzgeschäfte. Vom Inland ins Ausland und auch umgekehrt. Er heißt Alexander Romanow, ist etwas über fünfzig Jahre alt und hat die Gunst der Stunde genutzt. Er arbeitete früher im Comecon in der Außenhandelsabteilung und hat daher ausgezeichnete Verbindungen in den Westen. Seinen Reichtum hat er sich erschwindelt, aber an den Mann ist nicht heranzukommen. Man sagt, er hat mächtige Freunde. Möglicherweise wäscht er Gelder für die Russenmafia."

Trevisan schaute nachdenklich an die Decke. Kirner warf ihm einen Blick zu. „Sind Sie eingeschlafen?"

„Ich denke nach. Was macht ein Kaufmann mit einem Forschungsschiff draußen im Roten Sand?"

„Mein Kontaktmann weiß nur, dass sich Romanow zurzeit in Deutschland aufhalten soll. Doch welches Geschäft er angeleiert hat und wo genau er ist, davon hat er keinen blassen Schimmer. Sicher ist allerdings, dass es um viel Geld gehen muss. Meist geht es bei Romanow um Millionenbeträge."

Trevisan erhob sich und stellte sich ans Fenster. Die ersten Sonnenstrahlen durchdrangen den Dunst. „Was kann man im Watt zu Geld machen? Bodenschätze, Gold, Silber, Diamanten, all das gibt es da draußen nicht. Und Rauschgiftschmuggel … Ich weiß nicht, dafür brauche ich doch kein Forschungsschiff."

Kirner erhob sich ebenfalls und trat an Trevisans Seite. „Vielleicht ein verlorener Schatz", mutmaßte er mit leichter Ironie in der Stimme. „Ich bin in solchen Fällen gerne Romantiker."

*

Johannes Hagemann und Alex Uhlenbruch hatten sich von dem Tierpfleger in der Seehundaufzuchtstation verabschiedet. Sie waren nach Norden hineingefahren und hatten sich im Postamt mit einem Berg Telefonbücher in eine stille Ecke zurückgezogen.

Behrend war an der Küste kein ungewöhnlicher Name. Allein in Norden gab es über dreißig Einträge. Zusammen mit denen der Bezirke Greetsiel und Südbrookmerland waren es über fünfzig. Bei den meisten waren Vorname und Adresse vermerkt. Elf blieben übrig, bei denen nur der Nachname und die Nummer eingetragen waren.

„Wir müssen alle anrufen", sagte Hagemann. „Kann sein, dass ein Familienangehöriger, ein Sohn oder die Ehefrau, eingetragen ist."

„Und wenn er bei Bensersiel oder gar in Wilhelmshaven wohnt?", gab Alex zu bedenken.

„Dann sind wir eben ein paar Tage länger damit beschäftigt."

„Wären die Einwohnermeldeämter nicht besser?"

„Wenn du weißt, in welchem Ort du ihn suchen musst."

Alex schlug das Telefonbuch zu. „Es gibt hier wahrscheinlich weniger Gemeinden als Fernsprechteilnehmer."

Johannes lächelte. „Wir können ja beide Wege gehen. Ich brauche erst mal etwas zu essen und anschließend fahren wir auf das Revier in Norden. Von dort aus rufen wir die Leute an."

\*

Die Nacht war ohne Zwischenfall vergangen. Onno hatte die erste Schicht übernommen und war bis sechs Uhr wach geblieben, während Rike versucht hatte, auf der Couch im Wohnzimmer ein wenig Schlaf zu finden. Onno hatte sich mit der Schrotflinte bewaffnet und von Zeit zu Zeit einen Kontrollgang durch das Haus gemacht. Außer dem Wind, der um das Haus strich, den Wellen, die auf dem Strand ausliefen, und dem Knacken von Holz war nichts zu hören gewesen. Trotzdem hatte ihm das Herz bis zum Hals geschlagen, als er bei Dunkelheit durch die Gänge schlich. Er war wie gerädert, als Rike um sechs seine Schicht übernahm. Auch ihr war es nicht viel besser ergangen. Trotzdem ließen sich beide nichts anmerken.

Onno hatte sich hingelegt, doch auch in Rikes Wacht fand er keine Ruhe. So erhob er sich und ging hinauf unters Dach.

Rike blieb im Erdgeschoss zurück.

Draußen graute der Morgen und Rike warf einen suchenden Blick durch die Schlitze der Fensterläden. Doch weder hinter noch vor dem Haus war jemand zu sehen. Kein verdächtiges

Fahrzeug, kein Mensch mit hochgeschlagenem Mantelkragen und tief ins Gesicht gezogener Mütze. Nur einmal zuckte sie zusammen, als auf der Uferpromenade jemand auf das Haus zukam. Doch als sie den kleinen weißen Terrier neben der Person erkannte, entspannten sich ihre Züge.

Die Waffe in ihrer Hand gab ihr ein gewisses Maß an trügerischer Sicherheit. Doch würde sie die Waffe auch gebrauchen? Dieser Gedanke hatte sie die ganze Nacht beschäftigt.

„Das ist es!"

Rike fuhr zusammen, als Onnos Stimme durch den Gang hallte. „Ich hab's!"

Rike hastete auf den Gang hinaus. „Was ist los?" Ihr Herz raste. Onnos Schritte polterten über die Treppe.

„Ich habe die Lösung!", rief er, als er vollkommen außer Atem vor ihr stand. „Ich weiß jetzt, was die Kerle da draußen gemacht haben." Er hielt Rike einen Bogen durchsichtigen Papiers unter die Nase. Eine Art Landkarte war darauf gezeichnet. „Das ist der Plan vom Roten Sand. Natürlich nur ein schmaler Teil davon. Der westliche Gürtel."

„Und woher weißt du ..."

„Du hast mich darauf gebracht", antwortete Onno Behrend. „Die Zahlen in der Spalte fünf, die in Klammern stehen."

Rikes Gesicht zeigte ihre Verwunderung. „Ich verstehe nicht?"

„Deine Studie! Du hast die Robben auf den Sandbänken gezählt. Zweimal im Abstand von knapp sechs Monaten. Fünf der in Klammern gesetzten Zahlen sind identisch mit deinen Ergebnissen. Lege ich deine Daten zu Grunde und bringe sie mit den Daten auf der CD in Einklang, dann entsteht immer das gleiche Bild." Onno wandte sich um. „Komm mit!"

Sie gingen in das Zimmer unter dem Dach. An der Wand mit den Landkarten blieb Onno stehen. Eine Karte der Wesermündung im Maßstab 1:25000 hing direkt neben einem Bild einer Möwe, die sich im Wind treiben ließ. Onno ergriff den Bogen Papier und legte ihn über die Karte. Die eingezeichneten Daten stimmten überein. Sandbänke, Untiefen und Tiefenmeter. Ein schmaler Streifen der westlichen Untiefe.

Rike schüttelte den Kopf. „Angenommen du hast Recht, dann heißt das, sie haben einen Teil des Roten Sandes vermessen. Aber warum?"

„Das ist ein Naturschutzgebiet der ersten Kategorie", gab Onno zu bedenken.

„Sagtest du nicht selbst, sie hätten eine Genehmigung?"

Onno schaute nachdenklich auf die Karte. „Trotzdem. Es ist doch ungewöhnlich, oder?"

Rike wandte sich dem Bildschirm zu. Noch immer war dort die Tabelle der CD abgebildet. „Solange wir nicht wissen, was die anderen noch unentschlüsselten Daten bedeuten, können wir mit unserer Erkenntnis nichts anfangen. Sie haben eine Genehmigung und an Vermessungsarbeiten ist nichts Strafbares. Sicherlich hast du Recht. Sie habe die Tiefe und die Sandbänke kartografiert. Aber wir wissen immer noch nicht weshalb."

Onno setzte sich an den Computer. „Ich werde es herausfinden", sagte er entschlossen.

„Noch so eine Nacht halte ich nicht durch", erwiderte Rike. „Wir rufen die Polizei!"

Plötzlich tönte das Klingeln des Telefons durch das Treppenhaus.

Rike warf Onno einen ängstlichen Blick zu. Bewegungslos verharrten sie. Das Klingeln schien kein Ende zu nehmen. Nach schier unendlichen Minuten verstummte der Apparat. Rike atmete tief durch.

„Gib mir noch vierundzwanzig Stunden", brach Onno das Schweigen. „Ich spüre es, ich bin ganz dicht davor."

*

Der Abend senkte sich über das Watt und die Sonne verglühte in einem feuerroten Ball, der die Welt in einen fahlen Glanz tauchte.

Die *Sigtuna* steuerte über die Westerbalje auf die Inseln zu. Hinter Langeoog drehte das Schiff auf Westkurs, passierte die

Schillbalje und überquerte die Ruteplate in Richtung Norderney. Das Schiff ging sanft in der mäßigen Dünung. Das Dämmerlicht verklang in tiefer Schwärze, als das Schiff in den Ziel-
hafen einfuhr und am Kai vor Anker ging. Knapp drei Stunden
waren seit ihrem Aufbruch vergangen.

Männer gingen im Schatten der Dunkelheit von Bord und
schlugen den Weg zur nahen Stadt ein. Unter ihren Jacken trugen sie großkalibrige Pistolen. Ihr Auftrag war klar definiert.
Ein alter Mann und ein Mädchen in einem Haus am Ende der
Stadt. Sie würden ihren Auftrag erfüllen und einfach wieder
von hier verschwinden. Gnadenlos, lautlos, spurlos, so wie sie
gekommen waren.

Ihr Gewissen hatten sie in der untersten Schublade ihrer Seele
verstaut.

# 37

Am frühen Nachmittag waren Johannes Hagemann und Alex Uhlenbruch zurückgekehrt. Die Überprüfungen waren ergebnislos geblieben. Die Einwohnermeldeämter mussten passen und beim Abtelefonieren der Rufnummern hatten sie zwölf Teilnehmer nicht erreicht. Zwölf vage Möglichkeiten waren also geblieben.

Erschöpft ließ sich Johannes in seinen Stuhl sinken. Er zitterte, doch er versuchte es zu verbergen. Trevisan setzte sich auf die Kante seines Schreibtisches. „Wie geht es dir?", fragte er seinen älteren Kollegen.

Johannes atmete tief ein. „In letzter Zeit quäle ich mich durch jeden Tag. Manchmal fühle ich mich wie ausgekotzt."

„Warst du beim Arzt?"

„Drei Mal. Er hat mir Tabletten verschrieben. Teufelsdinger, sage ich dir. Seit ich sie nehme, kommt es hinten genauso dünn wie vorne, wenn überhaupt noch etwas kommt. Er meinte, ich solle in den nächsten Wochen zur Kur. Aber ich bin doch schon an der frischen Seeluft, weshalb sollte ich dann noch in die Berge."

„Johannes, wenn du dich nicht gut fühlst, du kannst jederzeit zu Hause bleiben und ein paar Tage ausspannen. Wir kommen schon klar."

Johannes Hagemann lachte auf, seine Brust hüpfte auf und ab und das Lachen floss nahtlos in einen Hustenanfall über, der ihn ordentlich durchschüttelte. Trevisan erschrak und versuchte ihn zu stützen, doch Johannes wehrte ab.

„Eine nette Art, mir zu sagen, dass ich überflüssig bin", krächzte er, nachdem er sich wieder beruhigt hatte.

Trevisan legte die Hand auf seine Schulter. „Du weißt, wie ich es meine."

Johannes lächelte ihn an. „Du siehst übrigens auch mitgenommen aus, wie durchgekaut und ausgespuckt. Wie läuft es bei dir?"

„Paula kommt zu mir zurück." Trevisan setzte sich wieder auf die Schreibtischkante. „Erst einmal für ein halbes Jahr."

„Und davor hast du Angst", stellte Johannes fest und schüttelte ein paar gelbe Pillen aus einer braunen Medizinflasche. „Wegen der Verantwortung."

Trevisan nickte. „Sie war so glücklich bei mir. Ich hatte nicht einmal richtig Zeit für sie, aber sie hat Klara erzählt, dass sie von Grit und ihrer Freundin hin- und hergeschoben wird und sich wie ein Plagegeist vorkommt. Sie ist nicht glücklich in Kiel."

„Mach sie glücklich, deine kleine Tochter. Stell dich der Aufgabe. Du wirst genauso wie sie lernen müssen, wie ihr am besten miteinander auskommt. Sie ist ein liebes Mädchen. Ich glaube nicht, dass du Probleme mit ihr haben wirst. Und ehe du dich versiehst, ist sie erwachsen."

„Und die Pubertät? Was, wenn sie mit den Frauenproblemen zu mir kommt?"

„Mensch, Junge, das ist noch so weit weg. Hast du damals deine Eltern gebraucht? Haben sie dir erklärt, wie es ist, wenn man langsam ein Mann wird? Wie man sich ein Mädchen angelt, ihr den Hof macht und dann nachts, wenn es so weit ist?"

Trevisan schüttelte den Kopf. „Meine Eltern waren altmodisch."

„Dir wird etwas einfallen, wenn es so weit ist, da bin ich mir sicher. Übrigens, wo ist denn der Kerl vom LKA, dieser Kirner?"

„Der ist heute noch vor Mittag weggegangen", antwortete Trevisan und erhob sich. „Er wollte noch etwas überprüfen."

„Und wie machen wir jetzt weiter?"

Trevisan griff nach dem Notizbuch, das vor Johannes auf dem Schreibtisch lag. Er schaute auf die Uhr. Es war kurz nach drei. „Wir telefonieren weiter. Ich nehme dir die Hälfte ab." Trevisan riss die Seite mit den Telefonnummern in zwei Teile. „Was macht eigentlich Alex?"

254

Johannes blickte auf. „Eine Internetrecherche. Mit dem Jungen hat unsere Abteilung einen guten Fang gemacht, der hat was drauf. Er sagt, wenn dieser Onno Behrend irgendwo mal in Erscheinung getreten ist, mal etwas publiziert hat, dann findet er ihn. Offenbar war der Mann ein Vogelkundler und die Hobbyforscher tauschen sich gerne über das Netz aus."

Trevisan lächelte. „Endlich einer, der sich an den brummenden Kästen auskennt. Dann bleibt uns nur die konventionelle Methode. Gute, alte Handarbeit."

Es war kurz nach halb sechs. Mutlos warf Trevisan den Telefonhörer zurück auf die Gabel. Drei Teilnehmer hatten sich als Nieten erwiesen und Alex hatte inzwischen zwar im Internet etliche Seiten gefunden, auf denen von Onno Behrend die Rede war, aber keine Adresse. Im Gegenteil, möglicherweise lebte er sogar weit im Landesinneren und verbrachte nur die Ferien hier im Norden. Einige Artikel sprachen von Kongressen und Treffen in München, in Bonn und in Nürnberg. Doch die hinterlegten Seiten stammten aus früheren Jahren.

Als sich draußen das letzte Tageslicht verzogen hatte, legte Trevisan den Zettel beiseite. Morgen war auch noch ein Tag. Alex und Johannes waren jetzt schon beinahe zwölf Stunden im Dienst. Auch für sie war es Zeit für den Feierabend. Er wollte sich gerade erheben, als plötzlich seine Tür aufflog.

„Sie haben das Schiff!", keuchte Hagemann. „Dieser Schwedenkreuzer liegt im Hafen von Norderney. Der Küstenschutz hat es gemeldet."

„Norderney?" wiederholte Trevisan. „Wie weit bist du mit den Telefonnummern?"

„Alle bis auf eine negativ."

„Habt ihr auch das Einwohnermeldeamt von Norderney überprüft?"

Johannes schaute betroffen zu Boden. „Verflucht, an die Inseln habe ich gar nicht gedacht. Er soll in der Nähe eines Krankenhauses wohnen, deswegen. Aber du hast Recht. Die Kliniken auf Norderney. Verdammt, jetzt haben die Ämter geschlossen. – Über das Polizeirevier, ich kümmere mich darum!" Er verschwand.

Trevisan überlegte. Das Schiff lag in einem Hafen, aus dem es jederzeit, auch bei Niedrigwasser, auslaufen konnte. Wenn er richtig vermutete, dann waren an Bord Männer, die bereits zwei Menschenleben auf dem Gewissen hatten, drei beinahe, wenn man Töngen hinzuzählte, der noch immer im Koma lag. Verdammt, wenn er nur verbindlich wüsste, dass Onno Behrend auf der Insel wohnte, dann wäre es keine Frage, was zu tun war. Trevisan klopfte nervös mit den Fingern auf den Schreibtisch. Diesmal wollte er unter keinen Umständen zu spät kommen. Er atmete noch einmal tief durch, dann griff er zum Telefon.

*

Bessere Verhältnisse hätten sie gar nicht vorfinden können. Das Haus lag am Ende des Dorfes, nahe dem Strand. In der Nähe befand sich nur das Kinderkrankenhaus, und das lag mindestens hundert Meter entfernt. Dazwischen türmten sich ein paar bewachsene Dünen. Außerdem war Behrends Grundstück nahezu rundherum umrahmt von Buschwerk. Strategisch hervorragende Voraussetzungen für ihren Plan.

Sie waren fünf. Einer stand vor dem Haus, die anderen hielten sich an der Strandpromenade auf. Von dort aus würden sie ihren Angriff starten. Die Schalldämpfer würden größeren Aufruhr verhindern. Ein alter Mann und ein Mädchen, was sollte schon schief gehen. Viktor Negrasov plante nicht mehr als zehn Minuten für das Kommandounternehmen ein. Am schwierigsten würde es werden, das gesuchte Material zu finden, deswegen mussten sie das Mädchen lebendig in die Hände bekommen. Ein kleines Feuer würde dann den Einsatz beschließen. Verbrannte Erde erschwerte die Spurensuche der Polizei.

Negrasov trug einen schwarzen Overall, schwarze Stiefel und Handschuhe. In seiner Tasche steckte eine schwarze Sturmhaube, die nur die Augen freilassen würde. Standardausrüstung für

Nachteinsätze. So wie damals in Afghanistan, als er Kommandounternehmen in den Bergen um den Kundus geleitet hatte. Alle seine Einsätze waren erfolgreich gewesen, nur drei Mann aus seiner Eliteeinheit hatte er über die gesamten Jahre verloren. Er bedauerte, dass er seine Männer nicht zur Verfügung hatte, sondern sich auf den Österreicher, seinen ungarischen Kumpel und die beiden Landsmänner von der *Sigtuna* verlassen musste.

Er schaute auf seine Uhr. Ein russisches Fabrikat, das speziell für die Armee hergestellt worden war. Sie war über zwölf Jahre alt, aber sie ging noch immer genau. Wenn nur alles im Leben so zuverlässig wäre, dachte er, als er den Einsatzbefehl gab.

Es war fünf nach zehn und die mondlose Nacht würde ihren Plan noch ein weiteres Stück begünstigen.

*

Den ganzen Tag hatte Onno wie besessen am Schreibtisch Pläne gezeichnet. Berge von zerknülltem Papier türmte sich im und mittlerweile auch neben dem Papierkorb. Doch bislang hatte er keinen wesentlichen Fortschritt gemacht.

Rike hatte den Tag damit verbracht, jedes Zimmer mehrfach zu überprüfen. Sie bereute, dass sie einer weiteren Nacht in diesem Käfig zugestimmt hatte. Sie musste nicht bei Verstand gewesen sein, zu denken, sie könne es mit diesen Bestien aufnehmen. Sie spürte, dass ihre Kraft schwand. Sie stürzte ihrem Tiefpunkt entgegen und dieser Tiefpunkt hatte einen ganz einfachen Namen: Angst, abgrundtiefe Angst.

Trotz ihrer waghalsigen Unternehmungen in den vergangenen Jahren, trotz ihrer Ausbildung in Selbstverteidigung, trotz der Waffe in ihrer Hand zitterte sie. Angespannt horchte sie in die beginnende Nacht. Sie fuhr herum. Onno polterte die Treppe hinunter. In der Stille wirkten seine Schritte wie Donnerhall.

„Ich bin mir nicht sicher, aber ich glaube, die haben die Windgeschwindigkeiten gemessen. Es sind die einzigen Werte, die eine Logik ergeben. Spitzenwerte und Durchschnittswerte."

„Und wie kommst du darauf?", antwortete Rike.

„Was sollte man sonst draußen auf dem Meer vermessen", antwortete Onno. „Die Tiefenmaße, die geographische Lage, die Abstände, Längenmaße. Da fehlten eigentlich nur noch die meteorologischen Daten. Ich habe einen Segelatlas gewälzt. Dort werden solche Werte auch beschrieben. Es sind Windgeschwindigkeiten in Kilometer pro Stunde."

„Gut, nehmen wir an, es ist so. Welchen Sinn ergibt ...“

Das Knacken, das durch den Gang herüberwehte, war ein fast nicht wahrzunehmendes Geräusch. Es hatte einen gewissen Rhythmus, fast so, als ob Wassertropfen auf Metall fielen.

Rike umklammerte die Waffe. Sie kamen. Onno schaute auf und gab ihr Zeichen, dass sie ihm nach oben folgen solle.

„Und was, wenn es die Polizei ist?", flüsterte Rike kehlig.

„Die Polizei bricht nirgendwo ein."

„Ich habe Angst", sagte Rike. „Ich bin kein Held."

„Helden gibt es nur in Geschichten oder in Filmen", sagte Onno. „Im richtigen Leben ist jeder ein Held, der sich nicht einfach in sein Schicksal fügt, sondern kämpft. Wer aufgibt, der ist tot, lange bevor sein Leben zu Ende ist."

„Aber die Angst ...“

„Ich habe auch Angst. Sollen wir warten, bis sie uns eine Kugel in den Kopf jagen oder uns ertränken, so wie Larsen? Selbst wenn du jetzt die Polizei anrufst, es würde mindestens eine Stunde dauern, bis sie hier wäre. Also komm mit nach oben und kämpfe."

Rike verschluckte ihre Antwort und auch einen Teil ihrer Angst. Sie erhob sich und ging hinaus in den Flur. Onno steckte den Stecker in die Steckdose. Er löschte das Licht, zog die Küchentür zu und hängte das Seil im Haken oberhalb der Türklinke ein, dann folgte er ihr

Rike schlich nach oben.

Das Geräusch war verstummt.

*

„Was ist los?", flüsterte Negrasov in einer kehligen und konso-
nantenreichen Sprache.

Sein bulliger Begleiter zuckte mit der Schulter, obwohl diese
Bewegung in der Dunkelheit ungesehen blieb. Es war wie ver-
hext. Nur eine einfache, altersschwache Verriegelung, dennoch
war es unmöglich, sie zu knacken. Irgendetwas im Inneren schien
die Bolzen und Ösen festzuhalten.

„Versuch es noch einmal!", befahl Negrasov.

Der Bullige probierte einen anderen Dietrich, aber das Ergebnis war dasselbe. Er bekam das Schloss einfach nicht auf. Und
dabei galt er als Spezialist. Er wandte sich um und raunte Negrasov ein kurzes, aber bestimmtes „Unmöglich" auf Russisch
entgegen.

„Das Fenster", entschied Negrasov. Der Komplize zog ein
Messer aus der Scheide und fuhr damit in der Mitte in den Schlitz
zwischen den beiden Fensterläden. Vorsichtig schob er es nach
oben, bis er einen Widerstand spürte. Ein kurzer Ruck, und der
Riegel schwang mit einem dumpfen Scheppern zurück. Ein zu-
friedenes Lächeln huschte über das Gesicht des Mannes, doch
als er am Laden zog und der sich noch immer nicht öffnen ließ,
entfuhr ihm ein leiser Fluch. Noch einmal tastete er mit dem
Messer durch den Spalt, aber er spürte keinen Widerstand mehr.
Trotzdem hielt etwas die beiden Holzläden fest zusammen. Offenbar gab es noch eine andere Sicherung. Er versuchte sein
Glück an der Unterseite kurz über der Fensterbank, aber er fand
keine Möglichkeit, mit seinem Messer einzudringen.

Der ungeduldige Klaps seines Anführers auf seiner Schulter
ließ ihn zusammenzucken. Er nahm seinen Rucksack ab und
holte ein Brecheisen heraus. Im fahlen Licht der kleinen Lampe
zeigte er es Negrasov.

Mit der Hand signalisierte der Russe, dass er noch warten
solle. Negrasov verschwand und tauchte kurz darauf wieder auf.
Dann gab er dem Mann mit dem Brecheisen ein Zeichen.

Das Brecheisen fuhr in den Zwischenraum. Das Holz knirschte,
gab nach und splitterte geräuschvoll. Nun konnten sie sicher

sein, dass ihr Kommen nicht ungehört geblieben war. Mit der Taschenlampe im Mund setzte er das Brecheisen am Fenster an und hebelte es auf. Krachend sprang es auseinander. Behände stemmte sich Negrasov in die kleine Küche und schaltete seine lichtstarke Taschenlampe ein. Er lauschte, aber nichts war zu hören. Offenbar hatten sich die beiden Bewohner gut versteckt. Er nahm seine Waffe in Anschlag und gab seinem Komplizen ein Zeichen.

\*

„Ich weiß nicht, ob ich durchhalte", flüsterte Rike, die im Obergeschoss auf dem Boden kauerte und durch das Treppengeländer ins Erdgeschoss starrte.

Sie hatten das Licht im Bad brennen lassen, damit sie sehen konnten, wenn sich jemand im Gang unter ihnen bewegte. Onno Behrend hatte sich nicht weit von ihr hinter dem dicken Geländerpfosten auf die Lauer gelegt. Rike umklammerte die Waffe, in der anderen Hand hielt sie das Mobilteil des Telefons.

„Warte noch, bis wir einen von ihnen festgenagelt haben, dann kannst du die Polizei rufen", flüsterte Onno.

Immer mehr zweifelte Rike, dass sich Onno der Gefahr, in der sie schwebten, überhaupt bewusst war. Da unten waren Verbrecher am Werk, die Menschenleben auf dem Gewissen hatten. Vorsichtig nahm Rike den Hörer an ihr Ohr und drückte mit dem Daumen auf die Bereitschaftstaste. Kein Freizeichen erklang. Sie wiederholte ihre Versuche. Immer hektischer flogen ihre Finger über die Taste, doch das Telefon gab kein Signal von sich. Mit großen Augen wandte sie sich Onno zu. „Tot!", flüsterte sie. Ein lautes Klappern ließ sie herumfahren.

\*

Er wartete, bis sein Komplize durch das Fenster gestiegen war, dann schlich er zur Tür und postierte sich daneben an der Wand. Ein alter Mann und ein Mädchen, sagte er sich, trotzdem war er vorsichtig. Der Alte hatte offenbar Vorbereitungen getroffen.

Es würde ihm nichts nützen. Das Haus war umstellt und eine Verbindung zur Außenwelt gab es auch nicht mehr, es sei denn, sie hätten ein Handy. Selbst dann war ihre Lage aussichtslos.

Mittlerweile war auch der Dritte im Bunde durch das Fenster in die Küche geklettert. Ein Mann, der etwas gut zu machen hatte: Sniper. Es sollte sein letzter Einsatz werden, dann müsste er in der Versenkung verschwinden. Schließlich existierte längst ein Phantombild von ihm für die Fahndung, auch wenn es sein Gesicht nur unzulänglich wiedergab.

Negrasov gab seinem bulligen Komplizen ein Zeichen. Der Mann wartete, bis sich Sniper neben der Tür zum Flur postiert hatte, dann ergriff er die Türklinke der geschlossenen Küchentür. Er drückte sie langsam hinunter und zog die Tür leise auf. Ein schmaler Lichtstreifen fiel ins Innere und wurde größer, je weiter die Tür aufging. Plötzlich spürte der Bullige einen Widerstand. Er zog kräftiger und die Tür schwang auf. Ein metallisches Klacken ertönte. Dem Klacken folgte ein lautes Brausen, so als ob irgendwo Luft entwich. Der Bullige schaute erstaunt auf. Das Brausen wurde zu einem Pfeifen, und ein großer Gegenstand schoss durch die Tür. Bevor der Mann reagieren konnte, erklang ein dumpfer Schlag, und etwas presste ihm die Luft aus den Lungen. Mit einem ächzenden Seufzer wurde Negrasovs Komplize zu Boden geschleudert.

Der metallen schimmernde Gegenstand pendelte aus. Als er zur Ruhe kam, erkannte Negrasov den Eimer. Bis zum Rand angefüllt mit Kieselsteinen blieb er im Türrahmen hängen.

„Diese Schweine", zischte Sniper.

„Los zeigt euch, ihr verdammten Narren!", hallte die Stimme des Alten durch den Gang.

Viktor Negrasov glitt zu Boden. Sniper schmiegte sich mit dem Rücken an die Wand. Im diffusen Licht wirkte er wie ein Schatten. Negrasov gab ihm ein Zeichen und brachte seine Waffe in Anschlag. Langsam robbte er vorwärts. Vorsichtig lugte er um die Ecke. Der Gang war leer. Die gegenüberliegende Tür war geschlossen. Millimeter um Millimeter schob er sich vor.

Plötzlich zerriss Donnerhall die Stille. Negrasov riss seinen Kopf zurück. Wo sich eben noch sein Schädel befunden hatte, zersplitterte das Holz des Türrahmens. Der Schuss war von oben gekommen. Mit dem Daumen gab er Sniper ein Zeichen. Dann erhob er sich und ging einen Schritt zurück.

Sniper schälte sich von der Wand und gab drei schnelle Schüsse in die Richtung ab, die ihm Viktor Negrasov angedeutet hatte. Fast gleichzeitig hechtete der Russe durch die Tür und brachte sich auf der gegenüberliegenden Seite in Deckung. Er berührte kaum den Boden, als von oben der zweite Schuss fiel. Doch das Schrot verfehlte das Ziel. Blitzschnell sprang er auf und hechtete die Treppe hinauf.

Negrasov hatte am Klang der Detonation eine doppelschüssige Schrotflinte erkannt. Das war seine Chance. Auch Sniper nutzte die Gelegenheit. Hinter Negrasov hastete er zur Treppe. Negrasov hatte sie zur Hälfte geschafft, als er den alten Mann erblickte, der neben dem Geländer stand und die Waffe erneut zu laden versuchte. Negrasov brachte seine Waffe in Anschlag und drückte ab. Zwei Dubletten. Der Alte fiel ächzend zu Boden. Noch sechs Stufen trennten Negrasov vom Obergeschoss. Er spürte Snipers Atem in seinem Nacken und nahm zwei Stufen auf einmal. Plötzlich verfing sich sein Bein in einem Draht. Ein greller Blitz schoss auf ihn zu, Schmerz raste durch seinen Körper. Hitze breitete sich darin aus. Er kniff die Augen zusammen, dann knickte er ein. Drei Schüsse peitschten auf, er fiel zu Boden. Er spürte einen Schlag in seinen Lenden. Ein weiterer, sengender Schmerz trieb ihm die Tränen in die Augen. Sniper prallte gegen ihn. Beide stürzten die Stufen hinab und blieben unterhalb der Treppe liegen. Dann hörte Negrasov, wie oben eine Tür zufiel und das Schloss knackte. Sniper lag verkrümmt auf der Seite. An seinem Hals breitete sich ein Blutfleck aus. Die Augen des Österreichers blickten leblos an die Decke.

„Dieses elendige Luder!", zischte Negrasov. Er griff nach seiner Waffe, die neben ihm auf dem Boden lag, und versuchte sich aufzurichten. Sein linkes Bein klappte ein. Er war verletzt.

Ein alter Mann und ein Mädchen. Verdammt! Er war eingerostet. Aber wer konnte schon ahnen, dass die beiden dort oben mit allen Wassern gewaschen waren.

Er richtete sich am Geländer auf. Plötzlich verharrte er. Ein lautes Dröhnen erfüllte die Luft. Und es schien rasend schnell näher zu kommen. Dann fielen zwei Schüsse, draußen irgendwo in der Dunkelheit. Er wandte sich um und humpelte in die Küche. Es war höchste Zeit zu verschwinden.

# 38

Alex Uhlenbruch hatte über das Polizeirevier in Norden einen Beamten der Polizeistation Norderney zu Hause erreicht und die Adresse von Onno Behrend herausgefunden. Damit ergab das Auftauchen der *Sigtuna* im Hafen einen völlig anderen Sinn. Trevisan hatte alle Kräfte mobilisiert, die er aufbringen konnte. Eine Einheit des Spezialeinsatzkommandos war in zwei Hubschraubern auf dem Weg. Ein Polizeiboot und sogar eine kleine Frisia-Fähre würden zum Transport der Polizisten auslaufen. Treffpunkt für die Einsatzkräfte war Norddeich. In knapp zwei Stunden war das Wasser abgelaufen und nur noch in den ausgehobenen Fahrrinnen konnten Schiffe verkehren. Alex fuhr den Wagen aus der Garage. Johannes Hagemann sollte auf der Dienststelle bleiben, um den Einsatz zu koordinieren. Es war kurz vor acht. Alex fuhr wie der Teufel, dennoch hatte Trevisan Angst, zu spät zu kommen. Die drei Kollegen von Norderney waren der Situation alleine nicht gewachsen.

Das Hafengelände in Norddeich war abgesperrt. Drei Streifenwagen warteten an der Zufahrt zur Autofähre. Zwei Polizeihubschrauber standen im Hintergrund. Ein Polizist in grüner Jacke und mit drei silbernen Sternen auf den Schultern stand vor einem der Wagen und unterhielt sich mit einem Kollegen im dunkelgrünen Einsatzanzug. Die schwarze Schutzweste über dem Anzug trug die Aufschrift „Polizei".

Trevisan zückte seine Dienstmarke. „Trevisan von der Kripo Wilhelmshaven."

„Dann sind Sie also der Kerl, dem wir den ganzen Schlamassel hier zu verdanken haben", antwortete der Uniformierte.

„Die Fähre wird etwa eine Stunde brauchen", erklärte der SEK-Beamte. „Mit den Hubschraubern sind wir in zwanzig Minuten drüben. Natürlich wäre es besser, wenn wir wüssten, wie viele der Kerle dort auf uns warten."

„Wir müssen von vierzehn Mann ausgehen", antwortete Trevisan.

„Zwei Kollegen von der Polizeistation haben in der Nähe des Krankenhauses Posten bezogen, aber bei so einer Übermacht müssen wir sie im Hintergrund halten", berichtete der uniformierte Polizist, der dem Polizeirevier Norden angehörte. „Wir fahren mit der Fähre rüber, falls Fahndungsmaßnamen zu treffen sind. Außerdem ist es möglich, dass sich noch Komplizen auf dem Schiff befinden. Das Polizeiboot riegelt den Hafen ab."

„Also gut, dann starten wir", entgegnete der Mann im Einsatzanzug und wandte sich um.

„Haben Sie einen Platz für mich?", rief ihm Trevisan nach. Alex Uhlenbruch zupfte an seiner Jacke. Trevisan wusste, was der junge Kollege wollte. „Ich meine zwei Plätze?"

Der SEK-Beamte zögerte nur einen Moment. „Dann werden wir einfach ein Stück zusammenrücken."

Der Flug war kurz und unruhig. Alex und Trevisan fühlten sich wie Sardinen in einer Büchse. In Trevisans Magen rumorte es. Dann schaltete der Hubschrauberpilot auf Rotlicht um. Die Bell flog eine scharfe Kurve.

„Noch zwei Minuten", meldete der Copilot über das Mikrofon. Das Motorengeräusch machte eine Unterhaltung ohne Sprechfunk unmöglich. Die Kollegen vom SEK bereiteten sich vor. Seile wurden eingehakt, die Waffen noch einmal überprüft und die Helme festgeschnallt. Jeder Handgriff saß.

Der Einsatzleiter bedeutete Trevisan, dass er sich das Sprechgeschirr aufsetzen sollte, das über ihm an der Decke hing. Trevisan streckte seine Hand aus und schob es über seinen Kopf.

„Wir landen nicht", tönte es metallisch aus den kleinen Lautsprechern. „Wir fliegen eine Kurve und dann seilen sich meine Männer ab. Der Hubschrauber bleibt in der Luft und sichert die Umgebung. Erst wenn wir die Lage im Griff haben, geht der Vogel runter."

Trevisan nickte. Er erschrak, als ein lauter Summer ertönte. Die Beamten schoben die beiden Türen des Hubschraubers auf. Die Bell schwankte. Die ersten beiden Polizisten sprangen durch die Tür. Die nächsten folgten und ehe sich Trevisan versah, waren er und Alex alleine in der Passagierkabine. Dann zog der Pilot den Steuerknüppel zur Seite und trat auf das Fußpedal. Der Hubschrauber zog nach Osten davon.

Trevisan richtete sich auf und riskierte einen Blick nach draußen. Im gleißenden Scheinwerferlicht sah er Bäume und Büsche unter sich vorbeihuschen. Sein Magen meldete sich vehement zu Wort und er ließ sich wieder zurück auf seinen unbequemen Sitzplatz sinken.


Nach knapp einer Viertelstunde setzte der Hubschrauber unweit des Krankenhauses auf einem freien Platz auf. Ein SEK-Beamter wartete auf die beiden Kripobeamten und führte sie hinüber zum Haus. Vor dem Eingang standen drei Polizisten und bewachten einen Gefangenen, der auf dem Boden lag. Einer der Kollegen hatte sich über ihn gebeugt und schlang ihm Verband um den Oberschenkel. Überall standen Kollegen mit Maschinenpistolen und spähten in die Umgebung.

Der Einsatzleiter erwartete Trevisan im Gang. Eine junge Frau saß neben ihm auf einer Bank. Ihre Hände waren hinter dem Rücken verschwunden, und Tränen liefen über ihre Wangen.

„Da drinnen liegen ein Toter und zwei Schwerverletzte – ein alter Mann und ein Kerl in schwarzem Overall, der wohl zu dem Killerkommando gehört", erklärte der Einsatzleiter. „Notarzt und Sanitäter sind verständigt. Die junge Frau hatte sich im oberen Stock eingeschlossen. Wir brauchten eine Weile, bis wir sie davon überzeugt hatten, dass wir von der Polizei sind. Wahrscheinlich sind uns zwei oder drei entkommen. Der Hafen ist abgeriegelt."

Trevisan wandte sich der Frau zu. „Sie sind Friederike van Deeren", sagte er sanft. „Mein Name ist Martin Trevisan von der Wilhelmshavener Kripo. Ich ermittle im Mordfall Larsen."

„Wie geht es Onno?", schluchzte sie.

Trevisan schaute fragend zum Einsatzleiter auf.

„Der Mann ist von zwei Kugeln getroffen. Eine steckt in der Schulter, die andere im Bein. Ich denke, dass er durchkommt."

„Können Sie mir sagen, was hier passiert ist?", fragte Trevisan die junge Frau. „Liege ich richtig, wenn ich annehme, dass Ihnen Larsen oder Hilko Corde etwas übergeben haben?"

Sie nickte. „Larsen hatte es auf der *Molly* versteckt."

\*

Eine Gruppe der SEK-Beamten flog in den Hafen, um sich um die *Sigtuna* zu kümmern. Die Fähre von Norden legte an, als die Einsatzkräfte das Schiff bereits unter Kontrolle hatten. Zwei Männer wurden auf der *Sigtuna* festgenommen. Der Kapitän, ein Baum von einem Mann mit dichtem Vollbart, hatte ein Kapitänspatent bei sich, das ihn als Igor Varansky aus Sewastopol auswies. Der andere war Pole, hieß Janusz Kreb und stammte aus Lodz. Sie stritten eine Beteiligung am Überfall auf Onno Behrend ab und sagten, dass sie lediglich den Auftrag gehabt hätten, ein paar Männer auf der Insel abzusetzen und sie ein paar Stunden später wieder aufzunehmen. Sie wären Seeleute und keine Mörder. Außerdem würden sie einer Forschungsgesellschaft angehören, die ein Forschungsprojekt im Wattenmeer durchführte. Zur Bestätigung seiner Angaben zeigte Varansky ein Genehmigungsschreiben der Nationalparkverwaltung vor. Bei der Frage, wie viele Männer denn auf die Insel gegangen wären, verwickelten sich der Kapitän und der Seemann in Widersprüche. Der bärtige Riese sprach von zwei, während sein Untergebener von drei Männern berichtete.

Inzwischen hatte sich Trevisan im Haus von Onno Behrend umgesehen. Den Toten erkannte er sofort. Das Gesicht hatte sich auf Töngens Anwesen unauslöschlich in seine Erinnerung eingebrannt. Onno Behrend wurde von Sanitätern versorgt, während der gedungene Mörder in der Küche noch ums Überleben kämpfen musste. Der Notarzt ging von einer schweren Lungenquetschung und Rippenbrüchen aus.

Vierzig Minuten nach dem Vorfall wurde ein weiterer Russe in schwarzem Overall von Kollegen in der Nähe des Hafens aufgegriffen. Der Mann ließ sich widerstandslos festnehmen. Er war unbewaffnet und schwieg auf alle Fragen, die ihm gestellt wurden. Die Fahndung lief auf vollen Touren.

Die beiden Kollegen von der Insel hatten Friederike van Deeren zur Polizeistation gebracht. Trevisan griff nach seinem Handy, doch der Akku war leer. Er veranlasste, dass Kleinschmidt und das Spurensicherungskommando nach Norderney gerufen wurden. Der Kollege aus Norden hatte zugestimmt, schließlich lag der Fall in den Händen der Kripo Wilhelmshaven.

Angestrengt überlegte Trevisan, wie er Kirner erreichen konnte, doch er hatte weder seine Handynummer parat, noch wusste er, wo sich der Kollege vom LKA eingemietet hatte.

Nachdem er sich im Haus von Onno Behrend oberflächlich umgesehen hatte, ließ er sich zum Hafen fahren. Die *Sigtuna* hatte am Westkai festgemacht. Kollegen hatten das Schiff durchsucht, aber niemanden mehr gefunden. Noch immer war nicht klar, ob es noch weitere Flüchtige gab.

Als Trevisan das Ruderhaus des Schiffes besichtigte, fiel ihm die ganze Elektronik an Bord auf. In der ersten Kabine rechts des Niederganges war ein Raum mit einer aufwändigen Computeranlage ausgestattet. Welchen Sinn die Geräte hatten, wusste er lediglich von der Beschreibung der Kollegen aus Schweden.

Er ging den Gang entlang und öffnete ein Schott, das zu einer kleinen Kammer führte. Darin waren zwei rote Plastikkisten gestapelt. Er schaltete das Licht ein und warf einen Blick auf die sonderbare Fracht. Unzählige lange Stangen mit einer Art Konus am Ende lagen in den Boxen. Sie erweckten den Eindruck kleiner Sirenen. Ein langes Kabel war um die Stangen gewickelt. Alex Uhlenbruch stand hinter Trevisans Rücken und streckte sich, um selbst einen Blick erhaschen zu können.

„Weißt du, was das sein könnte?", fragte Trevisan.

Alex schob sich an ihm vorbei und nahm eine der Stangen

heraus. „Sieht aus wie eine Art Antenne."

Trevisan nickte. „Soll sich Kleinschmidt darum kümmern, wir versiegeln das Schiff erst mal. Ich rede mit Friederike van Deeren und du kümmerst dich bitte darum, dass die Festgenommenen rüber aufs Festland gebracht werden. Ach ja, und gib Johannes Bescheid, vielleicht weiß er, wo Kirner steckt."

\*

Trevisan bat die Kollegen der Polizeistation Norderney, sich mit Friederike van Deeren allein unterhalten zu dürfen.

Sie saß zusammengesunken auf einem gepolsterten Stuhl in einer Ecke und rauchte. „Nach Jahren der Abstinenz", sagte sie. „Plötzlich hatte ich das Gefühl, ohne Zigarette werd ich verrückt." Sie drückte mit zittrigen Händen den Stummel in den Aschenbecher. „Kann ich noch eine kriegen?" Ihre Stimme vibrierte.

Trevisan hob entschuldigend die Hände. „Nichtraucher. Seit einem halben Jahr schon." Er musterte die junge Frau. Ihre kurzen, dunklen Haare hingen wirr ins Gesicht. Die Augen waren angeschwollen und die Tränen hatten Spuren auf ihren Wangen hinterlassen. Sie trug Blue Jeans und ein weißes Sweatshirt mit roten Flecken am Ärmel. Alles in allem machte sie einen müden und erbärmlichen Eindruck. Sie war Ende zwanzig, doch so wie sie jetzt auf dem Stuhl saß, sah sie aus wie eine alte Frau.

„Ich kann mir vorstellen, was Sie durchgemacht haben", sagte Trevisan. „Erst Larsen, dann Töngen, Corde und jetzt auch noch Ihr Freund von der Insel. Können Sie mir das erklären?"

„Töngen? Ist er tot?" Das Zittern in ihrer Stimme verriet, dass sie keine Ahnung hatte, was mit ihm passiert war.

„Er liegt im Krankenhaus. Wir wären beinahe zu spät gekommen. Und alles nur, weil Larsen etwas in seinen Besitz brachte, das für die Kerle Menschenleben wert ist. Können Sie mir verraten, was es ist?"

Larsens Freundin strich sich die Haare aus dem Gesicht. Erst jetzt konnte Trevisan die hohen Wangenknochen und ihre Augen richtig sehen. Diese Frau war von einer ganz aparten Schönheit.

„Es ist eine CD", antwortete sie. „Larsen hat sie von einem Schiff gestohlen, das ihm draußen im Roten Sand aufgefallen war. Er hat sie auf der *Molly* versteckt und mir einen Brief zukommen lassen. Ich habe Björn Ende Oktober zum letzten Mal gesehen. Wir hatten Streit. Ich bin anschließend nach Australien geflogen. Ich habe mit dem Anschlag auf diesen Politiker nichts zu tun. Ich war über tausend Kilometer entfernt."

„Sie wissen, dass nach Ihnen deswegen gefahndet wird?"

„Was glauben Sie, weswegen ich mich auf dieser Insel versteckt habe?", erwiderte sie trotzig. „Und jetzt habe ich auch noch Onno beinahe umgebracht. Kann ich zu ihm?"

Trevisan schüttelte den Kopf. „Sie sind die einzige Zeugin, die ein wenig Licht in dieses Drama bringen kann. Das mit dem Haftbefehl gegen Sie müssen wir noch mit den zuständigen Behörden abklären. So lange bleiben Sie hier."

„Dann sind sie nicht vom Landeskriminalamt?"

Trevisan schüttelte den Kopf.

„Ich sage Ihnen alles, was ich weiß", antwortete sie. „Ich glaube nur, dass es nicht besonders viel ist."

Sie erzählte Trevisan von ihrer Ankunft in Frankfurt auf dem Flughafen bis zu dem Drama der heutigen Nacht. Auch, dass jemand in ihrer Wohnung gewesen sein musste, als sie in Australien gewesen war. Vor Trevisans innerem Auge tauchte Larsens Wohnungstür auf. Es wäre ein Leichtes gewesen, das altersschwache Schloss mit einem Dietrich zu öffnen, ohne Spuren zu hinterlassen. Waren die Täter auf diese Weise an das Kuvert für die Briefbombe gekommen? Damit wären auch die Fingerprints und die DNA-Spur erklärbar.

Rike berichtete weiter. Von dem Anruf eines dubiosen Versandhauses und von ihrem Verdacht, dass die Kerle den alten Corde umgebracht haben mussten. Sie wusste noch nicht, wie viel Wahrheit in ihren Vermutungen steckte.

Als sie von den Daten auf der CD berichtete, war Trevisan enttäuscht. Er hatte gehofft, den wahren Hintergrund für diesen Mordanschlag zu erfahren. Doch sein Wissensdurst wurde nicht gestillt.

Nur einmal unterbrach er die Erzählung der jungen Frau. Auf die Frage, warum sie nicht sofort die Polizei gerufen hatte, antwortete sie: „Sie kennen meine Vergangenheit. Hätten Sie mir geglaubt, dass ich nichts mit der Bombe zu tun habe?"

Trevisan überlegte, dann sagte er. „Ich habe noch immer die Hoffnung, dass sich am Ende stets die Wahrheit gegen die Lüge behauptet. Vielleicht ist das aber nur eine Illusion."

Sie lächelte zum ersten Mal. „Ich habe auch einmal auf die Wahrheit vertraut. Am Ende bekam ich Bewährung, verstehen Sie jetzt?"

# 39

Er humpelte durch die Nacht. Die Richtung war ihm gleichgültig. Nur weg von diesem Inferno. Als die Hubschrauber kamen, hatte er sich wieder wie mitten auf dem Schlachtfeld gefühlt. Von wegen, „einfacher Auftrag" … Der alte Mann und das Mädchen hatten seine komplette Einheit aufgerieben. Er musste zu den Verlusten in Afghanistan noch weitere Namen hinzufügen. Wie viele, das konnte er nicht sagen. Er wusste nur, dass es Sniper und Ivan erwischt hatte.

Die linke Seite seiner Wange war aufgerissen, doch der Schmerz in seiner Lende war schlimmer. Die Kugel hatte ihn oberhalb des Hüftknochens getroffen. Das Brennen machte ihn beinahe verrückt.

Zwei Stunden hatte er regungslos in dem Wäldchen gelegen, mit Blättern und Ästen zugedeckt, um seine Entdeckung durch Infrarotkameras zu verhindern. Als es ruhiger geworden war, hatte er sich davongestohlen. Er brauchte ein trockenes und warmes Versteck, in dem er auf Hilfe warten konnte. Er war nicht scharf darauf, in irgendeinem deutschen Gefängnis zu verrotten.

Während er die Strandpromenade entlanghumpelte, dachte er nach, was ihn verraten haben könnte. Und es blieb nur ein Schluss. Die Polizei wusste bereits viel mehr, als er und vor allem Romanow angenommen hatten. Das Spiel war zu Ende. Jetzt galt es, um das pure Überleben zu kämpfen.

Der Strahl eines Suchscheinwerfers tastete wie der Arm eines Kraken in der Umgebung nach Beute. Doch er ging noch rechtzeitig in Deckung. Er hatte sich nicht getäuscht, die Fahndung war noch immer im Gange.

Die Finsternis nahm zu, und Viktor Negrasov quälte sich im tiefen Sandboden Meter um Meter voran. Schemenhaft erkannte er in der Dunkelheit eine Hütte und stolperte darauf zu. Ein

Bügelschloss sicherte die einfache Holztür. Er klemmte sein Messer in den Bügel und stemmte die Verriegelung aus dem Holz, zog seine Taschenlampe hervor und leuchtete in den kleinen Innenraum. Er hätte es gar nicht besser erwischen können. In den Regalen wurden Polsterauflagen von Strandkörben verwahrt. Er legte ein paar auf dem Boden aus und ließ sich erschöpft niedersinken. Aus seiner Brusttasche zog er sein Handy. Der Akku war nahezu erschöpft.

Er wartete, bis sich sein Herzschlag im normalen Bereich einpegelte. Dann wählte er die Nummer.

„Da", erklang es leise aus dem Lautsprecher. Romanow schien nicht geschlafen zu haben.

„Es ist schief gegangen."

„Was heißt schief gegangen?" In Romanows Stimme lag eine Spur Verzweiflung.

„Die Bullen sind aufgekreuzt. Spezialeinheiten. Die wissen mehr, als wir glauben. Du musst mich abholen, ich bin verletzt."

„Das heißt, sie lebt noch und die CD ist immer noch in ihrer Hand."

„Da", antwortete Negrasov kurzatmig.

Dann ertönte Romanows eiskalte Stimme. „Dann schau selbst, wie du von der Insel kommst."

Das Knacken zeigte Viktor Negrasov, dass sein Boss das Gespräch beendet hatte. Wahrscheinlich würde der feige Hund einfach seine Koffer packen und verschwinden.

Die Ladestandsanzeige des Mobiltelefons hatte um einen weiteren Strich abgenommen. Eine Möglichkeit gab es noch. Ein Ferngespräch, dessen Empfänger sich zweitausend Kilometer weiter östlich aufhielt. Eine Notfallnummer, denn es war nie gut, einem einzelnen Mann zu viel Vertrauen entgegenzubringen. Viktor Negrasov wählte.

Das Gespräch dauerte eine ganze Weile. Es gab doch noch jemanden, der sich für sein Schicksal interessierte.

*

Zehn Uhr. Wilhelmshaven, Sonnenschein. Trevisan fluchte. Sein Wagen war auf dem Weg ins Büro in der Weserstraße liegen geblieben. Er hatte den Opel am Straßenrand abgestellt und war den Rest des Weges zu Fuß gegangen. Kaum vier Stunden Schlaf lagen hinter ihm. Die Festgenommenen von Norderney sollten am Nachmittag dem Haftrichter vorgeführt werden. Die beiden verletzten Täter lagen unter ständiger Bewachung im Krankenhaus. Die Identität des Angeschossenen, der sich während der Aktion offenbar vor dem Vordereingang des Behrendschen Anwesens verschanzt hatte, war noch nicht geklärt. Von den anderen, auch von dem Schwerstverletzten, waren Seemannspatente an Bord der Sigtuna gefunden worden. Vorausgesetzt, dass die Personalien richtig waren, stammten zwei aus Russland, einer aus Polen, und der Schwerstverletzte war Ukrainer. Der Tote hatte keine Papiere bei sich, seine Identität lag im Dunklen. Noch immer waren Polizeistreifen auf der Insel mit Fahndungsmaßnahmen beschäftigt. Es konnte nicht ausgeschlossen werden, dass im Chaos der Nacht Täter entkommen waren.

Friederike van Deeren befand sich unter polizeilicher Aufsicht und auf eigenen Wunsch in einer Klinik in psychologischer Behandlung, sie war mit den Nerven fertig und hatte Angst, dass sie Ziel eines weiteren Anschlages werden könnte. Der Haftbefehl war bis zur weiteren Klärung des Falles ausgesetzt. Sie hatte Trevisan erklärt, dass Onno Behrend sich intensiv mit der CD beschäftigt hatte. Doch Behrend befand sich im Krankenhaus und war frühestens in drei Tagen vernehmungsfähig.

Für Trevisan ergab das Ganze bislang noch keinen Sinn. Auf der CD mussten Informationen von äußerster Brisanz versteckt sein. Die Männer der Sigtuna hatten Vermessungsarbeiten im Wattenmeer durchgeführt und einen schmalen Streifen im Roten Sand kartografiert. Was war so ungewöhnlich daran, was konnte so verräterisch sein, dass man deswegen mordete?

Das zweite Programm, ein russisches Ortungsprogramm, diente dazu, mittels Satellitentechnik genaueste Positionsangaben zu ermitteln. Nur das dritte Programm gab noch Rätsel auf.

Gegen die beiden Matrosen, die auf der *Sigtuna* verhaftet worden waren, ließ sich der Verdacht auf Beihilfe zum Mord aufrechterhalten. Die drei Männer, die am Haus festgenommen worden waren, würde der Tatvorwurf „Mordversuch in zwei Fällen" in vollem Maße treffen. Und einer davon hatte vielleicht die Nacht nicht einmal überlebt.

Trevisan wusste, dass noch eine ganze Menge zu tun war.

Im Dienstgebäude wurde er von Kirner abgefangen. Der Kriminaloberrat stand im Flur und klatschte Beifall. „Schöner Erfolg, gestern Nacht! Die ganze Dienststelle redet davon. Kleinschmidt hat gesagt, er hofft, dass Sie bald versetzt werden. Seit Sie das Kommissariat leiten, findet er überhaupt keine Nachtruhe mehr. Er ist übrigens heute den ganzen Tag dort draußen. Er hat mich gefragt, ob ich einen Spezialisten für Übertragungstechnik und Mikroelektronik kenne. Ich habe sofort ein paar Leute von meiner Dienststelle angefordert. Unter anderem auch einen Computerspezialisten. Ich hoffe, Sie haben nichts dagegen?"

„Sie haben Kleinschmidt getroffen?", wunderte sich Trevisan. „Er müsste doch längst auf Norderney sein."

„Er hat angerufen", sagte Kirner spitz. „Mich haben Sie ja offensichtlich nicht gebraucht."

Trevisan seufzte. „Ich wusste nicht einmal, wo Sie untergekommen sind. Sie haben vergessen, Ihre Adresse zu hinterlassen. Und mein Handy-Akku war leer."

Kirner schlenderte neben ihm her. „Ich war auch nicht untätig. Zwar nicht ganz so spektakulär, aber trotzdem effektiv."

„Dann sollten wir miteinander reden. Johannes wartet schon im Besprechungsraum."

Alex Uhlenbruch stieß eine Viertelstunde später zu der kleinen Gruppe. Trevisan hatte Kirner berichtet, was er bislang in Erfahrung bringen konnte. Doch er gestand auch ein, dass er noch keinen tieferen Sinn in den Neuigkeiten erkannte.

„Vielleicht kann ich in dieser Sache weiterhelfen." Kirner nahm einen blauen Ordner aus seinem Aktenkoffer. „Ich habe mich um Liebler gekümmert, den Verwaltungsbeamten aus Oldenburg. Es gibt da ein paar ganz interessante Aspekte. Zum Beispiel lebt Liebler, der ledig ist und eine Drei-Zimmer-Wohnung im Oldenburger Westen sein eigen nennt, auf großem Fuß. Er fährt seit einem Jahr einen SLK, er hat kürzlich eine Segelyacht gekauft und in den letzten zwei Jahren vier Mal Urlaub im Ausland gemacht. Mauritius, Dominikanische Republik, im August drei Wochen Phuket, und im November fuhr er in Sankt Moritz Ski. Und das waren keine Pauschalreisen. Unser lieber Herr Liebler verkehrt nur exklusiv. Für einen Beamten in der Besoldungsgruppe A 12 eine Meisterleistung, was Haushaltsführung angeht, finden Sie nicht auch?"

Johannes Hagemann schüttelte den Kopf. „Vielleicht hat er im Lotto gewonnen oder geerbt."

„Nein." Kirner erhob sich und lief im Zimmer hin und her. Er genoss ihre Neugierde. „Sein ungeahnter Reichtum kam vor zwei Jahren. Liebler flog im Oktober 1995 nach Sankt Petersburg. Er hielt einen Vortrag über Schutzgebiete und die Besonderheiten des friesischen Wattenmeeres. *Ökologische und Ökonomische Nutzung im Einklang,* hieß das Thema. Und nun ratet mal, wer ihn eingeladen hatte?"

„Die ITATAKA", murmelte Trevisan.

„Gut kombiniert, Herr Kollege", antwortete Kirner. „Übrigens hat er zwischenzeitig drei Reisen in den Osten unternommen. Das letzte Mal, vor einem halben Jahr, flog er mit einem Privatjet der ENCON-NETWORK aus Bremen. Das ist eine Firma, die sich auf die Errichtung von Off-Shore-Windkraftanlagen spezialisiert hat. Er wurde von dem Geschäftsführer Gunnar Lührs und von Herrn Ministerialdirigent Winterberg begleitet. Ein paar Monate später hat sich Herr Winterberg das Leben genommen. In Winterbergs Zuständigkeitsbereich fallen übrigens das Bundesemissionsschutzgesetz und die dazugehörige Durchführungsverordnung. Na, klingelt's?"

„Die Wiege des Windes", antwortete Trevisan.

„Was?"

„Oh, das ist eine Zeile aus einem Gedicht über die Nordsee,

ich weiß nur gerade nicht, von wem es ist", erläuterte Trevisan.

„Ich habe natürlich weiter recherchiert", fuhr Kirner fort. „Wusstet ihr eigentlich, dass im Jahr 1995 ein Raumordnungsverfahren draußen im Roten Sand durchgeführt wurde? Knapp acht Meilen vor der Küste im Westen, unweit der Nordergründe? Es gab einen Antrag auf Errichtung eines Off-Shore-Windparks im Roten Sand. Der Antrag wurde von der ENCON-NETWORK gestellt. Das Projekt durchlief alle Genehmigungsverfahren. Das *Windland Roter Sand* oder auch *WiLaRoSa* genannt, ist seit einem Jahr in aller Stille genehmigt."

„*WiLaRoSa*?", wiederholte Trevisan. „Das ist der Name einer Datei auf der CD, die Larsen von der *Sigtuna* stahl. Das also hat ihn das Leben ... Moment, der Windpark ist genehmigt?"

„Seit über einem Jahr", antwortete Kirner. „Und es ist nicht der einzige Antrag, der vorliegt. Offenbar plant die Bundesregierung die Förderung solcher Anlagen und die Verpflichtung der Stromkonzerne zur Einspeisung des Stroms. Ein garantierter Abnahmepreis für die Kilowattstunde soll den Bau solcher Anlagen fördern."

„Lohnt das denn?", meldete sich Alex zu Wort.

„Da sind 600-Kilowatt-Türme geplant, das sind Giganten. Die liefern eine Menge Strom." Kirner hatte sich wie ein Lehrer vor einer Schulklasse an der Stirnseite des Tisches aufgebaut. „Wenn die Garantiesumme bei sechsundzwanzig Pfennig pro Kilowattstunde tatsächlich beschlossen wird, dann hat sich die Anlage in acht Jahren bezahlt gemacht. Falls keine größeren Reparaturen anliegen, nehmen sie nach der Amortisierungsphase jedes Jahr knapp sechs Millionen Mark ein. Wenn das keine Spitzenrendite bei einem mittelfristigen Anlageprojekt ist! Fast zehn Prozent in jedem Jahr! Natürlich kommen noch laufende Kosten dazu. Dennoch bleiben ein paar Millionen Reinverdienst übrig."

„Aber wenn es genehmigt ist, warum sollte es dann Probleme geben?", fragte Johannes Hagemann. „Allein für das Klauen einer Diskette von einem Schiff veranstaltet doch niemand so ein Feuerwerk."

„Tja, das weiß ich selbst", entgegnete Kirner. „Ich habe herausgefunden, dass hinter dem Projekt ausschließlich ausländische Investoren stehen. Maßgeblich beteiligt ist die PEKO Consult aus Sankt Petersburg."

„Romanow!", sagte Trevisan.

„Ja, Romanow", bestätigte Kirner. „Gut für jedes faule und zwielichtige Geschäft. Ich möchte gar nicht wissen, woher das Geld stammt. Insgesamt soll das Investitionsvolumen bei vierzig Millionen Dollar liegen."

„Consult, wenn ich das schon höre", mäkelte Johannes. „Gauner, die einen zulabern, einem das Geld aus der Tasche ziehen und einen am Ende ausnehmen wie eine Weihnachtsgans. Vielleicht steckt da ein groß angelegter Betrug dahinter und die Daten auf der Diskette könnten das auffliegen lassen."

Trevisan runzelte die Stirn. „Wie meinst du das?"

„Na ja, vielleicht wurden Daten manipuliert. Bevor die ein Windrad platzieren, wird dort gemessen, ob es an der Stelle auch wirklich genug Wind abbekommt, um gewinnbringend zu arbeiten. Mit gefälschten Daten könnte man ein paar arglose Investoren täuschen. Wenn dann das erste Geld überwiesen ist, verschwindet der Vorstand mit der Geldkassette."

Alex richtete sich auf. „Das würde die Vermessungsarbeiten erklären. Selbst für ein frisiertes Gutachten brauchen sie ein paar echte Daten, damit es glaubhaft klingt."

Die Wiege des Windes … Die Zeile schwirrte in Trevisans Kopf herum. In dem Gedicht ging es um die stete Brise draußen auf See, die Schiffe, die der Sturm in den Abgrund riss, die Wetterfronten, die aufs Land zugetrieben wurden. Vor der Küste gab es genug Wind, um hunderte Windkraftwerke zu betreiben.

„Da steckt etwas anderes dahinter." Trevisan erhob sich. „Alex und Johannes, kümmert euch bitte um die Vorführung heute Mittag in Norden. Ich habe noch etwas zu erledigen."

„Noch ein Alleingang?", fragte Kirner herausfordernd.

Trevisan wies zur Tür. „Sie sind herzlich eingeladen."

„Und wohin gehen wir?"

„Behrend hat herausgefunden, dass sich die Kerle für einen schmalen Streifen im westlichen Bereich des Roten Sandes interessiert haben. Dort haben sie Vermessungsarbeiten durchgeführt. Jetzt will ich wissen, warum!"

# 40

Viktor Negrasov ließ sich zurück auf die Polster sinken. Hilfe war auf dem Weg. Sie würden ihn nicht in dieser Hütte verrotten lassen, schließlich hatte er noch einen Trumpf in der Hand.

Spät nachts, wenn der Sekt und die Frauen Romanow die Sinne vernebelt hatten, wurde er zuweilen redselig. Er hatte seiner rechten Hand in einer schwachen Minute ein Geheimnis anvertraut. Negrasov wusste, dass sich Romanow eine Rückzugsmöglichkeit offen gehalten hatte, seinen „Plan B", falls alles den Bach runter gehen sollte. Zwar hatte Romanow immer gewusst, dass ihn dann ein unstetes Leben auf der Flucht erwarten würde, doch mit den Taschen voller Geld würde er zu überleben wissen. Nicht ganz das, was Romanow sich erträumt hatte, aber immer noch besser, als zwei Meter tief unter der Erde zu verfaulen.

„Weißt du, Viktor", hatte Romanow einmal zu ihm gesagt, „ein Jahr leben wie die Made im Speck wiegt zehn Jahre Enthaltsamkeit auf." Auf irgendwelchen Banken schlummerten fast zehn Millionen Dollar, die nur darauf warteten, dass sie endlich unter die Leute kamen.

Negrasov starrte in die beginnende Finsternis. Eine weitere Nacht brach über die Insel herein. Die Kälte, die langsam seine Glieder hinaufkroch, nahm er nicht mehr wahr. Er wusste nur, dass er durchhalten musste, bis Hilfe nahte. Eine tiefe Ohnmacht erlöste ihn aus seinen Leiden. Tief in sich kämpfte dieser Körper noch immer gegen die Schatten und das Erlöschen an. Erst im Schimmer des kommenden Tages würde sich herausstellen, wer in dieser Nacht als Sieger hervorgehen würde.

\*

Kleinschmidt stand an der Reling der *Sigtuna* und versuchte, seine Meerschaumpfeife anzuzünden, doch immer wieder blies eine neue Böe die Flamme des Feuerzeuges aus. Er fluchte und suchte Schutz hinter dem Ruderhaus.

Die beiden Kollegen von der kriminaltechnischen Untersuchungsstelle des LKA, gekleidet in blaue Overalls, waren kaum älter als dreißig. Kleinschmidt hatte sie misstrauisch beäugt, als sie auf dem Schiff aufgetaucht waren. Sie hätten von Kriminaloberrat Kirner den Auftrag, den Kollegen von der Kripo Wilhelmshaven unter die Arme zu greifen, hatte der blonde Kollege gesagt, seinen Ausweis gezeigt und sich dann an Kleinschmidt vorbei über die Laufplanke an Bord begeben.

„Diese Schnösel", hatte sich Kleinschmidt gedacht. Doch als sie mit sicherer Hand die Stangen mit dem metallischen Konus am oberen Ende untersuchten, sah er ihnen gespannt zu. Er wusste, dass die Polizeiarbeit, vor allem was die Spurensicherung anging, zu einer Generationsfrage geworden war. Die Computertechnik hatte Einzug gehalten und nur wenige der älteren Kollegen versuchten sich wenigstens im Ansatz in die Materie einzuarbeiten. Neue Ermittlungsmethoden, DNA-Spurenvergleich, automatische, computergestützte Fingerabdruckvergleichsverfahren und eine ganze neue Art der Kriminalität, die durch die grauen Kästen selbst entstanden war, machten es notwendig, in der Zeit zu leben und zu denken. Kleinschmidt war kein Fossil, sein Motto hieß: Leben heißt, ständig dazuzulernen. Und so hielt er es auch mit der neuen Technik. Doch bei diesen sonderbaren Stangen, die Trevisan in der Kammer jenseits des Niederganges entdeckt hatte und die an Haltepfosten eines elektrischen Schafsgatters erinnerten, war er überfragt.

Als der Tabak glomm, zog er kräftig am Mundstück. Duftende Schwaden verschwanden mit dem Wind. Er fuhr sich über seine müden Augen. Es war kurz nach zwei, er war seit mehr als dreizehn Stunden auf den Beinen. Die Kollegen aus Norden waren wegen des umfangreichen Tatortes hinzugezogen worden. Gemeinsam hatten sie eine Vielzahl von Spuren im Haus von Onno Behrend gesichert und den Tathergang der vergangenen Nacht detailgetreu rekonstruiert.

„Wir sind bald so weit", sagte der blonde LKA-Beamte. „Es fehlen nur noch ein paar Messungen." Er überprüfte die Apparatur, die neben dem Ruderhaus auf einem Tischchen stand. Kabel liefen von dem Apparat ins Ruderhaus. Mittlerweile hatten die Kollegen vom LKA die Stangen aufgereiht auf den metallenen Schiffsboden gelegt.

„Bist du fertig?", rief der Blonde seinem Kollegen zu.

Ein kurzes „Ay" erhielt er zur Antwort. Dann schaltete er den olivgrünen Kasten ein, in dessen Mitte sich ein runder kleiner Bildschirm aktivierte. Eine grünlich flimmernde Linie verlief in der Mitte von rechts nach links.

Kleinschmidt beugte sich vor und starrte auf die grüne Linie des Oszillographen.

„Ich starte jetzt", rief der Blonde, Kleinschmidt ignorierend.

„Ich hoffe nur, dass die Batterien noch stark genug sind", antwortete der Kollege.

Der Blonde wischte die Bedenken des Kollegen mit einer Handbewegung zur Seite. „Das sind Lithiumzellen, die halten lang", entgegnete er und verschwand im von Elektronik überquellenden Ruderhaus.

Kleinschmidt zog an seiner Pfeife. Noch immer war sein Blick auf die grüne Linie gerichtet, die gleichförmig von rechts nach links lief. Plötzlich wurde die Linie unterbrochen. Zacken bildeten sich, die fast bis zum oberen Bildschirmende reichten. Der Blonde kehrte zurück und warf einen kurzen Blick auf das Display. Dann legte er einen Wählschalter um und aus der unterbrochenen Linie wurde eine gleichmäßige Frequenz mit nach oben verlaufenden Spitzen.

„Ich hab es", rief der Blonde. „Bis auf die Vierzehn, die scheint nicht mehr zu funktionieren."

Kleinschmidt schaute den blonden LKA-Kollegen fragend an. „Erzählen Sie es mir oder muss ich auf einen langen Bericht warten? Morgen habe ich nämlich frei."

Der Blonde nickte lächelnd und zeigte auf die Stangen mit ihren konusförmigen Enden. „Signalgeber sind das. Sie strahlen in einem bestimmten Muster ein Signal ab, das von einem Computerprogramm gesteuert und überwacht wird."

Kleinschmidt horchte, doch außer den üblichen Geräuschen im Hafen fiel ihm kein weiteres auf. „Ich höre nichts …"

Jetzt lachte der Kollege vom LKA laut auf. Kleinschmidt hätte ihm gern eine Ohrfeige verpasst, aber er riss sich zusammen.

„Da müssen Sie schon ein Hund sein", antwortete der LKA-Beamte. „Die Frequenz liegt über 22500 Kilohertz."

Kleinschmidt nahm die Pfeife aus dem Mund. „Und wozu soll das gut sein?"

Der LKA-Kollege spielte an einem Drehpotentiometer seines Oszillographen herum und zuckte mit den Schultern. „Also, wenn Sie ein Straßenköter wären, dann würden Sie sich jetzt verkrümeln, denn das Signal ist äußerst intensiv und schmerzhaft für empfindliche Ohren. Aber was für einen Sinn das hat, kann ich Ihnen nicht sagen. Es sei denn, die Gauner hatten vor, ein Tierheim auszurauben."

*

„Da haben Sie aber Glück gehabt." Frau Greven von der Nationalparkverwaltung Wattenmeer legte ihren Mantel über einen Stuhl. „Ich wollte gerade gehen. Was führt Sie zu mir, Herr Trevisan?" Sie warf einen verstohlenen Blick auf die große Wanduhr über ihrer Bürotür.

„Es haben sich ein paar Fragen ergeben, die wir noch heute klären müssen. Es geht um eine Haftsache und ich bin sicher, Sie können uns in der Angelegenheit weiterhelfen."

„Ich?", erwiderte die Frau erstaunt. Mit einladender Geste bot sie Trevisan und Kirner Platz an. „Wissen Sie, ich habe mir den Mittag frei genommen. Eine Familienangelegenheit."

„Wir interessieren uns für den geplanten Windpark draußen im Roten Sand", überging Trevisan den Einwand. „Wissen Sie, wer hinter dem Projekt steht?"

Die Frau grinste. „Ach Gott, diese olle Kamelle. Das ist aber schon ein ganz alter Hut."

„Liegt das Projekt im Naturschutzgebiet?", fragte Kirner.

Sie schüttelte den Kopf. „Nein, nein, das liegt ein ganzes Stück außerhalb. Im Naturschutzgebiet ist so was undenkbar. Außerdem ist das Planfeststellungsverfahren längst abgeschlossen. Die landesplanerischen Feststellungen wurden bereits 1996 positiv beschieden. Sowohl eine strom- und wasserpolizeiliche als auch eine emissionsschutzrechtliche Ausnahmegenehmigung wurden erteilt. Mit unserer Behörde hat das nichts zu tun."

Kirner warf Trevisan einen entmutigten Blick zu. Er machte bereits Anstalten, sich zu erheben, als Trevisan den Lageplan aus der Manteltasche zog, den Onno Behrend erstellt hatte. Er reichte ihr den Bogen Papier. „Erkennen Sie das Gebiet?"

Frau Greven ging zu ihrem Schreibtisch. Aus einer Schublade zog sie eine Karte und legte den Bogen aus durchsichtigem Pauspapier darüber. „Das ist jetzt aber sonderbar", murmelte sie.

Trevisan horchte auf. Kirner ließ sich wieder auf den Stuhl sinken.

„Gestern erst haben wir über genau diesen Abschnitt geredet", fuhr sie nachdenklich fort. „Wir nennen ihn nach unserem Koordinatensystem AB 24."

„Und was ist da draußen?", fragte Trevisan.

„Eigentlich nichts. Nur ein paar Sandbänke."

„Aber er gehört zum Schutzgebiet?", setzte Kirner nach.

„Ja, schon, aber seit gestern ist es nur noch zugeordneter Bereich der Schutzzone vier. Also zur ökonomischen Nutzung weitestgehend freigegeben."

„Und das war er bislang nicht?"

Die Frau schaute noch einmal auf den Plan. „AB 24, ganz sicher", antwortete sie. „Gestern ging der Antrag durch, ihn von Schutzzone eins auf vier zurückzustufen."

Kirner horchte auf. „Warum war er vorher Schutzzone eins?"

„Na ja, vor der Küste vollzieht sich ein ständiger Wandel. Deswegen müssen wir auch flexibel auf die Gegebenheiten reagieren. Wir haben verschiedene Interessengruppen. Fischer, die Wattführer oder auch Ausflügler. Ich habe Ihnen ja schon beim letzten Besuch erklärt, dass wir ein Miteinander …"

„Zone eins, jetzt Zone vier, warum?", unterbrach Kirner ungeduldig.

„Wegen der Sandbänke", antwortete sie. „Einige Seehunde haben die Bänke als Rastplätze benutzt. Doch offenbar sind sie im letzten Jahr weitergezogen. Es wurden stetig weniger. Jetzt ist das Gebiet leer."

Trevisan warf Kirner einen Blick zu. „Ist das nicht ungewöhnlich?"

Die Frau lächelte. „Nein, das kommt schon mal vor. Die Robben ziehen den Beutetieren hinterher. Es gibt natürlich noch weitere Einflüsse, die ihre Population und ihr Revierverhalten beeinträchtigen oder verändern. Wir können nicht genau sagen, was es war, das die Tiere zum Weiterziehen veranlasste, aber es ist wirklich nicht ungewöhnlich."

Wieder schien ein Ansatz zur Lösung des Falles im Sande zu verlaufen.

„Wie viel Anteil hat eigentlich Herr Liebler an der Zurückstufung dieses Gebietes?", startete Kirner einen letzten Versuch.

Der Frau schien die Frage zu missfallen. „Das ist eine Entscheidung, die unsere Versammlung gemeinsam fällt und auch vertritt. Gut, es mag sein, dass Herr Liebler gerade in diesem Fall eine treibende Kraft war, aber es ist, wie gesagt, das Gleichgewicht, das wir suchen. Sicherlich werden wir bald wieder ein Schutzgebiet von vier auf eins aufwerten müssen. Fragen Sie nicht, wie viele Einsprüche es dann wieder geben wird. Jeder meint, ihm wird etwas weggenommen. Deswegen müssen wir auch manchmal nachgeben. Nur so schaffen wir den Einklang."

Trevisan erhob sich und reichte der Frau die Hand. „Wir wollen Sie nicht mehr länger aufhalten." Kirner folgte ihm zur Tür. Frau Greven folgte ihnen. Trevisan wandte sich noch einmal zu ihr um. „Wann wird eigentlich dieser Windpark gebaut?"

„Oh, das wird noch etwas dauern", antwortete Freu Greven. „Zurzeit liegt noch kein Antrag für die Kabelanbindung vor."

„Kabelanbindung", wiederholte Kirner.

285

„Man muss den Strom, den die Windräder produzieren, ja auch an Land bringen, damit er ins Netz eingespeist werden kann."

„Und diese Kabelanbindung führt dann wohl vom Roten Sand herüber auf das Festland, oder?"

„Natürlich, es wäre der direkte Weg. Stromtrassen sind teuer und müssen stetig gewartet werden. Je kürzer die Trasse wird, desto mehr Kosten werden eingespart."

„Diese Kabeltrasse, wissen Sie, wo die entlangführen soll?", fragte Trevisan.

„Ich sagte doch, es liegt noch kein Antrag vor", erwiderte Frau Greven. „Außerdem werden wir genau prüfen, was durch unser Wattenmeer gebaut wird. Es darf keine Beeinträchtigung der Flora und Fauna darstellen. Zusätzlich brauchen Sie dann noch eine strom- und schifffahrtspolizeiliche Genehmigung der Bundeswasser- und Schifffahrtsverwaltung, eine wasserbehördliche Genehmigung, eine Genehmigung nach niedersächsischem Deichrecht und dann natürlich eine Befreiung nach Artikel 1 § 17 des Gesetzes über den Nationalpark Niedersächsisches Wattenmeer. Erst dann können Sie die erforderliche Genehmigung nach dem Bundesimmissionsschutzgesetz beantragen."

Eine solche Litanei von Genehmigungen und Erlaubnissen, das konnte Jahre dauern. Trevisan wandte sich zur Tür.

„Aber sagen wir mal, die Genehmigungen der anderen Behörden sind erteilt", schob Kirner nach. „Wäre es dann von Vorteil, wenn der Weg meiner Trasse durch ein Schutzgebiet der Zone vier führt?"

Frau Greven lächelte entwaffnend. „Bei Zone eins und zwei hätten Sie überhaupt keine Aussicht auf eine Genehmigung, das können Sie mir glauben."

Kirner grinste. „Ich glaube, das genau habe ich mir auch gerade gedacht."

*

Der Learjet mit der russischen Registrierung war um 15.34 Uhr auf dem Bremer Flugfeld gelandet und hatte seine zugewiesene Parkposition westlich des Abfertigungsgebäudes angefahren. Der Jet war auf die Ölgesellschaft *Kallimov* zugelassen und hatte nur einen Passagier an Bord, einen großen, stattlichen Mann mit einem schwarzen Aktenkoffer, der mit einer Kette fest mit dem rechten Handgelenk verbunden war.

Der Mann strebte unter den skeptischen Blicken eines Zollbeamten direkt auf das General Aviation Terminal zu. Am Einreiseschalter legte er einen roten Pass in die dafür vorgesehene Box. Es war ein lettischer Diplomatenpass.

„Was führt Sie nach Deutschland?" Eine Routinefrage, die der Zöllner am Tag hundert Mal stellte. Bei einem Diplomaten mehr als freundliche Geste gedacht.

„Geschäfte", antwortete der Mann knapp.

„Ich wünsche Ihnen einen angenehmen Aufenthalt, Herr Savoloni." Der Zöllner öffnete mit einem Knopfdruck die Durchgangsbarriere.

# 41

Algardis Valonis hatte den dunklen Anzug und seinen Diplomatenkoffer mit Jeans und einer warmen Seglerjacke vertauscht. Das Sportboot hatte schon einige Jahre auf dem Buckel, doch der Motor, ein Inborder mit 125 PS, sprang auf den ersten Schlag an. 8500 Mark war ein angemessener Preis. Algardis Valonis, der sich nun James Raszinsky nannte, einen kanadischen Reisepass besaß und einen Motorbootführerschein für Binnen- und Seeschifffahrt vorweisen konnte, war zufrieden.

Algardis oder auch James Raszinsky oder Isaak Savoloni hatte einen klaren Auftrag. Und bislang hatte er alle Aufgaben zur Zufriedenheit seiner Auftraggeber erledigt. Zweimal hatte er inzwischen vergeblich versucht, mit Viktor Negrasov Kontakt aufzunehmen. Jedoch hatte Viktor in seinem Anruf bereits angedeutet, dass sein Handy-Akku bald den Geist aufgeben würde.

Die Flut kam kurz nach Mitternacht und Algardis nutzte die ruhige See. Die Überfahrt dauerte knapp dreißig Minuten. Er mied den Hafen und umrundete die Insel westwärts. Er drosselte den Motor und ließ das Boot über das Wasser gleiten. Im Schein seiner starken Bootsscheinwerfer entdeckte er eine Spitztonne, die nur wenige Meter vom Ufer entfernt im Wasser trieb. An der Tonne machte er das Boot fest. Vorsichtig lotete er aus, wie tief das Wasser an der Stelle war. Es reichte ihm etwa bis zum Knie. Mit Anglerstiefeln stieg er vorsichtig in das kalte Nass.

Die Strandhütte, so hatte Viktor Negrasov beschrieben, lag nah an der Küstenlinie. Algardis watete an Land und versteckte seine Schutzkleidung hinter einer kleinen Anhöhe. In seinem Rucksack befand sich ein starker Strahler. Doch das schwache Licht der blassen Mondsichel reichte aus, um die Umgebung schemenhaft zu erkennen. Er stieß auf einen ausgetretenen Pfad, der am Strand entlang in die nahe Stadt führte. Der Lichtschein erhellte den Horizont. Minuten später erreichte er die Hütte. Einen Augenblick dachte er daran, leise nach Viktor Negrasov zu rufen. Schließlich konnte der Verwundete im Fieberwahn auf alles schießen, was in seine Nähe kam. Doch er entschied sich dafür, es nicht zu tun. Sicherheitshalber griff er nach seiner Waffe. Einer Beretta, Kaliber 9 mm. Er umrundete das Häuschen. Der Klappladen über dem kleinen Fenster an der Westfront war geschlossen. Also blieb nur die Tür, eine einfache Konstruktion aus zusammengenagelten Holzbrettern. Die Verriegelung war aufgebrochen. Im Schutz des Bretterverschlages zog er vorsichtig den Bügel nach außen. Die Tür schwang auf.

Viktor Negrasov lag inmitten des Raumes auf aufgeschichteten Sesselauflagen. Sein Gesicht schimmerte weiß wie Kalk. Negrasovs Atem ging flach.

Algardis beugte sich über ihn. Die blutgetränkte Stelle auf der linken Körperhälfte war feucht. Ein denkbar schlechtes Zeichen. Er fasste dem Verwundeten ins Gesicht und fühlte die Hitze unter der Haut. Viktor Negrasov hatte die Schlacht mit dem Tod um die letzte Nacht gewonnen. Und doch war das Ende nah.

Algardis steckte die Pistole zurück ins Halfter. In seiner Tasche befand sich ein kleines Alkoholfläschchen. Er benetzte sein Taschentuch und fuhr dem Sterbenden über das Gesicht. Als Algardis leicht seine Wangen tätschelte, erwachte der Russe.

Algardis beugte sich über den Verletzten. „Erkennst du mich?"

Viktor wandte den Kopf ab. „Kalt … Ich spüre nichts …"

„Freund", antwortete Algardis. „Es geht zu Ende mit dir. Deine Wunde hat sich entzündet. Ich will dir die Wahrheit sagen, du wirst die nächsten Stunden nicht überleben."

„Bist … bist du gekommen … gekommen um mich zu … holen?" Die geschwächte Stimme ging in ein heiseres Flüstern über.

„Romanow", antwortete Algardis kalt. „Er wird über dich lachen, wenn er irgendwo am Pool liegt und die zarte Haut der Mädchen streichelt."

„… er soll … er soll wissen … er soll wissen, warum er stirbt

... versprich mir, dass du ... du es ihm sagst ... er war nicht ... loyal."

Algardis nickte. „Ich werde ihm einen Gruß bestellen. Einen letzten Gruß von dir. Aber du musst mir sagen, was du weißt."

Viktor nickte unmerklich. „Plan B ... hat er gesagt ..."

Stockend erzählte er, was Algardis Valonis wissen wollte. Die letzten Worte des Sterbenden galten allein seiner Rache an dem Mann, der ihm seine Hilfe verweigert hatte: Romanow.

Man sagt, kurz vor dem Ende ziehe noch einmal das Leben wie ein Spielfilm an einem vorbei. Doch Viktors Film blieb schwarz. Er sah nichts außer einem schwarzen Schatten, der plötzlich von einem gleißenden Licht durchbrochen wurde. Mit zunehmender Helligkeit kehrte die Wärme in seinen Körper zurück, eine Wärme, die in einem Glühen verendete.

*

Der Morgen des Dreikönigtages begann mit Nieselregen und leitete eine stürmische Woche ein. Tiefausläufer zogen mit schweren Regenfällen und niedrigen Temperaturen auf das Festland zu. Trevisan schlug den Mantelkragen höher, als er aus seinem neuen Wagen stieg. Am gestrigen Abend hatte er eine wahre Odyssee hinter sich gebracht. Nach Dienstschluss hatte er einen Abschleppdienst angerufen, der sich um den alten Opel kümmern sollte. Doch der Abschleppwagen war umsonst an die angegebene Stelle gefahren. Der Opel fehlte. Trevisan, der den Weg zu Fuß zurückgelegt hatte, stand wie ein begossener Pudel am Straßenrand und schaute ratlos die Straße hinunter.

„Kein Wunder", rief ihm der Mann vom Abschleppdienst zu. „Da ist Halteverbot. Ihr Wagen wurde bestimmt abgeschleppt."

Der Mann sollte Recht behalten. Nach einer schier endlosen Irrfahrt über verschiedene Stellplätze fand Trevisan sein Vehikel auf dem Gelände eines Abschleppunternehmens im Osten der Stadt. Der Inhaber arbeitete noch in seiner Werkstatt und war trotz der fortgeschrittenen Stunde nett und freundlich. Als ihm Trevisan am Ende anvertraute, dass er bei der Polizei arbeitete und der Corsa einen Defekt habe, öffnete der Mann kurzerhand die Motorhaube. Er brauchte nicht lange, um festzustellen, dass der Opel einen kapitalen Motorschaden hatte. Gegen elf verließ Trevisan den Hof in einem mitternachtsblauen Ford Mondeo. Ein echtes Schnäppchen, hatte der Mechaniker versprochen und Trevisan hatte nicht lange gezögert und den Kaufvertrag unterschrieben. So fuhr er am nächsten Morgen zuerst noch eine große Runde, bevor er den Wagen im Hof der Dienststelle parkte.

Im Konferenzzimmer warteten Alex, Johannes und Kleinschmidt auf ihn, der den vorläufigen Spurensicherungsbericht vor sich liegen hatte. Auch vom LKA waren inzwischen wichtige Erkenntnisse übermittelt worden. Der Mann, der auf Langeoog auf Trevisan geschossen hatte und tot im Haus von Onno Behrend aufgefunden worden war, wurde in Österreich gesucht. Er war ein Mörder, Dieb und Erpresser. Heribert Stadler, mit Spitznamen Sniper, war neunundzwanzig und stammte aus Innsbruck. Gegen ihn bestanden mehrere Haftbefehle der österreichischen und auch der italienischen Behörden. Einen Mord an einem Juwelier in Salzburg, ein Tötungsdelikt im Zusammenhang mit Diamantenschmuggel in Genua, Totschlag im Zusammenhang mit einem Bandenkrieg unter russischen und albanischen Zuhältern im achten Wiener Bezirk und diverse andere Delikte warf der Staatsanwalt ihm vor. Nun konnten einige Verfahren als erledigt betrachtet werden. Außerdem berichtete Kleinschmidt von den Schallgeneratoren, die auf der *Sigtuna* aufgefunden worden waren. Er war gerade so richtig in Fahrt geraten, als die Tür aufgestoßen wurde und Kirner den Raum betrat.

„Ihr habt wohl schon ohne mich angefangen." Er legte den Mantel über einen Stuhl und griff nach einer Kaffeetasse, die er genüsslich mit dem Gebräu füllte.

Kleinschmidt folgte dem LKA-Kollegen missmutig mit den Augen, bis der endlich Platz genommen hatte. „Der Kerl im Krankenhaus, der keine Ausweispapiere bei sich hatte, ist immer noch nicht identifiziert. Trotzdem gibt es eine interessante Wendung.

Sowohl am Tatort im Fall Larsen als auch im Kofferraum des Peugeots, mit dem Esser angefahren würde, konnten DNA-Spuren von dem Unbekannten gesichert werden."

„Woher hast du so schnell die Ergebnisse?", fragte Trevisan erstaunt.

Kleinschmidt zeigte auf Kirner. „Wir hatten offenbar Glück, dass Politik in der Sache eine Rolle spielt."

„Also hat dieser Kerl bei Larsen und bei Esser die Hände im Spiel", folgerte Johannes Hagemann.

„Und wie war das noch mal mit diesen Schallgeneratoren?", erkundigte sich Trevisan.

Noch einmal erklärte Kleinschmidt, welche Funktion die langen Stangen mit dem sandfarbenen Konus erfüllten.

„In der Sache müssen wir auf alle Fälle am Ball bleiben", resümierte Trevisan. „Außerdem wäre es wichtig, ein Bild von diesem Romanow zu bekommen – er ist der Inhaber der Scheinfirma in Sankt Petersburg, der Mieter der *Sigtuna*, der Mann, der sich offenbar nett um Liebler kümmerte und der vermutlich hinter dem ganzen Drama hier steckt." Trevisan erhob sich und baute sich an der Stirnseite des Tisches auf. „Mir wäre recht, wenn Sie noch einmal Ihre Kontakte nach Russland nutzen und so viel wie möglich über Romanow in Erfahrung bringen", sagte er zu Kirner. „Außerdem müssen wir uns diesen Liebler und den Chef der ENCON-Network schnappen, bevor es zu spät ist. Und dann ist da noch der Unbekannte im Krankenhaus, der uns vielleicht etwas erzählen kann. Romanow ist die treibende Kraft, die anderen Kerle dürften gedungene Killer sein, die für ihn arbeiteten. Ich schlage vor, dass Alex und Johannes nach Norden ins Krankenhaus fahren, sich des Unbekannten annehmen und auch gleich bei Töngen vorbeischauen, der wieder vernehmungsfähig sein soll. Ich kümmere mich mit Ihnen, Herr Kirner, um Liebler. Den ENCON-Boss heben wir uns für morgen auf. Wir brauchen Details, nur so kommen wir weiter."

Kirner erhob sich. „Dann also frisch ans Werk."

„Und Friederike van Deeren?", fragte Alex.

„Sie ist sicher untergebracht", entgegnete Trevisan. „So lange wir Romanow nicht dingfest gemacht haben, können wir keine weiteren Anschläge ausschließen."

„Wir haben allerdings noch ein Problem", sagte Kleinschmidt. „Die Projektile, die aus dem alten Mann im Krankenhaus herausgeschnitten wurden, sind bislang keiner aufgefundenen Waffe zuzuordnen."

Kirner schaute Trevisan fragend an.

Trevisan seufzte. „Dann ist uns wohl einer durch die Lappen gegangen."

# 42

Alexander Romanow hatte in der vergangenen Nacht keinen Schlaf gefunden. Nach Negrasovs Anruf hatte er sich auf die Bettkante gesetzt und gegrübelt, zusammengesunken wie ein Kind, das heftige Magenschmerzen durchlitt.

Dieses Mädchen hatte sein Leben verspielt, ohne im Entferntesten zu ahnen, was für ihn auf dem Spiel gestanden hatte. Die Zeit für „Plan B" war gekommen. Sein weiteres Dasein würde aus ständiger Flucht bestehen. Ausgerechnet er, der das Fliegen hasste … Er musste seine Flucht organisieren, dazu benötigte er das Geld, das sich in schönen, grünen Dollarscheinen quer in Europa verteilt in diversen Bankschließfächern befand. Zusammengerechnet über zehn Millionen US-Dollar.

Luxemburg war das erste Ziel seiner Reise. In Koblenz musste er umsteigen, bis ihn letztlich der IC 432 planmäßig um 17.38 Uhr nach Luxemburg brachte. Noch immer beschäftigte ihn die Frage, weshalb ihm die Polizei so schnell auf die Schliche gekommen war. Hatte jemand gesungen? Liebler, Lührs, irgendjemand aus seinem Team? Nein, das konnte nicht sein. Es musste mit dem Mädchen zusammenhängen. Seit ihr Freund an Bord der *Sigtuna* geschlichen war, die CD gestohlen und das sensible Innenleben der Computeranlage mit Salzwasser begossen hatte, war Romanows Glücksstern im Sinken begriffen.

Zweiundzwanzig Minuten reichten aus, denn die Royal Bank of Bahamas war nur knapp zehn Gehminuten vom Bahnhof entfernt. Für Privatkunden gab es einen Hintereingang, der bis 18.00 Uhr besetzt war. Für die Nacht mietete er sich ein Zimmer im Plaza-Hotel unmittelbar in Bahnhofsnähe, denn schon am nächsten Morgen um 07.12 Uhr würde er mit dem Intercity weiter nach München fahren. Eine schwarze Reisetasche befand sich in seinem Gepäck, dennoch blieb er gelassen, Grenzkontrollen gab es nicht mehr. Um die Einlagen in Deutschland abzuholen, war ihm nur noch der Freitag geblieben. Als er nach all den Strapazen des vergangenen Tages sein Hotelzimmer in München aufsuchte, ging er mit der Gewissheit unter die Dusche, dass er nie mehr Geschäfte in Deutschland machen würde. Dieses Land war viel zu schwerfällig, zu gesetzestreu und hatte Regeln, die kein vernünftiger Mensch kapierte. Selbst wenn man kurz nach Ladenschluss noch einkaufen wollte und der lächelnden Verkäuferin mit einem Hunderter zuwedelte, blieb die Tür geschlossen. So etwas würde ihm nie mehr im Leben passieren. Dieses Land würde er von nun an meiden wie die Pest.

\*

Der Spaziergänger hatte sich in einen dicken Parka gehüllt und die Kapuze über dem Kopf verschnürt. Das Schmuddelwetter blieb ihm nicht erspart, denn sein stattlicher Labrador brauchte Auslauf. Angesichts des nahen Wassers und des weitläufigen Sandstrandes gab der Hund keine Ruhe mehr. Der Spaziergänger beugte sich hinab und öffnete den Verschluss der Leine. Der schwarze Labrador raste hinunter zum Wasser. Eine anlandende Welle brach sich im Sand. Unverhofft getroffen, verbellte er vehement das feuchte Element, doch schon schoss er wieder davon und verschwand im Schatten der nahen Holzhütte. Mit aufgerichteter Schnauze im Wind umrundete er den hölzernen Verschlag und begann, an der Tür zu scharren.

„Rufus, komm weiter!"

Der Labrador ließ sich nicht bezähmen. Als der Hundehalter den Schuppen erreichte, hatte Rufus schon ein großes Loch in den Boden vor der Tür gegraben. Er fasste seinen Hund am Halsband und leinte ihn wieder an. Als er sich aufrichtete, bemerkte er die aufgebrochene Tür. Einen Augenblick zögerte er, doch dann siegte die Neugier. Er zog am Bügel und die Tür schwang auf. Erschrocken fuhr er zusammen. Im Halbdunkel erkannte er den Körper eines Menschen. Nie zuvor in seinem Leben war er so schnell zurück in die Stadt gelaufen.

\*

Trevisan beobachtete die kleinen Regenperlen, die auf der Fensterscheibe herabrannen, ehe sie sich am Fensterhaken zu einem kleinen See sammelten, um kurze Zeit später wieder der Schwerkraft zu verfallen und im Ungewissen zu verschwinden. Ungeduldig trommelte er mit den Fingern auf das Fensterbrett. Schon seit einer Stunde telefonierte Kirner im Büro nebenan mit dem Kollegen, den er Dawarisch nannte.

Der kommissarische Leiter der Nationalparkverwaltung Wattenmeer, Horst Liebler, wohnte in Oldenburg. Die Temperaturen lagen nahe dem Gefrierpunkt und der Radiosprecher hatte bereits von mehreren gesperrten Straßen wegen der hohen Zahl von Unfällen aufgrund überfrierender Nässe berichtet. Wenn Kirner nicht bald ein Ende fand, würde Trevisan hinübergehen und eigenhändig das Gespräch beenden. Kaum hatte er den Gedanken gefasst, klopfte es an der Tür.

„Endlich!", stöhnte Trevisan und griff nach seinem Mantel. Es klopfte erneut. „Ja, verdammt, zuerst die Zeit verbummeln und jetzt hetzen", antwortete er. Doch als er die Tür öffnete, sah er in das überraschte Gesicht von Kriminalrat Beck.

„Oh, Sie wollen gehen? Vielleicht sollten wir uns kurz mal unterhalten." Beck schlängelte sich an ihm vorbei ins Zimmer.

Trevisan schloss die Tür. Sein Vorgesetzter nahm sich den Sessel in der Ecke und gab Trevisan ein Zeichen, ebenfalls Platz zu nehmen. Trevisan erwartete ein Klagelied wegen Kleinschmidts Einsätzen auf den Inseln. Prompt stimmte Beck die Elegie an.

„Als ich vorschlug, dass Sie das FK 1 übernehmen, dachte ich eigentlich an unseren Zuständigkeitsbereich. Aber der Kollege Trevisan hält ganz Friesland und die Inseln für sein Jagdrevier. An Zuständigkeitsregelungen denkt er offenbar nicht."

Beck legte sich zurück und ließ seine Worte wirken. Vielleicht dachte er, den vermeintlichen Missstand besonders intelligent aufgezeigt zu haben, oder er war nur wortverliebt und wunderte sich über seine sprachlichen Fähigkeiten. Trevisan wusste es nicht, es war ihm egal, die Kritik prallte an ihm ab.

„Ich meine", sagte Beck, „nachdem wir alle unser Budget zu

beachten haben, sollten wir damit haushalten und nicht die Zeche der anderen übernehmen. Schließlich sind wir hier in Wilhelmshaven und auch hier gibt es Kriminelle."

Trevisan schmunzelte und schwieg.

Beck war irritiert. Er hatte mit sofortigem Einspruch gerechnet. „Wir müssen uns in Dingen, die unsere Reviergrenzen überschreiten, auch auf die Arbeit anderer verlassen können. Nur so greift dieses System. Verstehen Sie?"

„Leider habe ich nur wenig Zeit, über administrative Dinge mit Ihnen zu sprechen", erwiderte Trevisan. „Es stehen dringende Ermittlungen im Wilhelmshavener Mordfall Larsen an. Wir müssen los."

„Und wohin, wenn ich fragen darf?"

„Diesmal, das kann ich Ihnen verspreche, werden wir die Inseln in Ruhe lassen."

Beck lächelte zufrieden. „Sehen Sie, es ist keine Kritik an Ihrer Arbeit. Aber wir haben alle unsere Vorschriften. Das ist nun mal unser Los. Die Politik bestimmt unseren Rahmen, in dem wir uns bewegen dürfen. Und wir sind an die Verordnungen und Erlasse gebunden. So einfach ist das."

Trevisan erhob sich. Eigentlich hatte er jetzt die richtige Menge Adrenalin im Blut, um diesem Geplänkel mit explosiver Wucht ein Ende zu machen. Doch er entspannte sich, indem er die Luft anhielt und insgeheim bis zehn zählte. Mit sanfter Stimme antwortete er: „Ich habe einen Mörder zu fangen, Herr Beck. Vielleicht sollten wir ein anderes Mal miteinander plaudern."

„Oh, ich denke, wenn Sie sich an die Regeln halten, dann klappt das bestimmt und weitere Gespräche sind überflüssig."

Noch bevor Trevisan antworten konnte, klingelte das Telefon. Beck ging gemessenen Schrittes zur Tür. Als Trevisan den Hörer abnahm, hörte er noch ein dumpfes „Bis Morgen", und schon war Beck verschwunden.

Ein Kollege aus Norden war am Apparat und berichtete vom Fund einer Leiche am Strand von Nordeney, die mit Sicherheit in Verbindung mit dem Polizeieinsatz stand. Der unbekannte

Tote wies eine Schusswunde auf, an der er vermutlich auch gestorben war. Er hatte keine Papiere bei sich, sondern lediglich eine sonderbare Marke um den Hals, in die kyrillische Schriftzeichen und eine lange Zahl eingestanzt waren. Trevisan notierte die Nummer und bedankte sich für den Anruf.

Er klopfte bei Kirner. Noch immer drang die Stimme des Kriminaloberrates durch die geschlossene Tür. Nach dem dritten Klopfen öffnete Trevisan und streckte den Kopf durch den Spalt. Kirner saß hinter seinem Schreibtisch, hatte die Füße auf die Tischplatte gelegt und den Telefonhörer zwischen Schulter und Kopf eingeklemmt. Die rechte Hand baumelte locker neben dem Stuhl und die linke lag auf seinem Bauch.

Er gab Trevisan einen Wink, näher zu kommen. Trevisan trat ein und schloss die Tür. Zerknirscht wartete er, bis Kirner knapp zwanzig Minuten später das Gespräch beendete.

„Wir haben einen Toten auf Norderney …"

„Es gibt wichtige Erkenntnisse in unserem Fall", unterbrach Kirner, doch Trevisan ließ nicht locker.

„Sie müssen Ihren Russlandexperten noch einmal anrufen. Auf Norderney wurde ein Toter gefunden. Er ist gekleidet wie die anderen Eindringlinge bei Onno Behrend und hat eine Pistole bei sich. Wahrscheinlich war er es, der Behrend angeschossen hat." Trevisan holte einen Notizzettel aus seiner Tasche. „Der Tote hat keinen Ausweis bei sich, aber eine Art Hundemarke um den Hals, die ihn als Angehörigen der ehemaligen Roten Armee ausweist. Die Registriernummer lautet RFKS 34634 LSNN 68-4682. Vielleicht lässt sich über Ihren Kontakt feststellen, wem das Halsband gehört?"

„Werde ich gleich versuchen, aber jetzt bin erst mal ich dran." Kirner erhob sich. „Ich habe ein paar meiner Verbindungen genutzt. Zwar waren die Leute nicht gerade begeistert, dass ich in ihre Feiertagsidylle einbrach, aber nach ein paar kleinen Aufmunterungen waren sie dann doch gesprächig."

„Aufmunterungen? Welcher Art?"

„Ich drohte mit Ermittlungsverfahren wegen Bestechung und

Vorteilsnahme. Das wirkt bei Verwaltungsbeamten am besten."

„Und was haben Sie herausgefunden?"

„Eine Menge", verkündete Kirner stolz. „Zum Beispiel wurde der Antrag zum Bau einer Stromtrasse vom Windpark zum Festland schon vor über einem Jahr gestellt. Das Raumordnungsverfahren ist abgeschlossen und sowohl die strompolizeiliche als auch die schifffahrtspolizeiliche Genehmigung erteilt. Das Deichamt und die vom Immissionsschutz haben ebenfalls nichts dagegen. Der Antrag scheiterte einzig und alleine daran, dass sich ein paar kleine, pelzige Robben in einem kleinen Abschnitt niedergelassen hatten und plötzlich ein Schutzgebiet der Zone vier zu einem der Zone eins wurde. Esser höchstpersönlich hat den Antrag damals abschlägig entschieden."

Trevisan ließ sich auf den Stuhl fallen. „Das heißt, wenn die Bezirksregierung beziehungsweise die Nationalparkverwaltung damals zugestimmt hätte, wäre die Trasse bereits gebaut?"

Kirner grinste. „So ist es. Die Robben haben einen Millionendeal der *Peko Consulting* zunichte gemacht. Komischerweise nahm dann plötzlich die Population der bedrohten Tiere aus heiterem Himmel wieder ab. Sie sind einfach verschwunden."

Trevisan fuhr sich über die Stirn. „Klar, sie mögen nämlich keine hochfrequente Töne."

Kirner nickte. „Schon gar nicht, wenn die ihre Gehörgänge belasten, als würde unsereins direkt neben einem lärmenden Kompressor stehen."

„Und jetzt, wo die Robben weg sind und Liebler an Essers Stelle getreten ist, steht dem Bau nichts mehr im Wege."

„Deshalb war Lieblers erste Amtshandlung auch die Rückführung der mittlerweile entvölkerten Sandbänke in ein Schutzgebiet der Zone vier", bestätigte Kirner. „Die Genehmigung des neuen Antrages wäre jetzt nur noch reine Formsache."

„Und ausgerechnet Friederike van Deeren diagnostiziert in ihrem Bericht den Umstand eines geheimnisvollen Robbenschwundes, ohne wirklich Bescheid zu wissen …"

„… und ihr Freund ist es, der das Rätsel zu entschlüsseln sucht."

Trevisan klopfte sich auf die Schenkel. „Die Forschungsarbeit im Wattenmeer hatte nur den Sinn, unbehelligt dem Robbenschwund Vorschub zu leisten, indem die Kerle die Signalgeber in der kritischen Zone platzierten."

„Genau das", bestätigte Kirner. „Und die Tiere, die nicht rechtzeitig verschwanden, wurden zu Fischfutter verarbeitet."

„Gute Arbeit, Herr Kollege", witzelte Trevisan. „Dann schlage ich vor, wir schnappen uns Liebler."

Kirner schüttelte den Kopf. „Nicht heute und nicht so. Morgen habe ich alle Unterlagen zusammen. Und dann besorgen wir uns einen Durchsuchungsbeschluss und gleich noch den dazugehörigen Haftbefehl. Wir setzen dem Luxusleben unseres kleinen Beamten ein Ende und verschaffen ihm eine Zelle, wo er über seine Taten hoffentlich eine lange Zeit nachdenken kann."

# 43

Nüchterne Gänge, weiß getünchte Wände in Neonlicht getaucht, hier und da ein Farbtupfer, der sich bei näherer Betrachtung als Pop-Art-Druck eines namenlosen Meisters der Moderne herausstellte und genauso penetrant für das Auge war wie die ekelhaften chemischen Ausdünstungen von Desinfektionsmittel für den Geruchssinn. Der Ort hatte etwas Trauriges, etwas Abstoßendes und etwas Unwiderrufliches.

Johannes Hagemann würde sich nie an Krankenhäuser gewöhnen. In den letzten Jahren hatte er viel Zeit an solchen Orten zugebracht, in denen das eigene Los so wie die Schicksale der anderen Patienten in braune Aktenordner verpackt wurde, die Schränke füllten. Aber heute war die Situation besonders grotesk. Opfer und Täter waren gerade mal durch eine sechzehn Zentimeter dicke Wand getrennt.

Töngen ging es mittlerweile den Umständen entsprechend gut. Er war wach und konnte sich sogar an einen Teil des Vorfalles vom 30. Dezember des letzten Jahres erinnern. Er wusste, warum die Männer gekommen waren. Ihre steten Fragen nach Friederikes Aufenthalt und ob Larsen ihm etwas erzählt oder gar zur Aufbewahrung gegeben habe, begleitet von Schlägen und Tritten, hatten sich genauso tief in seinem Gedächtnis verankert wie die Gesichter seiner Peiniger. Für ihn war es kein Problem, aus den zwölf Fotografien, die Kleinschmidt in Windeseile erstellt hatte, die beiden Männer herauszufinden, die für seinen Aufenthalt auf der chirurgischen Station verantwortlich waren. Einer lag in der Leichenschauhalle und der andere hier im Nebenzimmer. Zwar saß zur Bewachung ein Polizist bei dem Mann, doch wahrscheinlich hätte der sowieso keinen Fluchtversuch unternommen. Eine Kugel hatte seine Kniescheibe zertrümmert. Das Bein würde wohl für alle Zeit steif bleiben.

Nach der Anhörung des Opfers betraten die beiden Kriminalbeamten das Zimmer des Täters. Der Mann hatte vor der Haustür von Onno Behrend Posten bezogen und auf die Kollegen von der Polizeistation Norderney gefeuert, ehe diese ihrerseits von der Waffe Gebrauch gemacht hatten. Er lag allein in dem Dreibettzimmer und starrte an die Decke. Sein rechtes Handgelenk war mit Handschellen am Bettgestell befestigt.

Johannes zog sich einen Stuhl heran und ließ sich stöhnend nieder, während Alex sich am Fenster platzierte, um den Fremden eindringlich zu mustern. Dichte, schwarze Haare, an der Schläfe leicht angegraut, fast aristokratisch wirkende Züge und nahezu schwarze Augen. In Gedanken verankerte der junge Polizeibeamte alle Punkte, die bei einer Personenbeschreibung wichtig gewesen wären. Wenn es auch nicht notwendig war, so war es immer eine gute Übung, schärfte Wahrnehmung und Verstand. Ein weiteres auffälliges Merkmal war die Größe des Mannes. Auch im Krankenbett war sein enormer Wuchs nicht zu übersehen.

„Wir sind von der Kripo Wilhelmshaven." Johannes Hagemann zeigte seine Polizeimarke.

Der Dunkle starrte weiterhin ohne Regung an die Decke.

„Na gut, dann eben nicht. Sie wissen ja wohl, warum Sie hier sind und warum Sie verhaftet wurden." Johannes Hagemann zog einen Zettel aus seiner Jacke. „Ich habe es mir aufgeschrieben, damit ich auch wirklich nichts vergesse." Theatralisch faltete er den Zettel auseinander. „Also, was haben wir denn alles … Mordversuch an zwei Polizeibeamten auf Norderney, gemeinschaftlicher Mordversuch an Onno Behrend und Friederike van Deeren, ebenfalls auf Norderney, Menschenraub mit Todesfolge zum Nachteil von Hilko Corde, Mordversuch zum Nachteil von Uwe Töngen, Mordversuch zum Nachteil des stellvertretenden Bezirksdirektor Esser in Oldenburg und Mord zum Nachteil von Björn Larsen in Wilhelmshaven. Das ist eine ganz schöne Litanei. Ganz zu schweigen von Verstößen gegen das Waffengesetz und so weiter und so fort. Also, wenn Sie mich fragen, dann reicht das gut für Lebenslänglich."

Es war, als rede man mit einer Statue. Johannes wandte sich dem uniformierten Kollegen vom Polizeirevier Norden zu. „Hat er denn überhaupt schon etwas gesagt?"

Der Beamte schüttelte den Kopf. „Noch nicht mal danke, als ich ihm das Kopfkissen aufschüttelte."

„Wie wäre es dann, wenn Sie uns einfach mal als Zeichen Ihres guten Willens Ihren Namen verraten", sagte Johannes, dem Verletzten zugewandt.

Wieder keine Reaktion.

„Na ja, egal. Schreiben wir halt einfach *Der Unbekannte* an die Zellentür. Namen sind sowieso nicht wichtig. Beweise zählen und aus dieser Sache kommen Sie nicht mehr heraus."

Kein Zeichen des Verstehens, nur ab und zu schlossen sich seine Augenlider. Doch die Bewegung war automatisch.

„Wir haben Ihre Fingerabdrücke und eine Blutprobe." Johannes erhob sich und stellte den Stuhl zur Seite. „Es ist nur eine Frage der Zeit, bis wir wissen, wer Sie sind. Und unsere Richter sind mit allzu starrköpfigen Kerlen nicht zimperlich."

Er gab Alex einen Wink und ging zur Tür.

„Wissen Sie, wann er verlegt wird?", wandte sich Johannes Hagemann noch einmal dem uniformierten Beamten zu.

„Ich denke, noch im Laufe des heutigen Tages."

„Ich habe Larsen nicht umgebracht, auch mit Corde und dem Direktor habe ich nichts zu tun", erklang plötzlich die tiefe Stimme des Verletzten.

Sein Akzent war nicht zu überhören. Eine slawische Muttersprache, tippte Johannes. „Und die anderen Vorwürfe?"

Der Mann hatte seine dunklen Augen auf Johannes Hagemann gerichtet. „Was bekomme ich dafür, wenn ich rede?"

\*

Nach dem Telefonat mit Johannes Hagemann waren Trevisan und Kirner pünktlich um acht Uhr losgefahren. Liebler arbeitete heute nicht, er hatte frei. Es dauerte fast eineinhalb Stunden bis nach Oldenburg. Sie parkten ihren Dienstwagen und stiegen aus.

Vor dem blau getünchten Mehrfamilienhaus mit den weißen

Fensterrahmen stand ein schwarzer, frisch polierter Mercedes SLK. Trevisan fuhr sanft mit der Handfläche über den Lack. „Und deswegen verrät jemand all seine Ideale ..."

Kirner wandte sich zu ihm um. „Überzeugungen sind etwas Schönes, aber es ist immer die Frage, wie viel davon bleibt, wenn man langsam alt wird und erkennt, dass die Träume, die man hatte, niemals in Erfüllung gehen werden. Eingebettet in einen Alltag voller Gleichförmigkeit, jeden Tag das gleiche Spiel. Kein Fortkommen. Weder nach oben noch nach unten. Wenn einem jemand in dieser Phase eine Chance bietet, doch noch seinen Traum zu leben, was ist dann?"

Trevisan schmunzelte. „Wusste gar nicht, dass ich einen Philosophen an meiner Seite habe."

„Haben Sie nicht auch schon mal darüber nachgedacht, wie es wäre, wenn einer käme ..."

Trevisan legte den Kopf nachdenklich in den Nacken. „Meine Frau hat mich vor ein paar Monaten verlassen. Sie hat meine Tochter mitgenommen. Es gab schon Momente, wo ich darüber nachgedacht habe, einfach alles hinzuschmeißen. Wo man sich fragt, warum man das alles tut. Aber das sind nur Phasen. Ich glaube nicht, dass ich deswegen meine Grundsätze aufgeben würde. Ich denke, käuflich zu sein, ist in erster Linie eine Frage des Charakters."

Sechs Klingelknöpfe gab es an diesem Neubau, der wohl kaum älter als zwei Jahre war. Die beiden Bäumchen im mit Rindenmulch bedeckten Vorgärtchen waren gerade mal schulterhoch gewachsen und noch immer mit einer Schnur an einem massiven Stickel festgebunden. Liebler wohnte in einer der Dachwohnungen mit einer großen Loggia zur Straße hin.

„Und Ihre Kollegen sind auch pünktlich?", fragte Trevisan.

„Sie kommen, wenn ich sie rufe." Kirner drückte auf den Klingelknopf. Die Sprechanlage knackte und eine Frauenstimme meldete sich mit einem lang gezogenen „Ja, wer ist da?"

„Mein Name ist Kirner vom Landeskriminalamt. Ich muss mit Herrn Liebler sprechen."

Der Türöffner summte. Die schwarz-weiß gesprenkelten Steinplatten glänzten wie frisch gewischt. Das Haus war gepflegt und die Ausstattung nicht billig. Am Treppenaufgang lockerte ein mit Farnen bestückter Pflanzkübel den nüchternen Eindruck auf. Die Treppengeländer waren aus poliertem Aluminium. Die Tür zur Dachgeschosswohnung stand offen und eine dunkelhaarige Frau mit rot geschminkten Lippen, in einen blauen Bademantel gehüllt, erwartete die beiden Kriminalbeamten. Trevisan schätzte ihr Alter auf etwa Mitte dreißig.

Kirner streckte ihr seine Dienstmarke unter die Nase. „Wir müssen dringend mit Herr Liebler sprechen, ist er zu Hause?"

Die Frau trat einen Schritt zur Seite und nickte.

Durch einen breiten Flur betraten sie das helle Parkett des Wohnzimmers. Die lederne Couchgarnitur stand um einen runden Glastisch, darunter lag ein dunkelblauer Teppich. Eine Regalkombination aus Kirschbaumholz vervollständigte den gediegenen Eindruck. In einer Ecke stand ein Großbildfernseher, darunter eine Stereoanlage und vier große Lautsprechersäulen. Liebler hatte weder Kosten und Mühen gescheut, um sich ein angenehmes und luxuriöses Zuhause zu schaffen. Auch an die Feinheiten war gedacht, Figürchen aus Porzellan, Schalen in der Farbe des Teppichs und ein riesiges, abstraktes Ölgemälde. Zwei benutzte Weingläser standen auf dem Tisch neben einer geöffneten Flasche. Dem Etikett nach ein gutes Tröpfchen.

Trevisan wandte sich um, die Frau war verschwunden. Er warf Kirner einen fragenden Blick zu, doch der Kollege zuckte mit der Schulter.

Etwa eine Minute lang warteten sie, bis sich Liebler blicken ließ. Offenbar hatte er geduscht, seine Haare waren noch nass.

„Ich kenne Sie doch", sagte er, als sein Blick auf Kirner fiel.

Die Frau steckte den Kopf durch die Tür. „Ich geh dann jetzt. Ruf mich an, wenn du wieder mal Zeit hast."

Liebler lächelte entschuldigend. „Ich ruf dich an. Wie immer, auf dem Handy."

Die Frau hatte die Eingangstür bereits zugeschlagen.

„Was führt Sie zu mir?", wandte sich Liebler den beiden Polizisten zu. „Noch dazu in meiner Freizeit." Er bot ihnen mit einer Geste Platz auf der Couch an. „Und noch dazu am frühen Morgen."

Trevisan und Kirner setzten sich.

Kirner knöpfte seine Jacke auf. „Sie wissen, dass ich im Fall Esser ermittle?"

„Wir sind uns im Amt begegnet, als die Briefbombe entdeckt wurde", bestätigte Liebler. „Wir haben uns die ganze Zeit gefragt, wer hinter dem feigen Anschlag steckt."

Kirner musterte das Gesicht des Mannes, der sich gegenüber niedergelassen hatte. „Wir wissen es jetzt."

„Diese weltfremden Umweltschützer wissen gar nicht, was sie anrichten. Das sind Extremisten, Terroristen, nichts anderes. Aber da ist unser Gesetz offenbar machtlos. Mich wundert immer wieder, dass sie noch frei herumlaufen. Manchmal habe ich den Eindruck, dass unser Justizsystem gar nicht mehr funktioniert."

Trevisan schaute sich provokativ im Zimmer um. „Die Einrichtung war wohl nicht gerade billig."

„Das ist richtig", bestätigte Liebler. „Auf der anderen Seite: Kauft man Qualität, dann hat man wirklich länger etwas davon. Auf lange Sicht gesehen, lohnt sich die Investition."

„Na ja, ich bin ein kleiner Beamter, da muss man sich schon ganz schön strecken."

Liebler nickte. „Ohne Erbschaft hätte ich das auch nicht gekonnt. Wollen Sie etwas trinken?"

„Wir sind aus einem anderen Grund hier", sagte Kirner. „Kennen Sie einen Herrn Romanow aus Sankt Petersburg?"

Lieblers aufgesetztes Lächeln verschwand. „Ähm, ich kann mich nicht an den Namen erinnern."

„Die *Sigtuna*, das Forschungsprojekt im Wattenmeer. Seine Firma heißt ITATAKA. Erinnern Sie sich jetzt?"

Lieblers Augen flatterten nervös hin und her. „Ah, richtig, ich erinnere mich. Das ist aber schon eine ganze Weile her."

„Das letzte Treffen zwischen Ihnen und Romanow fand vor

kaum zwei Wochen statt", forderte Trevisan den Verwaltungsbeamten heraus. „Sind Sie schon so vergesslich?"

Auf Lieblers Stirn bildeten sich kleine Schweißtropfen. „Ich weiß nicht, wovon Sie reden …"

„Bremer *Hilton*. Sie waren dort, Gunnar Lührs war dort, ein Ingenieur von ENCON-Network, und Alexander Romanow führte den Vorsitz", setzte Kirner nach.

Trevisan fasste in seine Jackentasche und zog ein rotes Dokument heraus. Er legte es vor Liebler auf den Tisch.

„Was ist das?"

Trevisan zeigte auf das Dokument. „Manchmal funktioniert unser Justizsystem doch. Das ist ein Haftbefehl. Wir werfen Ihnen Beihilfe zum versuchten Mord an Ihrem Vorgesetzten Doktor Thomas Esser vor. Und ehrlich gesagt sieht es überhaupt nicht gut für Sie aus. Auch die Umstände Ihres plötzlichen Reichtums wurden von uns überprüft. Was kostet eigentlich ein kleines Stück Land draußen im Roten Sand?"

Lieblers Mund stand weit offen. Die Schweißperlen rannen ihm über das Gesicht.

„Sie brauchen nichts zum Vorwurf zu sagen und können auch mit einem Anwalt sprechen", zitierte Trevisan gesetzestreu die Belehrungsformel. „Ich verhafte Sie wegen Beihilfe zum versuchten Mord und Bestechlichkeit, und wir werden sehen, was noch alles hinzukommen wird, denn es gab noch weitere Leichen wegen des kleinen Fleckchens Sand im Wattenmeer."

„Ich sage nichts mehr", entgegnete Liebler. „Ich will mit meinem Anwalt sprechen."

Es klingelte. „Wo ist der Türöffner?", fragte Kirner.

„Wer … wer kommt denn jetzt noch?", stammelte Liebler.

„Das sind nur unsere Kollegen", erklärte der LKA-Beamte. „Wir werden Ihre Wohnung durchsuchen. Auch dafür haben wir ein Papier, das von einem Richter unterschrieben wurde."

„Ich will meinen Anwalt sprechen, sofort!"

Trevisan erhob sich. „Nur zu. Wo ist das Telefon?"

\*

Algardis Valonis saß seit dem Mittag im Foyer des *Hilton*-Hotels und blätterte in den Zeitschriften. Zwischendurch genehmigte er sich in der Hotelbar einen Drink. Er musste bis zum späten Nachmittag warten, bis Romanow endlich durch das Portal die Empfangshalle betrat. Der Russe umklammerte zwei schwarze Reisetaschen, die anscheinend ein ordentliches Gewicht hatten. Algardis hob die Zeitung ein kleines Stück höher. Romanow ging zielstrebig zur Rezeption und holte sich seinen Zimmerschlüssel ab. Sofort sprang ein Hotelbediensteter hinzu, der sich um die Taschen bemühte, doch Romanow schüttelte den Kopf. Er ging hinüber zu den Aufzügen. Nach einigen Sekunden verschwand er hinter der automatischen Tür.

Algardis Valonis wartete noch einen Augenblick, ehe er die Zeitung zur Seite legte, sich erhob und das Treppenhaus betrat. Romanow bewohnte das Zimmer 312 im dritten Stock. Algardis Valonis bewältigte die Stufen in kürzester Zeit. Als er oben ankam, hörte er den Gong des Fahrstuhls, dessen Tür sich wieder schloss. Er trat vor Romanows Zimmer und klopfte. Er horchte und nahm Schritte hinter der Tür wahr. Noch einmal klopfte er dezent. Das Schloss wurde geöffnet, dann schwang die Tür einen Spalt auf. Romanows Gesicht erschien im Ausschnitt.

„Was ist denn noch?", fragte er.

Algardis trat aus dem toten Winkel. Romanow zog erstaunt die Augenbrauen hoch. „Was willst du hier?"

Algardis drückte die Tür gegen den Widerstand des dicken Mannes auf. „Ich komme von Petrov", sagte er auf Russisch. „Er will wiederhaben, was ihm gehört."

# 44

Nach der Durchsuchung der Wohnung wurde Horst Liebler abtransportiert. Noch bevor Trevisan und Kriminaloberrat Kirner in ihrem Wagen Platz nehmen konnten, klingelte das Handy des LKA-Beamten. Trevisan warf Kirner einen ungeduldigen Blick zu. Er besah sich während des Telefonats die Umgebung, nur hin und wieder erhaschte er einen Wortfetzen. Offenbar war Dawarisch am Apparat. Trevisan musste beinahe eine halbe Stunde warten, bis das Gespräch beendet war.

„Ich glaube, da ist ein ganz großer Stein ins Rollen gekommen", erklärte der LKA-Beamte. „Die russischen Behörden haben den Chef des Kallimov-Konzerns verhaftet. Dimitrij Petrov ist der Regierung offenbar schon länger ein Dorn im Auge. Er hat sich nach dem Zusammenbruch der UdSSR mit gefälschten Verträgen einen ganz schönen Anteil des Staatsvermögens unter den Nagel gerissen und einige der alten Erdölförderkombinate erschlichen. Nun ist er ins Visier der neuen Machthaber geraten. Denen sind begüterte und zunehmend einflussreich werdende Wirtschaftsbosse ein Dorn im Auge. Vor allem, wenn sie zu den Oppositionellen gehören. Zuviel Macht in neukapitalistischen Händen mit sozialistischen Köpfen ist gefährlich für die Regierenden. Petrov gehört zu diesen unerwünschten Neureichen, die im Herzen der alten Sowjetunion nachtrauern. Offenbar hat er nicht nur Steuern hinterzogen, sondern auch Stück um Stück Devisen aus dem Land gebracht und sich mit Auslandsbeteiligungen neue Märkte erschlossen. Es sieht so aus, als ob Romanow mit dem Geld von Petrov und einigen seiner Genossen arbeitet. Romanow pries den Windpark als innovative und gewinnbringende Investition mit hoher Rendite an. Die Komplikationen kennen wir. Jetzt steht Romanow unter Druck. Das Geld ist möglicherweise auf irgendwelchen Auslandskonten geparkt, auf die nur Romanow Zugriff hat. Petrov, der Direktor, wie man ihn in Moskau nennt, hat Romanow nur eine scheinbare Unabhängigkeit zugebilligt und ihm eine lange Leine verpasst. Es gibt Hinweise darauf, dass ein Vertrauter Petrovs nach Deutschland unterwegs ist, um den verlorenen Sohn wieder einzufangen, der gerade seine Flucht vorbereitet. Petrov will seine Investitionen zurück und ein Zeichen setzen, dass man ihn nicht für dumm verkaufen kann. Dass Petrov nun in irgendeinem Gefängnis in Moskau sitzt und quasi als Feind der Demokratie und des russischen Volkes gilt, hat sich mit unserem Fall nur zufällig überschnitten. Die Russen haben zugegriffen, als sich abzeichnete, dass Petrov sich nach England absetzen wollte. Dort haben viele reiche Russen mittlerweile Firmen erworben. Sogar Fußballvereine sollen darunter sein."

„Das heißt also, dass Romanow nach Hause gebracht werden soll", entgegnete Trevisan. „Aber was ist, wenn er nicht will?"

„Die Russen sind da nicht zimperlich", erwiderte Kirner. „Der Mann, der auf Romanow angesetzt wurde, ist ein ehemaliger Elitesoldat der Roten Armee. Und er ist nicht gerade feinfühlig. Es könnte der Gleiche sein, der den vorgetäuschten Unfall verursacht hat, bei dem Esser schwer verletzt wurde. Es soll sich aber um keinen Russen handeln."

„Kein Russe?"

„Zumindest kein waschechter, eben einer aus dem ehemaligen Sowjetreich. Ein Weißrusse, ein Ukrainer, ein Tschetschene oder Este, Balte oder Litauer. Da gibt es genug, die früher bei der Sowjetarmee dienten."

Trevisan überlegte. Am gestrigen Tag hatten Johannes Hagemann und Alex Uhlenbruch von ihrem Erfolg im Norder Krankenhaus erzählt. Der Unbekannte hatte ihnen seinen Namen genannt und Gesprächsbereitschaft signalisiert, wenn er dafür ein kleines Entgegenkommen erfahren würde: Er wollte die Haft überleben und auf keinen Fall mit anderen osteuropäischen Strafgefangenen zusammengelegt werden. Diesem Ansinnen konnte entsprochen werden. Deshalb hatte er gestern seine Version der

310

Geschichten über die Verbrechen erzählt. Natürlich nur den groben Rahmen. So hatte Trevisan von Romanows Treffen mit Liebler und Lührs im Bremer *Hilton* erfahren. Sofort wurde das Hotel überprüft, aber Romanow war nicht mehr dort. Es bestand zwar noch immer eine Zimmerreservierung, aber der Vogel war offenbar schon mit seinem Gepäck ausgeflogen. Trotzdem wartete auf Trevisans Geheiß ein Bremer Kollege im Foyer auf die Rückkehr des Russen.

Johannes und Alex waren noch damit beschäftigt, die Vernehmung von Thomaz Vargösz, dem Verletzten aus der Norder Klinik, abzuschließen. Er hatte im Falle des fingierten Unfalles von einem Mann gesprochen, der aus dem Osten kam, um den Anschlag auszuführen. Handelte es sich um den gleichen Mann, von dem Kirner im Telefonat erfahren hatte?

„Wir haben jetzt die kompletten Daten von Romanow und sogar ein Foto von ihm für eine Großfahndung", rissen Kirners Worte Trevisan aus den Gedanken. „Köster wird sich darum kümmern. Ich rufe ihn an."

Trevisan schaute auf seine Uhr. Die Zeit lief ihnen davon. Bei der Durchsuchung von Lieblers Wohnung war ein Aktenordner mit Auszügen eines Schweizer Bankhauses aufgefunden worden, die belegten, dass Liebler vor einem Jahr eine Bareinzahlung in Höhe von 500 000 Mark vorgenommen hatte. Außerdem hatten sie in einer Seitentasche eine abgestempelte Bahnfahrkarte nach Bremen entdeckt. Der Tag stimmte mit den Angaben von Vargösz über das Treffen im *Hilton* überein. Vielleicht würden diese Details Lieblers Gesprächsbereitschaft erhöhen.

Kirner veranlasste per Telefon die Fahndung, dann startete er den Wagen. „Mal sehen, ob Sie Recht behalten. Ach ja, ich vergaß fast: Der Tote aus der Strandhütte heißt Viktor Negrasov und war Romanows langjähriger Vertrauter. Der Mann fürs Grobe sozusagen. Liegt alles auf Ihrem Schreibtisch, bis wir wieder nach Wilhelmshaven kommen."

„Dann sagt Vargösz offenbar die Wahrheit", entgegnete Trevisan.

„Ja, und jetzt schauen wir, ob zwei Stunden in der Zelle der Kollegen eine moralische Wirkung auf Liebler gehabt haben oder ob er bei seinem Entschluss bleibt und schweigt."

Trevisan lächelte. „Es sind jetzt fast vier Stunden. Und unsere kleinen Entdeckungen verleihen ihm vielleicht noch einen zusätzlichen Impuls."

\*

15.36 Uhr zeigte die nüchterne Digitaluhr an der Wand des Vernehmungszimmers in der Oldenburger Gewahrsamseinrichtung der Polizeiinspektion. Hier waren nicht nur festgenommene Straftäter zeitweise untergebracht, sondern vor allem auch Betrunkene, Randalierer oder Männer, die nach einem Hausstreit ihre Familie terrorisiert hatten. Die Zellen, drei Meter lang und knapp zweieinhalb Meter breit, mit zwei kleinen, vergitterten Lichteinlässen – den Ausdruck Fenster verdienten diese Maueröffnungen nicht –, einer einfachen französischen Toilette und einer gemauerten Liege mit spartanischen Holzauflagen sollten keine Behaglichkeit aufkommen lassen. Sie waren nur für einen vorübergehenden Aufenthalt vorgesehen. Niemand sollte hier länger in Haft bleiben als achtundvierzig Stunden.

Auch Horst Liebler würde hier nur bis zur Vorführung beim Haftrichter im Laufe des nächsten Tages bleiben. Ob er es wusste, war Trevisan egal, als er, mit Kirner abgesprochen, alleine das kleine Vernehmungszimmer neben dem Zellentrakt betrat. Es unterschied sich nur wenig von einer Zelle, außer dass es einen Meter breiter war und in der Mitte ein Tisch und zwei Stühle standen. Ein Aufnahmegerät und zwei Mikrophone waren auf dem Tisch vorbereitet worden. Dahinter saß Liebler zusammengesunken auf einem Stuhl. Seine solariumgebräunte Haut hatte ein fahles Gelb angenommen. Seine Augen schimmerten feucht. Damit hatte Trevisan gerechnet. Ein Mann wie Liebler, ein Beamter, der eine Gelegenheit ergriffen und nie darüber nachgedacht hatte, wie und vor allem wo diese Sache enden konnte, ein solcher Mann konnte an den Vorboten der

312

Konsequenzen zerbrechen. Und der Mann mit den feuchten Augen auf dem hölzernen Stuhl war nicht mehr weit davon entfernt.

Trevisan rückte seinen Stuhl zurecht, aktivierte das Aufnahmegerät und ließ sich nieder. „Sie haben mit Ihrem Anwalt gesprochen, also wissen Sie, dass Sie keine Angaben zu machen brauchen. Alles, was Sie nun sagen, wird aufgezeichnet und kann gegen Sie verwendet werden. Haben Sie mich verstanden?"

Liebler, der mittlerweile die Hände vor die Augen geschlagen hatte, nickte.

„Sie müssen antworten, Ihre Gesten können von dem Gerät nicht aufgezeichnet werden. Haben Sie die Belehrung verstanden?" Bewusst verlieh Trevisan seinen Worten kalte Schärfe.

Ein krächzendes, weinerlich klingendes „Ja" ertönte leise.

Trevisan unterbrach die Aufzeichnung und hörte die letzten Worte ab. Die Mikrofone waren offensichtlich von guter Qualität. Trevisan drückte den Aufnahmeknopf und nannte Lieblers Personalien und die Tatbestände, die ihm zum Vorwurf gemacht wurden. Der Verwaltungsbeamte ließ die Litanei über sich ergehen, nur seine Atemzüge waren zu vernehmen.

„Bevor ich Sie jetzt frage, ob Sie meine Fragen beantworten, möchte ich Ihnen der Fairness halber sagen, was wir gegen Sie in der Hand haben. Erst wenn Sie wissen, welche Beweise und Indizien gegen Sie sprechen, haben wir eine gemeinsame Basis. Ihr Beruf ist meinem nicht unähnlich, Sie müssen ebenfalls festgestellte Fakten bewerten und einschätzen und schließlich zu einer Entscheidung gelangen, die auf der Grundlage dieser Fakten jederzeit nachvollziehbar ist. Auch für andere, die an Ihrem Urteil zweifeln."

Liebler legte die Hände in seinen Schoß und nickte fast unmerklich. Seine Augen wichen Trevisans Blick noch immer aus.

„Ein, sagen wir, Mitarbeiter Romanows wurde von uns festgenommen", erklärte Trevisan. „Er berichtete von Treffen im *Hilton*-Hotel in Bremen. Außerdem hätten Sie schon bei Ihren Vortragsreisen nach Sankt Petersburg bemerken müssen, dass die

Firma, die Sie eingeladen hat, ein reines Phantasieprodukt ist. Der ungewöhnliche Luxus, inklusive der Damen bei Ihrem Auslandsaufenthalt, hätte ebenso Zweifel an der Lauterkeit der Firma aufkommen lassen müssen. Außerdem sind da noch 500 000 Mark auf einem Schweizer Nummernkonto und eine abgestempelte Bahnfahrkarte der ersten Klasse nach Bremen. Das Datum deckt sich mit Ihrer letzten Zusammenkunft mit Romanow, Lührs und dem Ingenieur von der ENCON-Network. Unser Zeuge war übrigens auch zugegen. Im Nebenzimmer. Das sind die Fakten." Trevisan lehnte sich in seinem Stuhl zurück, verschränkte seine Arme vor der Brust und musterte sein Gegenüber.

Langsam richtete sich Liebler auf. „Was bekomme ich dafür?", fragte er heiser.

Trevisans Miene blieb gelassen, obwohl er diese Frage als Dreistigkeit empfand. „Wir sind nicht auf dem Fischmarkt, wir haben Gesetze."

„Nein, Sie verstehen mich falsch", antwortete Liebler rasch. „Ich meine, was erwartet mich. Sie kennen sich doch aus. Mit welcher Strafe muss ich rechnen?"

Trevisan verstand. „Ich denke, Sie werden mit einer hohen Strafe rechnen müssen. Wir wissen, dass aufgrund Ihrer Informationen der Briefbombenanschlag auf Doktor Esser verübt werden konnte. Sie haben mitgeteilt, dass er sich an dem betreffenden Tag nach einem längeren Urlaub wieder im Amt befinden würde. Auch wenn der Anschlag fehlschlug, bleibt es bei einer Beihilfe zum Mordversuch."

In Lieblers Gesicht zeigte sich ein schmerzvolles Lächeln. „Und dabei ging es zu Anfang nur um die Herstellung von Kontakten … Ich hatte keine Ahnung, dass es so enden würde. Aber eigentlich hätte ich es wissen müssen."

„Manche Dinge entwickeln sich eben in eine falsche Richtung, doch hätte man rechtzeitig darüber nachgedacht, so hätte man auch diese Entwicklung in seine Überlegungen mit einbeziehen müssen."

„Seit fünfundzwanzig Jahren mache ich jeden Tag meine Arbeit", fuhr Liebler fort. „Tag um Tag gehe ich ins Büro, arbeite, gehe wieder nach Hause, jogge. Ich hatte Beziehungen, die meist scheiterten, ich traf mich mit Freunden, die sich immer weiter von mir entfernten, heirateten und plötzlich in der Versenkung verschwanden. Irgendwann ist man alleine und hat nur noch seine Arbeit und sich selbst. Doch auch im Job stößt man ständig an die Grenzen. Niemand honoriert es, wenn man sich einbringt, wenn man sein Bestes gibt. Andere teilen sich den Kuchen. Wenn man keinen Namen und keine Beziehungen hat, dann bleibt man eben auf der Strecke. Irgendwann kommt die Erkenntnis, dass man eigentlich gar nichts erreicht hat, dass man aus seinem Leben nichts gemacht hat, außer sich artig unterzuordnen und am Ende der Schlange brav zu warten, bis man endlich aufgerufen wird, um aus dem Schatten zu treten." Liebler fuhr mit der Hand durch sein Haar und blickte zu Boden.

„Und Sie wollten aus diesem Schatten heraustreten?", fragte Trevisan.

Liebler lächelte. „Insgeheim weiß man, dass dieser Tag nie kommen wird. Ehe man es sich versieht, ist man in einer Spur gelandet, die man nicht mehr verlassen kann, weil man alt, ängstlich und träge geworden ist. Und genau in dieser Situation kommt ein Mann und bietet einem ein kleines Stück seines verlorenen Traumes an. Das Einzige, was man dafür tun muss, ist, einen Kontakt herstellen und der Bürokratie etwas auf die Sprünge helfen. Alles klingt so leicht, so einfach. Es ist nichts Anrüchiges. Man braucht sich nicht einmal selbst aufzugeben dabei. Es ist keine Frage von Überzeugungen, keine Frage von Moral. Man erhält Geld für ein wenig Hilfestellung bei einem Geschäft, das ein wenig unredlich, aber nicht kriminell ist. Schauen Sie in die Parlamente und Regierungssitze, unsere Politiker machen so etwas jeden Tag. Doch plötzlich entgleitet einem die Sache. Man verliert den Überblick, Dinge werden von einem verlangt, die man nicht bereit ist zu tun. Aber man hat sich bereits ausgeliefert. Diese Leute besitzen die Macht, einem das Wenige, das man im Leben erreicht hat, auch noch wegzunehmen."

„Sie wurden erpresst?"

„Anfänglich war es meine freie Entscheidung, doch dann tauchten die Komplikationen auf."

„Die Robben!"

„Ja, das hat alles kompliziert", bestätigte Liebler. „Und als ich dann aufhören wollte, kamen die Kerle mit Drohungen und Erpressung. Plötzlich ist man mitten in einem Sumpf."

„Ging das Winterberg genauso?", fragte Trevisan.

Liebler schüttelte den Kopf. „Er hatte Familie, ihn in die Hand zu bekommen, war wesentlich einfacher. Sie hatten ihn gleich am ersten Abend in Sankt Petersburg in der Tasche."

„Was heißt das?", fragte Trevisan.

„Mädchen. Kleine Mädchen und er mitten drin. Verstehen Sie, was das für ihn bedeutet hätte, wenn die Fotos an die Öffentlichkeit gelangt wären? Für ihn und seine Familie? Auf den Fotos war nicht zu erkennen, dass er stockvoll gewesen ist und nicht mehr wusste, was er tat. Das hätte ihm sowieso niemand geglaubt. Und als es dann brenzlig wurde, sah er nur noch einen Ausweg."

Trevisan wusste, was Liebler damit meinte. Winterberg hatte sich umgebracht, weil er seine Familie schützen wollte. Selbstmord als Selbstschutz. Eine groteske Situation. „Und wie war das mit Esser?"

Liebler atmete tief ein. „Er ist ein Moralist. Durch und durch. Er hatte Prinzipien und eine grüne Seele. Ich habe mit Engelszungen auf ihn eingeredet. Es ging doch nur um einen kleinen Streifen im Sand. Zwanzig oder dreißig dieser fetten und nach Fisch stinkenden Kreaturen. Was hätte es ausgemacht, wenn sie einfach ein paar Kilometer weiter gezogen wären? Romanow und seine Bande machten Druck. Die Tiere mussten verschwinden. Nur dann konnte die Schutzzone zurückgestuft werden."

„Und da kamen Sie auf die Idee mit den Forschungsarbeiten draußen im Watt und erteilten die Genehmigung", mutmaßte Trevisan, doch Liebler schüttelte den Kopf.

„Die Genehmigung wurde von Winterberg erteilt, ich habe sie lediglich gegengezeichnet. Esser wollte das zwar verhindern, aber ich konnte ihn überzeugen, schließlich ging es um Politik. Die Robben verschwanden nach einiger Zeit und das Gebiet lag sechs Monate brach. Es hätte längst zurückgestuft werden können, aber Esser verschleppte die Angelegenheit. Er glaubte, dass die Viecher eines Tages wieder zurückkehren würden. Ich versuchte, ihn zu überzeugen, doch er wich mir ständig aus. Dabei war es so dringend, die Zeit lief uns davon."

„Deshalb sollte er sterben?"

„Von Mord war nie die Rede", widersprach Liebler. „Esser sollte außer Gefecht gesetzt werden, bis die Sache erledigt ist. Es hätte keine vier Wochen gedauert, denn es war ja alles vorbereitet. Teilgenehmigungen lagen bereits vor. Ein kleiner Unfall, ein gebrochener Fuß oder Arm. Irgend so etwas. Und dann kam die Briefbombe. Ich war selbst wie vom Donner gerührt."

„Wussten Sie davon, dass Larsen und Friederike van Deeren selbst draußen im Watt Nachforschungen angestellt und das Verschwinden der Tiere in einem Bericht festgehalten hatten?"

„Die Studie ist mir bekannt", bestätigte Liebler. „Es gab sogar Drohungen, weil dieser Larsen Esser für diese Entwicklung die Verantwortung zuschob. Es war paradox, zwei eiserne Umweltschützer zerfleischten sich gegenseitig."

„Wusste Romanow davon?"

Liebler nickte. „Ich hatte ihm Friederike van Deerens Arbeit zukommen lassen."

„Wissen Sie, dass Sie damit auch das Leben von Larsen und Friederike van Deeren aufs Spiel setzten?", fragte Trevisan.

Liebler nickte wiederum. „Zuerst lachte Romanow über das Papier, doch als sich dieser militante Umweltschützer auf Romanows Schiff umsah, eine CD entwendete und die Computeranlagen sabotierte, indem er Wasser in die empfindlichen Geräte goss, kamen ihm Bedenken, man könnte anhand der Daten auf der CD einen Zusammenhang feststellen. Außerdem brauchte er den Datenträger, weil ein Teil der Speicherelemente auf den Computern zerstört worden waren."

Trevisan verstand. „Wir haben diese CD gefunden. Sie wird

gerade noch ausgewertet. Was genau befindet sich darauf?"

Liebler schaute zu Boden. „Die Männer auf dem Schiff sollten den günstigsten Verlauf für die Stromtrasse herausfinden. Sie haben die Beschaffenheit des Bodens analysiert und die günstigste Strecke vermessen. Die Ergebnisse müssten auf der CD sein. Falls irgendein Hacker die Datensätze entschlüsselt, könnte man daraus vielleicht Rückschlüsse über die Art des Zustandekommens ziehen. Romanow ist Perfektionist. Er hasst es, wenn er vom Zufall abhängig ist. Es ließ ihm keine Ruhe, deswegen schickte er seine Leute, um die CD zurückzuholen."

„Wussten Sie, welche Folgen diese Suche hatte?"

Liebler schüttelte den Kopf. „Ich habe mit alledem, was mit Larsen und dem Mädchen passiert ist, nichts zu tun. Ich wollte auch nichts davon wissen, glauben Sie mir. Selbst von dem zweiten Anschlag auf Esser hatte ich keine Ahnung. Nach dem Vorfall hat mir Romanow zu verstehen gegeben, dass ich mir nun mein Geld verdienen müsste. Ich wusste, was er meinte."

Es klopfte. Trevisan wandte sich um. „Ja, verflucht noch Mal!"

Die Tür schwang auf und Kirner schaute herein. „Nur eine Minute", sagte er. „Es ist wichtig."

Trevisan erhob sich und zog die Tür hinter sich zu. „Was ist denn los?", fragte er unwirsch. „Er redet sich gerade sein schlechtes Gewissen von der Seele."

Kirner hob beschwichtigend die Hände. Er wusste, welche Folgen es haben konnte, einen redefreudigen Beschuldigten zu unterbrechen. „Ich wurde angerufen. Romanow ist ins Bremer *Hilton* zurückgekehrt. Er hat zwei große Reisetaschen bei sich."

Trevisan klatschte mit der Faust in die rechte Handfläche. „Die Kollegen sollen zugreifen, bevor er verschwindet."

„Die Sache ist offenbar komplizierter. Romanow war noch keine Minute auf seinem Zimmer, da bekam er Besuch von einem unbekannten Mann."

Trevisan biss die Zähne zusammen. „Der Gesandte von diesem Petrov! Ist er gekommen, um ihn zu töten?"

„Oder um ihn zurück nach Russland zu bringen", entgegnete

Kirner. „Wir müssen davon ausgehen, dass er Romanow als Geisel nehmen wird, wenn wir ungeschickt vorgehen."

„Was ist mit dem Sondereinsatzkommando?"

Draußen war der Lärm eines Hubschraubers zu hören. Kirner schaute zum Fenster hinaus. „Wenn wir uns beeilen, kommen wir noch rechtzeitig vor dem Zugriff dort an."

# 45

Die Bell der Flugbereitschaft landete keine zehn Minuten nach Anforderung auf dem kleinen Hubschrauberlandeplatz hinter dem Oldenburger Polizeigebäude. Ein Windstoß fegte Trevisan die Haare ins Gesicht. Der Pilot ließ die Rotorblätter stetig kreisen. Er kannte das Ziel und auch die Dringlichkeit des Fluges.

„Wie lange brauchen wir?", rief Kirner dem Co-Piloten zu. Der Lärm war kaum zu übertönen. Der Pilot wies auf einen Kopfhörer mit Sprecheinrichtung, der über Kirners Kopf hing. Kirner setzte ihn auf und wiederholte seine Frage.

„Zwanzig bis fünfundzwanzig Minuten", erhielt er zur Antwort. Der Pilot erhöhte die Drehzahl und kurz darauf hob der weiß-grün gestrichene Helikopter ab.

Als der Hubschrauber auf dem Landeplatz des Krankenhauses mitten in Bremen aufsetzte, stand dort ein grauer BMW bereit. Zwei Männer in dunklen Anzügen warteten davor. „Wir müssen gleich los!", empfing sie ein hagerer, groß gewachsener Zivilbeamter mit dunkler Brille. „Die Einsatzkräfte sind im Stockwerk und haben das Zimmer unter Kontrolle. Bislang ist alles ruhig."

Der Wagen kämpfte sich durch die Innenstadt bis zum Zentrum der Hansestadt und stoppte am überdachten Hintereingang des *Hilton*-Hotels. Durch den Service-Eingang, den sonst nur die Bediensteten und die Händler benutzten, gelangten sie in das Gebäude. Ein kleiner untersetzter Mann mit Glatze und dichtem Bart erwartete sie im Treppenhaus; neben ihm stand der Leiter des Bremer Einsatzkommandos in einer schwarzen Montur mit martialisch wirkenden grünen Protektoren an Brust, Armen und Beinen.

„Rieder, Leitender Kriminaldirektor", grüßte der Bärtige. „Wir brauchen ein paar Details, damit wir die Lage richtig bewerten können."

Kirner stellte sich vor und erzählte ihm, wer sich im Zimmer 312 aufhielt und was hinter der Sache steckte.

„Das heißt also, wir wissen nicht, was uns erwartet", stellte der SEK-Beamte fest.

„Nein, wir wissen nicht genau, ob Romanow dem Russen freiwillig folgen wird oder ob er sich in dessen Gewalt befindet", mischte sich Trevisan ein. „Wir müssen aber damit rechnen, dass geschossen wird, sobald sie die Polizei erkennen, deshalb halte ich es für wichtig, dass wir die Aktion auf das Zimmer und den näheren Umkreis beschränken. Der Mann aus Russland ist ein Einzelkämpfer mit Spezialausbildung. Er hat eine Eliteeinheit der Roten Armee geleitet."

„Der dritte Stock wurde von uns geräumt", erklärte der bärtige Kollege der Bremer Kripo. „Nur die Zimmer in unmittelbarer Nähe sind noch bewohnt. Wir wollten kein Aufsehen erregen."

„Welche?"

„311 und 324 gegenüber. Auf 311 logiert ein Anwalt und 324 ist an ein amerikanisches Pärchen vermietet. Geschäftsleute aus Detroit."

„Können wir Romanows Raum irgendwie abhören oder besser mit einer Kamera überwachen?", fragte Kirner.

„Wir arbeiten daran", antwortete der Einsatzleiter des SEK.

„Gut, dann schaffen wir jetzt die Leute aus dem Zimmer", beschloss Kirner. „Wir können nicht riskieren, dass Unbeteiligte im Falle eines Schusswechsels verletzt werden."

„Und wie, ohne dass die etwas merken?", fragte der Bärtige.

„Wir brauchen ein paar Uniformen des Hotels", antwortete Kirner.

Der Bärtige griff zum Handy. „Wird sofort veranlasst."

\*

Das Auftauchen von Algardis Valonis war ein eindeutiges Zeichen. Romanow wusste, was die Stunde geschlagen hatte. Petrov hatte ihn geschickt. Nur wusste er nicht, ob Valonis gekommen war, um ihn hier zu töten oder ihn mit nach Russland zu nehmen. Er tippte eher auf das Letztere, denn noch lagerten auf Auslandskonten elf Millionen Dollar, an die Petrov und seine Investoren nur über ihn herankamen. Würde Petrov eines Exempels wegen auf das ganze Geld verzichten?

Er versuchte sein Zittern zu verbergen und Selbstsicherheit auszustrahlen. Valonis stand mitten im Zimmer und richtete den Blick auf die beiden schwarzen Reisetaschen, die neben dem Tisch auf dem Boden standen.

Romanow dachte an seine Tokarew, die er für alle Fälle ins Außenfach einer der Reisetaschen gesteckt hatte. Er wusste, wie gefährlich dieser Gedanke war. Valonis wurde gerufen, wenn es besonders heikle Aufgaben zu erledigen gab. Und bislang hatte er noch nie versagt. Romanow ging zur Minibar in der Ecke. Der wache Blick von Valonis folgte ihm.

„Einen Drink für meinen unverhofften Gast?" Romanow öffnete den Kühlschrank und holte eine Flasche Cognac heraus.

„Ich trinke nicht", antwortete der Litauer kalt.

Ob Valonis schon die Neuigkeiten aus Russland gehört hatte, überlegte Romanow. Ob die Gerüchte wahr waren, die er nach einem Anruf in Sankt Petersburg über Petrov und dessen Ölgesellschaft gehört hatte? Wusste Valonis, was in Moskau mit seinen Auftraggebern geschehen war? Wenn die Neuigkeiten der Wahrheit entsprachen und er Valonis davon überzeugen konnte, dann gab es noch eine Chance. Eine winzige Chance. Es kam ganz darauf an, wann Petrovs Gefolgsmann gestartet war und wie eng er Kontakt zu seinem Auftraggeber hielt.

„Ich bin überrascht über Ihren Besuch, ich dachte nicht, dass ich Sie wiedersehe." Romanow setzte sich auf das Sofa. Nach einem Schluck aus seinem Cognacschwenker blickte er auf und neigte den Kopf zur Seite. Die kleinen Schweißperlen auf seiner Stirn wischte er mit einer zufällig wirkenden Handbewegung fort. „Ich nehme an, Sie sollen sich über den Fortgang der Dinge informieren. Ich muss zugeben, dass wir in letzter Zeit Schwierigkeiten hatten, aber nun sind wir auf einem guten Weg. Wir werden in der kommenden Woche einen positiven Bescheid erhalten. Mitte März wollen wir mit der ersten Bauphase beginnen."

Valonis trat einen Schritt näher. „Es wird keinen Baubeginn geben", antwortete er. „Sie schulden jemandem sehr viel Geld und der will es zurückhaben."

Romanow schluckte. „Das Geld? Und dann?"

Valonis baute sich vor Romanow auf. „Das ist nicht mehr meine Sache."

Romanows Augen flogen nervös zwischen dem Litauer und der Reisetasche hin und her. „Wie viel bekommen Sie für den Auftrag? Zweihundert, dreihunderttausend, eine halbe Million? Dort drüben in den Taschen befinden sich fast sechs Millionen Dollar. Sauberes Geld. Es gehört Ihnen. Sie nehmen die Taschen und verschwinden und wir sehen uns nie mehr wieder."

Valonis lachte. „Ich führe meine Aufträge immer bis zum Ende."

„Und wenn ich Ihnen sage, dass Ihr Auftraggeber längst in einem Moskauer Gefängnis sitzt?"

Valonis schüttelte den Kopf. „Um ein Leben feilscht man nicht mit mir."

Romanows Hand schob sich in Richtung seiner Jackentasche. Sofort zuckte die Hand des Litauers unter den Mantel.

Romanow streckte seine Hände mit den Handflächen nach außen in die Höhe. „Ich ... ich habe kein Waffe. Ich möchte nur, dass Sie mir glauben."

Valonis beugte sich zu ihm herab und fasste in die Jackentasche. Er zog ein silbernes Handy hervor.

„Nur einen Anruf", bat Romanow. „Einen einzigen Anruf."

„Das Flugzeug steht bereit", antwortete Valonis kalt.

„Sie haben nichts zu verlieren", bettelte Romanow. „Wenn wir zurückkommen, werden wir beide verhaftet, Sie müssen mir glauben. Nur dieses einzige Mal. Es gibt keinen Auftrag mehr."

Valonis musterte Romanow eindringlich. Der Dicke hatte Angst. Schweigen senkte sich über die beiden herab. Minutenlanges Schweigen. Schließlich streckte Valonis dem Russen das Handy unter die Nase. Romanow griff danach wie ein Ertrinkender nach einem Rettungsring.

Er wählte mit fahrigen Fingern die Nummer seines Kontaktmannes.

\*

Trevisans Armbanduhr zeigte 19.02 Uhr. Eine gute Uhr, Qualitätsarbeit von Anker. Das letzte Geburtstagsgeschenk, das ihm seine Frau gemacht hatte. Pflichterfüllung war es wohl gewesen, was sie dazu veranlasst hatte.

Mittlerweile waren auch die beiden Zimmer in unmittelbarer Nachbarschaft geräumt worden. Eine Polizistin, verkleidet als Zimmermädchen, hatte die Hotelgäste aufgesucht und über ihre Situation aufgeklärt. Außer den beiden Zielpersonen und der Spezialeinheit war der dritte Stock nun leer.

„Sie haben Recht, draußen im Neulander Feld wartet ein Lear-Jet", sagte der bärtige Kripochef aus Bremen zu Trevisan. „Der Abflug ist für 20.30 Uhr angemeldet. Zielflughafen ist Sankt Petersburg."

„Also, greifen wir jetzt zu?", fragte der SEK-Einsatzleiter ungeduldig.

„Wir warten noch!", antwortete Kirner. „Wir haben die Lage besser im Griff, wenn die beiden aus dem Zimmer kommen."

Der Einsatzleiter schaute seinen Vorgesetzten fragend an.

„Und was tun wir, wenn der Killer seinen Auftrag im Zimmer erfüllt?", fragte der Bremer Kripochef. „Immerhin müssen wir davon ausgehen, dass er hier ist, um Romanow zu töten."

„Das hätte er längst tun können", mischte sich Trevisan ein. „Er soll Romanow zurückbringen, deshalb ist er gekommen und deshalb wartet auch ein Privatjet der Kallimov-Ölgesellschaft auf dem Flughafen."

Der bärtige Kollege überlegte. „Was geht da drinnen jetzt vor?", fragte er den SEK-Beamten. Der führte ein kurzes Funkgespräch und erklärte dann: „Sie sitzen auf der Couch und reden."

Technikern des Einsatzkommandos war es inzwischen gelungen, über die Fassade eine kleine Kamera vor dem Fenster des Zimmers 312 zu platzieren. Sogar ein Mikrophon übertrug inzwischen aus dem Raum. Der Wortlaut war zwar nicht zu enträtseln, doch aus der gleichmäßigen und eher gedämpften Sprache war zu erkennen, dass es sich wohl eher um ein entspanntes Gespräch handelte.

„Trotzdem, es ist meine Verantwortung", beschloss der Kripochef. „Wir sind hier in meinem Zuständigkeitsbereich und ich will nichts riskieren."

Trevisan schaute Kirner an. Sein Gesicht war angespannt. „Wie hoch ist das Risiko für Ihre Männer bei einem Sturmangriff?", fragte Trevisan mit einem letzten Versuch, den Bremer Kollegen von einem unkalkulierbaren Überraschungsangriff abzuhalten. Er war überzeugt davon, dass in Kürze beide den Raum verlassen würden. Ein Zugriff auf dem Flur wäre weitaus planbarer und von geringerem Risiko für die Einsatzkräfte.

Der Einsatzleiter überlegte. „Wir kennen ihre genaue Sitzposition und können ihre Reaktionen von außen überwachen. Aber es gibt tote Winkel und der kleine Flur bis zum Wohnzimmer bleibt das große Problem. Meine Leute müssen die Tür aufbrechen, es scheint, als ob die Kette vorgelegt ist. Angenommen, wir brauchen dafür eine halbe Minute, dann haben beide Zimmergenossen ausreichend Zeit, sich in Deckung zu bringen und eventuelle Waffen einzusetzen."

„Kurzum, es können Polizisten verletzt oder gar getötet werden?", resümierte Trevisan.

„Ich kann es nicht ausschließen", bestätigte der SEK-Beamte. „Weder im Zimmer noch auf dem Flur, aber das Risiko ist bei einem Sturm des Raumes ungleich höher."

Der bärtige Polizeichef wurde unsicher. „Aber Sie haben selbst gesagt, dass es auch möglich ist, dass der Killer Romanow erschießen wird. Wir können dabei nicht einfach zusehen."

„Wenn er Romanow umbringen wollte, dann hätte er es längst getan", schaltete sich Kirner ein. „Sie tragen auch für Ihre Männer die Verantwortung. Denken Sie daran."

„Aber was wird die Presse schreiben, wenn wir tatenlos zusehen, wie jemand in seinem Zimmer getötet wird?! Am Ende fallen alle Fehlschläge auf mich zurück."

Kirner schüttelte den Kopf. „Sagen wir es einmal so: Das ist ein Fall des LKA und ich trage hier die Verantwortung. Und ich sage, wir warten, bis die beiden das Zimmer verlassen. Erst dann schlagen wir zu."

Der SEK-Mann schaute seinen Chef an, dem deutlich anzumerken war, dass es in seinem Gehirn arbeitete.

„Ich bin mir da nicht so sicher", antwortete der Bärtige. „Ich bin der Ranghöchste hier."

„Dann würde ich vorschlagen, Sie rufen Ihren Direktionsleiter an und sprechen mit ihm die Sache ab. Federführend ist hier das Landeskriminalamt. Schließlich werden Romanow und sein Gast wegen eines Anschlages auf den stellvertretenden Bezirksdirektor des Weser-Ems-Kreises gesucht."

Der Bärtige schaute auf seine Armbanduhr. „Zum Flughafen fährt man knapp zwanzig Minuten. Es ist kurz vor halb acht. Die beiden müssen noch die Passkontrolle hinter sich bringen. Sagen wir, wenn sich in den nächsten zehn Minuten nichts tut, dann stürmen wir."

Über Trevisans Gesicht huschte ein Lächeln. „Eine kluge Entscheidung."

Es dauerte acht Minuten, bis sich etwas tat. Über Funk kam die Meldung, dass die beiden Männer den Raum verließen.

\*

Romanow trat als Erster hinaus in den mit rotem Teppichboden ausgelegten Flur. Er trug in jeder Hand eine schwarze Reisetasche. Valonis folgte in einigem Abstand. Die rechte Hand hatte er unter seinen offenen Mantel geschoben.

Romanow wandte sich nach links, wo sich die Treppe befand. Offenbar hatte sich Valonis gegen die Benutzung der Fahrstühle am anderen Ende des Flures entschieden.

Knapp ein Meter Abstand trennte die beiden Männer. Valonis ging direkt hinter dem Russen, fast so, als wolle er ihn als Schutzschild benutzen. Nur der Kopf des Killers überragte sein Opfer. Im Schein der Wandleuchten schritten die beiden gemächlich auf das Treppenhaus am Ende des Flures zu. Valonis wandte sich von Zeit zu Zeit um. Hinterher wusste niemand, was ihn gewarnt hatte, vielleicht hatte er eine verdächtige Bewegung in seinem Rücken erkannt, vielleicht war es aber auch nur sein Instinkt, der ihn zum plötzlichen Ziehen seiner Waffe veranlasste. Es blieb keine Zeit mehr.

„Halt, Polizei! Hände hoch und keine Bewegung", schrie einer der Einsatzbeamten hinter den beiden Männern. Doch Valonis dachte gar nicht daran. Blitzschnell wandte er sich um und brachte die Waffe in Anschlag. Der Schuss schlug in einen Erlenholzschrank ein, hinter dem sich ein SEK-Mann gerade noch in Sicherheit bringen konnte. Dann stürmten die Polizisten von beiden Seiten des Flures vor. Romanow ließ sich geistesgegenwärtig zu Boden fallen. Bevor Valonis ein zweites Mal schießen konnte, peitschte die kurze Salve einer Maschinenpistole auf. Ihr Stakkato wurde durch den Schuss eine Faustfeuerwaffe bereichert. Valonis' Körper zuckte zusammen und wurde von der Wucht der Geschosse gegen die Wand geschleudert. Trotzdem gelang es ihm, noch einen Schuss abzugeben, der eine der Taschen durchschlug und Romanows Wade streifte. Dann brach der Killer aus Sankt Petersburg zusammen. Die Waffe fiel aus seiner Hand und sein Körper rutschte schlaff zu Boden. In sitzender Position, den Rücken an die Wand gelehnt, kam er zur Ruhe. Schon sprangen die SEK-Beamten von beiden Seiten auf die Männer zu. Doch Valonis war tot. Mehrere Schüsse hatten ihn getroffen, ein Projektil war in seinen Kopf eingedrungen.

Zwei Polizisten drückten Romanow zu Boden und legten ihm Handschellen an, während die anderen Beamten ihre Kollegen sicherten.

Nachdem über Funk gemeldet worden war, dass die Lage unter Kontrolle sei, begaben sich Kirner und Trevisan zusammen mit den Bremer Kollegen in den dritten Stock. Romanow saß auf einem Sessel neben dem Treppenaufgang. Der Mann war kreidebleich und zitterte am ganzen Körper.

Trevisan kniete sich nieder und zog mit den Fingerspitzen den Reißverschluss einer der Taschen auf. Als er die Dollarnoten erkannte, pfiff er durch die Zähne.

Kirner baute sich vor dem Russen auf. „Alexander Romanow, ich verhafte Sie wegen Anstiftung zum Mord und Mordversuches in mehreren Fällen. Haben Sie mich verstanden?"

Der Russe nickte. „Ich will einen Anwalt."

# Epilog

Trevisan saß auf einem gepolsterten Ledersessel und stellte das Glas Orangensaft zurück auf den gläsernen Tisch.

„Es ist vorbei." Er schaute Friederike van Deeren in die Augen. „Der Haftbefehl gegen Sie ist aufgehoben. Sie können gehen, wohin Sie wollen."

Die Frau saß ihm im Schneidersitz gegenüber. Die letzten Tage hier in Oldenburg hatten ihr gut getan. Sie sah erholt aus und die Blässe war aus ihrem Gesicht gewichen. „Können Sie mir sagen, wie Larsen gestorben ist?"

Trevisan räusperte sich. „Die haben versucht, das Versteck der CD aus ihm herauszubringen. Er nutzte eine Gelegenheit und ist geflüchtet. Sie haben ihn verfolgt, dabei ist er von der Brücke gesprungen und ertrunken."

Rike schlug die Hände vor das Gesicht. „Und sein Mörder?"

„Der Haupttäter starb auf der Treppe in Onno Behrends Haus", antwortete Trevisan. „Die Komplizen sind in Haft."

„Was wird aus Töngen und den anderen, die von dieser Bande angegriffen wurden?"

„Töngen wird das Krankenhaus am Ende der Woche verlassen und Onno Behrend ist auch auf dem Weg der Besserung. Ich denke, in zwei Wochen ist er wieder zu Hause."

„Und Doktor Esser?", fragte Rike.

Trevisan schüttelte mitleidsvoll den Kopf. „Er wird wohl für immer auf einen Rollstuhl angewiesen sein. Aber er wird es überleben."

Rike nickte und griff nach ihrem Tee. „Und alles nur, weil diesen Kriminellen ein paar Robben im Weg waren. Manchmal ist das Leben schon grotesk, finden Sie nicht?"

Trevisan lächelte gequält, doch ihm fiel keine passende Antwort ein.

„Wissen Sie, wie viele Tiere von diesen Mördern umgebracht wurden?"

„Sieben, acht. Hartnäckige, die sich nicht durch die schrillen Signale vertreiben ließen."

„Sieben", antwortete Rike nachdenklich. „Genauso viele Wale starben, als ich versuchte, sie zu schützen. Unten, im Südpolarmeer. Irgendwie habe ich kein Glück."

„Was werden Sie jetzt tun?", fragte Trevisan.

Rike schüttelte den Kopf. „Ich weiß es nicht. Ich habe alle meine Freunde verloren. Larsen, Hilko und beinahe auch Töngen."

„Onno lässt Ihnen Grüße ausrichten", antwortete Trevisan. „Er würde Sie gerne wiedersehen. Offenbar haben Sie einen neuen Freund gefunden." Trevisan erhob sich. „Fangen Sie ein neues Leben an. Sie haben alle Möglichkeiten. Ich habe Ihre Arbeit über den Schutz des Wattenmeeres gelesen. Sie hat mich schwer beeindruckt und nachdenklich gemacht. Wir müssen umdenken, wenn wir in ein paar Jahre noch etwas Natur um uns herum haben wollen. Da gibt es noch sehr viel zu tun."

Rike nickte.

Paula kam Ende Februar in Wilhelmshaven an. Grit begleitete sie. Als das Mädchen ihren Vater auf dem Bahnsteig erkannte, fiel sie ihm in die Arme. Grit blieb stehen und schaute den beiden regungslos zu. Nachdem Trevisan seine Tochter voller Überschwang begrüßt hatte, ging er auf seine Nochehefrau zu. „Hallo, Grit, wie geht es dir?"

„Interessiert es dich wirklich?"

Trevisan atmete tief durch. Er wollte vermeiden, dass es wieder zum Streit kam. „Ja."

„Zur Zeit habe ich wirklich viel um die Ohren", antwortete Grit nach einem Moment des Schweigens. „Ich mache gerade einen EDV-Kurs und bilde mich fort. Der Job, der mir angeboten wurde, ist eine echte Chance für mich. Deswegen fahre ich auch in einer Stunde wieder zurück."

Trevisan nickte. „Trinken wir noch einen Kaffee zusammen?"

Sie setzten sich in ein Cafe nahe der Nordseepassage. Zum ersten Mal seit Monaten konnte sich Trevisan mit seiner Frau unterhalten, ohne dass sie in Streit gerieten. Grit sprach mit Feuereifer über ihr neues Leben und Trevisan wusste, dass darin für ihn kein Platz mehr war.

„Ich brauche jetzt etwas Zeit für mich", sagte Grit, als sie in der Tür des Regionalexpresszuges nach Hamburg stand. „Ich hole Paula wieder ab, sobald ich etwas Passendes gefunden und mein Leben organisiert habe."

Trevisan nickte nur und drückte Paulas Hand. Die Kleine sah lächelnd zu ihm auf.

Er wartete nicht, bis der Zug abfuhr.

Bei der Gerichtsverhandlung traf er alle wieder. Kirner, Rike, Behrend und auch die Angeklagten, die in Handschellen vorgeführt wurden. Rike und Behrend lebten inzwischen zusammen. Sie waren wie Vater und Tochter.

Alexander Romanow hatte die ganze Zeit geschwiegen. Der Verhandlung folgte er teilnahmslos. Vargösz und Liebler hingegen redeten und versuchten zu retten, was es noch zu retten gab. Das Verfahren gegen Gunnar Lührs, den Chef der EN-CON-Network, war abgekoppelt worden. Er hatte wegen Bestechung eine Freiheitsstrafe von einem Jahr auf Bewährung erhalten. Von den weiteren Verbrechen hatte er nichts gewusst, behauptete er. Das Gegenteil konnte ihm nicht nachgewiesen werden. Auch das Verfahren gegen die auf der *Sigtuna* festgenommenen Seeleute wurde vom Hauptverfahren abgetrennt. Wegen Beihilfe zum gemeinschaftlichen Mordversuch und Verstößen gegen das Seerecht und gegen naturschutzrechtliche Beschränkungen wurden ein Matrose zu zwei Jahren und sechs Monaten und der Kapitän des Schiffes zu fünf Jahren und acht Monaten verurteilt.

Im Hauptverfahren von dem Schöffengericht in Oldenburg wurde Horst Liebler wegen Beihilfe zum Mord, Bestechung und Vorteilsannahme zu acht Jahren und sieben Monaten Haft verurteilt. Thomas Vargösz erhielt eine lebenslängliche Haftstrafe, ebenso Alexander Romanow, bei dem als Drahtzieher wegen besonders schwerer Schuld überdies noch eine Sicherungsverwahrung angeordnet wurde. Er würde das Gefängnis wohl nur noch als gebrechlicher alter Mann verlassen. Das Geld aus den Reisetaschen, insgesamt 6,2 Millionen Mark, war sichergestellt worden. Die Nachforschungen nach weiteren Millionen, die sich auf Banken in Europa befinden sollten, hatten Finanzermittler des BKA übernommen.

Martin Trevisan steckte schon wieder in einem neuen Fall, ein betrunkener und rauschgiftsüchtiger Bewohner eines Obdachlosenwohnheims hatte einen Schicksalsgenossen erschlagen und beraubt. Die Beute bestand aus einer Flasche Landwein, einer altersschwachen Mundharmonika und 12,56 DM Bargeld.

Inzwischen hatte sich die Lage in seinem Fachkommissariat wieder etwas entspannt. Dietmar Petermann war eine Woche nach dem Bremer Einsatz in den Dienst zurückgekehrt, seiner Nase sah man nicht an, dass sie gebrochen worden war. Mittlerweile war auch die frei gewordene Stelle des Karrierebeamten Sauter wieder besetzt: Monika Sander hatte genug von der Arbeit beim Landeskriminalamt.

Nachdem die Hauptverhandlung geschlossen wurde, besuchten Kirner und Trevisan ein nahes Café. Doch ihnen war nicht nach Feiern zumute.

„Wie macht sich Ihre Tochter?", fragte Kirner und schaufelte Zucker aus der Zuckerdose in seine Kaffeetasse.

„Sie ist glücklich bei mir", antwortete Trevisan. „Wenn ich arbeite, sorgt eine Verwandte für sie. Es klappt gut."

„Und Ihre Frau?"

Trevisan schüttelte den Kopf. „Sie hat die Scheidung eingereicht. Und wie läuft es bei Ihnen?"

Kirner atmete tief ein. „Irgendwie scheint mich die Arbeit nur noch anzuwidern. Ich treibe nur noch dahin", antwortete er mit einem verunglückten Lächeln.

Trevisan nahm einen Schluck Kaffee.

„Ich werde für ein Jahr nach Den Haag gehen", brach Kirner das Schweigen. „Ich werde beim Aufbau von Europol mitarbeiten. Ich brauche Luftveränderung, bevor ich an der ganzen Routine noch ersticke."

Trevisan nickte. „Dann wünsche ich Ihnen, dass Sie finden, wonach Sie suchen."

Kirner lachte. „Das war gut gesprochen, Trevisan. Bei Ihnen glaube ich fast, dass Sie über die Sache hinwegkommen. Vielleicht hätte ich mich auch auf eine ländliche Dienststelle versetzen lassen sollen. Da geht es manchmal wenigstens noch spannend zu. Diese ewige Routine beim LKA, immer neue Konzepte, immer neue Vorschriften und immer tagein, tagaus der gleiche Trott. Ich habe es satt."

Trevisan nickte. „Ich glaube, ich weiß, was Sie meinen", antwortete er. „Die Zeche hier übernehme ich."

„Wenn ich das gewusst hätte, dann hätte ich mir noch einen weiteren Kuchen bestellt", feixte der Kriminaloberrat und schob sich ein großes Stück Sachertorte in den Mund.

**ENDE**

# ANMERKUNG

Ich weiß nicht, ob diese Zeilen noch von vielen Lesern gelesen werden, denn mit der letzten Zeile des Romans ist die Geschichte beendet, alle Fragen sind beantwortet (oder sollten es sein) und das verschobene Weltbild ist wieder gerade gerückt. Dennoch will ich die Gelegenheit hier ergreifen und zu einigen Dingen Stellung beziehen:

In meinem Roman spielt die Verwaltung des Nationalparks *Niedersächsisches Wattenmeer* eine erhebliche Rolle. Einige Dinge entsprechen der Wirklichkeit, einige Dinge sind fiktiv. Noch dazu musste ich – der Geschichte wegen – einige Realitäten anpassen.

Doch eines möchte ich klarstellen: Wer draußen vor der Küste schon einmal unterwegs war, wird erkennen, welche Leistungen, welche Anstrengungen unternommen werden, um dieses Stück Natur zum Nutzen aller zu erhalten.

Dafür schulden wir allen Helfern und auch den Fischern, die sich mit einer verantwortungsvollen Nutzung in das System einfügen, unseren Dank.

Ein verlorenes Stück Natur ist vielleicht nicht unwiederbringlich verloren, jedoch dauert es Jahre, manchmal Jahrzehnte, das Gleichgewicht wieder herzustellen. Besuchen Sie die Aufzuchtstationen, informieren Sie sich über die Arbeit einer Behörde, die einen steten Kampf für den Erhalt eines Stückes unserer Identität gegen falsche Interessen, gegen Skrupellosigkeit und gegen die Unvernunft führt, um Erhaltenswertes zu erhalten.

Zollen wir dafür unseren Respekt.
*Der Autor*


Dank an
Christiane und Benno Neudecker für das Vorlektorat und Herrn Ehmann von der Bezirksregierung Weser-Ems für die freundliche Unterstützung.

ULRICH HEFNER
geboren 1961 in Bad Mergentheim, ist Polizeibeamter, Autor und Journalist. Er ist verheiratet, hat zwei Kinder und lebt in Lauda-Königshofen. Außer mehreren Anthologiebeiträgen (unter anderem in „Fiese Friesen") veröffentlichte er unter dem Titel „Ein leiser Wind, der Fryheit hieß" einen Roman über die Bauernkriege. Gewinner des eScript 2002 des ZDF, Mitglied im Deutschen Presse-Verband, der Interessengemeinschaft deutscher Autoren, im Syndikat und bei den Polizei-Poeten.

## Der Tod kommt in Schwarz-lila
Inselkrimi
Wangerooge und Wangerland
3-934927-43-2
**Premium-Format**
352 Seiten
14,70 Euro
2. Auflage

„... *eines der interessantesten und vielversprechendsten Krimi-Debüts des Jahres ...*

„*Ulrich Hefner ist der bessere Mankell und Martin Trevisan der bessere Kurt Wallander. Darüber hinaus hat Ulrich Hefner mit Sicherheit auch den besseren Polizeiroman abgeliefert. Weniger spektakulär, sicherlich näher an der Realität und immer viel strenger am Plot."* (krimicouch.de)

Dieter Bromund:
**Metzgers Testament**
Inselkrimi
Borkum
ISBN 3-934927-57-2
240 Seiten; 10,90 Euro

Dieter Bromund:
**Die wandernden Sände**
Inselkrimi - Langeoog
ISBN 3-934927-80-7
240 Seiten; 8,90 Euro

Peter Gerdes:
**Solo für Sopran**
Inselkrimi
Langeoog
ISBN 3-934927-63-7
208 Seiten; 9,90 Euro

NEU: Hörbuch 3 CDs
ISBN 3-934927-81-5
19,90 Euro

Peter Gerdes:
**Fürchte die Dunkelheit**
Kriminalroman
ISBN 3-934927-60-2
256 Seiten
11,90 Euro

Peter Gerdes
**Ebbe und Blut**
Ostfrieslandkrimi
Taschenbuch
ISBN 3-934927-56-4
224 Seiten, 9,90 Euro

Sandra Lüpkes
**Die Sanddornkönigin**
Inselkrimi
Hörbuch 4 CDs
ISBN 3-934927-83-1
19,90 Euro